# Harry Potter
## y
## el prisionero de Azkaban

# J.K. ROWLING

# Harry Potter

## y

## el prisionero de Azkaban

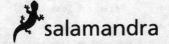

**salamandra**

Título original: *Harry Potter and the Prisoner of Azkaban*

Traducción: Adolfo Muñoz García y Nieves Martín Azofra

Ilustración: Dolores Avendaño

Publicaciones y Ediciones Salamandra, S.A.
Mallorca, 237 - 08008 Barcelona - Tel. 93 215 11 99

ISBN: 84-7888-655-9
Depósito legal: B-45.356-2001

1ª edición, enero de 2001
2ª edición, noviembre de 2001
*Printed in Spain*

Impresión: Romanyà-Valls, Pl. Verdaguer, 1
Capellades, Barcelona

*A Jill Prewett y Aine Kiely,*
*madrinas de Swing.*

# 1

## Lechuzas mensajeras

Harry Potter era, en muchos sentidos, un muchacho diferente. Por un lado, las vacaciones de verano le gustaban menos que cualquier otra época del año; y por otro, deseaba de verdad hacer los deberes, pero tenía que hacerlos a escondidas, muy entrada la noche. Y además, Harry Potter era un mago.

Era casi medianoche y estaba tumbado en la cama, boca abajo, tapado con las mantas hasta la cabeza, como en una tienda de campaña. En una mano tenía la linterna y, abierto sobre la almohada, había un libro grande, encuadernado en piel (*Historia de la Magia*, de Adalbert Waffling). Harry recorría la página con la punta de su pluma de águila, con el entrecejo fruncido, buscando algo que le sirviera para su redacción sobre «La inutilidad de la quema de brujas en el siglo XIV».

La pluma se detuvo en la parte superior de un párrafo que podía serle útil. Harry se subió las gafas redondas, acercó la linterna al libro y leyó:

*En la Edad Media, los no magos (comúnmente denominados* muggles*) sentían hacia la magia un especial temor, pero no eran muy duchos en reconocerla. En las raras ocasiones en que capturaban a un auténtico brujo o bruja, la quema carecía en absoluto de efecto. La bruja o el brujo realizaba un sencillo encantamiento para enfriar las llamas y luego fingía que se retorcía de dolor mientras disfrutaba del suave cosquilleo. A Wendelin la Hechicera le gusta-*

*ba tanto ser quemada que se dejó capturar no menos de cuarenta y siete veces con distintos aspectos.*

Harry se puso la pluma entre los dientes y buscó bajo la almohada el tintero y un rollo de pergamino. Lentamente y con mucho cuidado, destapó el tintero, mojó la pluma y comenzó a escribir, deteniéndose a escuchar de vez en cuando, porque si alguno de los Dursley, al pasar hacia el baño, oía el rasgar de la pluma, lo más probable era que lo encerraran bajo llave hasta el final del verano en el armario que había debajo de las escaleras.

La familia Dursley, que vivía en el número 4 de Privet Drive, era el motivo de que Harry no pudiera tener nunca vacaciones de verano. Tío Vernon, tía Petunia y su hijo Dudley eran los únicos parientes vivos que tenía Harry. Eran muggles, y su actitud hacia la magia era muy medieval. En casa de los Dursley nunca se mencionaba a los difuntos padres de Harry, que habían sido brujos. Durante años, tía Petunia y tío Vernon habían albergado la esperanza de extirpar lo que Harry tenía de mago, teniéndolo bien sujeto. Les irritaba no haberlo logrado y vivían con el temor de que alguien pudiera descubrir que Harry había pasado la mayor parte de los últimos dos años en el Colegio Hogwarts de Magia y Hechicería. Lo único que podían hacer los Dursley aquellos días era guardar bajo llave los libros de hechizos, la varita mágica, el caldero y la escoba al inicio de las vacaciones de verano, y prohibirle que hablara con los vecinos.

Para Harry había representado un grave problema que le quitaran los libros, porque los profesores de Hogwarts le habían puesto muchos deberes para el verano. Uno de los trabajos menos agradables, sobre pociones para encoger, era para el profesor menos estimado por Harry, Snape, que estaría encantado de tener una excusa para castigar a Harry durante un mes. Así que, durante la primera semana de vacaciones, Harry aprovechó la oportunidad: mientras tío Vernon, tía Petunia y Dudley estaban en el jardín admirando el nuevo coche de la empresa de tío Vernon (en voz muy alta, para que el vecindario se enterara), Harry fue a la planta baja, forzó la cerradura del armario de debajo de las escaleras, cogió algunos libros y los escondió en su habitación. Mientras no dejara manchas de tinta en las sábanas, los

Dursley no tendrían por qué enterarse de que aprovechaba las noches para estudiar magia.

Harry no quería problemas con sus tíos y menos en aquellos momentos, porque estaban enfadados con él, y todo porque cuando llevaba una semana de vacaciones había recibido una llamada telefónica de un compañero mago.

Ron Weasley, que era uno de los mejores amigos que Harry tenía en Hogwarts, procedía de una familia de magos. Esto significaba que sabía muchas cosas que Harry ignoraba, pero nunca había utilizado el teléfono.

Por desgracia, fue tío Vernon quien respondió:

—¿Diga?

Harry, que estaba en ese momento en la habitación, se quedó de piedra al oír que era Ron quien respondía.

—¿HOLA? ¿HOLA? ¿ME OYE? ¡QUISIERA HABLAR CON HARRY POTTER!

Ron daba tales gritos que tío Vernon dio un salto y alejó el teléfono de su oído por lo menos medio metro, mirándolo con furia y sorpresa.

—¿QUIÉN ES? —voceó en dirección al auricular—. ¿QUIÉN ES?

—¡RON WEASLEY! —gritó Ron a su vez, como si el tío Vernon y él estuvieran comunicándose desde los extremos de un campo de fútbol—. SOY UN AMIGO DE HARRY, DEL COLEGIO.

Los minúsculos ojos de tío Vernon se volvieron hacia Harry, que estaba inmovilizado.

—¡AQUÍ NO VIVE NINGÚN HARRY POTTER! —gritó tío Vernon, manteniendo el brazo estirado, como si temiera que el teléfono pudiera estallar—. ¡NO SÉ DE QUÉ COLEGIO ME HABLA! ¡NO VUELVA A LLAMAR AQUÍ! ¡NO SE ACERQUE A MI FAMILIA!

Colgó el teléfono como quien se desprende de una araña venenosa.

La bronca que siguió fue una de las peores que le habían armado.

—¡CÓMO TE ATREVES A DARLE ESTE NÚMERO A GENTE COMO... COMO TÚ! —le gritó tío Vernon, salpicándolo de saliva.

Ron, obviamente, comprendió que había puesto a Harry en un apuro, porque no volvió a llamar. La mejor amiga de

Harry en Hogwarts, Hermione Granger, tampoco lo llamó. Harry se imaginaba que Ron le había dicho a Hermione que no lo llamara, lo cual era una pena, porque los padres de Hermione, la bruja más inteligente de la clase de Harry, eran muggles, y ella sabía muy bien cómo utilizar el teléfono, y probablemente habría tenido tacto suficiente para no revelar que estudiaba en Hogwarts.

De manera que Harry había permanecido cinco largas semanas sin tener noticia de sus amigos magos, y aquel verano estaba resultando casi tan desagradable como el anterior. Sólo había una pequeña mejora: después de jurar que no la usaría para enviar mensajes a ninguno de sus amigos, a Harry le habían permitido sacar de la jaula por las noches a su lechuza *Hedwig*. Tío Vernon había transigido debido al escándalo que armaba *Hedwig* cuando permanecía todo el tiempo encerrada.

Harry terminó de escribir sobre Wendelin la Hechicera e hizo una pausa para volver a escuchar. Sólo los ronquidos lejanos y ruidosos de su enorme primo Dudley rompían el silencio de la casa. Debía de ser muy tarde. A Harry le picaban los ojos de cansancio. Sería mejor terminar la redacción la noche siguiente...

Tapó el tintero, sacó una funda de almohada de debajo de la cama, metió dentro la linterna, la *Historia de la Magia*, la redacción, la pluma y el tintero, se levantó y lo escondió todo debajo de la cama, bajo una tabla del entarimado que estaba suelta. Se puso de pie, se estiró y miró la hora en la esfera luminosa del despertador de la mesilla de noche.

Era la una de la mañana. Harry se sobresaltó: hacía una hora que había cumplido trece años y no se había dado cuenta.

Harry aún era un muchacho diferente en otro aspecto: en el escaso entusiasmo con que aguardaba sus cumpleaños. Nunca había recibido una tarjeta de felicitación. Los Dursley habían pasado por alto sus dos últimos cumpleaños y no tenía ningún motivo para suponer que fueran a acordarse del siguiente.

Harry atravesó a oscuras la habitación, pasando junto a la gran jaula vacía de *Hedwig*, y llegó hasta la ventana, que estaba abierta. Se apoyó en el alféizar y notó con agrado en la cara, después del largo rato pasado bajo las mantas, el frescor de la noche. Hacía dos noches que *Hedwig* se había ido. Harry no estaba preocupado por ella (en otras ocasiones se había ausentado durante períodos equivalentes), pero esperaba que no tardara en volver. Era el único ser vivo en aquella casa que no se asustaba al verlo.

Aunque Harry seguía siendo demasiado pequeño y esmirriado para su edad, había crecido varios centímetros durante el último año. Sin embargo, su cabello negro azabache seguía como siempre: sin dejarse peinar. No importaba lo que hiciera con él, el pelo no se sometía. Tras las gafas tenía unos ojos verdes brillantes, y sobre la frente, claramente visible entre el pelo, una cicatriz alargada en forma de rayo.

Aquella cicatriz era la más extraordinaria de todas las características inusuales de Harry. No era, como le habían hecho creer los Dursley durante diez años, una huella del accidente de automóvil que había acabado con la vida de los padres de Harry, porque Lily y James Potter no habían muerto en un accidente de tráfico, sino asesinados. Asesinados por el mago tenebroso más temido de los últimos cien años: lord Voldemort. Harry había sobrevivido a aquel ataque sin otra secuela que la cicatriz de la frente cuando el hechizo de Voldemort, en vez de matarlo, había rebotado contra su agresor. Medio muerto, Voldemort había huido...

Pero Harry había tenido que vérselas con él desde el momento en que llegó a Hogwarts. Al recordar junto a la ventana su último encuentro, Harry pensó que si había cumplido los trece años era porque tenía mucha suerte.

Miró el cielo estrellado, por si veía a *Hedwig*, que quizá regresara con un ratón muerto en el pico, esperando sus elogios. Harry miraba distraído por encima de los tejados y pasaron algunos segundos hasta que comprendió lo que veía.

Perfilada contra la luna dorada y creciendo a cada instante se veía una figura de forma extrañamente irregular que se dirigía hacia Harry batiendo las alas. Se quedó quieto viéndola descender. Durante una fracción de segundo, Harry no supo, con la mano en la falleba, si cerrar la ventana de golpe. Pero entonces la extraña criatura revoloteó sobre una farola de Privet Drive, y Harry, dándose cuenta de lo que era, se hizo a un lado.

Tres lechuzas penetraron por la ventana, dos sosteniendo a otra que parecía inconsciente. Aterrizaron suavemente sobre la cama de Harry, y la lechuza que iba en medio, y que era grande y gris, cayó y quedó allí inmóvil. Llevaba un paquete atado a las patas.

Harry reconoció enseguida a la lechuza inconsciente. Se llamaba *Errol* y pertenecía a la familia Weasley. Harry se lanzó inmediatamente sobre la cama, desató los cordeles de las patas de *Errol*, cogió el paquete y depositó a *Errol* en la jaula de *Hedwig*. *Errol* abrió un ojo empañado, ululó débilmente en señal de agradecimiento y comenzó a beber agua a tragos.

Harry volvió al lugar en que descansaban las otras lechuzas. Una de ellas (una hembra grande y blanca como la nieve) era su propia *Hedwig*. También llevaba un paquete y parecía muy satisfecha de sí misma. Dio a Harry un picotazo cariñoso cuando le quitó la carga, y luego atravesó la habitación volando para reunirse con *Errol*. Harry no reconoció a la tercera lechuza, que era muy bonita y de color pardo rojizo, pero supo enseguida de dónde venía, porque además del correspondiente paquete portaba un mensaje con el emblema de Hogwarts. Cuando Harry le cogió la carta a esta lechuza, ella erizó las plumas orgullosamente, estiró las alas y emprendió el vuelo atravesando la ventana e internándose en la noche.

Harry se sentó en la cama, cogió el paquete de *Errol*, rasgó el papel marrón y descubrió un regalo envuelto en papel dorado y la primera tarjeta de cumpleaños de su vida. Abrió el sobre con dedos ligeramente temblorosos. Cayeron dos trozos de papel: una carta y un recorte de periódico.

Supo que el recorte de periódico pertenecía al diario del mundo mágico *El Profeta* porque la gente de la fotografía en blanco y negro se movía. Harry recogió el recorte, lo alisó y leyó:

### FUNCIONARIO DEL MINISTERIO DE MAGIA
### RECIBE EL GRAN PREMIO

*Arthur Weasley, director del Departamento Contra el Uso Incorrecto de los Objetos Muggles, ha ganado el gran premio anual Galleon Draw que entrega el diario* El Profeta.

*El señor Weasley, radiante de alegría, declaró a* El Profeta: *«Gastaremos el dinero en unas vacacio-*

*nes estivales en Egipto, donde trabaja Bill, nuestro hijo mayor, deshaciendo hechizos para el banco mágico Gringotts.»*

*La familia Weasley pasará un mes en Egipto, y regresará para el comienzo del nuevo curso escolar de Hogwarts, donde estudian actualmente cinco hijos del matrimonio Weasley.*

Observó la fotografía en movimiento, y una sonrisa se le dibujó en la cara al ver a los nueve Weasley ante una enorme pirámide, saludándolo con la mano. La pequeña y rechoncha señora Weasley, el alto y calvo señor Weasley, los seis hijos y la hija tenían (aunque la fotografía en blanco y negro no lo mostrara) el pelo de un rojo intenso. Justo en el centro de la foto aparecía Ron, alto y larguirucho, con su rata *Scabbers* sobre el hombro y con el brazo alrededor de Ginny, su hermana pequeña.

Harry no sabía de nadie que mereciera un premio más que los Weasley, que eran muy buenos y pobres de solemnidad. Cogió la carta de Ron y la desdobló.

*Querido Harry:*
  *¡Feliz cumpleaños!*
  *Siento mucho lo de la llamada de teléfono. Espero que los muggles no te dieran un mal rato. Se lo he dicho a mi padre y él opina que no debería haber gritado.*
  *Egipto es estupendo. Bill nos ha llevado a ver todas las tumbas, y no te creerías las maldiciones que los antiguos brujos egipcios ponían en ellas. Mi madre no dejó que Ginny entrara en la última. Estaba llena de esqueletos mutantes de muggles que habían profanado la tumba y tenían varias cabezas y cosas así.*
  *Cuando mi padre ganó el premio de* El Profeta *no lo podía creer. ¡Setecientos galeones! La mayor parte se nos ha ido en estas vacaciones, pero me van a comprar otra varita mágica para el próximo curso.*

Harry recordaba muy bien cómo se le había roto a Ron su vieja varita mágica. Fue cuando el coche en que los dos habían ido volando a Hogwarts chocó contra un árbol del parque del colegio.

> *Regresaremos más o menos una semana antes de que comience el curso. Iremos a Londres a comprar la varita mágica y los nuevos libros. ¿Podríamos vernos allí?*
> *¡No dejes que los muggles te depriman!*
> *Intenta venir a Londres.*
>
> > *Ron*
>
> *Posdata: Percy ha ganado el Premio Anual. Recibió la notificación la semana pasada.*

Harry volvió a mirar la foto. Percy, que estaba en el séptimo y último curso de Hogwarts, parecía especialmente orgulloso. Se había colocado la medalla del Premio Anual en el fez que llevaba graciosamente sobre su pelo repeinado. Las gafas de montura de asta reflejaban el sol egipcio.

Luego Harry cogió el regalo y lo desenvolvió. Parecía un diminuto trompo de cristal. Debajo había otra nota de Ron:

> *Harry:*
> *Esto es un chivatoscopio de bolsillo. Si hay alguien cerca que no sea de fiar, en teoría tiene que dar vueltas y encenderse. Bill dice que no es más que una trampa para turistas magos, y que no funciona, porque la noche pasada estuvo toda la cena sin parar. Claro que él no sabía que Fred y George le habían echado escarabajos en la sopa.*
> *Hasta pronto,*
>
> > *Ron*

Harry puso el chivatoscopio de bolsillo sobre la mesita de noche, donde permaneció inmóvil, en equilibrio sobre la punta, reflejando las manecillas luminosas del reloj. Lo contempló durante unos segundos, satisfecho, y luego cogió el paquete que había llevado *Hedwig*.

También contenía un regalo envuelto en papel, una tarjeta y una carta, esta vez de Hermione:

*Querido Harry:*

*Ron me escribió y me contó lo de su conversación telefónica con tu tío Vernon. Espero que estés bien.*

*En estos momentos estoy en Francia de vacaciones y no sabía cómo enviarte esto (¿y si lo abrían en la aduana?), ¡pero entonces apareció Hedwig! Creo que quería asegurarse de que, para variar, recibías un regalo de cumpleaños. El regalo te lo he comprado por catálogo vía lechuza. Había un anuncio en El Profeta (me he suscrito, hay que estar al tanto de lo que ocurre en el mundo mágico). ¿Has visto la foto que salió de Ron y su familia hace una semana? Apuesto a que está aprendiendo montones de cosas, me muero de envidia... los brujos del antiguo Egipto eran fascinantes.*

*Aquí también tienen un interesante pasado en cuestión de brujería. He tenido que reescribir completa la redacción sobre Historia de la Magia para poder incluir algunas cosas que he averiguado. Espero que no resulte excesivamente larga: comprende dos pergaminos más de los que había pedido el profesor Binns.*

*Ron dice que irá a Londres la última semana de vacaciones. ¿Podrías ir tú también? ¿Te dejarán tus tíos? Espero que sí. Si no, nos veremos en el expreso de Hogwarts el 1 de septiembre.*

*Besos de*

                                         *Hermione*

*Posdata: Ron me ha dicho que Percy ha recibido el Premio Anual. Me imagino que Percy estará en una nube. A Ron no parece que le haga mucha gracia.*

Harry volvió a sonreír mientras dejaba a un lado la carta de Hermione y cogía el regalo. Pesaba mucho. Conociendo a Hermione, estaba convencido de que sería un gran libro lleno de difíciles embrujos, pero no. El corazón le dio un vuelco cuando quitó el papel y vio un estuche de cuero negro con unas palabras estampadas en plata: EQUIPO DE MANTENIMIENTO DE ESCOBAS VOLADORAS.

—¡Caramba, Hermione! —murmuró Harry, abriendo el estuche para echar un vistazo.

Contenía un tarro grande de abrillantador de palo de escoba marca Fleetwood, unas tijeras especiales de plata para recortar las ramitas, una pequeña brújula de latón para los viajes largos en escoba y un *Manual de mantenimiento de la escoba voladora*.

Después de sus amigos, lo que Harry más apreciaba de Hogwarts era el *quidditch*, el deporte que contaba con más seguidores en el mundo mágico. Era muy peligroso, muy emocionante, y los jugadores iban montados en escoba. Harry era muy bueno jugando al quidditch. Era el jugador más joven de Hogwarts de los últimos cien años. Uno de sus trofeos más estimados era la escoba de carreras Nimbus 2.000.

Harry dejó a un lado el estuche y cogió el último paquete. Reconoció de inmediato los garabatos que había en el papel marrón: aquel paquete lo había enviado Hagrid, el guardabosques de Hogwarts. Desprendió la capa superior de papel y vislumbró una cosa verde y como de piel, pero antes de que pudiera desenvolverlo del todo, el paquete tembló y lo que estaba dentro emitió un ruido fuerte, como de fauces que se cierran.

Harry se estremeció. Sabía que Hagrid no le enviaría nunca nada peligroso a propósito, pero es que las ideas de Hagrid sobre lo que podía resultar peligroso no eran muy normales: Hagrid tenía amistad con arañas gigantes; había comprado en las tabernas feroces perros de tres cabezas; y había escondido en su cabaña huevos de dragón (lo cual estaba prohibido).

Harry tocó el paquete con el dedo, con temor. Volvió a hacer el mismo ruido de cerrar de fauces. Harry cogió la lámpara de la mesita de noche, la sujetó firmemente con una mano y la levantó por encima de su cabeza, preparado para lanzar un golpe. Entonces cogió con la otra mano lo que quedaba del envoltorio y tiró de él.

Cayó un libro. Harry sólo tuvo tiempo de ver su elegante cubierta verde, con el título estampado en letras doradas, *El monstruoso libro de los monstruos*, antes de que el libro se levantara sobre el lomo y escapara por la cama como si fuera un extraño cangrejo.

—Oh... ah —susurró Harry.

Cayó de la cama produciendo un golpe seco y recorrió con rapidez la habitación, arrastrando las hojas. Harry lo persiguió procurando no hacer ruido. Se había escondido en el oscuro espacio que había debajo de su mesa. Rezando para que los Dursley estuvieran aún profundamente dormidos, Harry se puso a cuatro patas y se acercó a él.

—¡Ay!

El libro se cerró atrapándole la mano y huyó batiendo las hojas, apoyándose aún en las cubiertas. Harry gateó, se echó hacia delante y logró aplastarlo. Tío Vernon emitió un sonoro ronquido en el dormitorio contiguo.

*Hedwig* y *Errol* lo observaban con interés mientras Harry sujetaba el libro fuertemente entre sus brazos, se iba a toda prisa hacia los cajones del armario y sacaba un cinturón para atarlo. El libro monstruoso tembló de ira, pero ya no podía abrirse ni cerrarse, así que Harry lo dejó sobre la cama y cogió la carta de Hagrid.

> *Querido Harry:*
> *¡Feliz cumpleaños!*
> *He pensado que esto te podría resultar útil para el próximo curso. De momento no te digo nada más. Te lo diré cuando nos veamos.*
> *Espero que los muggles te estén tratando bien.*
> *Con mis mejores deseos,*
>
> *Hagrid*

A Harry le dio mala espina que Hagrid pensara que podía serle útil un libro que mordía, pero dejó la tarjeta de Hagrid junto a las de Ron y Hermione, sonriendo con más ganas que nunca. Ya sólo le quedaba la carta de Hogwarts.

Percatándose de que era más gruesa de lo normal, Harry rasgó el sobre, extrajo la primera página de pergamino y leyó:

> *Estimado señor Potter:*
> *Le rogamos que no olvide que el próximo curso dará comienzo el 1 de septiembre. El expreso de Hogwarts partirá a las once en punto de la mañana de la estación de King's Cross, andén nueve y tres cuartos.*
> *A los alumnos de tercer curso se les permite visitar determinados fines de semana el pueblo de Hogsmea-*

*de. Le rogamos que entregue a sus padres o tutores el documento de autorización adjunto para que lo firmen.*

*También se adjunta la lista de libros del próximo curso.*

*Atentamente,*

*Profesora M. McGonagall*
*Subdirectora*

Harry extrajo la autorización para visitar el pueblo de Hogsmeade, y la examinó, ya sin sonreír. Sería estupendo visitar Hogsmeade los fines de semana; sabía que era un pueblo enteramente dedicado a la magia y nunca había puesto en él los pies. Pero ¿cómo demonios iba a convencer a sus tíos de que le firmaran la autorización?

Miró el despertador. Eran las dos de la mañana.

Decidió pensar en ello al día siguiente, se metió en la cama y se estiró para tachar otro día en el calendario que se había hecho para ir descontando los días que le quedaban para regresar a Hogwarts. Se quitó las gafas y se acostó para contemplar las tres tarjetas de cumpleaños.

Aunque era un muchacho diferente en muchos aspectos, en aquel momento Harry Potter se sintió como cualquier otro: contento, por primera vez en su vida, de que fuera su cumpleaños.

# 2

## El error de tía Marge

Cuando Harry bajó a desayunar a la mañana siguiente, se encontró a los tres Dursley ya sentados a la mesa de la cocina. Veían la televisión en un aparato nuevo, un regalo que le habían hecho a Dudley al volver a casa después de terminar el curso, porque se había quejado a gritos del largo camino que tenía que recorrer desde la nevera a la tele de la salita. Dudley se había pasado la mayor parte del verano en la cocina, con los ojos de cerdito fijos en la pantalla y sus cinco papadas temblando mientras engullía sin parar.

Harry se sentó entre Dudley y tío Vernon, un hombre corpulento, robusto, que tenía el cuello corto y un enorme bigote. Lejos de desearle a Harry un feliz cumpleaños, ninguno de los Dursley dio muestra alguna de haberse percatado de que Harry acababa de entrar en la cocina, pero él estaba demasiado acostumbrado para ofenderse. Se sirvió una tostada y miró al presentador de televisión, que informaba sobre un recluso fugado.

«Tenemos que advertir a los telespectadores de que Black va armado y es muy peligroso. Se ha puesto a disposición del público un teléfono con línea directa para que cualquiera que lo vea pueda denunciarlo.»

—No hace falta que nos digan que no es un buen tipo —resopló tío Vernon echando un vistazo al fugitivo por encima del periódico—. ¡Fíjense qué pinta, vago asqueroso! ¡Fíjense qué pelo!

Lanzó una mirada de asco hacia donde estaba Harry, cuyo pelo desordenado había sido motivo de muchos enfados de tío Vernon. Sin embargo, comparado con el hombre de la televisión, cuya cara demacrada aparecía circundada por una revuelta cabellera que le llegaba hasta los codos, Harry parecía muy bien arreglado.

Volvió a aparecer el presentador.

«El ministro de Agricultura y Pesca anunciará hoy...»

—¡Un momento! —ladró tío Vernon, mirando furioso al presentador—. ¡No nos has dicho de dónde se ha escapado ese enfermo! ¿Qué podemos hacer? ¡Ese lunático podría estar acercándose ahora mismo por la calle!

Tía Petunia, que era huesuda y tenía cara de caballo, se dio la vuelta y escudriñó atentamente por la ventana de la cocina. Harry sabía que a tía Petunia le habría encantado llamar a aquel teléfono directo. Era la mujer más entrometida del mundo, y pasaba la mayor parte del tiempo espiando a sus vecinos, que eran aburridísimos y muy respetuosos con las normas.

—¡Cuándo aprenderán —dijo tío Vernon, golpeando la mesa con su puño grande y amoratado— que la horca es la única manera de tratar a esa gente!

—Muy cierto —dijo tía Petunia, que seguía espiando las habichuelas del vecino.

Tío Vernon apuró la taza de té, miró el reloj y añadió:

—Tengo que marcharme. El tren de Marge llega a las diez.

Harry, cuya cabeza seguía en la habitación con el equipo de mantenimiento de escobas voladoras, volvió de golpe a la realidad.

—¿Tía Marge? —barbotó—. No... no vendrá aquí, ¿verdad?

Tía Marge era la hermana de tío Vernon. Aunque no era pariente consanguíneo de Harry (cuya madre era hermana de tía Petunia), desde siempre lo habían obligado a llamarla «tía». Tía Marge vivía en el campo, en una casa con un gran jardín donde criaba bulldogs. No iba con frecuencia a Privet Drive porque no soportaba estar lejos de sus queridos perros, pero sus visitas habían quedado vívidamente grabadas en la mente de Harry.

En la fiesta que celebró Dudley al cumplir cinco años, tía Marge golpeó a Harry en las espinillas con el bastón para impedir que le ganara a Dudley en el juego de las estatuas musicales. Unos años después, por Navidad, apareció con un robot automático para Dudley y una caja de galletas de perro para Harry. En su última visita, el año anterior a su ingreso en Hogwarts, Harry le había pisado una pata sin querer a su perro favorito. *Ripper* persiguió a Harry, obligándolo a salir al jardín y a subirse a un árbol, y tía Marge no había querido llamar al perro hasta pasada la medianoche. El recuerdo de aquel incidente todavía hacía llorar a Dudley de la risa.

—Marge pasará aquí una semana —gruñó tío Vernon—. Y ya que hablamos de esto —y señaló a Harry con un dedo amenazador—, quiero dejar claras algunas cosas antes de ir a recogerla.

Dudley sonrió y apartó la vista de la tele. Su entretenimiento favorito era contemplar a Harry cuando tío Vernon lo reprendía.

—Primero —gruñó tío Vernon—, usarás un lenguaje educado cuando te dirijas a tía Marge.

—De acuerdo —contestó Harry con resentimiento—, si ella lo usa también conmigo.

—Segundo —prosiguió el tío Vernon, como si no hubiera oído la puntualización de Harry—: como Marge no sabe nada de tu anormalidad, no quiero ninguna exhibición extraña mientras esté aquí. Compórtate, ¿entendido?

—Me comportaré si ella se comporta —contestó Harry apretando los dientes.

—Y tercero —siguió tío Vernon, casi cerrando los ojos pequeños y mezquinos, en medio de su rostro colorado—: le hemos dicho a Marge que acudes al Centro de Seguridad San Bruto para Delincuentes Juveniles Incurables.

—¿Qué? —gritó Harry.

—Y eso es lo que dirás tú también, si no quieres tener problemas —soltó tío Vernon.

Harry permaneció sentado en su sitio, con la cara blanca de ira, mirando a tío Vernon, casi incapaz de creer lo que oía. Que tía Marge se presentase para pasar toda una semana era el peor regalo de cumpleaños que los Dursley le habían hecho nunca, incluido el par de calcetines viejos de tío Vernon.

—Bueno, Petunia —dijo tío Vernon, levantándose con dificultad—, me marcho a la estación. ¿Quieres venir, Dudders?

—No —respondió Dudley, que había vuelto a fijarse en la tele en cuanto tío Vernon acabó de reprender a Harry.

—Duddy tiene que ponerse elegante para recibir a su tía —dijo tía Petunia alisando el espeso pelo rubio de Dudley—. Mamá le ha comprado un precioso vestido nuevo.

Tío Vernon dio a Dudley una palmadita en su hombro porcino.

—Vuelvo enseguida —dijo, y salió de la cocina.

Harry, que había quedado en una especie de trance causado por el terror, tuvo de repente una idea. Dejó la tostada, se puso de pie rápidamente y siguió a tío Vernon hasta la puerta.

Tío Vernon se ponía la chaqueta que usaba para conducir:

—No te voy a llevar —gruñó, volviéndose hacia Harry, que lo estaba mirando.

—Como si yo quisiera ir —repuso Harry—. Quiero pedirte algo. —Tío Vernon lo miró con suspicacia—. A los de tercero, en Hog... en mi colegio, a veces los dejan ir al pueblo.

—¿Y qué? —le soltó tío Vernon, cogiendo las llaves de un gancho que había junto a la puerta.

—Necesito que me firmes la autorización —dijo Harry apresuradamente.

—¿Y por qué habría de hacerlo? —preguntó tío Vernon con desdén.

—Bueno —repuso Harry, eligiendo cuidadosamente las palabras—, será difícil simular ante tía Marge que voy a ese Centro... ¿cómo se llamaba?

—¡Centro de Seguridad San Bruto para Delincuentes Juveniles Incurables! —bramó tío Vernon.

Y a Harry le encantó percibir una nota de terror en la voz de tío Vernon.

—Ajá —dijo Harry, mirando a tío Vernon a la cara, tranquilo—. Es demasiado largo para recordarlo. Tendré que decirlo de manera convincente, ¿no? ¿Qué pasaría si me equivocara?

—Te lo haría recordar a golpes —rugió tío Vernon, abalanzándose contra Harry con el puño en alto. Pero Harry no retrocedió.

—Eso no le hará olvidar a tía Marge lo que yo le haya dicho —dijo Harry en tono serio.

Tío Vernon se detuvo con el puño aún levantado y el rostro desagradablemente amoratado.

—Pero si firmas la autorización, te juro que recordaré el colegio al que se supone que voy, y que actuaré como un mug... como una persona normal, y todo eso.

Harry vio que tío Vernon meditaba lo que le acababa de decir, aunque enseñaba los dientes, y le palpitaba la vena de la sien.

—De acuerdo —atajó de manera brusca—, te vigilaré muy atentamente durante la estancia de Marge. Si al final te has sabido comportar y no has desmentido la historia, firmaré esa cochina autorización.

Dio media vuelta, abrió la puerta de la casa y la cerró con un golpe tan fuerte que se cayó uno de los cristales de arriba.

Harry no volvió a la cocina. Regresó por las escaleras a su habitación. Si tenía que obrar como un auténtico muggle, mejor empezar en aquel momento. Muy despacio y con tristeza, fue recogiendo todos los regalos y tarjetas de cumpleaños y los escondió debajo de la tabla suelta, junto con sus deberes. Se dirigió a la jaula de *Hedwig*. Parecía que *Errol* se había recuperado. *Hedwig* y él estaban dormidos, con la cabeza bajo el ala. Suspiró. Los despertó con un golpecito.

—*Hedwig* —dijo un poco triste—, tendrás que desaparecer una semana. Vete con *Errol*. Ron cuidará de ti. Voy a escribirle una nota para darle una explicación. Y no me mires así.

*Hedwig* lo miraba con sus grandes ojos ambarinos, con reproche.

—No es culpa mía. No hay otra manera de que me permitan visitar Hogsmeade con Ron y Hermione.

Diez minutos más tarde, *Errol* y *Hedwig* (ésta con una nota para Ron atada a la pata) salieron por la ventana y volaron hasta perderse de vista. Harry, muy triste, cogió la jaula y la escondió en el armario.

Pero no tuvo mucho tiempo para entristecerse. Enseguida tía Petunia le empezó a gritar para que bajara y se preparase para recibir a la invitada.

—¡Péinate bien! —le dijo imperiosamente tía Petunia en cuanto llegó al vestíbulo.

Harry no entendía por qué tenía que aplastarse el pelo contra el cuero cabelludo. A tía Marge le encantaba criticarlo, así que cuanto menos se arreglara, más contenta estaría ella.

Oyó crujir la gravilla bajo las ruedas del coche de tío Vernon. Luego, los golpes de las puertas del coche y pasos por el camino del jardín.

—¡Abre la puerta! —susurró tía Petunia a Harry.

Harry abrió la puerta con un sentimiento de pesadumbre.

En el umbral de la puerta estaba tía Marge. Se parecía mucho a tío Vernon: era grande, robusta y tenía la cara colorada. Incluso tenía bigote, aunque no tan poblado como el de tío Vernon. En una mano llevaba una maleta enorme; y debajo de la otra se hallaba un perro viejo y con malas pulgas.

—¿Dónde está mi Dudders? —rugió tía Marge—. ¿Dónde está mi sobrinito querido?

Dudley se acercó andando como un pato, con el pelo rubio totalmente pegado al gordo cráneo y un vestido que apenas se veía debajo de las múltiples papadas. Tía Marge tiró la maleta contra el estómago de Harry (y le cortó la respiración), estrechó a Dudley fuertemente con un solo brazo, y le plantó en la mejilla un beso sonoro.

Harry sabía bien que Dudley soportaba los abrazos de tía Marge sólo porque le pagaba muy bien por ello, y con toda seguridad, al separarse después del abrazo, Dudley encontraría un billete de veinte libras en el interior de su manaza.

—¡Petunia! —gritó tía Marge pasando junto a Harry sin mirarlo, como si fuera un perchero.

Tía Marge y tía Petunia se dieron un beso, o más bien tía Marge golpeó con su prominente mandíbula el huesudo pómulo de tía Petunia.

Entró tío Vernon sonriendo jovialmente mientras cerraba la puerta.

—¿Un té, Marge? —preguntó—. ¿Y qué tomará *Ripper*?

—*Ripper* sorberá el té que se me derrame en el plato —dijo tía Marge mientras entraban todos en tropel en la cocina, dejando a Harry solo en el vestíbulo con la maleta. Pero Harry no lo lamentó; cualquier cosa era mejor que estar con tía Marge. Subió la maleta por las escaleras hasta la habitación de invitados lo más despacio que pudo.

Cuando regresó a la cocina, a tía Marge le habían servido té y pastel de frutas, y *Ripper* lamía té en un rincón, haciendo mucho ruido. Harry notó que tía Petunia se estremecía al ver a *Ripper* manchando el suelo de té y babas. Tía Petunia odiaba a los animales.

—¿Has dejado a alguien al cuidado de los otros perros, Marge? —inquirió tío Vernon.

—El coronel Fubster los cuida —dijo tía Marge con voz de trueno—. Está jubilado. Le viene bien tener algo que hacer. Pero no podría dejar al viejo y pobre *Ripper*. ¡Sufre tanto si no está conmigo...!

*Ripper* volvió a gruñir cuando se sentó Harry. Tía Marge se fijó en él por primera vez.

—Conque todavía estás por aquí, ¿eh? —bramó.

—Sí —respondió Harry.

—No digas sí en ese tono maleducado —gruñó tía Marge—. Demasiado bien te tratan Vernon y Petunia teniéndote aquí con ellos. Yo en su lugar no lo hubiera hecho. Si te hubieran abandonado a la puerta de mi casa te habría enviado directamente al orfanato.

Harry estuvo a punto de decir que hubiera preferido un orfanato a vivir con los Dursley, pero se contuvo al recordar la autorización para ir a Hogsmeade. Se le dibujó en la cara una triste sonrisa.

—¡No pongas esa cara! —rugió tía Marge—. Ya veo que no has mejorado desde la última vez que te vi. Esperaba que el colegio te hubiera enseñado modales. —Tomó un largo sorbo de té, se limpió el bigote y preguntó—: ¿Adónde me has dicho que lo envían, Vernon?

—Al colegio San Bruto —dijo con prontitud tío Vernon—. Es una institución de primera categoría para casos desesperados.

—Bien —dijo tía Marge—. ¿Utilizan la vara en San Bruto, chico? —dijo, orientando la boca hacia el otro lado de la mesa.

—Bueeenooo...

Tío Vernon asentía detrás de tía Marge.

—Sí —dijo Harry, y luego, pensando que era mejor hacer las cosas bien, añadió—: sin parar.

—Excelente —dijo tía Marge—. No comprendo esas ñoñerías de no pegar a los que se lo merecen. Una buena paliza es lo que haría falta en el noventa y nueve por ciento de los casos. ¿Te han sacudido con frecuencia?

—Ya lo creo —respondió Harry—, muchísimas veces.

Tía Marge arrugó el entrecejo.

—Sigue sin gustarme tu tono, muchacho. Si puedes hablar tan tranquilamente de los azotes que te dan, es que no te sacuden bastante fuerte. Petunia, yo en tu lugar escribiría. Explica con claridad que con este chico admites la utilización de los métodos más enérgicos.

Tal vez a tío Vernon le preocupara que Harry pudiera olvidar el trato que acababan de hacer; de cualquier forma, cambió abruptamente de tema:

—¿Has oído las noticias esta mañana, Marge? ¿Qué te parece lo de ese preso que ha escapado?

Con tía Marge en casa, Harry empezaba a echar de menos la vida en el número 4 de Privet Drive tal como era antes de su aparición. Tío Vernon y tía Petunia solían preferir que Harry se perdiera de vista, cosa que ponía a Harry muy contento. Tía Marge, por el contrario, quería tener a Harry continuamente vigilado, para poder lanzar sugerencias encaminadas a mejorar su comportamiento. A ella le encantaba comparar a Harry con Dudley, y le producía un placer especial entregarle a éste regalos caros mientras fulminaba a Harry con la mirada, como si quisiera que Harry se atreviera a preguntar por qué no le daba nada a él. No dejaba de lanzar indirectas sobre los defectos de Harry.

—No debes culparte por cómo ha salido el chico, Vernon —dijo el tercer día, a la hora de la comida—. Si está podrido por dentro, no hay nada que hacer.

Harry intentaba pensar en la comida, pero le temblaban las manos y el rostro le ardía de ira.

«Tengo que recordar la autorización, tengo que pensar en Hogsmeade, no debo decir nada, no debo levantarme.»

Tía Marge alargó el brazo para coger la copa de vino.

—Es una de las normas básicas de la crianza, se ve claramente en los perros: de tal palo, tal astilla.

En aquel momento estalló la copa de vino que tía Marge tenía en la mano. En todas direcciones salieron volando fragmentos de cristal, y tía Marge parpadeó y farfulló algo. De su cara grande y encarnada caían gotas de vino.

—¡Marge! —chilló tía Petunia—. ¡Marge!, ¿te encuentras bien?

—No te preocupes —gruñó tía Marge secándose la cara con la servilleta—. Debo de haber apretado la copa demasiado fuerte. Me pasó lo mismo el otro día, en casa del coronel Fubster. No tiene importancia, Petunia, es que cojo las cosas con demasiada fuerza...

Pero tanto tía Petunia como tío Vernon miraban a Harry suspicazmente, de forma que éste decidió quedarse sin tomar el pudín y levantarse de la mesa lo antes posible.

Se apoyó en la pared del vestíbulo, respirando hondo. Hacía mucho tiempo que no perdía el control de aquella manera, haciendo estallar algo. No podía permitirse que aquello se repitiera. La autorización para ir a Hogsmeade no era lo único que estaba en juego... Si continuaba así, tendría problemas con el Ministerio de Magia.

Harry era todavía un brujo menor de edad y tenía prohibido por la legislación del mundo mágico hacer magia fuera del colegio. Su expediente no estaba completamente limpio. El verano anterior le habían enviado una amonestación oficial en la que se decía claramente que si el Ministerio volvía a tener constancia de que se empleaba la magia en Privet Drive, expulsarían a Harry del colegio.

Oyó a los Dursley levantarse de la mesa y se apresuró a desaparecer escaleras arriba.

Harry soportó los tres días siguientes obligándose a pensar en el *Manual de mantenimiento de la escoba voladora* cada vez que tía Marge se metía con él. El truco funcionó bastante bien, aunque debía de darle aspecto de atontado y tía Marge había empezado a decir que era subnormal.

Por fin llegó la última noche que había de pasar tía Marge en la casa. Tía Petunia preparó una cena por todo lo alto y tío Vernon descorchó varias botellas de vino. Tomaron la sopa y el salmón sin hacer ninguna referencia a los defectos de Harry; durante el pastel de merengue de limón, tío Vernon aburrió a todos con un largo discurso sobre Grunnings, la empresa de taladros para la que trabajaba; luego tía Petunia preparó café y tío Vernon sacó una botella de brandy.

—¿Puedo tentarte, Marge?

Tía Marge había bebido ya bastante vino. Su rostro grande estaba muy colorado.

—Sólo un poquito —dijo con una sonrisita—. Bueno, un poquito más... un poco más... ya está.

Dudley se comía su cuarta ración de pastel. Tía Petunia sorbía el café con el dedo meñique estirado. Harry habría querido subir a su habitación, pero tropezó con los ojos pequeños e iracundos de tío Vernon y supo que debía quedarse allí.

—¡Aaah! —dijo tía Marge lamiéndose los labios y dejando la copa vacía en la mesa—. Una comilona estupenda, Petunia. Por las noches me contento con cualquier frito. Con doce perros que cuidar... —Eructó a sus anchas y se dio una palmada en la voluminosa barriga—. Perdón. Pero me gusta ver a un buen mozo —prosiguió guiñándole el ojo a Dudley—. Serás un hombre de buen tamaño, Dudders, como tu padre. Sí, tomaré una gota más de brandy, Vernon... En cuanto a éste...

Señaló a Harry con la cabeza. El muchacho sintió que se le encogía el estómago.

«El manual», pensó con rapidez.

—Éste no tiene buena talla, ha salido pequeño. Pasa también con los perros. El año pasado tuve que pedirle al coronel Fubster que asfixiara a uno, porque era raquítico. Débil. De mala raza.

Harry intentó recordar la página 12 de su libro: «Encantamiento para los que van al revés.»

—Como decía el otro día, todo se hereda. La mala sangre prevalece. No digo nada contra tu familia, Petunia. —Con su mano de pala dio una palmadita sobre la mano huesuda de tía Petunia—. Pero tu hermana era la oveja negra. Siempre hay alguna, hasta en las mejores familias. Y se escapó con un patán. Aquí tenemos el resultado.

Harry miraba su plato, sintiendo un extraño zumbido en los oídos. «Sujétese la escoba por el palo.» No podía recordar cómo seguía. La voz de tía Marge parecía perforar su cabeza como un taladro de tío Vernon.

—Ese Potter —dijo tía Marge en voz alta, cogiendo la botella de brandy y vertiendo más en su copa y en el mantel—, nunca me dijeron a qué se dedicaba.

Tío Vernon y tía Petunia estaban completamente tensos. Incluso Dudley había retirado los ojos del pastel y miraba a sus padres boquiabierto.

—No... no trabajaba —dijo tío Vernon, mirando a Harry de reojo—. Estaba desempleado.

—¡Lo que me imaginaba! —comentó tía Marge echándose un buen trago de brandy y limpiándose la barbilla con la manga—. Un inútil, un vago y un gorrón que...

—No era nada de eso —interrumpió Harry de repente.

Todos se callaron. Harry temblaba de arriba abajo. Nunca había estado tan enfadado.

—¡MÁS BRANDY! —gritó tío Vernon, que se había puesto pálido. Vació la botella en la copa de tía Marge—. Tú, chico —gruñó a Harry—, vete a la cama.

—No, Vernon —dijo entre hipidos tía Marge, levantando una mano. Fijó en los de Harry sus ojos pequeños y enrojecidos—. Sigue, muchacho, sigue. Conque estás orgulloso de tus padres, ¿eh? Van y se matan en un accidente de coche... borrachos, me imagino...

—No murieron en ningún accidente de coche —repuso Harry, que sin darse cuenta se había levantado.

—¡Murieron en un accidente de coche, sucio embustero, y te dejaron para que fueras una carga para tus decentes y trabajadores tíos! —gritó tía Marge, inflándose de ira—. Eres un niño insolente, desagradecido y...

Pero tía Marge se cortó en seco. Por un momento fue como si le faltasen las palabras. Se hinchaba con una ira indescriptible... Pero la hinchazón no se detenía. Su gran cara encarnada comenzó a aumentar de tamaño. Se le agrandaron los pequeños ojos y la boca se le estiró tanto que no podía hablar. Al cabo de un instante, saltaron varios botones de su chaqueta de mezclilla y golpearon en las paredes... Se inflaba como un globo monstruoso. El estómago se expandió y reventó la cintura de la falda de mezclilla. Los dedos se le pusieron como morcillas...

—¡MARGE! —gritaron a la vez tío Vernon y tía Petunia, cuando el cuerpo de tía Marge comenzó a elevarse de la silla hacia el techo. Estaba completamente redonda, como un inmenso globo con ojos de cerdito. Ascendía emitiendo leves ruidos como de estallidos. *Ripper* entró en la habitación ladrando sin parar.

—¡NOOOOOOO!

Tío Vernon cogió a Marge por un pie y trató de bajarla, pero faltó poco para que se elevara también con ella. Un instante después, *Ripper* dio un salto y hundió los colmillos en la pierna de tío Vernon.

Harry salió corriendo del comedor, antes de que nadie lo pudiera detener, y se dirigió al armario que había debajo de las escaleras. Por arte de magia, la puerta del armario se abrió de golpe cuando llegó ante ella. En unos segundos arrastró el baúl hasta la puerta de la casa. Subió las escaleras rápidamente, se echó bajo la cama, levantó la tabla suelta y sacó la funda de almohada llena de libros y regalos de cumpleaños. Salió de debajo de la cama, cogió la jaula vacía de *Hedwig*, bajó las escaleras corriendo y llegó al baúl en el instante en que tío Vernon salía del comedor con la pernera del pantalón hecha jirones.

—¡VEN AQUÍ! —bramó—. ¡REGRESA Y ARREGLA LO QUE HAS HECHO!

Pero una rabia imprudente se había apoderado de Harry. Abrió el baúl de una patada, sacó la varita y apuntó con ella a tío Vernon.

—Tía Marge se lo merecía —dijo Harry jadeando—. Se merecía lo que le ha pasado. No te acerques.

Tentó a sus espaldas buscando la chapa de la puerta.

—Me voy —añadió—. Ya he tenido bastante.

Momentos después arrastraba el pesado baúl, con la jaula de *Hedwig* debajo del brazo, por la oscura y silenciosa calle.

# 3

# El autobús *noctámbulo*

Después de alejarse varias calles, se dejó caer sobre un muro bajo de la calle Magnolia, jadeando a causa del esfuerzo. Se quedó sentado, inmóvil, todavía furioso, escuchando los latidos acelerados del corazón. Pero después de estar diez minutos solo en la oscura calle, le sobrecogió una nueva emoción: el pánico. De cualquier manera que lo mirara, nunca se había encontrado en peor apuro. Estaba abandonado a su suerte y totalmente solo en el sombrío mundo muggle, sin ningún lugar al que ir. Y lo peor de todo era que acababa de utilizar la magia de forma seria, lo que implicaba, con toda seguridad, que sería expulsado de Hogwarts. Había infringido tan gravemente el Decreto para la moderada limitación de la brujería en menores de edad que estaba sorprendido de que los representantes del Ministerio de Magia no se hubieran presentado ya para llevárselo.

Le dio un escalofrío. Miró a ambos lados de la calle Magnolia. ¿Qué le sucedería? ¿Lo detendrían o lo expulsarían del mundo mágico? Pensó en Ron y Hermione, y aún se entristeció más. Harry estaba seguro de que, delincuente o no, Ron y Hermione querrían ayudarlo, pero ambos estaban en el extranjero, y como *Hedwig* se había ido, no tenía forma de comunicarse con ellos.

Tampoco tenía dinero muggle. Le quedaba algo de oro mágico en el monedero, en el fondo del baúl, pero el resto de la fortuna que le habían dejado sus padres estaba en una cámara acorazada del banco mágico Gringotts, en Londres. Nunca podría llevar el baúl a rastras hasta Londres. A menos que...

31

Miró la varita mágica, que todavía tenía en la mano. Si ya lo habían expulsado (el corazón le latía con dolorosa rapidez), un poco más de magia no empeoraría las cosas. Tenía la capa invisible que había heredado de su padre. ¿Qué pasaría si hechizaba el baúl para hacerlo ligero como una pluma, lo ataba a la escoba, se cubría con la capa y se iba a Londres volando? Podría sacar el resto del dinero de la cámara y... comenzar su vida de marginado. Era un horrible panorama, pero no podía quedarse allí sentado o tendría que explicarle a la policía muggle por qué se hallaba allí a las tantas de la noche con una escoba y un baúl lleno de libros de encantamientos.

Harry volvió a abrir el baúl y lo fue vaciando en busca de la capa para hacerse invisible. Pero antes de que la encontrara se incorporó y volvió a mirar a su alrededor.

Un extraño cosquilleo en la nuca le provocaba la sensación de que lo estaban vigilando, pero la calle parecía desierta y no brillaba luz en ninguna casa.

Volvió a inclinarse sobre el baúl y casi inmediatamente se incorporó de nuevo, todavía con la varita en la mano. Más que oírlo, lo intuyó: había alguien detrás de él, en el estrecho hueco que se abría entre el garaje y la valla. Harry entornó los ojos mientras miraba el oscuro callejón. Si se moviera, sabría si se trataba de un simple gato callejero o de otra cosa.

—¡Lumos! —susurró Harry. Una luz apareció en el extremo de la varita, casi deslumbrándole. La mantuvo en alto, por encima de la cabeza, y las paredes del nº 2, recubiertas de guijarros, brillaron de repente. La puerta del garaje se iluminó y Harry vio allí, nítidamente, la silueta descomunal de algo que tenía ojos grandes y brillantes.

Se echó hacia atrás. Tropezó con el baúl. Alargó el brazo para impedir la caída, la varita salió despedida de la mano y él aterrizó junto al bordillo de la acera.

Sonó un estruendo y Harry se tapó los ojos con las manos, para protegerlos de una repentina luz cegadora...

Dando un grito, se apartó rodando de la calzada justo a tiempo. Un segundo más tarde, un vehículo de ruedas enormes y grandes faros delanteros frenó con un chirrido exactamente en el lugar en que había caído Harry. Era un autobús de dos plantas, pintado de rojo vivo, que había salido de la nada. En el parabrisas llevaba la siguiente inscripción con letras doradas: AUTOBÚS NOCTÁMBULO. Durante una fracción de segundo, Harry pensó si no lo habría aturdido la caída. El cobrador, de uniforme rojo, saltó del autobús y dijo en voz alta sin mirar a nadie:

—Bienvenido al *autobús noctámbulo*, transporte de emergencia para el brujo abandonado a su suerte. Alargue la varita, suba a bordo y lo llevaremos a donde quiera. Me llamo Stan Shunpike. Estaré a su disposición esta no...

El cobrador se interrumpió. Acababa de ver a Harry, que seguía sentado en el suelo. Harry cogió de nuevo la varita y se levantó de un brinco. Al verlo de cerca, se dio cuenta de que Stan Shunpike era tan sólo unos años mayor que él: no tendría más de dieciocho o diecinueve. Tenía las orejas grandes y salidas, y un montón de granos.

—¿Qué hacías ahí? —dijo Stan, abandonando los buenos modales.

—Me caí —contestó Harry.

—¿Para qué? —preguntó Stan con risa burlona.

—No me caí a propósito —contestó Harry enfadado.

Se había hecho un agujero en la rodillera de los vaqueros y le sangraba la mano con que había amortiguado la caída. De pronto recordó por qué se había caído y se volvió para mirar en el callejón, entre el garaje y la valla. Los faros delanteros del autobús noctámbulo lo iluminaban y era evidente que estaba vacío.

—¿Qué miras? —preguntó Stan.

—Había algo grande y negro —explicó Harry, señalando dubitativo—. Como un perro enorme...

Se volvió hacia Stan, que tenía la boca ligeramente abierta. No le hizo gracia que se fijara en la cicatriz de su frente.

—¿Qué es lo que tienes en la frente? —preguntó Stan.

—Nada —contestó Harry, tapándose la cicatriz con el pelo. Si el Ministerio de Magia lo buscaba, no quería ponerles las cosas demasiado fáciles.

—¿Cómo te llamas? —insistió Stan.

—Neville Longbottom —respondió Harry, dando el primer nombre que le vino a la cabeza—. Así que... así que este autobús... —dijo con rapidez, esperando desviar la atención de Stan—. ¿Has dicho que va a donde yo quiera?

—Sí —dijo Stan con orgullo—. A donde quieras, siempre y cuando haya un camino por tierra. No podemos ir por debajo del agua. Nos has dado el alto, ¿verdad? —dijo, volviendo a ponerse suspicaz—. Sacaste la varita y... ¿verdad?

—Sí —respondió Harry con prontitud—. Escucha, ¿cuánto costaría ir a Londres?

—Once *sickles* —dijo Stan—. Pero por trece te damos además una taza de chocolate y por quince una bolsa de agua caliente y un cepillo de dientes del color que elijas.

Harry rebuscó otra vez en el baúl, sacó el monedero y entregó a Stan unas monedas de plata. Entre los dos cogieron el baúl, con la jaula de *Hedwig* encima, y lo subieron al autobús.

No había asientos; en su lugar, al lado de las ventanas con cortinas, había media docena de camas de hierro. A los lados de cada una había velas encendidas que iluminaban las paredes revestidas de madera.

Un brujo pequeño con gorro de dormir murmuró en la parte trasera:

—Ahora no, gracias: estoy preparando babosas. —Y se dio la vuelta, sin dejar de dormir.

—La tuya es ésta —susurró Stan, metiendo el baúl de Harry bajo la cama que había detrás del conductor, que estaba sentado ante el volante—. Éste es nuestro conductor, Ernie Prang. Éste es Neville Longbottom, Ernie.

Ernie Prang, un brujo anciano que llevaba unas gafas muy gruesas, le hizo un ademán con la cabeza. Harry volvió a taparse la cicatriz con el mechón y se sentó en la cama.

—Vámonos, Ernie —dijo Stan, sentándose en su asiento, al lado del conductor.

Se oyó otro estruendo y al momento Harry se encontró estirado en la cama, impelido hacia atrás por la aceleración del autobús noctámbulo. Al incorporarse miró por la ventana y vio, en medio de la oscuridad, que pasaban a velocidad tremenda por una calle irreconocible. Stan observaba con gozo la cara de sorpresa de Harry.

—Aquí estábamos antes de que nos dieras el alto —explicó—. ¿Dónde estamos, Ernie? ¿En Gales?

—Sí —respondió Ernie.

—¿Cómo es que los muggles no oyen el autobús? —preguntó Harry.

—¿Ésos? —respondió Stan con desdén—. No saben escuchar, ¿a que no? Tampoco saben mirar. Nunca ven nada.

—Vete a despertar a la señora Marsh —ordenó Ernie a Stan—. Llegaremos a Abergavenny en un minuto.

Stan pasó al lado de la cama de Harry y subió por una escalera estrecha de madera. Harry seguía mirando por la ventana, cada vez más nervioso. Ernie no parecía dominar el volante. El autobús noctámbulo invadía continuamente la acera, pero no chocaba contra nada. Cuando se aproximaba a ellos, los buzones, las farolas y las papeleras se apartaban y volvían a su sitio en cuanto pasaba.

Stan reapareció, seguido por una bruja ligeramente verde arropada en una capa de viaje.

—Hemos llegado, señora Marsh —dijo Stan con alegría, al mismo tiempo que Ernie pisaba a fondo el freno, haciendo que las camas se deslizaran medio metro hacia delante. La señora Marsh se tapó la boca con un pañuelo y se bajó del autobús tambaleándose. Stan le arrojó el equipaje y cerró las portezuelas con fuerza. Hubo otro estruendo y volvieron a encontrarse viajando a la velocidad del rayo, por un camino rural, entre árboles que se apartaban.

Harry no habría podido dormir aunque viajara en un autobús que no hiciera aquellos ruidos ni fuera a tal velocidad. Se le revolvía el estómago al pensar en lo que podía ocurrirle, y en si los Dursley habrían conseguido bajar del techo a tía Marge.

Stan había abierto un ejemplar de *El Profeta* y lo leía con la lengua entre los dientes. En la primera página, una gran fotografía de un hombre con rostro triste y pelo largo y enmarañado le guiñaba a Harry un ojo, lentamente. A Harry le resultaba extrañamente familiar.

—¡Ese hombre! —dijo Harry, olvidando por unos momentos sus problemas—. ¡Salió en el noticiero de los muggles!

Stan volvió a la primera página y rió entre dientes.

—Es Sirius Black —asintió—. Por supuesto que ha salido en el noticiero muggle, Neville. ¿Dónde has estado este tiempo?

Volvió a sonreír con aire de superioridad al ver la perplejidad de Harry. Desprendió la primera página del diario y se la entregó a Harry.

—Deberías leer más el periódico, Neville.

Harry acercó la página a la vela y leyó:

BLACK SIGUE SUELTO

*El Ministerio de Magia confirmó ayer que Sirius Black, tal vez el más malvado recluso que haya albergado la fortaleza de Azkaban, aún no ha sido capturado.*

*«Estamos haciendo todo lo que está en nuestras manos para volver a apresarlo, y rogamos a la comunidad mágica que mantenga la calma», ha declarado esta misma mañana el ministro de Magia Cornelius Fudge. Fudge ha sido criticado por miembros de la Federación Internacional de Brujos por haber informado del problema al Primer Ministro muggle. «No he tenido más remedio que hacerlo», ha replicado Fudge, visiblemente enojado. «Black está loco, y supone un serio peligro para cualquiera que se tropiece con él, ya sea mago o muggle. He obtenido del Primer Ministro la promesa de que no revelará a nadie la verdadera identidad de Black. Y seamos realistas, ¿quién lo creería si lo hiciera?»*

*Mientras que a los muggles se les ha dicho que Black va armado con un revólver (una especie de varita de metal que los muggles utilizan para matarse entre ellos), la comunidad mágica vive con miedo de que se repita la matanza que se produjo hace doce años, cuando Black mató a trece personas con un solo hechizo.*

Harry observó los ojos ensombrecidos de Black, la única parte de su cara demacrada que parecía poseer algo de vida. Harry no había visto nunca a un vampiro, pero había visto fotos en sus clases de Defensa Contra las Artes Oscuras, y Black, con su piel blanca como la cera, parecía uno.

—Da miedo mirarlo, ¿verdad? —dijo Stan, que mientras leía el artículo se había estado fijando en Harry.

—¿Mató a trece personas —preguntó Harry, devolviéndole a Stan la página— con un hechizo?

—Sí —respondió Stan—. Delante de testigos y a plena luz del día. Causó conmoción, ¿no es verdad, Ernie?

—Sí —confirmó Ernie sombríamente.

Para ver mejor a Harry, Stan se volvió en el asiento, con las manos en el respaldo.

—Black era un gran partidario de Quien Tú Sabes —dijo.

—¿Quién? ¿Voldemort? —dijo Harry sin pensar.

Stan palideció hasta los granos. Ernie dio un giro tan brusco con el volante que tuvo que quitarse del camino una granja entera para esquivar el autobús.

—¿Te has vuelto loco? —gritó Stan—. ¿Por qué has mencionado su nombre?

—Lo siento —dijo Harry con prontitud—. Lo siento, se... se me olvidó.

—¡Que se te olvidó! —exclamó Stan con voz exánime—. ¡Caramba, el corazón me late a cien por hora!

—Entonces... entonces, ¿Black era seguidor de Quien Tú Sabes? —soltó Harry como disculpa.

—Sí —confirmó Stan, frotándose todavía el pecho—. Sí, exactamente. Muy próximo a Quien Tú Sabes, según dicen... De cualquier manera, cuando el pequeño Harry Potter acabó con Quien Tú Sabes (Harry volvió a aplastarse el pelo contra la cicatriz), todos los seguidores de Quien Tú Sabes fueron descubiertos, ¿verdad, Ernie? Casi todos sabían que la historia había terminado una vez vencido Quien Tú Sabes, y se volvieron muy prudentes. Pero no Sirius Black. Según he oído, pensaba ser el lugarteniente de Quien Tú Sabes cuando llegara al poder. El caso es que arrinconaron a Black en una calle llena de muggles, Black sacó la varita y de esa manera hizo saltar por los aires la mitad de la calle. Acabó con un mago y con doce muggles que pasaban por allí. Horrible, ¿no? ¿Y sabes lo que hizo Black entonces? —prosiguió Stan con un susurro teatral.

—¿Qué? —preguntó Harry.

—Reírse —explicó Stan—. Se quedó allí riéndose. Y cuando llegaron los refuerzos del Ministerio de Magia, dejó que se lo llevaran como si tal cosa, sin parar de reír a mandíbula batiente. Porque está loco, ¿verdad, Ernie? ¿Verdad que está loco?

—Si no lo estaba cuando lo llevaron a Azkaban, lo estará ahora —dijo Ernie con voz pausada—. Yo me maldeciría a mí mismo si tuviera que pisar ese lugar, pero después de lo que hizo le estuvo bien empleado.

—Les dio mucho trabajo encubrirlo todo, ¿verdad, Ernie? —dijo Stan—. Toda la calle destruida y todos aquellos muggles muertos. ¿Cuál fue la versión oficial, Ernie?

—Una explosión de gas —gruñó Ernie.

—Y ahora está libre —dijo Stan volviendo a examinar la cara demacrada de Black, en la fotografía del periódico—. Es la primera vez que alguien se fuga de Azkaban, ¿verdad, Ernie? No entiendo cómo lo ha hecho. Da miedo, ¿no? No creo que los guardias de Azkaban se lo pusieran fácil, ¿verdad, Ernie?

Ernie se estremeció de repente.

—Sé buen chico y cambia de conversación. Los guardias de Azkaban me ponen los pelos de punta.

Stan retiró el periódico a regañadientes, y Harry se reclinó contra la ventana del autobús noctámbulo, sintiéndose peor que nunca. No podía dejar de imaginarse lo que Stan contaría a los pasajeros noches más tarde: «¿Has oído lo de ese Harry Potter? Hinchó a su tía como si fuera un globo. Lo tuvimos aquí, en el autobús noctámbulo, ¿verdad, Ernie? Trataba de huir...»

Harry había infringido las leyes mágicas, exactamente igual que Sirius Black. ¿Inflar a tía Marge sería considerado lo bastante grave para ir a Azkaban? Harry no sabía nada acerca de la prisión de los magos, aunque todos a cuantos había oído hablar sobre ella empleaban el mismo tono aterrador. Hagrid, el guardabosques de Hogwarts, había pasado allí dos meses el curso anterior. Tardaría en olvidar la expresión de terror que puso cuando le dijeron adónde lo llevaban, y Hagrid era una de las personas más valientes que conocía.

El autobús noctámbulo circulaba en la oscuridad echando a un lado los arbustos, las balizas, las cabinas de teléfono, los árboles, mientras Harry permanecía acostado en el colchón de plumas, deprimido. Después de un rato, Stan recordó que Harry había pagado una taza de chocolate caliente, pero lo derramó todo sobre la almohada de Harry con el brusco movimiento del autobús entre Anglesea y Aberdeen. Brujos y brujas en camisón y pantuflas descendieron uno por uno del piso superior, para abandonar el autobús. Todos parecían encantados de bajarse.

Al final sólo quedó Harry.

—Bien, Neville —dijo Stan, dando palmadas—, ¿a qué parte de Londres?

—Al callejón Diagon —respondió Harry.

—De acuerdo —dijo Stan—, agárrate fuerte...

PRUMMMMBBB.

Circularon por Charing Cross como un rayo. Harry se incorporó en la cama, y vio edificios y bancos apretujándose para evitar al autobús. El cielo aclaraba. Reposaría un par de horas, llegaría a Gringotts a la hora de abrir y se iría, no sabía dónde.

Ernie pisó el freno, y el autobús noctámbulo patinó hasta detenerse delante de una taberna vieja y algo sucia, el Caldero Chorreante, tras la cual estaba la entrada mágica al callejón Diagon.

—Gracias —le dijo a Ernie. Bajó de un salto y con la ayuda de Stan dejó en la acera el baúl y la jaula de *Hedwig*—. Bueno —dijo Harry—, entonces, ¡adiós!

Pero Stan no le prestaba atención. Todavía en la puerta del autobús, miraba con los ojos abiertos de par en par la entrada enigmática del Caldero Chorreante.

—Conque estás aquí, Harry —dijo una voz.

Antes de que Harry se pudiera dar la vuelta, notó una mano en el hombro. Al mismo tiempo, Stan gritó:

—¡Caray! ¡Ernie, ven aquí! ¡Ven aquí!

Harry miró hacia arriba para ver quién le había puesto la mano en el hombro y sintió como si le echaran un caldero de agua helada en el estómago. Estaba delante del mismísimo Cornelius Fudge, el ministro de Magia.

Stan saltó a la acera, tras ellos.

—¿Cómo ha llamado a Neville, señor ministro? —dijo nervioso.

Fudge, un hombre pequeño y corpulento vestido con una capa larga de rayas, parecía distante y cansado.

—¿Neville? —repitió frunciendo el entrecejo—. Es Harry Potter.

—¡Lo sabía! —gritó Stan con alegría—. ¡Ernie! ¡Ernie! ¡Adivina quién es Neville! ¡Es Harry Potter! ¡Veo su cicatriz!

—Sí —dijo Fudge irritado—. Bien, estoy muy orgulloso de que el autobús noctámbulo haya transportado a Harry Potter, pero ahora él y yo tenemos que entrar en el Caldero Chorreante...

Fudge apretó más fuerte el hombro de Harry, y Harry se vio conducido al interior de la taberna. Una figura encorvada, que portaba un farol, apareció por la puerta de detrás de la barra. Era Tom, el dueño desdentado y lleno de arrugas.

—¡Lo ha atrapado, señor ministro! —dijo Tom—. ¿Querrá tomar algo? ¿Cerveza? ¿Brandy?

—Tal vez un té —contestó Fudge, que aún no había soltado a Harry.

Detrás de ellos se oyó un ruido de arrastre y un jadeo, y aparecieron Stan y Ernie acarreando el baúl de Harry y la jaula de *Hedwig*, y mirando emocionados a su alrededor.

—¿Por qué no nos has dicho quién eras, Neville? —le preguntó Stan sonriendo, mientras Ernie, con su cara de búho, miraba por encima del hombro de Stan con mucho interés.

—Y un salón privado, Tom, por favor —pidió Fudge lanzándoles una clara indirecta.

—Adiós —dijo Harry con tristeza a Stan y Ernie, mientras Tom indicaba a Fudge un pasadizo que salía del bar.

—¡Adiós, Neville! —dijo Stan.

Fudge llevó a Harry por el estrecho pasadizo, tras el farol de Tom, hasta que llegaron a una pequeña estancia. Tom chascó los dedos, y se encendió un fuego en la chimenea. Tras hacer una reverencia, se fue.

—Siéntate, Harry —dijo Fudge, señalando una silla que había al lado del fuego.

Harry se sentó. Se le había puesto la carne de gallina en los brazos, a pesar del fuego. Fudge se quitó la capa de rayas y la dejó a un lado. Luego se subió un poco los pantalones del traje verde botella y se sentó enfrente de Harry.

—Soy Cornelius Fudge, ministro de Magia.

Por supuesto, Harry ya lo sabía. Había visto a Fudge en una ocasión anterior, pero como entonces llevaba la capa invisible que le había dejado su padre en herencia, Fudge no podía saberlo.

Tom, el propietario, volvió con un delantal puesto sobre el camisón y llevando una bandeja con té y pasteles. Colocó la bandeja sobre la mesa que había entre Fudge y Harry, y salió de la estancia cerrando la puerta tras de sí.

—Bueno, Harry —dijo Fudge, sirviendo el té—, no me importa confesarte que nos has traído a todos de cabeza. ¡Huir de esa manera de casa de tus tíos! Había empezado a pensar... Pero estás a salvo y eso es lo importante.

40

Fudge untó un pastel con mantequilla y le acercó el plato a Harry.

—Come, Harry, pareces desfallecido. Ahora... te agradará oír que hemos solucionado la hinchazón de la señorita Marjorie Dursley. Hace unas horas que enviamos a Privet Drive a dos miembros del departamento encargado de deshacer magia accidental. Han desinflado a la señorita Dursley y le han modificado la memoria. No guarda ningún recuerdo del incidente. Así que asunto concluido y no hay que lamentar daños.

Fudge sonrió a Harry por encima del borde de la taza. Parecía un tío contemplando a su sobrino favorito. Harry, que no podía creer lo que oía, abrió la boca para hablar, pero no se le ocurrió nada que decir, así que la volvió a cerrar.

—¡Ah! ¿Te preocupas por la reacción de tus tíos? —añadió Fudge—. Bueno, no te negaré que están muy enfadados, Harry, pero están dispuestos a volver a recibirte el próximo verano, con tal de que te quedes en Hogwarts durante las vacaciones de Navidad y de Semana Santa.

Harry carraspeó.

—Siempre me quedo en Hogwarts durante la Navidad y la Semana Santa —observó—. Y no quiero volver nunca a Privet Drive.

—Vamos, vamos. Estoy seguro de que no pensarás así cuando te hayas tranquilizado —dijo Fudge en tono de preocupación—. Después de todo, son tu familia, y estoy seguro de que sienten un aprecio mutuo... eh... muy en el fondo.

No se le ocurrió a Harry desmentir a Fudge. Quería oír cuál sería su destino.

—Así que todo cuanto queda por hacer —añadió Fudge untando de mantequilla otro pastel— es decidir dónde vas a pasar las dos últimas semanas de vacaciones. Sugiero que cojas una habitación aquí, en el Caldero Chorreante, y...

—Un momento —interrumpió Harry—. ¿Y mi castigo?

Fudge parpadeó.

—¿Castigo?

—¡He infringido la ley! ¡El Decreto para la moderada limitación de la brujería en menores de edad!

—¡No te vamos a castigar por una tontería como ésa! —gritó Fudge, agitando con impaciencia la mano que sostenía el pastel—. ¡Fue un accidente! ¡No se envía a nadie a Azkaban sólo por inflar a su tía!

Pero aquello no cuadraba del todo con el trato que el Ministerio de Magia había dispensado a Harry anteriormente.

—¡El año pasado me enviaron una amonestación oficial sólo porque un elfo doméstico tiró un pastel en la casa de mi tío! —exclamó Harry arrugando el entrecejo—. ¡El Ministerio de Magia me comunicó que me expulsarían de Hogwarts si volvía a utilizarse magia en aquella casa!

Si a Harry no le engañaban los ojos, Fudge parecía embarazado.

—Las circunstancias cambian, Harry... Tenemos que tener en cuenta... Tal como están las cosas actualmente... No querrás que te expulsemos, ¿verdad?

—Por supuesto que no —dijo Harry.

—Bueno, entonces, ¿por qué protestas? —dijo Fudge riéndose, sin darle importancia—. Ahora cómete un pastel, Harry, mientras voy a ver si Tom tiene una habitación libre para ti.

Fudge salió de la estancia con paso firme, y Harry lo siguió con la mirada. Estaba sucediendo algo muy raro. ¿Por qué lo había esperado Fudge en el Caldero Chorreante si no era para castigarlo por lo que había hecho? Y pensando en ello, seguro que no era normal que el mismísimo ministro de Magia se encargara de problemas como la utilización de la magia por menores de edad.

Fudge regresó acompañado por Tom, el tabernero.

—La habitación 11 está libre, Harry —le comunicó Fudge—. Creo que te encontrarás muy cómodo. Sólo una petición (y estoy seguro de que lo entenderás): no quiero que vayas al Londres muggle, ¿de acuerdo? No salgas del callejón Diagon. Y tienes que estar de vuelta cada tarde antes de que oscurezca. Supongo que lo entiendes. Tom te vigilará en mi nombre.

—De acuerdo —respondió Harry—. Pero ¿por qué...?

—No queremos que te vuelvas a perder —explicó Fudge, riéndose con ganas—. No, no... mejor saber dónde estás... Lo que quiero decir...

Fudge se aclaró ruidosamente la garganta y recogió su capa.

—Me voy. Ya sabes, tengo mucho que hacer.

—¿Han atrapado a Black? —preguntó Harry.

Los dedos de Fudge resbalaron por los broches de plata de la capa.

—¿Qué? ¿Has oído algo? Bueno, no. Aún no, pero es cuestión de tiempo. Los guardias de Azkaban no han fallado nunca, hasta ahora... Y están más irritados que nunca. —Fudge se estremeció ligeramente—. Bueno, adiós.

Alargó la mano y Harry, al estrecharla, tuvo una idea repentina.

—¡Señor ministro! ¿Puedo pedirle algo?

—Por supuesto —sonrió Fudge.

—Los de tercer curso, en Hogwarts, tienen permiso para visitar Hogsmeade, pero mis tíos no han firmado la autorización. ¿Podría hacerlo usted?

Fudge parecía incómodo.

—Ah —exclamó—. No, no, lo siento mucho, Harry. Pero como no soy ni tu padre ni tu tutor...

—Pero usted es el ministro de Magia —repuso Harry—. Si me diera permiso...

—No. Lo siento, Harry, pero las normas son las normas —dijo Fudge rotundamente—. Quizá puedas visitar Hogsmeade el próximo curso. De hecho, creo que es mejor que no... Sí. Bueno, me voy. Espero que tengas una estancia agradable aquí, Harry.

Y con una última sonrisa, salió de la estancia. Tom se acercó a Harry sonriendo.

—Si quiere seguirme, señor Potter... Ya he subido sus cosas...

Harry siguió a Tom por una escalera de madera muy elegante hasta una puerta con un número 11 de metal colgado en ella. Tom la abrió con la llave para que Harry pasara.

Dentro había una cama de aspecto muy cómodo, algunos muebles de roble con mucho barniz, un fuego que crepitaba alegremente y, encaramada sobre el armario...

—¡*Hedwig*! —exclamó Harry.

La blanca lechuza dio un picotazo al aire y se fue volando hasta el brazo de Harry.

—Tiene una lechuza muy lista —dijo Tom con una risita—. Ha llegado unos cinco minutos después de usted. Si necesita algo, señor Potter, no dude en pedirlo.

Volvió a hacer una inclinación, y abandonó la habitación.

Harry se sentó en su cama durante un rato, acariciando a *Hedwig* y pensando en otras cosas. El cielo que veía por la ventana cambió rápidamente del azul intenso y aterciopelado a un gris frío y metálico, y luego, lentamente, a un rosa con franjas doradas. Apenas podía creer que acabara de abandonar Privet Drive hacía sólo unas horas, que no hubiera sido expulsado y que tuviera por delante la perspectiva de pasar dos semanas sin los Dursley.

—Ha sido una noche muy rara, *Hedwig* —dijo bostezando.

Y sin siquiera quitarse las gafas, se desplomó sobre la almohada y se quedó dormido.

# 4

# El Caldero Chorreante

Harry tardó varios días en acostumbrarse a su nueva libertad. Nunca se había podido levantar a la hora que quería, ni comer lo que le gustaba. Podía ir donde le apeteciera, siempre y cuando estuviera en el callejón Diagon, y como esta calle larga y empedrada rebosaba de las tiendas de brujería más fascinantes del mundo, Harry no sentía ningún deseo de incumplir la palabra que le había dado a Fudge ni de extraviarse por el mundo muggle.

Desayunaba por las mañanas en el Caldero Chorreante, donde disfrutaba viendo a los demás huéspedes: brujas pequeñas y graciosas que habían llegado del campo para pasar un día de compras; magos de aspecto venerable que discutían sobre el último artículo aparecido en la revista *La transformación moderna*; brujos de aspecto primitivo; enanitos escandalosos; y, en cierta ocasión, una bruja malvada con un pasamontañas de gruesa lana, que pidió un plato de hígado crudo.

Después del desayuno, Harry salía al patio de atrás, sacaba la varita mágica, golpeaba el tercer ladrillo de la izquierda por encima del cubo de la basura, y se quedaba esperando hasta que se abría en la pared el arco que daba al callejón Diagon.

Harry pasaba aquellos largos y soleados días explorando las tiendas y comiendo bajo sombrillas de brillantes colores en las terrazas de los cafés, donde los ocupantes de las otras mesas se enseñaban las compras que habían hecho («es un *lunascopio*, amigo mío, se acabó el andar con los mapas lunares, ¿te das cuenta?») o discutían sobre el caso de Sirius Black («yo no pienso dejar a ninguno de mis chicos que salga solo hasta que Sirius vuelva a Azkaban»). Harry ya no tenía que hacer los deberes bajo las mantas y a la luz de una vela; ahora podía sentarse, a plena luz del día, en la terraza de la Heladería Florean Fortescue, y terminar todos los trabajos con la ocasional ayuda del mismo Florean Fortescue, quien, además de saber mucho sobre la quema de brujas en los tiempos medievales, daba gratis a Harry, cada media hora, un helado de crema y caramelo.

Después de llenar el monedero con galeones de oro, sickles de plata y *knuts* de bronce de su cámara acorazada en Gringotts, necesitó mucho dominio para no gastárselo todo enseguida. Tenía que recordarse que aún le quedaban cinco años en Hogwarts, e imaginarse pidiéndoles dinero a los Dursley para libros de hechizos. Para no caer en la tentación de comprarse un juego de *gobstones* de oro macizo (un juego mágico muy parecido a las canicas, en el que las bolas lanzan un líquido de olor repugnante a la cara del jugador que pierde un punto). También le tentaba una gran bola de cristal con una galaxia en miniatura dentro, que habría venido a significar que no tendría que volver a recibir otra clase de astronomía. Pero lo que más a prueba puso su decisión apareció en su tienda favorita (Artículos de Calidad para el Juego del Quidditch) a la semana de llegar al Caldero Chorreante.

Deseoso de enterarse de qué era lo que observaba la multitud en la tienda, Harry se abrió paso para entrar, apretujándose entre brujos y brujas emocionados, hasta que vio, en un expositor, la escoba más impresionante que había visto en su vida.

—Acaba de salir... prototipo... —le decía un brujo de mandíbula cuadrada a su acompañante.

—Es la escoba más rápida del mundo, ¿a que sí, papá? —gritó un muchacho más pequeño que Harry, que iba colgado del brazo de su padre.

El propietario de la tienda decía a la gente:

—¡La selección de Irlanda acaba de hacer un pedido de siete de estas maravillas! ¡Es la escoba favorita de los Mundiales!

Al apartar a una bruja de gran tamaño, Harry pudo leer el letrero que había al lado de la escoba:

*Este ultimísimo modelo de escoba de carreras dispone de un palo de fresno ultrafino y aerodinámico, tratado con una cera durísima, y está numerado a mano con su propia matrícula. Cada una de las ramitas de abedul de la cola ha sido especialmente seleccionada y afilada hasta conseguir la perfección aerodinámica. Todo ello otorga a la Saeta de Fuego un equilibrio insuperable y una precisión milimétrica. La Saeta de Fuego tiene una aceleración de 0 a 240 km / hora en diez segundos, e incorpora un sistema indestructible de frenado por encantamiento. Preguntar precio en el interior.*

Preguntar el precio... Harry no quería ni imaginar cuánto costaría la Saeta de Fuego. Nunca le había apetecido nada tanto como aquello... Pero nunca había perdido un partido de quidditch en su Nimbus 2.000, ¿y de qué le servía dejar vacía su cámara de seguridad de Gringotts para comprarse la Saeta de Fuego teniendo ya una escoba muy buena? Harry no preguntó el precio, pero regresó a la tienda casi todos los días sólo para contemplar la Saeta de Fuego. Sin embargo, había cosas que Harry tenía que comprar. Fue a la botica para aprovisionarse de ingredientes para pociones, y como la túnica del colegio le quedaba ya demasiado corta tanto por las piernas como por los brazos, visitó la tienda de Túnicas para Cualquier Ocasión de la señora Malkin y compró otra nueva. Y lo más importante de todo: tenía que comprar los libros de texto para sus dos nuevas asignaturas: Cuidado de Criaturas Mágicas y Adivinación.

Harry se sorprendió al mirar el escaparate de la librería. En lugar de la acostumbrada exhibición de libros de hechizos, repujados en oro y del tamaño de losas de pavimentar, había una gran jaula de hierro que contenía cien ejemplares de *El monstruoso libro de los monstruos*. Por todas partes caían páginas de los ejemplares que se peleaban entre sí, mordiéndose violentamente, enzarzados en furiosos combates de lucha libre.

Harry sacó del bolsillo la lista de libros y la consultó por primera vez. *El monstruoso libro de los monstruos* aparecía mencionado como uno de los textos programados para la asignatura de Cuidado de Criaturas Mágicas. En ese momento Harry comprendió por qué Hagrid le había dicho que podía serle útil. Sintió alivio. Se había preguntado si Hagrid tendría problemas con algún nuevo y terrorífico animal de compañía.

Cuando Harry entró en Flourish y Blotts, el dependiente se acercó a él.

—¿Hogwarts? —preguntó de golpe—. ¿Vienes por los nuevos libros?

—Sí —respondió Harry—. Necesito...

—Quítate de en medio —dijo el dependiente con impaciencia, haciendo a Harry a un lado. Se puso un par de guantes muy gruesos, cogió un bastón grande, con nudos, y se dirigió a la jaula de los libros monstruosos.

—Espere —dijo Harry con prontitud—, ése ya lo tengo.

—¿Sí? —El rostro del dependiente brilló de alivio—. ¡Cuánto me alegro! Ya me han mordido cinco veces en lo que va de día.

Desgarró el aire un estruendoso rasguido. Dos libros monstruosos acababan de atrapar a un tercero y lo estaban desgarrando.

—¡Basta ya! ¡Basta ya! —gritó el dependiente, metiendo el bastón entre los barrotes para separarlos—. ¡No pienso volver a pedirlos, nunca más! ¡Ha sido una locura! Pensé que no podía haber nada peor que cuando trajeron los doscientos ejemplares del *Libro invisible de la invisibilidad*. Costaron una fortuna y nunca los encontramos... Bueno, ¿en qué puedo servirte?

—Necesito *Disipar las nieblas del futuro*, de Cassandra Vablatsky —dijo Harry, consultando la lista de libros.

—Ah, vas a comenzar Adivinación, ¿verdad? —dijo el dependiente quitándose los guantes y conduciendo a Harry a la parte trasera de la tienda, donde había una sección dedicada a la predicción del futuro. Había una pequeña mesa rebosante de volúmenes con títulos como *Predecir lo impredecible, Protégete de los fallos y accidentes, Cuando el destino es adverso*.

—Aquí tienes —le dijo el dependiente, que había subido unos peldaños para bajar un grueso libro de pasta negra—: *Disipar las nieblas del futuro, una guía excelente de métodos básicos de adivinación: quiromancia, bolas de cristal, entrañas de animales...*

Pero Harry no escuchaba. Su mirada había ido a posarse en otro libro que estaba entre los que había expuestos en una pequeña mesa: *Augurios de muerte: qué hacer cuando sabes que se acerca lo peor.*

—Yo en tu lugar no leería eso —dijo suavemente el dependiente, al ver lo que Harry estaba mirando—. Comenzarás a ver augurios de muerte por todos lados. Ese libro consigue asustar al lector hasta matarlo de miedo.

Pero Harry siguió examinando la portada del libro. Mostraba un perro negro, grande como un oso, con ojos brillantes. Le resultaba extrañamente familiar...

El dependiente puso en las manos de Harry el ejemplar de *Disipar las nieblas del futuro.*

—¿Algo más? —preguntó.

—Sí —dijo Harry, algo aturdido, apartando los ojos de los del perro y consultando la lista de libros—: Necesito... *Transformación, nivel intermedio* y *Libro reglamentario de hechizos, curso 3º.*

Diez minutos después, Harry salió de Flourish y Blotts con sus nuevos libros bajo el brazo, y volvió al Caldero Chorreante sin apenas darse cuenta de por dónde iba, y chocando con varias personas.

Subió las escaleras que llevaban a su habitación, entró en ella y arrojó los libros sobre la cama. Alguien la había hecho. Las ventanas estaban abiertas y el sol entraba a raudales. Harry oía los autobuses que pasaban por la calle muggle que quedaba detrás de él, fuera de la vista; y el alboroto de la multitud invisible, abajo, en el callejón Diagon. Se vio reflejado en el espejo que había en el lavabo.

—No puede haber sido un presagio de muerte —le dijo a su reflejo con actitud desafiante—. Estaba muerto de terror cuando vi aquello en la calle Magnolia. Probablemente no fue más que un perro callejero.

Alzó la mano de forma automática, e intentó alisarse el pelo.

—Es una batalla perdida —le respondió el espejo con voz silbante.

• • •

Al pasar los días, Harry empezó a buscar con más ahínco a Ron y a Hermione. Por aquellos días llegaban al callejón Diagon muchos alumnos de Hogwarts, ya que faltaba poco para el comienzo del curso. Harry se encontró a Seamus Finnigan y a Dean Thomas, compañeros de Gryffindor, en la tienda Artículos de Calidad para el Juego del Quidditch, donde también ellos se comían con los ojos la Saeta de Fuego; se tropezó también, en la puerta de Flourish y Blotts, con el verdadero Neville Longbottom, un muchacho despistado de cara redonda. Harry no se detuvo para charlar; Neville parecía haber perdido la lista de los libros, y su abuela, que tenía un aspecto temible, lo estaba riñendo. Harry deseó que ella nunca se enterara de que él se había hecho pasar por su nieto cuando intentaba escapar del Ministerio de Magia.

Harry despertó el último día de vacaciones pensando en que vería a Ron y a Hermione al día siguiente, en el expreso de Hogwarts. Se levantó, se vistió, fue a contemplar por última vez la Saeta de Fuego, y se estaba preguntando dónde comería cuando alguien gritó su nombre. Se volvió.

—¡Harry! ¡HARRY!

Allí estaban los dos, sentados en la terraza de la heladería Florean Fortescue. Ron, más pecoso que nunca; Hermione, muy morena; y los dos le llamaban la atención con la mano.

—¡Por fin! —dijo Ron, sonriendo a Harry de oreja a oreja cuando éste se sentó—. Hemos estado en el Caldero Chorreante, pero nos dijeron que habías salido, y luego hemos ido a Flourish y Blotts, y al establecimiento de la señora Malkin, y...

—Compré la semana pasada todo el material escolar. ¿Y cómo se enteraron de que me alojo en el Caldero Chorreante?

—Mi padre —contestó Ron escuetamente.

Seguro que el señor Weasley, que trabajaba en el Ministerio de Magia, había oído toda la historia de lo que le había ocurrido a tía Marge.

—¿Es verdad que inflaste a tu tía, Harry? —preguntó Hermione muy seria.

—Fue sin querer —respondió Harry, mientras Ron se partía de risa—. Perdí el control.

—No tiene ninguna gracia, Ron —dijo Hermione con severidad—. Verdaderamente, me sorprende que no te hayan expulsado.

—A mí también —admitió Harry—. No sólo expulsado: lo que más temía era ser arrestado. —Miró a Ron—: ¿No sabrá tu padre por qué me ha perdonado Fudge el castigo?

—Probablemente, porque eres tú. ¿No puede ser ése el motivo? —Encogió los hombros, sin dejar de reírse—. El famoso Harry Potter. No me gustaría enterarme de lo que me haría a mí el Ministerio si se me ocurriera inflar a mi tía. Pero primero me tendrían que desenterrar, porque mi madre me habría matado. De cualquier manera, tú mismo le puedes preguntar a mi padre esta tarde. ¡Esta noche nos alojamos también en el Caldero Chorreante! Mañana podrás venir con nosotros a King's Cross. ¡Ah, y Hermione también se aloja allí!

La muchacha asintió con la cabeza, sonriendo.

—Mis padres me han traído esta mañana, con todas mis cosas del colegio.

—¡Estupendo! —dijo Harry, muy contento—. ¿Han comprado ya todos los libros y el material para el próximo curso?

—Mira esto —dijo Ron, sacando de una mochila una caja delgada y alargada, y abriéndola—: una varita mágica nueva. Treinta y cinco centímetros, madera de sauce, con un pelo de cola de unicornio. Y tenemos todos los libros. —Señaló una mochila grande que había debajo de su silla—. ¿Y qué te parecen los libros monstruosos? El librero casi se echó a llorar cuando le dijimos que queríamos dos.

—¿Y qué es todo eso, Hermione? —preguntó Harry, señalando no una sino tres mochilas repletas que había a su lado, en una silla.

—Bueno, me he matriculado en más asignaturas que tú, ¿no te acuerdas? —dijo Hermione—. Son mis libros de Aritmancia, Cuidado de Criaturas Mágicas, Adivinación, Estudio de las Runas Antiguas, Estudios Muggles...

—¿Para qué quieres hacer Estudios Muggles? —preguntó Ron volviéndose a Harry y poniendo los ojos en blanco—. ¡Tú eres de sangre muggle! ¡Tus padres son muggles! ¡Ya lo sabes todo sobre los muggles!

—Pero será fascinante estudiarlos desde el punto de vista de los magos —repuso Hermione con seriedad.

—¿Tienes pensado comer o dormir este curso en algún momento, Hermione? —preguntó Harry mientras Ron se reía.

Hermione no les hizo caso:

—Todavía me quedan diez galeones —dijo comprobando su monedero—. En septiembre es mi cumpleaños, y mis padres me han dado dinero para comprarme el regalo de cumpleaños por adelantado.

—¿Por qué no te compras un libro? —dijo Ron poniendo voz cándida.

—No, creo que no —respondió Hermione sin enfadarse—. Lo que más me apetece es una lechuza. Harry tiene a *Hedwig* y tú tienes a *Errol*...

—No, no es mío. *Errol* es de la familia. Lo único que poseo es a *Scabbers*. —Se sacó la rata del bolsillo—. Quiero que le hagan un chequeo —añadió, poniendo a *Scabbers* en la mesa, ante ellos—. Me parece que Egipto no le ha sentado bien.

*Scabbers* estaba más delgada de lo normal y tenía mustios los bigotes.

—Ahí hay una tienda de animales mágicos —dijo Harry, que por entonces conocía ya bastante bien el callejón Diagon—. Puedes mirar si tienen algo para *Scabbers*. Y Hermione se puede comprar una lechuza.

Así que pagaron los helados, cruzaron la calle para ir a la tienda de animales.

No había mucho espacio dentro. Hasta el último centímetro de la pared estaba cubierto por jaulas. Olía fuerte y había mucho ruido, porque los ocupantes de las jaulas chillaban, graznaban, silbaban o parloteaban. La bruja que había detrás del mostrador estaba aconsejando a un cliente sobre el cuidado de los tritones de doble cola, así que Harry, Ron y Hermione esperaron, observando las jaulas.

Un par de sapos rojos y muy grandes estaban dándose un banquete con moscardones muertos; cerca del escaparate brillaba una tortuga gigante con joyas incrustadas en el caparazón; serpientes venenosas de color naranja trepaban por las paredes de su urna de cristal; un conejo gordo y blanco se transformaba sin parar en una chistera de seda y volvía a su forma de conejo haciendo «¡plop!». Había gatos de todos los colores, una escandalosa jaula de cuervos, un cesto con pelotitas de piel del color de las natillas que zumbaban ruidosamente y, encima del mostrador, una enorme jaula de ratas negras de pelo lacio y brillante que jugaban a dar saltos sirviéndose de la cola larga y pelada.

El cliente de los tritones de doble cola salió de la tienda y Ron se aproximó al mostrador.

—Se trata de mi rata —le explicó a la bruja—. Desde que hemos vuelto de Egipto está descolorida.

—Ponla en el mostrador —le dijo la bruja, sacando unas gruesas gafas negras del bolsillo.

Ron sacó a *Scabbers* y la puso junto a la jaula de las ratas, que dejaron sus juegos y corrieron a la tela metálica para ver mejor. Como casi todo lo que Ron tenía, *Scabbers* era de segunda mano (antes había pertenecido a su hermano Percy) y estaba un poco estropeada. Comparada con las flamantes ratas de la jaula, tenía un aspecto muy desmejorado.

—Hum —dijo la bruja, cogiendo y levantando a *Scabbers*—, ¿cuántos años tiene?

—No lo sé —respondió Ron—. Es muy vieja. Era de mi hermano.

—¿Qué poderes tiene? —preguntó la bruja examinando a *Scabbers* de cerca.

—Bueenoooo... —dijo Ron.

La verdad era que *Scabbers* nunca había dado el menor indicio de poseer ningún poder que mereciera la pena. Los ojos de la bruja se desplazaron desde la partida oreja izquierda de la rata a su pata delantera, a la que le faltaba un dedo, y chascó la lengua en señal de reprobación.

—Ha pasado lo suyo —comentó la bruja.

—Ya estaba así cuando me la pasó Percy —se defendió Ron.

—No se puede esperar que una rata ordinaria, común o de jardín como ésta viva mucho más de tres años —dijo la bruja—. Ahora bien, si buscas algo un poco más resistente, quizá te guste una de éstas...

Señaló las ratas negras, que volvieron a dar saltitos. Ron murmuró:

—Presumidas.

—Bueno, si no quieres reemplazarla, puedes probar a darle este tónico para ratas —dijo la bruja, sacando una pequeña botella roja de debajo del mostrador.

—Listo —dijo Ron—. ¿Cuánto...? ¡Ay!

Ron se agachó cuando algo grande de color canela saltó desde la jaula más alta, se le posó en la cabeza y se lanzó contra *Scabbers*, bufando sin parar.

—¡No, *Crookshanks*, no! —gritó la bruja, pero *Scabbers* salió disparada de sus manos como una barra de jabón, aterrizó despatarrada en el suelo y huyó hacia la puerta.

—¡*Scabbers*! —gritó Ron, saliendo de la tienda a toda velocidad, detrás de la rata; Harry lo siguió.

Tardaron casi diez minutos en encontrar a *Scabbers*, que se había refugiado bajo una papelera, en la puerta de la tienda de Artículos de Calidad para el Juego del Quidditch. Ron volvió a guardarse la rata, que estaba temblando. Se estiró y se rascó la cabeza.

—¿Qué ha sido?

—O un gato muy grande o un tigre muy pequeño —respondió Harry.

—¿Dónde está Hermione?

—Supongo que comprando la lechuza.

Volvieron por la calle abarrotada de gente hasta la tienda de animales mágicos. Llegaron cuando salía Hermione, pero no llevaba ninguna lechuza: llevaba firmemente sujeto el enorme gato de color canela.

—¿Has comprado ese monstruo? —preguntó Ron pasmado.

—Es precioso, ¿verdad? —preguntó Hermione, rebosante de alegría.

«Sobre gustos no hay nada escrito», pensó Harry. El pelaje canela del gato era espeso, suave y esponjoso, pero el animal tenía las piernas combadas y una cara de mal genio extrañamente aplastada, como si hubiera chocado de cara contra un tabique. Sin embargo, en aquel momento en que *Scabbers* no estaba a la vista, el gato ronroneaba suavemente, feliz en los brazos de Hermione.

—¡Hermione, ese ser casi me deja sin pelo!

—No lo hizo a propósito, ¿verdad, *Crookshanks*? —dijo Hermione.

—¿Y qué pasa con *Scabbers*? —preguntó Ron, señalando el bolsillo que tenía a la altura del pecho—. ¡Necesita descanso y tranquilidad! ¿Cómo va a tenerlos con ese ser cerca?

—Eso me recuerda que te olvidaste del tónico para ratas —dijo Hermione, entregándole a Ron la botellita roja—. Y deja de preocuparte. *Crookshanks* dormirá en mi dormitorio y *Scabbers* en el tuyo, ¿qué problema hay? El pobre *Crookshanks*... La bruja me dijo que llevaba una eternidad en la tienda. Nadie lo quería.

—Me pregunto por qué —dijo Ron sarcásticamente, mientras emprendían el camino del Caldero Chorreante. Encontraron al señor Weasley sentado en el bar leyendo *El Profeta*.

—¡Harry! —dijo levantando la vista y sonriendo—, ¿cómo estás?

—Bien, gracias —dijo Harry en el momento en que él, Ron y Hermione llegaban con todas sus compras.

El señor Weasley dejó el periódico, y Harry vio la fotografía ya familiar de Sirius Black, mirándole.

—¿Todavía no lo han cogido? —preguntó.

—No —dijo el señor Weasley con el semblante preocupado—. En el Ministerio nos han puesto a todos a trabajar en su busca, pero hasta ahora no se ha conseguido nada.

—¿Tendríamos una recompensa si lo atrapáramos? —preguntó Ron—. Estaría bien conseguir algo más de dinero...

—No seas absurdo, Ron —dijo el señor Weasley, que, visto más de cerca, parecía muy tenso—. Un brujo de trece años no va a atrapar a Black. Lo cogerán los guardianes de Azkaban. Ya lo verás.

En ese momento entró en el bar la señora Weasley cargada con compras y seguida por los gemelos Fred y George, que iban a empezar quinto curso en Hogwarts, Percy, último Premio Anual, y Ginny, la menor de los Weasley.

Ginny, que siempre se había sentido un poco cohibida en presencia de Harry, parecía aún más tímida de lo normal. Tal vez porque él le había salvado la vida en Hogwarts durante el último curso. Se puso colorada y murmuró «hola» sin mirarlo. Percy, sin embargo, le tendió la mano de manera solemne, como si él y Harry no se hubieran visto nunca, y le dijo:

—Es un placer verte, Harry.

—Hola, Percy —contestó Harry, tratando de contener la risa.

—Espero que estés bien —dijo Percy ceremoniosamente, estrechándole la mano. Era como ser presentado al alcalde.

—Muy bien, gracias...

—¡Harry! —dijo Fred, quitando a Percy de en medio de un codazo, y haciendo ante él una profunda reverencia—. Es estupendo verte, chico...

—Maravilloso —dijo George, haciendo a un lado a Fred y cogiéndole la mano a Harry—. Sencillamente increíble.

Percy frunció el entrecejo.

—Ya basta —dijo la señora Weasley.

—¡Mamá! —dijo Fred, como si acabara de verla, y también le estrechó la mano—. Esto es fabuloso...

—He dicho que ya basta —dijo la señora Weasley, depositando sus compras sobre una silla vacía—. Hola, Harry, cariño. Supongo que has oído ya todas nuestras emocionantes noticias. —Señaló la insignia de plata recién estrenada que brillaba en el pecho de Percy—. El segundo Premio Anual de la familia —dijo rebosante de orgullo.

—Y último —dijo Fred en un susurro.

—De eso no me cabe ninguna duda —dijo la señora Weasley, frunciendo de repente el entrecejo—. Ya me he dado cuenta de que no los han hecho prefectos.

—¿Para qué queremos ser prefectos? —dijo George, a quien la sola idea parecía repugnarle—. Le quitaría a la vida su lado divertido.

Ginny se rió.

—¿Quieres hacer el favor de darle a tu hermana mejor ejemplo? —dijo cortante la señora Weasley.

—Ginny tiene otros hermanos para que le den buen ejemplo —respondió Percy con altivez—. Voy a cambiarme para la cena...

Se fue y George dio un suspiro.

—Intentamos encerrarlo en una pirámide —le dijo a Harry—, pero mi madre nos descubrió.

Aquella noche la cena resultó muy agradable. Tom, el tabernero, juntó tres mesas del comedor, y los siete Weasley, Harry y Hermione tomaron los cinco deliciosos platos de la cena.

—¿Cómo iremos a King's Cross mañana, papá? —preguntó Fred en el momento en que probaban un suculento pudín de chocolate.

—El Ministerio pone a nuestra disposición un par de coches —respondió el señor Weasley.

Todos lo miraron.

—¿Por qué? —preguntó Percy con curiosidad.

—Por ti, Percy —dijo George muy serio—. Y pondrán banderitas en el capó, con las iniciales «P. A.» en ellas...

—Por «Presumido del Año» —dijo Fred.

Todos, salvo Percy y la señora Weasley, soltaron una carcajada.

—¿Por qué nos proporciona coches el Ministerio, padre? —preguntó Percy con voz de circunstancias.

—Bueno, como ya no tenemos coche, me hacen ese favor, dado que soy funcionario.

Lo dijo sin darle importancia, pero Harry notó que las orejas se le habían puesto coloradas, como las de Ron cuando se azoraba.

—Menos mal —dijo la señora Weasley con voz firme—. ¿Se dan cuenta de la cantidad de equipaje que llevan entre unos y otros? Qué buen cuadro harían en el metro muggle... Lo tienen ya todo listo, ¿verdad?

—Ron no ha metido aún las cosas nuevas en el baúl —dijo Percy con tono de resignación—. Las ha dejado todas encima de mi cama.

—Lo mejor es que vayas a preparar el equipaje, Ron, porque mañana por la mañana no tendremos mucho tiempo —lo reprendió la señora Weasley.

Ron miró a Percy con cara de pocos amigos.

Después de la cena todos se sentían algo pesados y adormilados. Uno por uno fueron subiendo las escaleras hacia las habitaciones, para ultimar el equipaje del día siguiente. La habitación de Ron y Percy era contigua a la de Harry. Acababa de cerrar su baúl con llave cuando oyó voces de enfado a través de la pared, y fue a ver qué ocurría.

La puerta de la habitación 12 estaba entreabierta, y Percy gritaba.

—Estaba aquí, en la mesita. Me la quité para sacarle brillo.

—No la he tocado, ¿te enteras? —gritaba Ron a su vez.

—¿Qué ocurre? —preguntó Harry.

—Mi insignia de Premio Anual ha desaparecido —dijo Percy volviéndose a Harry.

—Lo mismo ha ocurrido con el tónico para ratas de *Scabbers* —añadió Ron, sacando las cosas de su baúl para comprobarlas—. Puede que lo haya olvidado en el bar...

—¡Tú no te mueves de aquí hasta que aparezca mi insignia! —gritó Percy.

—Yo iré por lo de *Scabbers*, ya he terminado de preparar el equipaje —dijo Harry a Ron.

Harry se hallaba en mitad de las escaleras, que estaban muy oscuras, cuando oyó dos voces airadas que procedían del comedor. Tardó un segundo en reconocer que eran las de los padres de Ron. Se quedó dudando, porque no quería que ellos se dieran cuenta de que los había oído discutiendo, y el sonido de su propio nombre le hizo detenerse y luego acercarse a la puerta del comedor.

—No tiene ningún sentido ocultárselo —decía acaloradamente el señor Weasley—. Harry tiene derecho a saberlo. He intentado decírselo a Fudge, pero se empeña en tratar a Harry como a un niño. Tiene trece años y...

—¡Arthur, la verdad le aterrorizaría! —dijo la señora Weasley en voz muy alta—. ¿Quieres de verdad enviar a Harry al colegio con esa espada de Damocles? ¡Por Dios, está muy tranquilo sin saber nada!

—No quiero asustarlo, ¡quiero prevenirlo! —contestó el señor Weasley—. Ya sabes cómo son Harry y Ron, que se escapan por ahí. Se han internado en el bosque prohibido dos veces. ¡Pero Harry no debe hacer lo mismo en este curso! ¡Cada vez que pienso lo que podía haberle sucedido la otra noche, cuando se escapó de casa...! Si el autobús noctámbulo no lo hubiera recogido, apuesto lo que sea a que el Ministerio lo hubiera encontrado muerto.

—Pero no está muerto, está bien, así que ¿de qué sirve...?

—Molly: dicen que Sirius Black está loco, y quizá lo esté, pero fue lo bastante inteligente para escapar de Azkaban, y se supone que eso es imposible. Han pasado tres semanas y no le han visto el pelo. Y me da igual todo lo que declara Fudge a *El Profeta*: no estamos más cerca de pillarlo que de inventar varitas mágicas que hagan los hechizos solas. Lo único que sabemos con seguridad es que Black va detrás...

—Pero Harry estará a salvo en Hogwarts.

—Pensábamos que Azkaban era una prisión completamente segura. Si Black es capaz de escapar de Azkaban, será capaz de entrar en Hogwarts.

—Pero nadie está realmente seguro de que Black vaya en pos de Harry...

Se oyó un golpe y Harry supuso que el señor Weasley había dado un puñetazo en la mesa.

—Molly, ¿cuántas veces te tengo que decir que... que no lo han dicho en la prensa porque Fudge quería mantenerlo en secreto? Pero Fudge fue a Azkaban la noche que Black se escapó. Los guardias le dijeron a Fudge que hacía tiempo que Black hablaba en sueños. Siempre decía las mismas palabras: «Está en Hogwarts, está en Hogwarts.» Black está loco, Molly, y quiere matar a Harry. Si me preguntas por qué, creo que Black piensa que con su muerte Quien Tú Sabes volvería al poder. Black lo perdió todo la noche en que Harry detuvo a Quien Tú Sabes. Y se ha pasado diez años solo en Azkaban, rumiando todo eso...

Se hizo el silencio. Harry pegó aún más el oído a la puerta.

—Bien, Arthur. Debes hacer lo que te parezca mejor. Pero te olvidas de Albus Dumbledore. Creo que nada le podría hacer daño en Hogwarts mientras él sea el director. Supongo que estará al corriente de todo esto.

—Por supuesto que sí. Tuvimos que pedirle permiso para que los guardias de Azkaban se apostaran en los accesos al colegio. No le hizo mucha gracia, pero accedió.

—¿No le hizo gracia? ¿Por qué no, si están ahí para atrapar a Black?

—Dumbledore no les tiene mucha simpatía a los guardias de Azkaban —respondió el señor Weasley con disgusto—. Tampoco yo se la tengo, si nos ponemos así... Pero cuando se trata con alguien como Black, hay que unir fuerzas con los que uno preferiría evitar.

—Si salvan a Harry...

—En ese caso, no volveré a decir nada contra ellos —dijo el señor Weasley con cansancio—. Es tarde, Molly. Será mejor que subamos...

Harry oyó mover las sillas. Tan sigilosamente como pudo, se alejó para no ser visto por el pasadizo que conducía al bar.

La puerta del comedor se abrió y segundos después el rumor de pasos le indicó que los padres de Ron subían las escaleras.

La botella de tónico para las ratas estaba bajo la mesa a la que se habían sentado. Harry esperó hasta oír cerrarse la puerta del dormitorio de los padres de Ron y volvió a subir por las escaleras, con la botella.

Fred y George estaban agazapados en la sombra del rellano de la escalera, partiéndose de risa al oír a Percy poniendo patas arriba la habitación que compartía con Ron, en busca de la insignia.

—La tenemos nosotros —le susurró Fred al oído—. La hemos mejorado.

En la insignia se leía ahora: Premio Asnal.

Harry lanzó una risa forzada. Le llevó a Ron el tónico para ratas, se encerró en la habitación y se echó en la cama.

Así que Sirius Black iba tras él. Eso lo explicaba todo. Fudge había sido indulgente con él porque estaba muy contento de haberlo encontrado con vida. Le había hecho prometer a Harry que no saldría del callejón Diagon, donde había un montón de magos para vigilarlo. Y había mandado dos coches del Ministerio para que fueran todos a la estación al día siguiente, para que los Weasley pudieran proteger a Harry hasta que hubiera subido al tren.

Harry estaba tumbado, escuchando los gritos amortiguados que provenían de la habitación de al lado, y se preguntó por qué no estaría más asustado. Sirius Black había matado a trece personas con un hechizo; los padres de Ron, obviamente, pensaban que Harry se aterrorizaría al enterarse de la verdad. Pero Harry estaba completamente de acuerdo con la señora Weasley en que el lugar más seguro de la Tierra era aquel en que estuviera Albus Dumbledore. ¿No decía siempre la gente que Dumbledore era la única persona que había inspirado miedo a lord Voldemort? ¿No le daría a Black, siendo la mano derecha de Voldemort, tanto miedo como a éste?

Y además estaban los guardias de Azkaban, de los que hablaba todo el mundo. La mayoría de las personas les tenían un miedo irracional, y si estaban apostados alrededor del colegio, las posibilidades de que Black pudiera entrar parecían muy escasas. No, en realidad, lo que más preocupaba a Harry era que ya no tenía ninguna posibilidad de que le permitieran visitar Hogsmeade. Nadie querría dejarlo abandonar la seguridad del castillo hasta que hubieran atrapado a Black; de hecho, Harry sospechaba que vigilarían cada uno de sus movimientos hasta que hubiera pasado el peligro.

Arrugó el ceño mirando al oscuro techo. ¿Creían que no era capaz de cuidar de sí mismo? Había escapado tres veces de lord Voldemort. No era un completo inútil...

Sin querer, le vino a la mente la silueta animal que había visto entre las sombras en la calle Magnolia. *Qué hacer cuando sabes que se acerca lo peor...*

—No me van a matar —dijo Harry en voz alta.

—Así me gusta, amigo —contestó el espejo con voz soñolienta.

# 5

# El dementor

A la mañana siguiente, Tom despertó a Harry, sonriendo como de costumbre con su boca desdentada y llevándole una taza de té. Harry se vistió, y trataba de convencer a *Hedwig* de que volviera a la jaula cuando Ron abrió de golpe la puerta y entró enfadado, poniéndose la camisa.

—Cuanto antes subamos al tren, mejor —dijo—. Por lo menos en Hogwarts puedo alejarme de Percy. Ahora me acusa de haber manchado de té su foto de Penelope Clearwater. —Ron hizo una mueca—. Ya sabes, su novia. Ha ocultado la cara bajo el marco porque su nariz ha quedado manchada...

—Tengo algo que contarte —comenzó Harry, pero lo interrumpieron Fred y George, que se asomaron a la habitación para felicitar a Ron por haber vuelto a enfadar a Percy.

Bajaron a desayunar y encontraron al señor Weasley, que leía la primera página de *El Profeta* con el entrecejo fruncido, y a la señora Weasley, que hablaba a Ginny y a Hermione de un filtro amoroso que había hecho de joven. Las tres se reían con risa floja.

—¿Qué me ibas a contar? —preguntó Ron a Harry cuando se sentaron.

—Más tarde —murmuró Harry, al mismo tiempo que Percy irrumpía en el comedor.

Con el ajetreo de la partida, Harry tampoco tuvo tiempo de hablar con Ron. Todos estaban muy ocupados bajando los baúles por la estrecha escalera del Caldero Chorreante y apilándolos en la puerta, con *Hedwig* y *Hermes*, la lechuza de Percy, encaramadas en sus jaulas. Al lado de los baúles había un pequeño cesto de mimbre que bufaba ruidosamente.

—Basta, *Crookshanks* —susurró Hermione a través del mimbre—, te dejaré salir en el tren.

—No lo harás —dijo Ron terminantemente—. ¿Y la pobre *Scabbers*?

Se señaló el bolsillo del pecho, donde un bulto revelaba que *Scabbers* estaba allí acurrucada.

El señor Weasley, que había aguardado fuera a los coches del Ministerio, se asomó al interior.

—Aquí están —anunció—. Vamos, Harry.

El señor Weasley condujo a Harry a través del corto trecho de acera hasta el primero de los dos coches antiguos de color verde oscuro, los dos conducidos por brujos de mirada furtiva con uniforme de terciopelo verde esmeralda.

—Sube, Harry —dijo el señor Weasley, mirando a ambos lados de la calle llena de gente. Harry subió a la parte trasera del coche, y enseguida se reunieron con él Hermione y Ron, y para disgusto de Ron, también Percy.

El viaje hasta King's Cross fue muy tranquilo, comparado con el que Harry había hecho en el autobús noctámbulo. Los coches del Ministerio de Magia parecían bastante normales, aunque Harry vio que podían deslizarse por huecos que no podría haber traspasado el coche nuevo de la empresa de tío Vernon. Llegaron a King's Cross con veinte minutos de adelanto; los conductores del Ministerio les consiguieron carritos, descargaron los baúles, saludaron al señor Weasley y se alejaron, poniéndose, sin que se supiera cómo, en cabeza de una hilera de coches parados en el semáforo.

El señor Weasley se mantuvo muy pegado a Harry durante todo el camino de la estación.

—Bien, pues —propuso mirándolos a todos—. Como somos muchos, vamos a entrar de dos en dos. Yo pasaré primero con Harry.

El señor Weasley fue hacia la barrera que había entre los andenes nueve y diez, empujando el carrito de Harry y, según parecía, muy interesado por el Intercity 125 que acababa de entrar por la vía 9. Dirigiéndole a Harry una elocuente mirada, se apoyó contra la barrera como sin querer. Harry lo imitó.

Un instante después, cayeron de lado a través del metal sólido y se encontraron en el andén nueve y tres cuartos. Levantaron la mirada y vieron el expreso de Hogwarts, un tren de vapor de color rojo que echaba humo sobre un andén repleto de magos y brujas que acompañaban al tren a sus hijos. De repente, detrás de Harry aparecieron Percy y Ginny. Jadeaban y parecía que habían atravesado la barrera corriendo.

—¡Ah, ahí está Penelope! —dijo Percy, alisándose el pelo y sonrojándose.

Ginny miró a Harry, y ambos se volvieron para ocultar la risa en el momento en que Percy se acercó sacando pecho (para que ella no pudiera dejar de notar la insignia reluciente) a una chica de pelo largo y rizado.

Después de que Hermione y el resto de los Weasley se reunieran con ellos, Harry y el señor Weasley se abrieron paso hasta el final del tren, pasaron ante compartimentos repletos de gente y llegaron finalmente a un vagón que estaba casi vacío. Subieron los baúles, pusieron a *Hedwig* y a *Crookshanks* en la rejilla portaequipajes, y volvieron a salir para despedirse de los padres de Ron.

La señora Weasley besó a todos sus hijos, luego a Hermione y por último a Harry. Éste se sintió embarazado pero muy agradecido cuando ella le dio un abrazo de más.

—Cuídate, Harry. ¿Lo harás? —dijo separándose de él, con los ojos especialmente brillantes. Luego abrió su enorme bolso y dijo—: He preparado bocadillos para todos. Aquí los tienen, Ron... no, no son de conserva de buey... Fred... ¿dónde está Fred? ¡Ah, estás ahí, cariño...!

—Harry —le dijo en voz baja el señor Weasley—, ven aquí un momento.

Señaló una columna con la cabeza y Harry lo siguió hasta ella. Se pusieron detrás, dejando a los otros con la señora Weasley.

—Tengo que decirte una cosa antes de que te vayas —dijo el señor Weasley con voz tensa.

—No es necesario, señor Weasley. Ya lo sé.

—¿Que lo sabes? ¿Cómo has podido saberlo?

—Yo... eh... los oí anoche a usted y a su mujer. No pude evitarlo. Lo siento...

—No quería que te enteraras de esa forma —dijo el señor Weasley, nervioso.

—No... Ha sido la mejor manera. Así me he podido enterar y usted no ha faltado a la palabra que le dio a Fudge.

—Harry, debes de estar muy asustado...

—No lo estoy —contestó Harry con sinceridad—. De verdad —añadió, porque el señor Weasley lo miraba incrédulo—. No trato de parecer un héroe, pero Sirius Black no puede ser peor que Voldemort, ¿verdad?

El señor Weasley se estremeció al oír aquel nombre, pero no comentó nada.

—Harry, sabía que estabas hecho..., bueno, de una pasta más dura de lo que Fudge cree. Me alegra que no tengas miedo, pero...

—¡Arthur! —gritó la señora Weasley, que ya hacía subir a los demás al tren—. ¡Arthur!, ¿qué haces? ¡Está a punto de irse!

—Ya vamos, Molly —dijo el señor Weasley. Pero se volvió a Harry y siguió hablando, más bajo y más aprisa—. Escucha, quiero que me des tu palabra...

—¿De que seré un buen chico y me quedaré en el castillo? —preguntó Harry con tristeza.

—No exactamente —respondió el señor Weasley, más serio que nunca—. Harry, prométeme que no irás en busca de Black.

Harry lo miró fijamente.

—¿Qué?

Se oyó un potente silbido y pasaron unos guardias cerrando todas las puertas del tren.

—Prométeme, Harry —dijo el señor Weasley hablando aún más aprisa—, que ocurra lo que ocurra...

—¿Por qué iba a ir yo detrás de alguien que sé que quiere matarme? —preguntó Harry, sin comprender.

—Prométeme que, oigas lo que oigas...

—¡Arthur, aprisa! —gritó la señora Weasley.

Salía vapor del tren. Éste había comenzado a moverse. Harry corrió hacia la puerta del vagón, y Ron la abrió y se echó atrás para dejarle paso. Se asomaron por la ventanilla y dijeron adiós con la mano a los padres de los Weasley hasta que el tren dobló una curva y se perdieron de vista.

—Tengo que hablarles a solas —dijo entre dientes a Ron y Hermione en cuanto el tren cogió velocidad.

—Vete, Ginny —dijo Ron.

—¡Qué agradable eres! —respondió Ginny de mal humor, y se marchó muy ofendida.

Harry, Ron y Hermione fueron por el pasillo en busca de un compartimento vacío, pero todos estaban llenos salvo uno que se encontraba justo al final.

En éste sólo había un ocupante: un hombre que estaba sentado al lado de la ventana y profundamente dormido. Harry, Ron y Hermione se detuvieron ante la puerta. El expreso de Hogwarts estaba reservado para estudiantes y nunca habían visto a un adulto en él, salvo la bruja que llevaba el carrito de la comida.

El extraño llevaba una túnica de mago muy raída y remendada. Parecía enfermo y exhausto. Aunque joven, su pelo castaño claro estaba veteado de gris.

—¿Quién será? —susurró Ron en el momento en que se sentaban y cerraban la puerta, eligiendo los asientos más alejados de la ventana.

—Es el profesor R. J. Lupin —susurró Hermione de inmediato.

—¿Cómo lo sabes?

—Lo pone en su maleta —respondió Hermione señalando el portaequipajes que había encima del hombre dormido, donde había una maleta pequeña y vieja atada con una gran cantidad de nudos. El nombre, «Profesor R. J. Lupin», aparecía en una de las esquinas, en letras medio desprendidas.

—Me pregunto qué enseñará —dijo Ron frunciendo el entrecejo y mirando el pálido perfil del profesor Lupin.

—Está claro —susurró Hermione—. Sólo hay una vacante, ¿no es así? Defensa Contra las Artes Oscuras.

Harry, Ron y Hermione ya habían tenido dos profesores de Defensa Contra las Artes Oscuras, que habían durado sólo un año cada uno. Se decía que el puesto estaba maldito.

—Bueno, espero que no sea como los anteriores —dijo Ron no muy convencido—. No parece capaz de sobrevivir a un maleficio hecho como Dios manda. Pero bueno, ¿qué nos ibas a contar?

Harry explicó la conversación entre los padres de Ron y las advertencias que el señor Weasley acababa de hacerle. Cuando terminó, Ron parecía atónito y Hermione se tapaba la boca con las manos. Las apartó para decir:

—¿Sirius Black escapó para ir detrás de ti? ¡Ah, Harry, tendrás que tener muchísimo cuidado! No vayas en busca de problemas...

—Yo no busco problemas —respondió Harry, molesto—. Los problemas normalmente me encuentran a mí.

—¡Qué tonto tendría que ser Harry para ir detrás de un loco que quiere matarlo! —exclamó Ron, temblando.

Se tomaban la noticia peor de lo que Harry había esperado. Tanto Ron como Hermione parecían tenerle a Black más miedo que él.

—Nadie sabe cómo se ha escapado de Azkaban —dijo Ron, incómodo—. Es el primero. Y estaba en régimen de alta seguridad.

—Pero lo atraparán, ¿a que sí? —dijo Hermione convencida—. Bueno, están buscándolo también todos los muggles...

—¿Qué es ese ruido? —preguntó de repente Ron.

De algún lugar llegaba un leve silbido. Miraron por el compartimento.

—Viene de tu baúl, Harry —dijo Ron poniéndose en pie y alcanzando el portaequipajes.

Un momento después, había sacado el chivatoscopio de bolsillo de entre la túnica de Harry. Daba vueltas muy aprisa sobre la palma de la mano de Ron, brillando muy intensamente.

—¿Eso es un chivatoscopio? —preguntó Hermione con interés, levantándose para verlo mejor.

—Sí... Pero claro, es de los más baratos —dijo Ron—. Se puso como loco cuando lo até a la pata de *Errol* para enviárselo a Harry.

—¿No hacías nada malo en ese momento? —preguntó Hermione con perspicacia.

—¡No! Bueno..., no debía utilizar a *Errol*. Ya sabes que no está preparado para viajes largos... Pero ¿de qué otra manera hubiera podido hacerle llegar a Harry el regalo?

—Vuélvelo a meter en el baúl —le aconsejó Harry, porque su silbido les perforaba los oídos— o lo despertará.

Señaló al profesor Lupin con la cabeza. Ron metió el chivatoscopio en un calcetín especialmente horroroso de tío Vernon, que ahogó el silbido, y luego cerró el baúl.

—Podríamos llevarlo a que lo revisen en Hogsmeade —dijo Ron, volviendo a sentarse. Fred y George me han dicho que en Dervish y Banges, una tienda de instrumentos mágicos, venden cosas de este tipo.

—¿Sabes más cosas de Hogsmeade? —dijo Hermione con entusiasmo—. He leído que es la única población enteramente no muggle de Gran Bretaña...

—Sí, eso creo —respondió Ron de modo brusco—. Pero no es por eso por lo que quiero ir. ¡Sólo quiero entrar en Honeydukes!

—¿Qué es eso? —preguntó Hermione.

—Es una tienda de golosinas —respondió Ron, poniendo cara de felicidad—, donde tienen de todo... Diablillos de pimienta que te hacen echar humo por la boca... y grandes bolas de chocolate rellenas de *mousse* de fresa y nata de Cornualles, y plumas de azúcar que puedes chupar en clase y parecer que estás pensando lo que vas a escribir a continuación...

—Pero Hogsmeade es un lugar muy interesante —presionó Hermione con impaciencia—. En *Lugares históricos de la brujería* se dice que la taberna fue el centro en que se gestó la revuelta de los duendes de 1612. Y la Casa de los Gritos se considera el edificio más embrujado de Gran Bretaña...

—... Y enormes bolas de helado que te levantan unos centímetros del suelo mientras les das lengüetazos —continuó Ron, que no oía nada de lo que decía Hermione.

Hermione se volvió hacia Harry.

—¿No será estupendo salir del colegio para explorar Hogsmeade?

—Supongo que sí —respondió Harry apesadumbrado—. Ya me lo contarán cuando lo hayan descubierto.

—¿Qué quieres decir? —preguntó Ron.

—Yo no puedo ir. Los Dursley no firmaron la autorización y Fudge tampoco quiso hacerlo.

Ron se quedó horrorizado.

—¿Que no puedes venir? Pero... hay que buscar la forma... McGonagall o algún otro te dará permiso...

Harry se rió con sarcasmo. La profesora McGonagall, jefa de la casa Gryffindor, era muy estricta.

—Podemos preguntar a Fred y a George. Ellos conocen todos los pasadizos secretos para salir del castillo...

—¡Ron! —le interrumpió Hermione—. Creo que Harry no debería andar saliendo del colegio a escondidas estando suelto Black...

—Ya, supongo que eso es lo que dirá McGonagall cuando le pida el permiso —observó Harry.

—Pero si nosotros estamos con él... Black no se atreverá a...

—No digas tonterías, Ron —interrumpió Hermione—. Black ha matado a un montón de gente en mitad de una calle concurrida. ¿Crees realmente que va a dejar de atacar a Harry porque estemos con él?

Mientras hablaba, Hermione enredaba las manos en la correa de la cesta en que iba *Crookshanks*.

—¡No dejes suelta esa cosa! —exclamó Ron.

Pero ya era demasiado tarde. *Crookshanks* saltó con ligereza de la cesta, se desperezó, bostezó y se subió de un brinco a las rodillas de Ron; el bulto del bolsillo de Ron estaba temblando y él se quitó al gato de encima, dándole un empujón irritado.

—¡Apártate de aquí!

—¡No, Ron! —exclamó Hermione con enfado.

Ron estaba a punto de responder cuando el profesor Lupin se movió. Lo miraron con aprensión, pero él se limitó a volver la cabeza hacia el otro lado, con la boca todavía ligeramente abierta, y siguió durmiendo.

El expreso de Hogwarts seguía hacia el norte, sin detenerse. Y el paisaje que se veía por las ventanas se fue volviendo más agreste y oscuro mientras aumentaban las nubes.

A través de la puerta del compartimento se veía pasar gente hacia uno y otro lado. *Crookshanks* se había instalado en un asiento vacío, con su cara aplastada vuelta hacia Ron, y tenía los ojos amarillentos fijos en su bolsillo superior.

A la una en punto llegó la bruja regordeta que llevaba el carrito de la comida.

—¿Crees que deberíamos despertarlo? —preguntó Ron, incómodo, señalando al profesor Lupin con la cabeza—. Por su aspecto, creo que le vendría bien tomar algo.

Hermione se aproximó cautelosamente al profesor Lupin.

—Eeh... ¿profesor? —dijo—. Disculpe... ¿profesor?

El dormido no se inmutó.

—No te preocupes, querida —dijo la bruja, entregándole a Harry unos pasteles con forma de caldero—. Si se despierta con hambre, estaré en la parte delantera, con el maquinista.

—Está dormido, ¿verdad? —dijo Ron en voz baja, cuando la bruja cerró la puerta del compartimento—. Quiero decir que... no está muerto, claro.

—No, no: respira —susurró Hermione, cogiendo el pastel en forma de caldero que le alargaba Harry.

Tal vez no fuera un ameno compañero de viaje, pero la presencia del profesor Lupin en el compartimento tenía su lado bueno. A media tarde, cuando empezó a llover y la lluvia emborronaba las colinas, volvieron a oír a alguien por el pasillo, y las tres personas a las que tenían menos aprecio aparecieron en la puerta: Draco Malfoy y sus dos amigotes, Vincent Crabbe y Gregory Goyle.

Draco Malfoy y Harry se habían convertido en enemigos desde que se conocieron, en su primer viaje en tren a Hogwarts. Malfoy, que tenía una cara pálida, puntiaguda y como de asco, pertenecía a la casa de Slytherin. Era buscador en el equipo de quidditch de Slytherin, el mismo puesto que tenía Harry en el de Gryffindor. Crabbe y Goyle parecían no tener otro objeto en la vida que hacer lo que quisiera Malfoy. Los dos eran corpulentos y musculosos. Crabbe era el más alto, y llevaba un corte de pelo de tazón y tenía el cuello muy grueso. Goyle llevaba el pelo corto y erizado, y tenía brazos de gorila.

—Bueno, miren quiénes están ahí —dijo Malfoy con su habitual manera de hablar, arrastrando las palabras. Abrió la puerta del compartimento—. El loco y la rata.

Crabbe y Goyle se rieron como bobos.

—He oído que tu padre por fin ha tocado oro este verano —dijo Malfoy—. ¿No se habrá muerto tu madre del susto?

Ron se levantó tan aprisa que tiró al suelo el cesto de *Crookshanks*. El profesor Lupin roncó.

—¿Quién es ése? —preguntó Malfoy, dando un paso atrás en cuanto se percató de la presencia de Lupin.

—Un nuevo profesor —contestó Harry, que se había levantado también por si tenía que sujetar a Ron—. ¿Qué decías, Malfoy?

Malfoy entornó sus ojos claros. No era tan idiota como para pelearse delante de un profesor.

—Vámonos —murmuró a Crabbe y Goyle, con rabia.

Y desaparecieron.

Harry y Ron volvieron a sentarse. Ron se frotaba los nudillos.

—No pienso aguantarle nada a Malfoy este curso —dijo enfadado—. Lo digo en serio. Si hace otro comentario así sobre mi familia, le cogeré la cabeza y...

Ron hizo un gesto violento.

—Cuidado, Ron —susurró Hermione, señalando al profesor Lupin—. Cuidado...

Pero el profesor Lupin seguía profundamente dormido.

La lluvia arreciaba a medida que el tren avanzaba hacia el norte; las ventanillas eran ahora de un gris brillante que se oscurecía poco a poco, hasta que encendieron las luces que había a lo largo del pasillo y en el techo de los compartimentos. El tren traqueteaba, la lluvia golpeaba contra las ventanas, el viento rugía, pero el profesor Lupin seguía durmiendo.

—Debemos de estar llegando —dijo Ron, inclinándose hacia delante para mirar a través del reflejo del profesor Lupin por la ventanilla, ahora completamente negra.

Acababa de decirlo cuando el tren empezó a reducir la velocidad.

—Estupendo —dijo Ron, levantándose y yendo con cuidado hacia el otro lado del profesor Lupin, para ver algo fuera del tren—. Me muero de hambre. Tengo unas ganas de que empiece el banquete...

—No podemos haber llegado aún —dijo Hermione mirando el reloj.

—Entonces, ¿por qué nos detenemos?

El tren iba cada vez más despacio. A medida que el ruido de los pistones se amortiguaba, el viento y la lluvia sonaban con más fuerza contra los cristales.

Harry, que era el que estaba más cerca de la puerta, se levantó para mirar por el pasillo. Por todo el vagón se asomaban cabezas curiosas. El tren se paró con una sacudida, y distintos golpes testimoniaron que algunos baúles se habían caído de los portaequipajes. A continuación, sin previo aviso, se apagaron todas las luces y quedaron sumidos en una oscuridad total.

—¿Qué sucede? —dijo detrás de Harry la voz de Ron.

—¡Ay! —gritó Hermione—. ¡Me has pisado, Ron!

Harry volvió a tientas a su asiento.

—¿Habremos tenido una avería?

—No sé...

Se oyó el sonido que produce la mano frotando un cristal mojado, y Harry vio la silueta negra y borrosa de Ron, que limpiaba el cristal y miraba fuera.

—Algo pasa ahí fuera —dijo Ron—. Creo que está subiendo gente...

La puerta del compartimento se abrió de repente y alguien cayó sobre las piernas de Harry, haciéndole daño.

—¡Perdona! ¿Tienes alguna idea de lo que pasa? ¡Ay! Lo siento...

—Hola, Neville —dijo Harry, tanteando en la oscuridad, y tirando hacia arriba de la capa de Neville.

—¿Harry? ¿Eres tú? ¿Qué sucede?

—¡No tengo ni idea! Siéntate...

Se oyó un bufido y un chillido de dolor. Neville había ido a sentarse sobre *Crookshanks*.

—Voy a preguntarle al maquinista qué sucede. —Harry notó que pasaba por su lado, oyó abrirse de nuevo la puerta, y después un golpe y dos fuertes chillidos de dolor.

—¿Quién eres?

—¿Quién eres?

—¿Ginny?

—¿Hermione?

—¿Qué haces?

—Buscaba a Ron...

—Entra y siéntate...

—Aquí no —dijo Harry apresuradamente—. ¡Estoy yo!

—¡Ay! —exclamó Neville.

—¡Silencio! —dijo de repente una voz ronca.

Por fin se había despertado el profesor Lupin. Harry oyó que algo se movía en el rincón que él ocupaba. Nadie dijo nada.

Se oyó un chisporroteo y una luz parpadeante iluminó el compartimento. El profesor Lupin parecía tener en la mano un puñado de llamas que le iluminaban la cansada cara gris. Pero sus ojos se mostraban cautelosos.

—No se muevan —dijo con la misma voz ronca, y se puso de pie, despacio, con el puñado de llamas enfrente de él. La puerta se abrió lentamente antes de que Lupin pudiera alcanzarla.

De pie, en el umbral, iluminado por las llamas que tenía Lupin en la mano, había una figura cubierta con capa y que llegaba hasta el techo. Tenía la cara completamente oculta por una capucha. Harry miró hacia abajo y lo que vio le hizo contraer el estómago. De la capa surgía una mano gris, viscosa y con pústulas. Como algo que estuviera muerto y se hubiera corrompido bajo el agua...

Sólo estuvo a la vista una fracción de segundo. Como si el ser que se ocultaba bajo la capa hubiera notado la mirada de Harry, la mano se metió entre los pliegues de la tela negra.

Y entonces aspiró larga, lenta, ruidosamente, como si quisiera succionar algo más que aire.

Un frío intenso se extendió por encima de todos. Harry fue consciente del aire que retenía en el pecho. El frío penetró más allá de su piel, le penetró en el pecho, en el corazón...

Los ojos de Harry se quedaron en blanco. No podía ver nada. Se ahogaba de frío. Oyó correr agua. Algo lo arrastraba hacia abajo y el rugido del agua se hacía más fuerte...

Y entonces, a lo lejos, oyó unos aterrorizados gritos de súplica. Quería ayudar a quien fuera. Intentó mover los brazos, pero no pudo. Una niebla espesa y blanca lo rodeaba, y también estaba dentro de él...

—¡Harry! ¡Harry! ¿Estás bien?

Alguien le daba palmadas en la cara.

—¿Qué?

Harry abrió los ojos. Sobre él había algunas luces y el suelo temblaba... El expreso de Hogwarts se ponía en marcha y la luz había vuelto. Por lo visto había resbalado del asiento y caído al suelo. Ron y Hermione estaban arrodillados a su lado, y por encima de ellos vio a Neville y al profesor Lupin, mirándolo. Harry sentía ganas de vomitar. Al levantar la mano para subirse las gafas, notó su cara cubierta por un sudor frío.

Ron y Hermione lo ayudaron a levantarse y a sentarse en el asiento.

—¿Te encuentras bien? —preguntó Ron, asustado.

—Sí —dijo Harry, mirando rápidamente hacia la puerta. El ser encapuchado había desaparecido—. ¿Qué ha sucedido? ¿Dónde está ese... ese ser? ¿Quién gritaba?

—No gritaba nadie —respondió Ron, aún más asustado.

Harry examinó el compartimento iluminado. Ginny y Neville lo miraron, muy pálidos.

—Pero he oído gritos...

Todos se sobresaltaron al oír un chasquido. El profesor Lupin partía en trozos una tableta de chocolate.

—Toma —le dijo a Harry, entregándole un trozo especialmente grande—. Cómetelo. Te ayudará.

Harry cogió el chocolate, pero no se lo comió.

—¿Qué era ese ser? —le preguntó a Lupin.

—Un *dementor* —respondió Lupin, repartiendo el chocolate entre los demás—. Era uno de los dementores de Azkaban.

Todos lo miraron. El profesor Lupin arrugó el envoltorio vacío de la tableta de chocolate y se lo guardó en el bolsillo.

—Cómanselo —insistió—. Les vendrá bien. Discúlpenme, tengo que hablar con el maquinista...

Pasó por delante de Harry y desapareció por el pasillo.

—¿Seguro que estás bien, Harry? —preguntó Hermione con preocupación, mirando a Harry.

—No entiendo... ¿Qué ha sucedido? —preguntó Harry, secándose el sudor de la cara.

—Bueno, ese ser... el dementor... se quedó ahí mirándonos (es decir, creo que nos miraba, porque no pude verle la cara), y tú, tú...

—Creí que te estaba dando un ataque o algo así —dijo Ron, que parecía todavía asustado—. Te quedaste como rígido, te caíste del asiento y empezaste a agitarte...

—Y entonces el profesor Lupin pasó por encima de ti, se dirigió al dementor y sacó su varita —explicó Hermione—. Y dijo: «Ninguno de nosotros esconde a Sirius Black bajo la capa. Vete.» Pero el dementor no se movió, así que Lupin murmuró algo y de la varita salió una cosa plateada hacia el dementor. Y éste dio media vuelta y se fue...

—Ha sido horrible —dijo Neville, en voz más alta de lo normal—. ¿Notaron el frío cuando entró?

—Yo tuve una sensación muy rara —respondió Ron, moviendo los hombros con inquietud—, como si no pudiera ya volver a sentirme contento...

Ginny, que estaba encogida en su rincón y parecía sentirse casi tan mal como Harry, sollozó. Hermione se le acercó y le pasó un brazo por detrás, para reconfortarla.

—Pero ¿no se han caído del asiento? —preguntó Harry, extrañado.

—No —respondió Ron, volviendo a mirar a Harry con preocupación—. Ginny temblaba como loca, aunque...

Harry no conseguía entender. Estaba débil y tembloroso, como si se estuviera recuperando de una mala gripe. También sentía un poco de vergüenza. ¿Por qué había perdido el control de aquella manera, cuando los otros no lo habían hecho?

El profesor Lupin regresó. Se detuvo al entrar, miró alrededor y dijo con una breve sonrisa:

—No he envenenado el chocolate, ¿saben?

Harry le dio un mordisquito y ante su sorpresa sintió que algo le calentaba el cuerpo y que el calor se extendía hasta los dedos de las manos y de los pies.

—Llegaremos a Hogwarts en diez minutos —dijo el profesor Lupin—. ¿Te encuentras bien, Harry?

Harry no preguntó cómo se había enterado el profesor Lupin de su nombre.

—Sí —dijo, un poco confuso.

No hablaron apenas durante el resto del viaje. Finalmente se detuvo el tren en la estación de Hogsmeade, y se formó mucho barullo para salir del tren: las lechuzas ululaban, los gatos maullaban y el sapo de Neville croaba debajo de su sombrero. En el pequeño andén hacía un frío que congelaba; la lluvia era una ducha de hielo.

—¡Por aquí los de primer curso! —gritaba una voz familiar. Harry, Ron y Hermione se volvieron y vieron la silueta gigante de Hagrid en el otro extremo del andén, indicando por señas a los nuevos estudiantes (que estaban algo asustados) que se adelantaran para iniciar el tradicional recorrido por el lago.

—¿Están bien los tres? —gritó Hagrid, por encima de la multitud.

Lo saludaron con la mano, pero no pudieron hablarle porque la multitud los empujaba a lo largo del andén. Harry, Ron y Hermione siguieron al resto de los alumnos y salieron a un camino embarrado y desigual, donde aguardaban al resto de los alumnos al menos cien diligencias, todas tiradas (o eso suponía Harry) por caballos invisibles, porque cuando subieron a una y cerraron la portezuela, se puso en marcha ella sola, dando botes.

La diligencia olía un poco a moho y a paja. Harry se sentía mejor después de tomar el chocolate, pero aún estaba débil. Ron y Hermione lo miraban todo el tiempo de reojo, como si tuvieran miedo de que perdiera de nuevo el conocimiento.

Mientras el coche avanzaba lentamente hacia unas suntuosas verjas de hierro flanqueadas por columnas de piedra coronadas por estatuillas de cerdos alados, Harry vio a otros dos dementores encapuchados y descomunales, que montaban guardia a cada lado. Estuvo a punto de darle otro frío vahído. Se reclinó en el asiento lleno de bultos y cerró los ojos hasta que hubieron atravesado la verja. El carruaje cogió velocidad por el largo y empinado camino que llevaba al castillo; Hermione se asomaba por la ventanilla para ver acercarse las pequeñas torres. Finalmente, el carruaje se detuvo y Hermione y Ron bajaron.

Al bajar, Harry oyó una voz que arrastraba alegremente las sílabas:

—¿Te has desmayado, Potter? ¿Es verdad lo que dice Longbottom? ¿Realmente te desmayaste?

Malfoy le dio con el codo a Hermione al pasar por su lado, y salió al paso de Harry, que subía al castillo por la escalinata de piedra. Sus ojos claros y su cara alegre brillaban de malicia.

—¡Lárgate, Malfoy! —dijo Ron con las mandíbulas apretadas.

—¿Tú también te desmayaste, Weasley? —preguntó Malfoy, levantando la voz—. ¿También te asustó a ti el viejo dementor, Weasley?

—¿Hay algún problema? —preguntó una voz amable. El profesor Lupin acababa de bajarse de la diligencia que iba detrás de la de ellos.

Malfoy dirigió una mirada insolente al profesor Lupin, y vio los remiendos de su ropa y su maleta desvencijada. Con cierto sarcasmo en la voz, dijo:

—Oh, no, eh... profesor...

Entonces dirigió a Crabbe y Goyle una sonrisita, y subieron los tres hacia el castillo.

Hermione pinchaba a Ron en la espalda para que se diera prisa, y los tres se unieron a la multitud apiñada en la parte superior, a través de las gigantescas puertas de roble, y en el interior del vestíbulo, que estaba iluminado con antorchas y acogía una magnífica escalera de mármol que conducía a los pisos superiores.

A la derecha, abierta, estaba la puerta que daba al Gran Comedor. Harry siguió a la multitud, pero apenas vislumbró el techo encantado, que aquella noche estaba negro y nublado, cuando lo llamó una voz:

—¡Potter, Granger, quiero hablar con ustedes!

Harry y Hermione dieron media vuelta, sorprendidos. La profesora McGonagall, que daba clase de Transformaciones y era la jefa de la casa de Gryffindor, los llamaba por encima de las cabezas de la multitud. Tenía una expresión severa y un moño en la nuca; sus penetrantes ojos se enmarcaban en unas gafas cuadradas. Harry se abrió camino hasta ella con cierta dificultad y un poco de miedo. Había algo en la profesora McGonagall que solía hacer que Harry sintiera que había hecho algo malo.

—No tienen que poner esa cara de asustados, sólo quiero hablar con ustedes en mi despacho —les dijo—. Ve con los demás, Weasley.

Ron se les quedó mirando mientras la profesora McGonagall se alejaba con Harry y Hermione de la bulliciosa multitud; la acompañaron a través del vestíbulo, subieron la escalera de mármol y recorrieron un pasillo.

Ya en el despacho (una pequeña habitación que tenía una chimenea en la que ardía un fuego abundante y acogedor), hizo una señal a Harry y a Hermione para que se sentaran. También ella se sentó, detrás del escritorio, y dijo de pronto:

—El profesor Lupin ha enviado una lechuza comunicando que te sentiste indispuesto en el tren, Potter.

Antes de que Harry pudiera responder, se oyó llamar suavemente a la puerta, y la señora Pomfrey, la enfermera, entró con paso raudo. Harry se sonrojó. Ya resultaba bastante embarazoso haberse desmayado o lo que le hubiera pasado, para que encima armaran aquel lío.

—Estoy bien —dijo—, no necesito nada...

—Ah, eres tú —dijo la señora Pomfrey, sin escuchar lo que decían e inclinándose para mirarlo de cerca—. Supongo que has estado otra vez metiéndote en algo peligroso.

—Ha sido un dementor, Poppy —dijo la profesora McGonagall.

Cambiaron una mirada sombría y la señora Pomfrey chascó la lengua con reprobación.

—Poner dementores en un colegio —murmuró echando para atrás la silla de Harry y apoyando una mano en su frente—. No será el primero que se desmaya. Sí, está empapado en sudor. Son seres terribles, y el efecto que tienen en la gente que ya de por sí es delicada...

—¡Yo no soy delicado! —repuso Harry, ofendido.

—Por supuesto que no —admitió distraídamente la señora Pomfrey, tomándole el pulso.

—¿Qué le prescribe? —preguntó resueltamente la profesora McGonagall—. ¿Guardar cama? ¿Debería pasar esta noche en la enfermería?

—¡Estoy bien! —repuso Harry, poniéndose en pie de un brinco. Lo atormentaba pensar en lo que diría Malfoy si lo enviaban por aquello a la enfermería.

—Bueno. Al menos tendría que tomar chocolate —dijo la señora Pomfrey, que intentaba examinar los ojos de Harry.

—Ya he tomado un poco. El profesor Lupin me lo dio. Nos dio a todos.

—¿Sí? —dijo con aprobación la señora Pomfrey—. ¡Así que por fin tenemos un profesor de Defensa Contra las Artes Oscuras que conoce los remedios!

—¿Estás seguro de que te sientes bien, Potter? —preguntó la profesora McGonagall.

—Sí —dijo Harry.

—Muy bien. Haz el favor de esperar fuera mientras hablo un momento con la señorita Granger sobre su horario. Luego podremos bajar al banquete todos juntos.

Harry salió al corredor con la señora Pomfrey, que se marchó hacia la enfermería murmurando algo para sí. Harry sólo tuvo que esperar unos minutos. A continuación salió Hermione, radiante de felicidad, seguida por la profesora McGonagall, y los tres bajaron las escaleras de mármol, hacia el Gran Comedor.

Estaba lleno de capirotes negros. Las cuatro mesas largas estaban llenas de estudiantes. Sus caras brillaban a la luz de miles de velas. El profesor Flitwick, que era un brujo bajito y con el pelo blanco, salió con un viejo sombrero y un taburete de tres patas.

—¡Nos hemos perdido la selección! —dijo Hermione en voz baja.

Los nuevos alumnos de Hogwarts obtenían casa por medio del Sombrero Seleccionador, que iba gritando el nombre de la casa más adecuada para cada uno (Gryffindor, Ravenclaw, Hufflepuff, Slytherin). La profesora McGonagall se dirigió con paso firme a su asiento en la mesa de los profesores, y Harry y Hermione se encaminaron en sentido contrario, hacia la mesa de Gryffindor, tan silenciosamente como les fue posible. La gente se volvía para mirarlos cuando pasaban por la parte trasera del Comedor y algunos señalaban a Harry. ¿Había corrido tan rápido la noticia de su desmayo delante del dementor?

Él y Hermione se sentaron a ambos lados de Ron, que les había guardado los asientos.

—¿De qué se trataba? —le preguntó a Harry.

Comenzó a explicarse en un susurro, pero entonces el director se puso en pie para hablar y Harry se calló.

El profesor Dumbledore, aunque viejo, siempre daba la impresión de tener mucha energía. Su pelo plateado y su barba tenían más de medio metro de longitud; llevaba gafas de media luna; y tenía una nariz extremadamente curva. Solían referirse a él como al mayor mago de la época, pero no era por eso por lo que Harry le tenía tanto respeto. No se podía menos de confiar en Albus Dumbledore, y cuando Harry lo vio sonreír con franqueza a todos los estudiantes, se sintió tranquilo por vez primera desde que el dementor había entrado en el compartimento del tren.

—¡Bienvenidos! —dijo Dumbledore, con la luz de la vela reflejándose en su barba—. ¡Bienvenidos a un nuevo curso en Hogwarts! Tengo algunas cosas que decirles a todos, y como una es muy seria, la explicaré antes de que nuestro excelente banquete los deje aturdidos. —Dumbledore se aclaró la garganta y continuó—: Como todos saben después del registro que ha tenido lugar en el expreso de Hogwarts, tenemos actualmente en nuestro colegio a algunos dementores de Azkaban, que están aquí por asuntos relacionados con el Ministerio de Magia. —Se hizo una pausa y Harry recordó lo que el señor Weasley había dicho sobre que a Dumbledore no le agradaba que los dementores custodiaran el colegio—. Están apostados en las entradas a los terrenos del colegio

—continuó Dumbledore—, y tengo que dejar muy claro que mientras estén aquí nadie saldrá del colegio sin permiso. A los dementores no se les puede engañar con trucos o disfraces, ni siquiera con capas invisibles —añadió como quien no quiere la cosa, y Harry y Ron se miraron—. No está en la naturaleza de un dementor comprender ruegos o excusas. Por lo tanto, les advierto a todos y cada uno de ustedes que no deben darles ningún motivo para que les hagan daño. Confío en los prefectos y en los últimos ganadores de los Premios Anuales para que se aseguren de que ningún alumno intenta burlarse de los dementores.

Percy, que se sentaba a unos asientos de distancia de Harry, volvió a sacar pecho y miró a su alrededor orgullosamente. Dumbledore hizo otra pausa. Recorrió la sala con una mirada muy seria y nadie movió un dedo ni dijo nada.

—Por hablar de algo más alegre —continuó—, este año estoy encantado de dar la bienvenida a nuestro colegio a dos nuevos profesores. En primer lugar, el profesor Lupin, que amablemente ha accedido a enseñar Defensa Contra las Artes Oscuras.

Hubo algún aplauso aislado y carente de entusiasmo. Sólo los que habían estado con él en el tren aplaudieron con ganas, Harry entre ellos. El profesor Lupin parecía un adán en medio de los demás profesores, que iban vestidos con sus mejores togas.

—¡Mira a Snape! —le susurró Ron a Harry en el oído.

El profesor Snape, el especialista en Pociones, miraba al profesor Lupin desde el otro lado de la mesa de los profesores. Era sabido que Snape anhelaba aquel puesto, pero incluso a Harry, que aborrecía a Snape, le asombraba la expresión que tenía en aquel momento, crispando su rostro delgado y cetrino. Era más que enfado: era odio. Harry conocía muy bien aquella expresión: era la que Snape adoptaba cada vez que lo veía a él.

—En cuanto al otro último nombramiento —prosiguió Dumbledore cuando se apagó el tibio aplauso para el profesor Lupin—, siento decirles que el profesor Kettleburn, nuestro profesor de Cuidado de Criaturas Mágicas, se retiró al final del pasado curso para poder aprovechar en la intimidad los miembros que le quedan. Sin embargo, estoy encantado de anunciar que su lugar lo ocupará nada menos que

Rubeus Hagrid, que ha accedido a compaginar estas clases con sus obligaciones de guardabosques.

Harry, Ron y Hermione se miraron atónitos. Luego se unieron al aplauso, que fue especialmente caluroso en la mesa de Gryffindor. Harry se inclinó para ver a Hagrid, que estaba rojo como un tomate y se miraba las enormes manos, con la amplia sonrisa oculta por la barba negra.

—¡Tendríamos que haberlo adivinado! —dijo Ron, dando un puñetazo en la mesa—. ¿Qué otro habría sido capaz de mandarnos que compráramos un libro que muerde?

Harry, Ron y Hermione fueron los últimos en dejar de aplaudir, y cuando el profesor Dumbledore volvió a hablar, pudieron ver que Hagrid se secaba los ojos con el mantel.

—Bien, creo que ya he dicho todo lo importante —dijo Dumbledore—. ¡Que comience el banquete!

Las fuentes doradas y las copas que tenían delante se llenaron de pronto de comida y bebida. Harry, que de repente se dio cuenta de que tenía un hambre atroz, se sirvió de todo lo que estaba a su alcance, y empezó a comer.

Fue un banquete delicioso. El Gran Comedor se llenó de conversaciones, de risas y del tintineo de los cuchillos y tenedores. Harry, Ron y Hermione, sin embargo, tenían ganas de que terminara para hablar con Hagrid. Sabían cuánto significaba para él ser profesor. Hagrid no era un mago totalmente cualificado; había sido expulsado de Hogwarts en tercer curso por un delito que no había cometido. Fueron Harry, Ron y Hermione quienes, durante el curso anterior, habían limpiado el nombre de Hagrid.

Finalmente, cuando los últimos bocados de torta de calabaza desaparecieron de las bandejas doradas, Dumbledore anunció que era hora de que todos se fueran a dormir y ellos vieron llegado su momento.

—¡Enhorabuena, Hagrid! —gritó Hermione muy alegre, cuando llegaron a la mesa de los profesores.

—Todo ha sido gracias a ustedes tres —dijo Hagrid mientras los miraba, secando su cara brillante en la servilleta—. No puedo creerlo... Un gran tipo, Dumbledore... Vino derecho a mi cabaña después de que el profesor Kettleburn dijera que ya no podía más. Es lo que siempre había querido.

Embargado de emoción, ocultó la cara en la servilleta y la profesora McGonagall los hizo irse.

Harry, Ron y Hermione se reunieron con los demás estudiantes de la casa Gryffindor que subían en tropel la escalera de mármol y, ya muy cansados, siguieron por más corredores y subieron más escaleras, hasta que llegaron a la entrada secreta de la torre de Gryffindor. Los interrogó un retrato grande de señora gorda, vestida de rosa:

—¿Contraseña?

—¡Déjame pasar, déjame pasar! —gritaba Percy desde detrás de la multitud—. ¡La última contraseña es «Fortuna Maior»!

—¡Oh, no! —dijo con tristeza Neville Longbottom. Siempre tenía problemas para recordar las contraseñas.

Después de cruzar el retrato y recorrer la sala común, chicos y chicas se separaron hacia las respectivas escaleras. Harry subió la escalera de caracol sin otro pensamiento que la alegría de estar otra vez en Hogwarts. Llegaron al conocido dormitorio de forma circular, con sus cinco camas con dosel, y Harry, mirando a su alrededor, sintió que por fin estaba en casa.

# 6

# Cunchos de té y garras de *hipogrifo*

Cuando Harry, Ron y Hermione entraron en el Gran Comedor para desayunar al día siguiente, lo primero que vieron fue a Draco Malfoy, que entretenía a un grupo de gente de Slytherin con una historia muy divertida. Al pasar por su lado, Malfoy hizo una parodia de desmayo, coreado por una carcajada general.

—No le hagas caso —le dijo Hermione, que iba detrás de Harry—. Tú, ni el menor caso. No merece la pena...

—¡Eh, Potter! —gritó Pansy Parkinson, una chica de Slytherin que tenía la cara como un dogo—. ¡Potter! ¡Que vienen los dementores, Potter! ¡Uuuuuuuuuh!

Harry se dejó caer sobre un asiento de la mesa de Gryffindor, junto a George Weasley.

—Los nuevos horarios de tercero —anunció George, pasándolos—. ¿Qué te ocurre, Harry?

—Malfoy —contestó Ron, sentándose al otro lado de George y echando una mirada desafiante a la mesa de Slytherin.

George alzó la vista y vio que en aquel momento Malfoy volvía a repetir su pantomima.

—Ese imbécil —dijo sin alterarse— no estaba tan gallito ayer por la noche, cuando los dementores se acercaron a la parte del tren en que estábamos. Vino corriendo a nuestro compartimento, ¿verdad, Fred?

—Casi se moja encima —dijo Fred, mirando con desprecio a Malfoy.

—Yo tampoco estaba muy contento —reconoció George—. Son horribles esos dementores...

—Se le hiela a uno la sangre, ¿verdad? —dijo Fred.

—Pero no se desmayen, ¿a que no? —dijo Harry en voz baja.

—No le des más vueltas, Harry —dijo George—. Mi padre tuvo que ir una vez a Azkaban, ¿verdad, Ron?, y dijo que era el lugar más horrible en que había estado. Regresó débil y tembloroso... Los dementores absorben la alegría del lugar en que están. La mayoría de los presos se vuelven locos allí.

—De cualquier modo, veremos lo contento que se pone Malfoy después del primer partido de quidditch —dijo Fred—. Gryffindor contra Slytherin, primer partido de la temporada, ¿se acuerdan?

La única ocasión en que Harry y Malfoy se habían enfrentado en un partido de quidditch, Malfoy había llevado las de perder. Un poco más contento, Harry se sirvió salchichas y tomate frito.

Hermione se aprendía su nuevo horario:

—Bien, hoy comenzamos asignaturas nuevas —dijo alegremente.

—Hermione —dijo Ron frunciendo el entrecejo y mirando detrás de ella—, se han confundido con tu horario. Mira, te han apuntado para unas diez asignaturas al día. No hay tiempo suficiente.

—Ya me las arreglaré. Lo he concertado con la profesora McGonagall.

—Pero mira —dijo Ron riendo—, ¿ves la mañana de hoy? A las nueve Adivinación y Estudios Muggles y... —Ron se acercó más al horario, sin poderlo creer—, mira, Aritmancia, todo a las nueve. Sé que eres muy buena estudiante, Hermione, pero no hay nadie capaz de tanto. ¿Cómo vas a estar en tres clases a la vez?

—No seas tonto —dijo Hermione bruscamente—, por supuesto que no voy a estar en tres clases a la vez.

—Bueno, entonces...

—Pásame la mermelada —le pidió Hermione.

—Pero...

—¿Y a ti qué te importa si mi horario está un poco apretado, Ron? —dijo Hermione—. Ya te he dicho que lo he arreglado todo con la profesora McGonagall.

En ese momento entró Hagrid en el Gran Comedor. Llevaba puesto su abrigo largo de ratina y de una de sus enormes manos colgaba un turón muerto, que se balanceaba.

—¿Va todo bien? —dijo con entusiasmo, deteniéndose camino de la mesa de los profesores—. ¡Están en mi primera clase! ¡Inmediatamente después del almuerzo! Me he levantado a las cinco para prepararlo todo. Espero que esté bien... Yo, profesor..., francamente...

Les dirigió una amplia sonrisa y se fue hacia la mesa de los profesores, balanceando el turón.

—Me pregunto qué habrá preparado —dijo Ron con curiosidad.

El Gran Comedor se vaciaba a medida que la gente se marchaba a la primera clase. Ron comprobó el horario.

—Lo mejor será que vayamos ya. Miren, el aula de Adivinación está en el último piso de la torre norte. Tardaremos unos diez minutos en llegar...

Terminaron aprisa el desayuno, se despidieron de Fred y de George, y volvieron a atravesar el Gran Comedor. Al pasar al lado de la mesa de Slytherin, Malfoy volvió a repetir la pantomima. Las estruendosas carcajadas acompañaron a Harry hasta el vestíbulo.

El trayecto hasta la torre norte era largo. Los dos años que llevaban en Hogwarts no habían bastado para conocer todo el castillo, y ni siquiera habían estado nunca en el interior de la torre norte.

—Tiene... que... haber... un atajo —dijo Ron jadeando, mientras ascendían la séptima larga escalera y salían a un rellano que veían por primera vez y donde lo único que había era un cuadro grande que representaba únicamente un campo de hierba.

—Me parece que es por aquí —dijo Hermione, echando un vistazo al corredor desierto que había a la derecha.

—Imposible —dijo Ron—. Eso es el sur. Mira: por la ventana puedes ver una parte del lago...

Harry observó el cuadro. Un grueso caballo tordo acababa de entrar en el campo y pacía despreocupadamente. Harry estaba acostumbrado a que los cuadros de Hogwarts tuvieran movimiento y a que los personajes se salieran del marco para ir a visitarse unos a otros, pero siempre se había divertido viéndolos. Un momento después, haciendo un ruido metálico, entró en el cuadro un caballero rechoncho y bajito, vestido con armadura, persiguiendo al caballo. A juzgar por las manchas de hierba que había en sus rodilleras de hierro, acababa de caerse.

—¡Pardiez! —gritó, viendo a Harry, Ron y Hermione—. ¿Quiénes son estos villanos que osan internarse en mis dominios? ¿Acaso se mofan de mi caída? ¡Desenvainad, bellacos!

Se asombraron al ver que el pequeño caballero sacaba la espada de la vaina y la blandía con violencia, saltando furiosamente arriba y abajo. Pero la espada era demasiado larga para él. Un movimiento demasiado violento le hizo perder el equilibrio y cayó de bruces en la hierba.

—¿Se encuentra usted bien? —le preguntó Harry, acercándose al cuadro.

—¡Atrás, vil bellaco! ¡Atrás, malandrín!

El caballero volvió a empuñar la espada y la utilizó para incorporarse, pero la hoja se hundió profundamente en el suelo, y aunque tiró de ella con todas sus fuerzas, no pudo sacarla. Finalmente, se dejó caer en la hierba y se levantó la visera del casco para limpiarse la cara empapada en sudor.

—Disculpe —dijo Harry, aprovechando que el caballero estaba exhausto—, estamos buscando la torre norte. ¿Por casualidad conoce usted el camino?

—¡Una empresa! —La ira del caballero desapareció al instante. Se puso de pie haciendo un ruido metálico y exclamó—: ¡Vamos, seguidme, queridos amigos, y hallaremos lo que buscamos o pereceremos en el empeño! —Volvió a tirar de la espada sin ningún resultado, intentó pero no pudo montar en el caballo, y exclamó—: ¡A pie, pues, bravos caballeros y gentil señora! ¡Vamos!

Y corrió por el lado izquierdo del marco, haciendo un fuerte ruido metálico.

Corrieron tras él por el pasillo, siguiendo el sonido de su armadura. De vez en cuando lo localizaban delante de ellos, cruzando un cuadro.

—¡Endurezcan sus corazones, lo peor está aún por llegar! —gritó el caballero, y lo volvieron a ver enfrente de un grupo alarmado de mujeres con miriñaque, cuyo cuadro colgaba en el muro de una estrecha escalera de caracol.

Jadeando, Harry, Ron y Hermione ascendieron los escalones mareándose cada vez más, hasta que oyeron un murmullo de voces por encima de ellos y se dieron cuenta de que habían llegado al aula.

—¡Adiós! —gritó el caballero asomando la cabeza por el cuadro de unos monjes de aspecto siniestro—. ¡Adiós, compañeros de armas! ¡Si en alguna ocasión necesitan un corazón noble y un temple de acero, llamad a sir Cadogan!

—Sí, lo haremos —murmuró Ron cuando desapareció el caballero—, si alguna vez necesitamos a un chiflado.

Subieron los escalones que quedaban y salieron a un rellano diminuto en el que ya aguardaba la mayoría de la clase. No había ninguna puerta en el rellano; Ron golpeó a Harry con el codo y señaló al techo, donde había una trampilla circular con una placa de bronce.

—Sybill Trelawney, profesora de Adivinación —leyó Harry—. ¿Cómo vamos a subir ahí?

Como en respuesta a su pregunta, la trampilla se abrió de repente y una escalera plateada descendió hasta los pies de Harry. Todos se quedaron en silencio.

—Tú primero —dijo Ron con una sonrisa, y Harry subió por la escalera delante de los demás.

Fue a dar al aula de aspecto más extraño que había visto en su vida. No se parecía en nada a un aula; era algo a medio camino entre un ático y un viejo salón de té. Al menos veinte mesas circulares, redondas y pequeñas, se apretujaban dentro del aula, todas rodeadas de sillones tapizados con tela de colores y de cojines pequeños y redondos. Todo estaba iluminado con una luz tenue y roja. Había cortinas en todas las ventanas y las numerosas lámparas estaban tapadas con pañoletas rojas. Hacía un calor agobiante, y el fuego que ardía en la chimenea, bajo una repisa abarrotada de cosas, calentaba una tetera grande de cobre y emanaba una especie de perfume denso. Las estanterías de las paredes circulares estaban llenas de plumas polvorientas, cabos de vela, muchas barajas viejas, infinitas bolas de cristal y una gran cantidad de tazas de té.

Ron fue a su lado mientras la clase se iba congregando alrededor, entre murmullos.

—¿Dónde está la profesora? —preguntó Ron.

De repente salió de las sombras una voz suave:

—Bienvenidos —dijo—. Es un placer verlos por fin en el mundo físico.

La inmediata impresión de Harry fue que se trataba de un insecto grande y brillante. La profesora Trelawney se acercó a la chimenea y vieron que era sumamente delgada. Sus grandes gafas aumentaban varias veces el tamaño de sus ojos y llevaba puesto un chal de gasa con lentejuelas. De su cuello largo y delgado colgaban innumerables collares de cuentas, y tenía las manos llenas de anillos y los brazos de pulseras.

—Siéntense, niños míos, siéntense —dijo, y todos se encaramaron torpemente a los sillones o se hundieron en los cojines. Harry, Ron y Hermione se sentaron a la misma mesa redonda—. Bienvenidos a la clase de Adivinación —dijo la profesora Trelawney, que se había sentado en un sillón de orejas, delante del fuego—. Soy la profesora Trelawney. Seguramente es la primera vez que me ven. Noto que descender muy a menudo al bullicio del colegio principal nubla mi ojo interior.

Nadie dijo nada ante esta extraordinaria declaración. Con movimientos delicados, la profesora Trelawney se puso bien el chal y continuó hablando:

—Así que han decidido estudiar Adivinación, la más difícil de todas las artes mágicas. Debo advertirles desde el principio de que si no poseen la Vista, no podré enseñarles prácticamente nada. Los libros tampoco les ayudarán mucho en este terreno... —Al oír estas palabras, Harry y Ron miraron con una sonrisa burlona a Hermione, que parecía asustada al oír que los libros no iban a ser de mucha utilidad en aquella asignatura—. Hay numerosos magos y brujas que, aun teniendo una gran habilidad en lo que se refiere a transformaciones, olores y desapariciones súbitas, son incapaces de penetrar en los velados misterios del futuro —continuó la profesora Trelawney, recorriendo las caras nerviosas con sus ojos enormes y brillantes—. Es un don reservado a unos pocos. Dime, muchacho —dijo de repente a Neville, que casi se cayó del cojín—, ¿se encuentra bien tu abuela?

—Creo que sí —dijo Neville tembloroso.

—Yo en tu lugar no estaría tan seguro, querido —dijo la profesora Trelawney. El fuego de la chimenea se reflejaba en sus largos pendientes de color esmeralda. Neville tragó saliva. La profesora Trelawney prosiguió plácidamente—. Durante este curso estudiaremos los métodos básicos de adivinación. Dedicaremos el primer trimestre a la lectura de las hojas de té. El segundo nos ocuparemos en quiromancia. A propósito, querida mía —le soltó de pronto a Parvati Patil—, ten cuidado con cierto pelirrojo.

Parvati miró con un sobresalto a Ron, que estaba inmediatamente detrás de ella, y alejó de él su sillón.

—Durante el último trimestre —continuó la profesora Trelawney—, pasaremos a la bola de cristal si la interpretación de las llamas nos deja tiempo. Por desgracia, un desagradable brote de gripe interrumpirá las clases en febrero. Yo misma perderé la voz. Y en torno a Semana Santa, uno de ustedes nos abandonará para siempre. —Un silencio muy tenso siguió a este comentario, pero la profesora Trelawney no pareció notarlo—. Querida —añadió dirigiéndose a Lavender Brown, que era quien estaba más cerca de ella y que se hundió contra el respaldo del sillón—, ¿me podrías pasar la tetera grande de plata?

Lavender dio un suspiro de alivio, se levantó, cogió una enorme tetera de la estantería y la puso sobre la mesa, ante la profesora Trelawney.

—Gracias, querida. A propósito, eso que temes sucederá el viernes 16 de octubre. —Lavender tembló—. Ahora quiero que se pongan por parejas. Cojan una taza de la estantería, vengan a mí y se las llenaré. Luego siéntense y beban hasta que sólo queden los cunchos. Remuevan entonces los cunchos agitando la taza tres veces con la mano izquierda y pongan luego la taza boca abajo en el plato. Esperen a que haya caído la última gota de té y pasen la taza a su compañero, para que la lea. Interpreten los dibujos dejados por los cunchos utilizando las páginas 5 y 6 de *Disipar las nieblas del futuro*. Yo pasaré a ayudarles y a darles instrucciones. ¡Ah!, querido... —asió a Neville por el brazo cuando el muchacho iba a levantarse— cuando rompas la primera taza, ¿serás tan amable de coger una de las azules? Las de color rosa me gustan mucho.

Como es natural, en cuanto Neville hubo alcanzado la balda de las tazas, se oyó el tintineo de la porcelana rota. La profesora Trelawney se dirigió a él rápidamente con una escoba y un recogedor, y le dijo:

—Una de las azules, querido, si eres tan amable. Gracias...

Cuando Harry y Ron llenaron las tazas de té, volvieron a su mesa y se tomaron rápidamente la ardiente infusión.

Removieron los cunchos como les había indicado la profesora Trelawney, y después secaron las tazas y las intercambiaron.

—Bien —dijo Ron, después de abrir los libros por las páginas 5 y 6—. ¿Qué ves en la mía?

—Una masa marrón y empapada —respondió Harry. El humo fuertemente perfumado de la habitación lo adormecía y atontaba.

—¡Ensanchen la mente, queridos, y que sus ojos vean más allá de lo terrenal! —exclamó la profesora Trelawney sumida en la penumbra.

Harry intentó recobrarse:

—Bueno, hay una especie de cruz torcida... —dijo consultando *Disipar las nieblas del futuro*—. Eso significa que vas a pasar penalidades y sufrimientos... Lo siento... Pero hay algo que podría ser el sol. Espera, eso significa mucha felicidad... Así que vas a sufrir, pero vas a ser muy feliz...

—Si te interesa mi opinión, tendrían que revisarte el ojo interior —dijo Ron, y tuvieron que contener la risa cuando la profesora Trelawney los miró.

—Ahora me toca a mí... —Ron miró con detenimiento la taza de Harry, arrugando la frente a causa del esfuerzo—. Hay una mancha en forma de sombrero hongo —dijo—. A lo mejor vas a trabajar para el Ministerio de Magia... —Volvió la taza—. Pero por este lado parece más bien como una bellota... ¿Qué es eso? —Cotejó su ejemplar de *Disipar las nieblas del futuro*—. Oro inesperado, como caído del cielo. Estupendo, me podrás prestar. Y aquí hay algo —volvió a girar la taza— que parece un animal. Sí, si esto es su cabeza... parece un hipo..., no, una oveja...

La profesora Trelawney dio media vuelta al oír la carcajada de Harry.

—Déjame ver eso, querido —le dijo a Ron, en tono recriminatorio, y le quitó la taza de Harry. Todos se quedaron en silencio, expectantes.

La profesora Trelawney miraba fijamente la taza de té, girándola en sentido contrario a las agujas del reloj.

—El halcón... querido, tienes un enemigo mortal.

—Eso lo sabe todo el mundo —dijo Hermione en un susurro alto. La profesora Trelawney la miró fijamente—. Todo el mundo sabe lo de Harry y Quien Usted Sabe.

Harry y Ron la miraron con una mezcla de asombro y admiración. Nunca la habían visto hablar así a un profesor. La profesora Trelawney prefirió no contestar. Volvió a bajar sus grandes ojos hacia la taza de Harry y continuó girándola.

—La porra... un ataque. Vaya, vaya... no es una taza muy alegre...

—Creí que era un sombrero hongo —reconoció Ron con vergüenza.

—La calavera... peligro en tu camino...

Toda la clase escuchaba con atención, sin moverse. La profesora Trelawney dio una última vuelta a la taza, se quedó boquiabierta y gritó.

Oyeron romperse otra taza; Neville había vuelto a hacer añicos la suya. La profesora Trelawney se dejó caer en un sillón vacío, con la mano en el corazón y los ojos cerrados.

—Mi querido chico... mi pobre niño... no... es mejor no decir... no... no me preguntes...

—¿Qué es, profesora? —dijo inmediatamente Dean Thomas. Todos se habían puesto de pie y rodearon la mesa de Ron, acercándose mucho al sillón de la profesora Trelawney para poder ver la taza de Harry.

—Querido mío —abrió completamente sus grandes ojos—, tienes el *Grim*.

—¿El qué? —preguntó Harry.

Estaba claro que había otros que tampoco comprendían; Dean Thomas lo miró encogiéndose de hombros, y Lavender Brown estaba anonadada, pero casi todos se llevaron la mano a la boca, horrorizados.

—¡El *Grim*, querido, el *Grim*! —exclamó la profesora Trelawney, que parecía extrañada de que Harry no hubiera comprendido—. ¡El perro gigante y espectral que ronda por los cementerios! Mi querido chico, se trata de un augurio, el peor de los augurios... el augurio de la muerte.

El estómago le dio un vuelco a Harry. Aquel perro de la cubierta del libro *Augurios de muerte*, en Flourish y Blotts, el perro entre las sombras de la calle Magnolia... Ahora también Lavender Brown se llevó las manos a la boca. Todos miraron a Harry; todos excepto Hermione, que se había levantado y se había acercado al respaldo del sillón de la profesora Trelawney.

—No creo que se parezca a un *Grim* —dijo Hermione rotundamente.

La profesora Trelawney examinó a Hermione con creciente desagrado.

—Perdona que te lo diga, querida, pero percibo muy poca aura a tu alrededor. Muy poca receptividad a las resonancias del futuro.

Seamus Finnigan movía la cabeza de un lado a otro.

—Parece un *Grim* si miras así —decía con los ojos casi cerrados—, pero así parece un burro —añadió inclinándose a la izquierda.

—¡Cuando hayan terminado de decidir si voy a morir o no...! —dijo Harry, sorprendiéndose incluso a sí mismo. Nadie quería mirarlo.

—Creo que hemos concluido por hoy —dijo la profesora Trelawney con su voz más leve—. Sí... por favor, recojan sus cosas...

Silenciosamente, los alumnos entregaron las tazas de té a la profesora Trelawney, recogieron los libros y cerraron las mochilas. Incluso Ron evitó los ojos de Harry.

—Hasta que nos veamos de nuevo —dijo débilmente la profesora Trelawney—, que la buena suerte los acompañe. Ah, querido... —señaló a Neville—, llegarás tarde a la próxima clase, así que tendrás que trabajar un poco más para recuperar el tiempo perdido.

Harry, Ron y Hermione bajaron en silencio la escalera de mano del aula y luego la escalera de caracol, y luego se dirigieron a la clase de Transformaciones de la profesora McGonagall. Tardaron tanto en encontrar el aula que, aunque habían salido de la clase de Adivinación antes de la hora, llegaron con el tiempo justo.

Harry eligió un asiento que estaba al final del aula, sintiéndose el centro de atención: el resto de la clase no dejaba de dirigirle miradas furtivas, como si estuviera a punto de caerse muerto. Apenas oía lo que la profesora McGonagall les decía sobre los animagos (brujos que pueden transformarse a voluntad en animales), y no prestaba la menor atención cuando ella se transformó ante los ojos de todos en una gata atigrada con marcas de gafas alrededor de los ojos.

—¿Qué les pasa hoy? —preguntó la profesora McGonagall, recuperando la normalidad con un pequeño estallido y mirándolos—. No es que tenga importancia, pero es la primera vez que mi transformación no consigue arrancar un aplauso de la clase.

Todos se volvieron hacia Harry, pero nadie dijo nada. Hermione levantó la mano.

—Por favor, profesora. Acabamos de salir de nuestra primera clase de Adivinación y... hemos estado leyendo las hojas de té y...

—¡Ah, claro! —exclamó la profesora McGonagall, frunciendo el entrecejo de repente—. No tiene que decir nada más, señorita Granger. Díganme, ¿quién de ustedes morirá este año?

Todos la miraron fijamente.

—Yo —respondió por fin Harry.

—Ya veo —dijo la profesora McGonagall, clavando en Harry sus ojos brillantes y redondos como canicas—. Pues tendrías que saber, Potter, que Sybill Trelawney, desde que llegó a este colegio, predice la muerte de un alumno cada año. Ninguno ha muerto todavía. Ver augurios de muerte es su forma favorita de dar la bienvenida a una nueva promoción de alumnos. Si no fuera porque nunca hablo mal de mis colegas... —La profesora McGonagall se detuvo en mitad de la frase y los alumnos vieron que su nariz se había puesto blanca. Prosiguió con más calma—: La adivinación es una de las ramas más imprecisas de la magia. No les ocultaré que la adivinación me hace perder la paciencia. Los verdaderos videntes son muy escasos, y la profesora Trelawney... —Volvió a detenerse y añadió en tono práctico—: Me parece que tienes una salud estupenda, Potter, así que me disculparás que no te perdone hoy los deberes de mañana. Te aseguro que si te mueres no necesitarás entregarlos.

Hermione se echó a reír. Harry se sintió un poco mejor. Lejos del aula tenuemente iluminada por una luz roja y del perfume agobiante, era más difícil aterrorizarse por unas cuantas hojas de té. Sin embargo, no todo el mundo estaba convencido. Ron seguía preocupado y Lavender susurró:

—Pero ¿y la taza de Neville?

Cuando terminó la clase de Transformaciones, se unieron a la multitud que se dirigía bulliciosamente al Gran Comedor, para el almuerzo.

—Ánimo, Ron —dijo Hermione, empujando hacia él una bandeja de estofado—. Ya has oído a la profesora McGonagall.

Ron se sirvió estofado con una cuchara y cogió su tenedor, pero no empezó a comer.

—Harry —dijo en voz baja y grave—, tú no has visto en ningún sitio un perro negro y grande, ¿verdad?

—Sí, lo he visto —dijo Harry—. Lo vi la noche que abandoné la casa de los Dursley.

Ron dejó caer el tenedor, que hizo mucho ruido.

—Probablemente, un perro callejero —dijo Hermione muy tranquila.

Ron miró a Hermione como si se hubiera vuelto loca.

—Hermione, si Harry ha visto un *Grim*, eso es... eso es terrible —aseguró—. Mi tío Bilius vio uno y... ¡murió veinticuatro horas más tarde!

—Casualidad —arguyó Hermione sin darle importancia, sirviéndose jugo de calabaza.

—¡No sabes lo que dices! —dijo Ron empezando a enfadarse—. Los *Grims* ponen los pelos de punta a la mayoría de los brujos.

—Ahí tienes la prueba —dijo Hermione en tono de superioridad—. Ven al *Grim* y se mueren de miedo. El *Grim* no es un augurio, ¡es la causa de la muerte! Y Harry todavía está con nosotros porque no es lo bastante tonto para ver uno y pensar: «¡Me marcho al otro barrio!»

Ron movió los labios sin pronunciar nada, para que Hermione comprendiera sin que Harry se enterase. Hermione abrió la mochila, sacó su libro de Aritmancia y lo apoyó abierto en la jarra de jugo.

—Creo que la adivinación es algo muy impreciso —dijo buscando una página—; si quieres saber mi opinión, creo que hay que hacer muchas conjeturas.

—No había nada de impreciso en el *Grim* que se dibujó en la taza —dijo Ron acalorado.

—No estabas tan seguro de eso cuando le decías a Harry que se trataba de una oveja —repuso Hermione con serenidad.

—¡La profesora Trelawney dijo que no tenías un aura adecuada para la adivinación! Lo que pasa es que no te gusta no ser la primera de la clase.

Acababa de poner el dedo en la llaga. Hermione golpeó la mesa con el libro con tanta fuerza que salpicó carne y zanahoria por todos lados.

—Si ser buena en Adivinación significa que tengo que hacer como que veo augurios de muerte en los posos del té, no estoy segura de que vaya a seguir estudiando mucho tiempo esa asignatura. Esa clase fue una porquería comparada con la de Aritmancia.

Cogió la mochila y se fue sin despedirse.

Ron la siguió con la vista, frunciendo el entrecejo.

—Pero ¿de qué habla? ¡Todavía no ha asistido a ninguna clase de Aritmancia!

A Harry le encantó salir del castillo después del almuerzo. La lluvia del día anterior había terminado; el cielo era de un gris pálido, y la hierba estaba mullida y húmeda bajo sus pies cuando se pusieron en camino hacia su primera clase de Cuidado de Criaturas Mágicas.

Ron y Hermione no se dirigían la palabra. Harry caminaba a su lado, en silencio, mientras descendían por el césped hacia la cabaña de Hagrid, en el límite del bosque prohibido. Sólo cuando vio delante tres espaldas que le resultaban muy familiares, se dio cuenta de que debían compartir aquellas clases con los de Slytherin. Malfoy decía algo animadamente a Crabbe y Goyle, que se reían a carcajadas. Harry creía saber de qué hablaban.

Hagrid aguardaba a sus alumnos en la puerta de la cabaña. Estaba impaciente por empezar, cubierto con su abrigo de ratina, y con *Fang*, el perro jabalinero, a sus pies.

—¡Vamos, dense prisa! —gritó a medida que se aproximaban sus alumnos—. ¡Hoy tengo algo especial para ustedes! ¡Una gran lección! ¿Ya está todo el mundo? ¡Bien, síganme!

Durante un desagradable instante, Harry temió que Hagrid los condujera al bosque; Harry había vivido en aquel lugar experiencias tan desagradables que nunca podría olvidarlas. Sin embargo, Hagrid anduvo por el límite de los árboles y cinco minutos después se hallaron ante un prado donde no había nada.

—¡Acérquense todos a la cerca! —gritó—. Asegúrense de que tienen buena visión. Lo primero que tienen que hacer es abrir los libros...

—¿De qué modo? —dijo la voz fría y arrastrada de Draco Malfoy.

—¿Qué? —dijo Hagrid.

—¿De qué modo abrimos los libros? —repitió Malfoy. Sacó su ejemplar de *El monstruoso libro de los monstruos*, que había atado con una cuerda. Otros lo imitaron. Unos, como Harry, habían atado el libro con un cinturón; otros lo habían metido muy apretado en la mochila o lo habían sujetado con pinzas.

—¿Nadie ha sido capaz de abrir el libro? —preguntó Hagrid decepcionado.

La clase entera negó con la cabeza.

—Tienen que acariciarlo —dijo Hagrid, como si fuera lo más obvio del mundo—. Miren...

Cogió el ejemplar de Hermione y desprendió el celo mágico que lo sujetaba. El libro intentó morderlo, pero Hagrid le pasó por el lomo su enorme dedo índice, y el libro se estremeció, se abrió y quedó tranquilo en su mano.

—¡Qué tontos hemos sido todos! —dijo Malfoy despectivamente—. ¡Teníamos que acariciarlo! ¿Cómo no se nos ocurrió?

—Yo... yo pensé que les haría gracia —le dijo Hagrid a Hermione, dubitativo.

—¡Ah, qué gracia nos hace...! —dijo Malfoy—. ¡Realmente ingenioso, hacernos comprar libros que quieren comernos las manos!

—Cierra la boca, Malfoy —le dijo Harry en voz baja. Hagrid se había quedado algo triste y Harry quería que su primera clase fuera un éxito.

—Bien, pues —dijo Hagrid, que parecía haber perdido el hilo—. Así que... ya tienen los libros y... y... ahora les hacen falta las criaturas mágicas. Sí, así que iré por ellas. Esperen un momento...

Se alejó de ellos, penetró en el bosque y se perdió de vista.

—Dios mío, este lugar está en decadencia —dijo Malfoy en voz alta—. Estas clases idiotas... A mi padre le dará un patatús cuando se lo cuente.

—Cierra la boca, Malfoy —repitió Harry.

—Cuidado, Potter, hay un dementor detrás de ti.

—¡Uuuuuh! —gritó Lavender Brown, señalando hacia la otra parte del prado.

Trotando en dirección a ellos se acercaba una docena de criaturas, las más extrañas que Harry había visto en su vida. Tenían el cuerpo, las patas traseras y la cola de caballo, pero las patas delanteras, las alas y la cabeza de águila gigante. El pico era del color del acero y los ojos de un naranja brillante. Las garras de las patas delanteras eran de quince centímetros cada una y parecían armas mortales. Cada bestia llevaba un collar de cuero grueso alrededor del cuello, atado a una larga cadena. Hagrid sostenía en sus grandes manos el extremo de todas las cadenas. Se acercaba corriendo por el prado, detrás de las criaturas.

—¡Vayan para allá! —les gritaba, sacudiendo las cadenas y forzando a las bestias a ir hacia la cerca, donde estaban los alumnos. Todos se echaron un poco hacia atrás cuando Hagrid llegó donde estaban ellos y ató los animales a la cerca.

—¡Hipogrifos! —gritó Hagrid alegremente, haciendo a sus alumnos una señal con la mano—. ¿A que son hermosos?

Harry pudo comprender que Hagrid los llamara hermosos. En cuanto uno se recuperaba del susto que producía ver algo que era mitad pájaro y mitad caballo, podía empezar a apreciar el brillo externo del animal, que cambiaba paulatinamente de la pluma al pelo. Todos tenían colores diferentes: gris fuerte, bronce, ruano rosáceo, castaño brillante y negro tinta.

—Vamos —dijo Hagrid frotándose las manos y sonriéndoles—, si quieren acercarse un poco...

Nadie parecía querer acercarse. Harry, Ron y Hermione, sin embargo, se aproximaron con cautela a la cerca.

—Lo primero que tienen que saber de los hipogrifos es que son orgullosos —dijo Hagrid—. Se molestan con mucha facilidad. Nunca ofendan a ninguno, porque podría ser lo último que hicieran.

Malfoy, Crabbe y Goyle no escuchaban; hablaban en voz baja y Harry tuvo la desagradable sensación de que estaban tramando la mejor manera de fastidiar.

—Tienen que esperar siempre a que el hipogrifo haga el primer movimiento —continuó Hagrid—. Es educado, ¿se dan cuenta? Van hacia él, se inclinan y esperan. Si él responde con una inclinación, querrá decir que les permite tocarlo. Si no hace la inclinación, entonces es mejor que se alejen de él enseguida, porque puede hacer mucho daño con sus garras. Bien, ¿quién quiere ser el primero?

Como respuesta, la mayoría de la clase se alejó aún más. Incluso Harry, Ron y Hermione recelaban. Los hipogrifos sacudían sus feroces cabezas y desplegaban sus poderosas alas; parecía que no les gustaba estar atados.

—¿Nadie? —preguntó Hagrid con voz suplicante.

—Yo —se ofreció Harry.

Detrás de él se oyó un jadeo, y Lavender y Parvati susurraron:

—¡No, Harry, acuérdate de las hojas de té!

Harry no hizo caso y saltó la cerca.

—¡Buen chico, Harry! —gritó Hagrid—. Veamos cómo te llevas con *Buckbeak*.

Soltó la cadena, separó al hipogrifo gris de sus compañeros y le desprendió el collar de cuero. Los alumnos, al otro lado de la cerca, contenían la respiración. Malfoy entornaba los ojos con malicia.

—Tranquilo ahora, Harry —dijo Hagrid en voz baja—. Primero míralo a los ojos. Procura no parpadear. Los hipogrifos no confían en ti si parpadeas demasiado...

A Harry empezaron a irritársele los ojos, pero no los cerró. *Buckbeak* había vuelto la cabeza grande y afilada, y miraba a Harry fijamente con un ojo terrible de color naranja.

—Eso es —dijo Hagrid—. Eso es, Harry. Ahora inclina la cabeza...

A Harry no le hacía gracia presentarle la nuca a *Buckbeak*, pero hizo lo que Hagrid le decía. Se inclinó brevemente y levantó la mirada.

El hipogrifo seguía mirándolo fijamente y con altivez. No se movió.

—Ah —dijo Hagrid, preocupado—. Bien, vete hacia atrás, tranquilo, despacio...

Pero entonces, ante la sorpresa de Harry, el hipogrifo dobló las arrugadas rodillas delanteras y se inclinó profundamente.

—¡Bien hecho, Harry! —dijo Hagrid, eufórico—. ¡Bien, puedes tocarlo! Dale unas palmadas en el pico, vamos.

Pensando que habría preferido como premio poder irse, Harry se acercó al hipogrifo lentamente y alargó el brazo. Le dio unas palmadas en el pico y el hipogrifo cerró los ojos para dar a entender que le gustaba.

La clase rompió en aplausos. Todos excepto Malfoy, Crabbe y Goyle, que parecían muy decepcionados.

—Bien, Harry —dijo Hagrid—. ¡Creo que el hipogrifo dejaría que lo montaras!

Aquello era más de lo que Harry había esperado. Estaba acostumbrado a la escoba; pero no estaba seguro de que un hipogrifo se le pareciera.

—Súbete ahí, detrás del nacimiento del ala —dijo Hagrid—. Y procura no arrancarle ninguna pluma, porque no le gustaría...

Harry puso el pie sobre el ala de *Buckbeak* y se subió en el lomo. *Buckbeak* se levantó. Harry no sabía dónde debía agarrarse: delante de él todo estaba cubierto de plumas.

—¡Vamos! —gritó Hagrid, dándole una palmada al hipogrifo en los cuartos traseros.

A cada lado de Harry, sin previo aviso, se abrieron unas alas de más de tres metros de longitud. Apenas le dio tiempo a agarrarse del cuello del hipogrifo antes de remontar el vuelo. No tenía ningún parecido con una escoba y Harry tuvo muy claro cuál prefería. Muy incómodamente para él, las alas del hipogrifo batían debajo de sus piernas. Sus dedos resbalaban en las brillantes plumas y no se atrevía a asirse con más fuerza. En vez del movimiento suave de su Nimbus 2.000, sentía el zarandeo hacia atrás y hacia delante, porque los cuartos traseros del hipogrifo se movían con las alas.

*Buckbeak* sobrevoló el prado y descendió. Era lo que Harry había temido. Se echó hacia atrás conforme el hipogrifo se inclinaba hacia abajo. Le dio la impresión de que iba a resbalar por el pico. Luego sintió un fuerte golpe al aterrizar el animal con sus cuatro patas revueltas, y se las arregló para sujetarse y volver a incorporarse.

—¡Muy bien, Harry! —gritó Hagrid, mientras lo vitoreaban todos menos Malfoy, Crabbe y Goyle—. ¡Bueno!, ¿quién más quiere probar?

Envalentonados por el éxito de Harry, los demás saltaron al prado con cautela. Hagrid desató uno por uno los hipogrifos y, al cabo de poco rato, los alumnos hacían timoratas reverencias por todo el prado. Neville retrocedió corriendo en varias ocasiones porque su hipogrifo no parecía querer doblar las rodillas. Ron y Hermione practicaban con el de color castaño, mientras Harry observaba.

Malfoy, Crabbe y Goyle habían escogido a *Buckbeak*. Había inclinado la cabeza ante Malfoy, que le daba palmaditas en el pico con expresión desdeñosa.

—Esto es muy fácil —dijo Malfoy, arrastrando las sílabas y con voz lo bastante alta para que Harry lo oyera—. Tenía que ser fácil, si Potter fue capaz... ¿A que no eres peligroso? —le dijo al hipogrifo—. ¿Lo eres, bestia asquerosa?

Sucedió en un destello de garras de acero. Malfoy emitió un grito agudísimo y un instante después Hagrid se esforzaba por volver a ponerle el collar a *Buckbeak*, que quería alcanzar a un Malfoy que yacía encogido en la hierba y con sangre en la ropa.

—¡Me muero! —gritó Malfoy, mientras cundía el pánico—. ¡Me muero, miren! ¡Me ha matado!

—No te estás muriendo —le dijo Hagrid, que se había puesto muy pálido—. Que alguien me ayude, tengo que sacarlo de aquí...

Hermione se apresuró a abrir la puerta de la cerca mientras Hagrid levantaba con facilidad a Malfoy. Mientras desfilaban, Harry vio que en el brazo de Malfoy había una herida larga y profunda; la sangre salpicaba la hierba y Hagrid corría con él por la pendiente, hacia el castillo.

Los demás alumnos los seguían temblorosos y más despacio. Todos los de Slytherin echaban la culpa a Hagrid.

—¡Deberían despedirlo inmediatamente! —exclamó Pansy Parkinson, con lágrimas en los ojos.

—¡La culpa fue de Malfoy! —lo defendió Dean Thomas.

Crabbe y Goyle flexionaron los músculos amenazadoramente.

Subieron los escalones de piedra hasta el desierto vestíbulo.

—¡Voy a ver si se encuentra bien! —dijo Pansy.

Y la vieron subir corriendo por la escalera de mármol. Los de Slytherin se alejaron hacia su sala común subterránea, sin dejar de murmurar contra Hagrid; Harry, Ron y Hermione continuaron subiendo escaleras hasta la torre de Gryffindor.

—¿Creen que se pondrá bien? —dijo Hermione asustada.

—Por supuesto que sí. La señora Pomfrey puede curar heridas en menos de un segundo —dijo Harry, que había sufrido heridas mucho peores y la enfermera se las había curado con magia.

—Es lamentable que esto haya pasado en la primera clase de Hagrid, ¿no les parece? —comentó Ron preocupado—. Es muy típico de Malfoy eso de complicar las cosas...

Fueron de los primeros en llegar al Gran Comedor para la cena. Esperaban encontrar allí a Hagrid, pero no estaba.

—No lo habrán despedido, ¿verdad? —preguntó Hermione con preocupación, sin probar su torta de filete y riñones.

—Más vale que no —le respondió Ron, que tampoco probaba bocado.

Harry observaba la mesa de Slytherin. Un grupo apretado y numeroso, en el que figuraban Crabbe y Goyle, estaba sumido en una conversación secreta. Harry estaba seguro de que preparaban su propia versión del percance sufrido por Malfoy.

—Bueno, no puedes decir que el primer día de clase no haya sido interesante —dijo Ron con tristeza.

Tras la cena subieron a la sala común de Gryffindor, que estaba llena de gente, y trataron de hacer los deberes que les había mandado la profesora McGonagall, pero se interrumpían cada tanto para mirar por la ventana de la torre.

—Hay luz en la ventana de Hagrid —dijo Harry de repente.

Ron miró el reloj.

—Si nos diéramos prisa, podríamos bajar a verlo. Todavía es temprano...

—No sé —respondió Hermione despacio, y Harry vio que lo miraba a él.

—Tengo permiso para pasear por los terrenos del colegio —aclaró—. Sirius Black no habrá podido burlar a los dementores, ¿verdad?

Recogieron sus cosas y salieron por el agujero del cuadro, contentos de no encontrar a nadie en el camino hacia la puerta principal, porque no estaban muy seguros de que pudieran salir.

La hierba estaba todavía húmeda y parecía casi negra en aquellos momentos en que el sol se ponía. Al llegar a la cabaña de Hagrid llamaron a la puerta y una voz les contestó:

—Adelante, entren.

Hagrid estaba sentado en mangas de camisa, ante la mesa de madera limpia; *Fang*, su perro jabalinero, tenía la cabeza en el regazo de Hagrid. Les bastó echar un vistazo para darse cuenta de que Hagrid había estado bebiendo. Delante de él tenía una jarra de peltre casi tan grande como un caldero y parecía que le costaba trabajo enfocar bien las cosas.

—Supongo que es un récord —dijo apesadumbrado al reconocerlos—. Me imagino que soy el primer profesor que ha durado sólo un día.

—¡No te habrán despedido, Hagrid! —exclamó Hermione.

—Todavía no —respondió Hagrid con tristeza, tomando un trago largo del contenido de la jarra—. Pero es sólo cuestión de tiempo, ¿verdad? Después de lo de Malfoy...

—¿Cómo se encuentra Malfoy? —preguntó Ron cuando se sentaron—. No habrá sido nada serio, supongo.

—La señora Pomfrey lo ha curado lo mejor que ha podido —dijo Hagrid con abatimiento—, pero él sigue diciendo que le hace un daño terrible. Está cubierto de vendas... Gime...

—Todo es cuento —dijo Harry—. La señora Pomfrey es capaz de curar cualquier cosa. El año pasado hizo que me volviera a crecer la mitad del esqueleto. Es propio de Malfoy sacar todo el provecho posible.

—El Consejo Escolar está informado, por supuesto —dijo Hagrid—. Piensan que empecé muy fuerte. Debería haber dejado los hipogrifos para más tarde... Tenía que haber empezado con los *gusarajos* o con los *summat*... Creía que sería un buen comienzo... Ha sido culpa mía...

—¡Toda la culpa es de Malfoy, Hagrid! —dijo Hermione con seriedad.

—Somos testigos —dijo Harry—. Dijiste que los hipogrifos atacan al que los ofende. Si Malfoy no prestó atención, el problema es suyo. Le diremos a Dumbledore lo que de verdad sucedió.

—Sí, Hagrid, no te preocupes, te apoyaremos —confirmó Ron.

De los arrugados rabillos de los ojos de Hagrid, negros como cucarachas, se escaparon unas lágrimas. Atrajo a Ron y a Harry hacia sí y los estrechó en un abrazo tan fuerte que pudo haberles roto algún hueso.

—Creo que ya has bebido bastante, Hagrid —dijo Hermione con firmeza. Cogió la jarra de la mesa y salió a vaciarla.

—Sí, puede que tengas razón —dijo Hagrid, soltando a Harry y a Ron, que se separaron de él frotándose las costillas. Hagrid se levantó de la silla y siguió a Hermione al exterior, con paso inseguro.

Oyeron una ruidosa salpicadura.

—¿Qué ha hecho? —dijo Harry, asustado, cuando Hermione volvió a entrar con la jarra vacía.

—Meter la cabeza en el barril de agua —dijo Hermione, guardando la jarra.

Hagrid regresó con la barba y los largos pelos chorreando, y secándose los ojos.

—Mejor así —dijo, sacudiendo la cabeza como un perro y salpicándolos a todos—. Han sido muy amables por venir a verme. Yo, la verdad...

Hagrid se paró en seco mirando a Harry, como si acabara de darse cuenta de que estaba allí:

—¿QUÉ CREES QUE HACES AQUÍ? —bramó, y tan de repente que dieron un salto en el aire—. ¡NO PUEDES SALIR DESPUÉS DE ANOCHECIDO, HARRY! ¡Y USTEDES DOS LO DEJAN!

Hagrid se acercó a Harry con paso firme, lo cogió del brazo y lo llevó hasta la puerta.

—¡Vamos! —dijo Hagrid enfadado—. Los voy a acompañar a los tres al colegio. ¡Y que no los vuelva a pillar viniendo a verme a estas horas! ¡No valgo la pena!

# 7

# El *boggart* del armario ropero

Malfoy no volvió a las aulas hasta última hora de la mañana del jueves, cuando los de Slytherin y los de Gryffindor estaban en mitad de la clase de Pociones, que duraba dos horas. Entró con aire arrogante en la mazmorra, con el brazo derecho en cabestrillo y cubierto de vendajes, comportándose, según le pareció a Harry, como si fuera el heroico superviviente de una horrible batalla.

—¿Qué tal, Draco? —dijo Pansy Parkinson, sonriendo como una tonta—. ¿Te duele mucho?

—Sí —dijo Malfoy, con gesto de hombre valiente. Pero Harry vio que guiñaba un ojo a Crabbe y Goyle en el instante en que Pansy apartaba la vista.

—Siéntate —le dijo el profesor Snape amablemente.

Harry y Ron se miraron frunciendo el entrecejo. Si hubieran sido ellos los que hubieran llegado tarde, Snape no los habría mandado sentarse, los habría castigado a quedarse después de clase. Pero Malfoy siempre se había librado de los castigos en las clases de Snape. Snape era el jefe de la casa de Slytherin y generalmente favorecía a los suyos, en detrimento de los demás.

Aquel día elaboraban una nueva pócima: una solución para encoger. Malfoy colocó su caldero al lado de Harry y Ron, para preparar los ingredientes en la misma mesa.

—Profesor —dijo Malfoy—, necesitaré ayuda para cortar las raíces de margarita, porque con el brazo así no puedo.

—Weasley, córtaselas tú —ordenó Snape sin levantar la vista.

Ron se puso rojo como un tomate.

—No le pasa nada a tu brazo —le dijo a Malfoy entre dientes.

Malfoy le dirigió una sonrisita desde el otro lado de la mesa.

—Ya has oído al profesor Snape, Weasley. Córtame las raíces.

Ron cogió el cuchillo, acercó las raíces de Malfoy y empezó a cortarlas mal, dejándolas todas de distintos tamaños.

—Profesor —dijo Malfoy, arrastrando las sílabas—, Weasley está estropeando mis raíces, señor.

Snape fue hacia la mesa, aproximó la nariz ganchuda a las raíces y dirigió a Ron una sonrisa desagradable, por debajo de su largo y grasiento pelo negro.

—Dele a Malfoy sus raíces y quédese usted con las de él, Weasley.

—Pero señor...

Ron había pasado el último cuarto de hora cortando raíces en trozos exactamente iguales.

—Ahora mismo —ordenó Snape, con su voz más peligrosa.

Ron cedió a Malfoy sus propias raíces y volvió a empuñar el cuchillo.

—Profesor, necesitaré que me pelen este higo seco —dijo Malfoy, con voz impregnada de risa maliciosa.

—Potter, pela el higo seco de Malfoy —dijo Snape, echándole a Harry la mirada de odio que reservaba sólo para él.

Harry cogió el higo seco de Malfoy mientras Ron trataba de arreglar las raíces que ahora tenía que utilizar él. Harry peló el higo seco tan rápido como pudo, y se lo lanzó a Malfoy sin dirigirle una palabra. La sonrisa de Malfoy era más amplia que nunca.

—¿Han visto últimamente a su amigo Hagrid? —les preguntó Malfoy en voz baja.

—A ti no te importa —dijo Ron entrecortadamente, sin levantar la vista.

—Me temo que no durará mucho como profesor —comentó Malfoy, haciendo como que le daba pena—. A mi padre no le ha hecho mucha gracia mi herida...

—Continúa hablando, Malfoy, y te haré una herida de verdad —le gruñó Ron.

—... Se ha quejado al Consejo Escolar y al ministro de Magia. Mi padre tiene mucha influencia, no sé si lo saben. Y una herida duradera como ésta... —Exhaló un suspiro prolongado pero fingido—. ¿Quién sabe si mi brazo volverá algún día a estar como antes?

—¿Así que por eso haces teatro? —dijo Harry, cortándole sin querer la cabeza a un ciempiés muerto, ya que la mano le temblaba de furia—. ¿Para ver si consigues que echen a Hagrid?

—Bueno —dijo Malfoy, bajando la voz hasta convertirla en un suspiro—, en parte sí, Potter. Pero hay otras ventajas. Weasley, córtame los ciempiés.

Unos calderos más allá, Neville afrontaba varios problemas. Solía perder el control en las clases de Pociones. Era la asignatura que peor se le daba y el miedo que le tenía al profesor Snape empeoraba las cosas. Su poción, que tenía que ser de un verde amarillo brillante, se había convertido en...

—¡Naranja, Longbottom! —exclamó Snape, levantando un poco con el cucharón y vertiéndolo en el caldero, para que lo viera todo el mundo—. ¡Naranja! Dime, muchacho, ¿hay algo que pueda penetrar esa gruesa calavera que tienes ahí? ¿No me has oído decir muy claro que se necesitaba sólo un bazo de rata? ¿No he dejado muy claro que no había que echar más que unas gotas de jugo de sanguijuela? ¿Qué tengo que hacer para que comprendas, Longbottom?

Neville estaba colorado y temblaba. Parecía que se iba a echar a llorar.

—Por favor, profesor —dijo Hermione—, puedo ayudar a Neville a arreglarlo...

—No recuerdo haberle pedido que presuma, señorita Granger —dijo Snape fríamente, y Hermione se puso tan colorada como Neville—. Longbottom, al final de esta clase le daremos unas gotas de esta poción a tu sapo y veremos lo que ocurre. Quizá eso te anime a hacer las cosas correctamente.

Snape se alejó, dejando a Neville sin respiración, a causa del miedo.

—¡Ayúdame! —rogó a Hermione.

—¡Eh, Harry! —dijo Seamus Finnigan, inclinándose para cogerle prestada a Harry la balanza de bronce—. ¿Has oído? *El Profeta* de esta mañana asegura que han visto a Sirius Black.

—¿Dónde? —preguntaron con rapidez Harry y Ron. Al otro lado de la mesa, Malfoy levantó la vista para escuchar con atención.

—No muy lejos de aquí —dijo Seamus, que parecía emocionado—. Lo ha visto una muggle. Por supuesto, ella no entendía realmente. Los muggles piensan que es sólo un criminal común y corriente, ¿verdad? El caso es que telefoneó a la línea directa. Pero cuando llegaron los del Ministerio de Magia, ya se había ido.

—No muy lejos de aquí... —repitió Ron, mirando a Harry de forma elocuente. Dio media vuelta y sorprendió a Malfoy mirando.

—¿Qué, Malfoy? ¿Necesitas que te pele algo más?

Pero a Malfoy le brillaban los ojos de forma malvada y estaban fijos en Harry. Se inclinó sobre la mesa.

—¿Pensando en atrapar a Black tú solo, Potter?

—Exactamente —dijo Harry.

Los finos labios de Malfoy se curvaron en una sonrisa mezquina.

—Desde luego, yo ya habría hecho algo. No estaría en el cole como un chico bueno. Saldría a buscarlo.

—¿De qué hablas, Malfoy? —dijo Ron con brusquedad.

—¿No sabes, Potter...? —musitó Malfoy, casi cerrando sus ojos claros.

—¿Qué he de saber?

Malfoy soltó una risa despectiva, apenas audible.

—Tal vez prefieres no arriesgar el cuello —dijo—. Se lo quieres dejar a los dementores, ¿verdad? Pero en tu caso, yo buscaría venganza. Lo cazaría yo mismo.

—¿De qué hablas? —le preguntó Harry de mal humor.

En aquel momento, Snape dijo en voz alta:

—Deberían haber terminado de añadir los ingredientes. Esta poción tiene que cocerse antes de que pueda ser ingerida. No se acerquen mientras está hirviendo. Y luego probaremos la de Longbottom...

Crabbe y Goyle rieron abiertamente al ver a Neville azorado y agitando su poción sin parar. Hermione le murmuraba instrucciones por la comisura de la boca, para que Snape no lo viera. Harry y Ron recogieron los ingredientes no usados, y fueron a lavarse las manos y a lavar los cucharones en la pila de piedra que había en el rincón.

—¿Qué ha querido decir Malfoy? —susurró Harry a Ron, colocando las manos bajo el chorro de agua helada que salía de una gárgola—. ¿Por qué tendría que vengarme de Black? Todavía no me ha hecho nada.

—Cosas que inventa —dijo Ron—. Le gustaría que hicieras una locura...

Cuando faltaba poco para que terminara la clase, Snape se dirigió con paso firme a Neville, que se encogió de miedo al lado de su caldero.

—Vengan todos y pónganse en círculo —dijo Snape. Los ojos negros le brillaban—. Y vean lo que le sucede al sapo de Longbottom. Si ha conseguido fabricar una solución para encoger, el sapo se quedará como un renacuajo. Si lo ha hecho mal (de lo que no tengo ninguna duda), el sapo probablemente morirá envenenado.

Los de Gryffindor observaban con aprensión y los de Slytherin con entusiasmo. Snape se puso el sapo *Trevor* en la palma de la mano izquierda e introdujo una cucharilla en la poción de Neville, que había recuperado el color verde. Echó unas gotas en la garganta de *Trevor*.

Se hizo un silencio total, mientras *Trevor* tragaba. Luego se oyó un ligero «¡plop!» y el renacuajo *Trevor* serpenteó en la palma de la mano de Snape. Los de Gryffindor prorrumpieron en aplausos. Snape, irritado, sacó una pequeña botella del bolsillo de su toga, echó unas gotas sobre *Trevor* y éste recobró su tamaño normal.

—Cinco puntos menos para Gryffindor —dijo Snape, borrando la sonrisa de todas las caras—. Le dije que no lo ayudara, señorita Granger. Pueden retirarse.

Harry, Ron y Hermione subieron las escaleras hasta el vestíbulo. Harry todavía meditaba lo que le había dicho Malfoy, en tanto que Ron estaba furioso por lo de Snape.

—¡Cinco puntos menos para Gryffindor porque la poción estaba bien hecha! ¿Por qué no mentiste, Hermione? ¡Deberías haber dicho que lo hizo Neville solo!

Ella no contestó. Ron miró a su alrededor.

—¿Dónde está Hermione?

Harry también se volvió. Estaban en la parte superior de las escaleras, viendo pasar al resto de la clase que se dirigía al Gran Comedor para almorzar.

—Venía detrás de nosotros —dijo Ron, frunciendo el entrecejo.

Malfoy los adelantó, flanqueado por Crabbe y Goyle. Dirigió a Harry una sonrisa de suficiencia y desapareció.

—Ahí está —dijo Harry.

Hermione jadeaba un poco al subir las escaleras a toda velocidad. Con una mano sujetaba la mochila; con la otra sujetaba algo que llevaba metido en la túnica.

—¿Cómo lo hiciste? —le preguntó Ron.

—¿El qué? —preguntó a su vez Hermione, reuniéndose con ellos.

—Hace un minuto venías detrás de nosotros y un instante después estabas al pie de las escaleras.

—¿Qué? —Hermione parecía un poco confusa—. ¡Ah, tuve que regresar para coger una cosa! ¡Oh, no...!

En la mochila de Hermione se había abierto una costura. A Harry no le sorprendía; contenía al menos una docena de libros grandes y pesados.

—¿Por qué llevas encima todos esos libros? —le preguntó Ron.

—Ya sabes cuántas asignaturas estudio —dijo Hermione casi sin aliento—. ¿No me podrías sujetar éstos?

—Pero... —Ron daba vueltas a los libros que Hermione le había pasado y miraba las tapas—. Hoy no tienes estas asignaturas. Esta tarde sólo hay Defensa Contra las Artes Oscuras.

—Ya —dijo Hermione, pero volvió a meter todos los libros en la mochila, como si no la hubieran comprendido—. Espero que haya algo bueno para comer. Me muero de hambre —añadió, y continuó hacia el Gran Comedor.

—¿No tienes la sensación de que Hermione nos oculta algo? —preguntó Ron a Harry.

El profesor Lupin no estaba en el aula cuando llegaron a su primera clase de Defensa Contra las Artes Oscuras. Todos se sentaron, sacaron los libros, las plumas y los pergaminos, y estaban hablando cuando por fin llegó el profesor. Lupin sonrió vagamente y puso su desvencijado maletín en la mesa. Estaba tan desaliñado como siempre, pero parecía más sano que en el tren, como si hubiera tomado unas cuantas comidas abundantes.

—Buenas tardes —dijo—. ¿Podrían, por favor, meter los libros en la mochila? La lección de hoy será práctica. Sólo necesitarán las varitas mágicas.

La clase cambió miradas de curiosidad mientras recogía los libros. Nunca habían tenido una clase práctica de Defensa Contra las Artes Oscuras, a menos que se contara la memorable clase del año anterior, en que el antiguo profesor había llevado una jaula con duendecillos y los había soltado en clase.

—Bien —dijo el profesor Lupin cuando todo el mundo estuvo listo—. Si tienen la amabilidad de seguirme...

Desconcertados pero con interés, los alumnos se pusieron en pie y salieron del aula con el profesor Lupin. Éste los condujo a lo largo del desierto corredor. Doblaron una esquina. Al primero que vieron fue a Peeves el *poltergeist*, que flotaba boca abajo en medio del aire y tapaba con chicle el ojo de una cerradura. Peeves no levantó la mirada hasta que el profesor Lupin estuvo a medio metro. Entonces sacudió los pies de dedos retorcidos y se puso a cantar una monótona canción:

—Locatis lunático Lupin, locatis lunático Lupin, locatis lunático Lupin...

Aunque casi siempre era desobediente y maleducado, Peeves solía tener algún respeto por los profesores. Todos miraron de inmediato al profesor Lupin para ver cómo se lo tomaría. Ante su sorpresa, el mencionado seguía sonriendo.

—Yo en tu lugar quitaría ese chicle de la cerradura, Peeves —dijo amablemente—. El señor Filch no podrá entrar por sus escobas.

Filch era el conserje de Hogwarts, un brujo fracasado y de mal genio que estaba en guerra permanente con los alumnos y por supuesto con Peeves. Pero Peeves no prestó atención al profesor Lupin, salvo para soltarle una sonora pedorreta.

El profesor Lupin suspiró y sacó la varita mágica.

—Es un hechizo útil y sencillo —dijo a la clase, volviendo la cabeza—. Por favor, estén atentos.

113

Alzó la varita a la altura del hombro, dijo ¡*Waddiwasi!* y apuntó a Peeves.

Con la fuerza de una bala, el chicle salió disparado del agujero de la cerradura y fue a taponar la fosa nasal izquierda de Peeves; éste ascendió dando vueltas como en un remolino y se alejó como un bólido, zumbando y echando maldiciones.

—¡Estupendo, profesor! —dijo Dean Thomas, asombrado.

—Gracias, Dean —respondió el profesor Lupin, guardando la varita—. ¿Continuamos?

Se pusieron otra vez en marcha, mirando al desaliñado profesor Lupin con creciente respeto. Los condujo por otro corredor y se detuvo en la puerta de la sala de profesores.

—Entren, por favor —dijo el profesor Lupin abriendo la puerta y cediendo el paso.

En la sala de profesores, una estancia larga, con paneles de madera en las paredes y llena de sillas viejas y dispares, no había nadie salvo un profesor. Snape estaba sentado en un sillón bajo y observó a la clase mientras ésta penetraba en la sala. Los ojos le brillaban y en la boca tenía una sonrisa desagradable. Cuando el profesor Lupin entró y cerró la puerta tras él, dijo Snape:

—Déjela abierta, Lupin. Prefiero no ser testigo de esto. —Se puso de pie y pasó entre los alumnos. Su toga negra ondeaba a su espalda. Ya en la puerta, giró sobre sus talones y dijo—: Posiblemente no le haya avisado nadie, Lupin, pero Neville Longbottom está aquí. Yo le aconsejaría no confiarle nada difícil. A menos que la señorita Granger le esté susurrando las instrucciones al oído.

Neville se puso colorado. Harry echó a Snape una mirada fulminante; ya era desagradable que se metiera con Neville en clase, y no digamos delante de otros profesores.

El profesor Lupin había alzado las cejas.

—Tenía la intención de que Neville me ayudara en la primera fase de la operación, y estoy seguro de que lo hará muy bien.

El rostro de Neville se puso aún más colorado. Snape torció el gesto, pero salió de la sala dando un portazo.

—Ahora —dijo el profesor Lupin llamando la atención del fondo de la clase, donde no había más que un viejo armario en el que los profesores guardaban las togas y túnicas de repuesto. Cuando el profesor Lupin se acercó, el armario tembló de repente, golpeando la pared.

»No hay por qué preocuparse —dijo con tranquilidad el profesor Lupin cuando algunos de los alumnos se echaron hacia atrás, alarmados—. Hay un *boggart* ahí dentro.

Casi todos pensaban que un boggart era algo preocupante. Neville dirigió al profesor Lupin una mirada de terror y Seamus Finnigan vio con aprensión moverse el pomo de la puerta.

—A los boggarts les gustan los lugares oscuros y cerrados —prosiguió el profesor Lupin—: los roperos, los huecos debajo de las camas, el armario de debajo del fregadero... En una ocasión vi a uno que se había metido en un reloj de pared. Se vino aquí ayer por la tarde, y le pregunté al director si se lo podía dejar donde estaba, para utilizarlo hoy en una clase de prácticas. La primera pregunta que debemos contestar es: ¿qué es un boggart?

Hermione levantó la mano.

—Es un ser que cambia de forma —dijo—. Puede tomar la forma de aquello que más miedo nos da.

—Yo no lo podría haber explicado mejor —admitió el profesor Lupin, y Hermione se puso radiante de felicidad—. El boggart que está ahí dentro, sumido en la oscuridad, aún no ha adoptado una forma. Todavía no sabe qué es lo que más miedo le da a la persona del otro lado. Nadie sabe qué forma tiene un boggart cuando está solo, pero cuando lo dejemos salir, se convertirá de inmediato en lo que más temamos. Esto significa —prosiguió el profesor Lupin, optando por no hacer caso de los balbuceos de terror de Neville— que ya antes de empezar tenemos una enorme ventaja sobre el boggart. ¿Sabes por qué, Harry?

Era difícil responder a una pregunta con Hermione al lado, que no dejaba de ponerse de puntillas, con la mano levantada. Pero Harry hizo un intento:

—¿Porque somos muchos y no sabe por qué forma decidirse?

—Exacto —dijo el profesor Lupin. Y Hermione bajó la mano algo decepcionada—. Siempre es mejor estar acompañado cuando uno se enfrenta a un boggart, porque se despista. ¿En qué se debería convertir, en un cadáver decapitado o en una babosa carnívora? En cierta ocasión vi que un boggart cometía el error de querer asustar a dos personas a la vez y el muy imbécil se convirtió en media babosa. No daba ni gota de miedo. El hechizo para vencer a un boggart es sencillo, pero requiere fuerza mental. Lo que sirve para vencer a un boggart es la risa. Lo que tienen que hacer es obligarlo a que adopte una forma que ustedes encuentren cómica. Practicaremos el hechizo primero sin la varita. Repitan conmigo: *¡Riddíkulo!*

—*¡Riddíkulo!* —dijeron todos a la vez.

—Bien —dijo el profesor Lupin—. Muy bien. Pero me temo que esto es lo más fácil. Como ven, la palabra sola no basta. Y aquí es donde entras tú, Neville.

El armario volvió a temblar. Aunque no tanto como Neville, que avanzaba como si se dirigiera a la horca.

—Bien, Neville —prosiguió el profesor Lupin—. Empecemos por el principio: ¿qué es lo que más te asusta en el mundo? —Neville movió los labios, pero no dijo nada—. Perdona, Neville, pero no he entendido lo que has dicho —dijo el profesor Lupin, sin enfadarse.

Neville miró a su alrededor, con ojos despavoridos, como implorando ayuda. Luego dijo en un susurro:

—El profesor Snape.

Casi todos se rieron. Incluso Neville se sonrió a modo de disculpa. El profesor Lupin, sin embargo, parecía pensativo.

—El profesor Snape... mm... Neville, creo que vives con tu abuela, ¿es verdad?

—Sí —respondió Neville, nervioso—. Pero no quisiera tampoco que el boggart se convirtiera en ella.

—No, no. No me has comprendido —dijo el profesor Lupin, sonriendo—. Lo que quiero saber es si podrías explicarnos cómo va vestida tu abuela normalmente.

Neville estaba asustado, pero dijo:

—Bueno, lleva siempre el mismo sombrero: alto, con un buitre disecado encima; y un vestido largo... normalmente verde; y a veces, una bufanda de piel de zorro.

—¿Y bolso? —le ayudó el profesor Lupin.

—Sí, un bolso grande y rojo —confirmó Neville.

—Bueno, entonces —dijo el profesor Lupin—, ¿puedes recordar claramente ese atuendo, Neville? ¿Eres capaz de verlo mentalmente?

—Sí —dijo Neville, con inseguridad, preguntándose qué pasaría a continuación.

—Cuando el boggart salga de repente de este armario y te vea, Neville, adoptará la forma del profesor Snape —dijo Lupin—. Entonces alzarás la varita, así, y dirás en voz alta: *¡Riddíkulo!*, concentrándote en el atuendo de tu abuela. Si todo va bien, el boggart-profesor Snape tendrá que ponerse el sombrero, el vestido verde y el bolso grande y rojo.

Hubo una carcajada general. El armario tembló más violentamente.

—Si a Neville le sale bien —añadió el profesor Lupin—, es probable que el boggart vuelva su atención hacia cada uno de nosotros, por turno. Quiero que ahora todos dediquen un momento a pensar en lo que más miedo les da y en cómo podrían convertirlo en algo cómico...

La sala se quedó en silencio. Harry meditó... ¿qué era lo que más le aterrorizaba en el mundo?

Lo primero que le vino a la mente fue lord Voldemort, un Voldemort que hubiera recuperado su antigua fuerza. Pero antes de haber empezado a planear un posible contraataque contra un boggart-Voldemort, se le apareció una imagen horrible: una mano viscosa, corrompida, que se escondía bajo una capa negra..., una respiración prolongada y ruidosa que salía de una boca oculta... luego un frío tan penetrante que le ahogaba...

Harry se estremeció. Miró a su alrededor, deseando que nadie lo hubiera notado. La mayoría de sus compañeros tenía los ojos fuertemente cerrados. Ron murmuraba para sí:

—Arrancarle las patas.

Harry adivinó de qué se trataba. Lo que más miedo le daba a Ron eran las arañas.

—¿Todos preparados? —preguntó el profesor Lupin.

Harry se horrorizó. Él no estaba preparado. Pero no quiso pedir más tiempo. Todos los demás asentían con la cabeza y se arremangaban.

—Nos vamos a echar todos hacia atrás, Neville —dijo el profesor Lupin—, para dejarte el campo despejado. ¿De acuerdo? Después de ti llamaré al siguiente, para que pase hacia delante... Ahora todos hacia atrás, así Neville podrá tener sitio para enfrentarse a él.

Todos se retiraron, arrimándose a las paredes, y dejaron a Neville solo, frente al armario. Estaba pálido y asustado, pero se había arremangado la túnica y tenía la varita preparada.

—A la cuenta de tres, Neville —dijo el profesor Lupin, que apuntaba con la varita al pomo de la puerta del armario—. A la una... a las dos... a las tres... ¡ya!

Un haz de chispas salió de la varita del profesor Lupin y dio en el pomo de la puerta. El armario se abrió de golpe y el profesor Snape salió de él, con su nariz ganchuda y gesto amenazador. Fulminó a Neville con la mirada.

Neville se echó hacia atrás, con la varita en alto, moviendo la boca sin pronunciar palabra. Snape se le acercaba, ya estaba a punto de cogerlo por la túnica...

—¡Ri... *Riddíkulo!* —dijo Neville.

Se oyó un chasquido como de látigo. Snape tropezó: llevaba un vestido largo ribeteado de encaje y un sombrero alto rematado por un buitre apolillado. De su mano pendía un enorme bolso rojo.

Hubo una carcajada general. El boggart se detuvo, confuso, y el profesor Lupin gritó:

—¡Parvati! ¡Adelante!

Parvati avanzó, con el rostro tenso. Snape se volvió hacia ella. Se oyó otro chasquido y en el lugar en que había estado Snape apareció una momia cubierta de vendas y con manchas de sangre; había vuelto hacia Parvati su rostro sin ojos, y comenzó a caminar hacia ella, muy despacio, arrastrando los pies y alzando sus brazos rígidos...

—¡*Riddíkulo!* —gritó Parvati.

Se soltó una de las vendas y la momia se enredó en ella, cayó de bruces y la cabeza salió rodando.

—¡Seamus! —gritó el profesor Lupin.

Seamus pasó junto a Parvati como una flecha.

¡Crac! Donde había estado la momia se encontraba ahora una mujer de pelo negro tan largo que le llegaba al suelo, con un rostro huesudo de color verde: una *banshee*. Abrió la boca completamente y un sonido sobrenatural llenó la sala: un prolongado aullido que le puso a Harry los pelos de punta.

—¡*Riddíkulo!* —gritó Seamus.

La *banshee* emitió un sonido ronco y se llevó la mano al cuello. Se había quedado afónica.

¡Crac! La *banshee* se convirtió en una rata que intentaba morderse la cola, dando vueltas en círculo; a continuación... ¡crac!, se convirtió en una serpiente de cascabel que se deslizaba retorciéndose, y luego... ¡crac!, en un ojo inyectado en sangre.

—¡Está despistado! —gritó Lupin—. ¡Lo estamos logrando! ¡Dean!

Dean se adelantó.

¡Crac! El ojo se convirtió en una mano amputada que se dio la vuelta y comenzó a arrastrarse por el suelo como un cangrejo.

—*¡Riddíkulo!* —gritó Dean.

Se oyó un chasquido y la mano quedó atrapada en una ratonera.

—¡Excelente! ¡Ron, te toca!

Ron se dirigió hacia delante.

¡Crac!

Algunos gritaron. Una araña gigante, de dos metros de altura y cubierta de pelo, se dirigía hacia Ron chascando las pinzas amenazadoramente. Por un momento, Harry pensó que Ron se había quedado petrificado. Pero entonces...

—*¡Riddíkulo!* —gritó Ron.

Las patas de la araña desaparecieron y el cuerpo empezó a rodar. Lavender Brown dio un grito y se apartó de su camino a toda prisa. El cuerpo de la araña fue a detenerse a los pies de Harry. Alzó la varita, pero...

—¡Aquí! —gritó el profesor Lupin de pronto, avanzando rápido hacia la araña.

¡Crac!

La araña sin patas había desaparecido. Durante un segundo todos miraron a su alrededor con los ojos bien abiertos, buscándola. Entonces vieron una esfera de un blanco plateado que flotaba en el aire, delante de Lupin, que dijo *Riddíkulo!* casi con desgana.

¡Crac!

—¡Adelante, Neville, y termina con él! —dijo Lupin cuando el boggart cayó al suelo en forma de cucaracha. ¡Crac! Allí estaba de nuevo Snape. Esta vez, Neville avanzó con decisión.

—*¡Riddíkulo!* —gritó, y durante una fracción de segundo vislumbraron a Snape vestido de abuela, antes de que

Neville emitiera una sonora carcajada y el boggart estallara en mil volutas de humo y desapareciera.

—¡Muy bien! —gritó el profesor Lupin mientras la clase prorrumpía en aplausos—. Muy bien, Neville. Todos lo han hecho muy bien. Veamos... cinco puntos para Gryffindor por cada uno de los que se han enfrentado al boggart... Diez por Neville, porque lo hizo dos veces. Y cinco por Hermione y otros cinco por Harry.

—Pero yo no he intervenido —dijo Harry.

—Tú y Hermione contestaron correctamente a mis preguntas al comienzo de la clase —dijo Lupin sin darle importancia—. Muy bien todo el mundo. Ha sido una clase estupenda. Como tarea, van a tener que leer la lección sobre los boggart y hacerme un resumen. Me lo entregarán el lunes. Eso es todo.

Los alumnos abandonaron entusiasmados la sala de profesores. Harry, sin embargo, no estaba contento. El profesor Lupin le había impedido deliberadamente que se enfrentara al boggart. ¿Por qué? ¿Era porque había visto a Harry desmayarse en el tren y pensó que no sería capaz? ¿Había pensado que Harry se volvería a desmayar?

Pero nadie más se había dado cuenta.

—¿Han visto cómo he podido con la *banshee*? —decía Seamus.

—¿Y la mano? —dijo Dean, imitándola con la suya.

—¿Y Snape con el sombrero?

—¿Y mi momia?

—Me pregunto por qué al profesor Lupin le dan miedo las bolas de cristal —preguntó Lavender.

—Ha sido la mejor clase de Defensa Contra las Artes Oscuras que hemos tenido. ¿No es verdad? —dijo Ron, emocionado, mientras regresaban al aula para coger las mochilas.

—Parece un profesor muy bueno —dijo Hermione—. Pero me habría gustado haberme enfrentado al boggart yo también.

—¿En qué se habría convertido el boggart? —le preguntó Ron, burlándose—, ¿en un trabajo de clase en el que sólo te pusieran un nueve?

# 8

# La huida de la señora gorda

En muy poco tiempo, la clase de Defensa Contra las Artes Oscuras se convirtió en la favorita de la mayoría. Sólo Draco Malfoy y su banda de Slytherin criticaban al profesor Lupin:

—Mira cómo lleva la túnica —solía decir Malfoy murmurando alto cuando pasaba el profesor—. Viste como nuestro antiguo elfo doméstico.

Pero a nadie más le interesaba que la túnica del profesor Lupin estuviera remendada y raída. Sus siguientes clases fueron tan interesantes como la primera. Después de los boggarts estudiaron a los *gorros rojos*, unas criaturas pequeñas y desagradables, parecidas a los duendes, que se escondían en cualquier sitio en el que hubiera habido derramamiento de sangre, en las mazmorras de los castillos, en los agujeros de las bombas de los campos de batalla, para dar una paliza a los que se extraviaban. De los gorros rojos pasaron a los *kappas,* unos repugnantes moradores del agua que parecían monos con escamas y con dedos palmeados, y que disfrutaban estrangulando a los ignorantes que cruzaban sus estanques.

Harry habría querido que sus otras clases fueran igual de entretenidas. La peor de todas era Pociones. Snape estaba aquellos días especialmente propenso a la revancha y todos sabían por qué. La historia del boggart que había adoptado la forma de Snape y el modo en que lo había dejado Neville, con el atuendo de su abuela, se había extendido por todo el colegio. Snape no lo encontraba divertido. A la primera mención del profesor Lupin, aparecía en sus ojos una expresión amenazadora. A Neville lo acosaba más que nunca.

Harry también aborrecía las horas que pasaba en la agobiante sala de la torre norte de la profesora Trelawney, descifrando símbolos y formas confusas, procurando olvidar que los ojos de la profesora Trelawney se llenaban de lágrimas cada vez que lo miraba. No le podía gustar la profesora Trelawney, por más que unos cuantos de la clase la trataran con un respeto que rayaba en la reverencia. Parvati Patil y Lavender Brown habían adoptado la costumbre de rondar la sala de la torre de la profesora Trelawney a la hora de la comida, y siempre regresaban con un aire de superioridad que resultaba enojoso, como si supieran cosas que los demás ignoraban. Habían comenzado a hablarle a Harry en susurros, como si se encontrara en su lecho de muerte.

A nadie le gustaba realmente la asignatura sobre Cuidado de Criaturas Mágicas, que después de la primera clase tan movida se había convertido en algo extremadamente aburrido. Hagrid había perdido la confianza. Ahora pasaban lección tras lección aprendiendo a cuidar a los gusarajos, que tenían que contarse entre las más aburridas criaturas del universo.

—¿Por qué alguien se preocuparía de cuidarlos? —preguntó Ron tras pasar otra hora embutiendo las viscosas gargantas de los gusarajos con lechuga cortada en tiras.

A comienzos de octubre, sin embargo, hubo otra cosa que mantuvo ocupado a Harry, algo tan divertido que compensaba la insatisfacción de algunas clases. Se aproximaba la temporada de quidditch y Oliver Wood, capitán del equipo de Gryffindor, convocó una reunión un jueves por la tarde para discutir las tácticas de la nueva temporada.

En un equipo de quidditch había siete personas: tres cazadores, cuya función era marcar goles metiendo la *quaffle* (un balón como el de fútbol, rojo) por uno de los aros que había en cada lado del campo, a una altura de quince metros; dos golpeadores equipados con fuertes bates para repeler las *bludgers* (dos pesadas pelotas negras que circulaban muy aprisa, zumbando de un lado para otro, intentando derribar a los jugadores); un guardián que defendía los postes sobre los que estaban los aros; y el buscador, que tenía el trabajo más difícil de todos, atrapar la dorada *snitch*, una pelota pequeña con alas, del tamaño de una nuez, cuya captura daba por finalizado el juego y otorgaba ciento cincuenta puntos al equipo del buscador que la hubiera atrapado.

Oliver Wood era un fornido muchacho de diecisiete años que cursaba su séptimo y último curso. Había cierto tono de desesperación en su voz mientras se dirigía a sus compañeros de equipo en los fríos vestuarios del campo de quidditch que se iba quedando a oscuras.

—Es nuestra última oportunidad..., mi última oportunidad... de ganar la copa de quidditch —les dijo, paseándose con paso firme delante de ellos—. Me marcharé al final de este curso, no volveré a tener otra oportunidad. Gryffindor no ha ganado ni una vez en los últimos siete años. De acuerdo, hemos tenido una suerte horrible: heridos..., cancelación del torneo el curso pasado... —Wood tragó saliva, como si el recuerdo aún le pusiera un nudo en la garganta—. Pero también sabemos que contamos con el mejor... equipo... de este... colegio —añadió, golpeándose la palma de una mano con el puño de la otra y con el conocido brillo frenético en los ojos—. Contamos con tres cazadoras estupendas. —Wood señaló a Alicia Spinnet, Angelina Johnson y Katie Bell—. Tenemos dos golpeadores invencibles.

—Déjalo ya, Oliver, nos estás sacando los colores —dijeron Fred y George a la vez, haciendo como que se sonrojaban.

—¡Y tenemos un buscador que nos ha hecho ganar todos los partidos! —dijo Wood, con voz retumbante y mirando a Harry con orgullo incontenible—. Y estoy yo —añadió.

—Nosotros creemos que tú también eres muy bueno —dijo George.

—Un guardián muy bueno —confirmó Fred.

—La cuestión es —continuó Wood, reanudando los paseos— que la copa de quidditch debiera de haber llevado nuestro nombre estos dos últimos años. Desde que Harry se unió al equipo, he pensado que la cosa era pan comido. Pero no lo hemos conseguido y este curso es la última oportunidad que tendremos para ver nuestro nombre grabado en ella...

Wood hablaba con tal desaliento que incluso a Fred y a George les dio pena.

—Oliver, éste será nuestro año —aseguró Fred.

—Lo conseguiremos, Oliver —dijo Angelina.

—Por supuesto —corroboró Harry.

Con la moral alta, el equipo comenzó las sesiones de entrenamiento, tres tardes a la semana. El tiempo se enfriaba y se hacía más húmedo, las noches más oscuras, pero no había barro, viento ni lluvia que pudieran empañar la ilusión de ganar por fin la enorme copa de plata.

Una tarde, después del entrenamiento, Harry regresó a la sala común de Gryffindor con frío y entumecido, pero contento por la manera en que se había desarrollado el entrenamiento, y encontró la sala muy animada.

—¿Qué ha pasado? —preguntó a Ron y Hermione, que estaban sentados al lado del fuego, en dos de las mejores sillas, terminando unos mapas del cielo para la clase de Astronomía.

—Primer fin de semana en Hogsmeade —le dijo Ron, señalando una nota que había aparecido en el viejo tablón de anuncios—. Finales de octubre. Halloween.

—Estupendo —dijo Fred, que había seguido a Harry por el agujero del retrato—. Tengo que ir a la tienda de Zonko: casi no me quedan bombas fétidas.

Harry se dejó caer en una silla, al lado de Ron, y la alegría lo abandonó. Hermione comprendió lo que le pasaba.

—Harry, estoy segura de que podrás ir la próxima vez —lo consoló—. Van a atrapar a Black enseguida. Ya lo han visto una vez.

—Black no está tan loco como para intentar nada en Hogsmeade. Pregúntale a McGonagall si puedes ir ahora, Harry. Pueden pasar años hasta la próxima ocasión.

—¡Ron! —dijo Hermione—. Harry tiene que permanecer en el colegio...

—No puede ser el único de tercero que no vaya. Vamos, Harry, pregúntale a McGonagall...

—Sí, lo haré —dijo Harry, decidiéndose.

Hermione abrió la boca para sostener la opinión contraria, pero en ese momento *Crookshanks* saltó con presteza a su regazo.

Una araña muerta y grande le colgaba de la boca.

—¿Tiene que comerse eso aquí delante? —preguntó Ron frunciendo el entrecejo.

—Bravo, *Crookshanks*, ¿la has atrapado tú solito? —dijo Hermione.

*Crookshanks* masticó y tragó despacio la araña, con los ojos insolentemente fijos en Ron.

—No lo sueltes —pidió Ron irritado, volviendo a su mapa del cielo—. *Scabbers* está durmiendo en mi mochila.

Harry bostezó. Le apetecía acostarse, pero antes tenía que terminar su mapa. Cogió la mochila, sacó pergamino, pluma y tinta, y empezó a trabajar.

—Si quieres, puedes copiar el mío —le dijo Ron, poniendo nombre a su última estrella con un trazo elegante y acercándole el mapa a Harry.

Hermione, que no veía con buenos ojos que se copiara, apretó los labios, pero no dijo nada. *Crookshanks* seguía mirando a Ron sin pestañear, sacudiendo el extremo de su peluda cola. Luego, sin previo aviso, dio un salto.

—¡EH! —gritó Ron, apoderándose de la mochila, al mismo tiempo que *Crookshanks* clavaba profundamente en ella sus garras y comenzaba a rasgarla con fiereza—. ¡SUELTA, ESTÚPIDO ANIMAL!

Ron intentó arrebatar la mochila a *Crookshanks*, pero el gato siguió aferrándola con sus garras, bufando y rasgándola.

—¡No le hagas daño, Ron! —gritó Hermione. Todos los miraban. Ron dio vueltas a la mochila, con *Crookshanks* agarrado todavía a ella, y *Scabbers* salió dando un salto...

—¡SUJETEN A ESE GATO! —gritó Ron en el momento en que *Crookshanks* soltaba los restos de la mochila, saltaba sobre la mesa y perseguía a la aterrorizada *Scabbers*.

George Weasley se lanzó sobre *Crookshanks*, pero no lo atrapó; *Scabbers* pasó como un rayo entre veinte pares de piernas y se fue a ocultar bajo una vieja cómoda. *Crookshanks* patinó y frenó, se agachó y se puso a dar zarpazos con una pata delantera.

Ron y Hermione se apresuraron a echarse sobre él. Hermione cogió a *Crookshanks* por el lomo y lo levantó. Ron se tendió en el suelo y sacó a *Scabbers* con alguna dificultad, tirando de la cola.

—¡Mírala! —le dijo a Hermione hecho una furia, poniéndole a *Scabbers* delante de los ojos—. ¡Está en los huesos! Mantén a ese gato lejos de ella.

—¡*Crookshanks* no sabe lo que hace! —dijo la joven con voz temblorosa—. ¡Todos los gatos persiguen a las ratas, Ron!

—¡Hay algo extraño en ese animal! —dijo Ron, que intentaba persuadir a la frenética *Scabbers* de que volviera a meterse en su bolsillo—. Me oyó decir que *Scabbers* estaba en la mochila.

—Vaya, qué tontería —dijo Hermione, hartándose—. Lo que pasa es que *Crookshanks* la olió. ¿Cómo si no crees que...?

—¡Ese gato la ha tomado con *Scabbers*! —dijo Ron, sin reparar en cuantos había a su alrededor, que empezaban a reírse—. Y *Scabbers* estaba aquí primero. Y está enferma.

Ron se marchó enfadado, subiendo por las escaleras hacia los dormitorios de los chicos.

Al día siguiente, Ron seguía enfadado con Hermione. Apenas habló con ella durante la clase de Herbología, aunque Harry, Hermione y él trabajaban juntos con la misma Vainilla de viento.

—¿Cómo está *Scabbers*? —le preguntó Hermione acobardada, mientras arrancaban a la planta unas vainas gruesas y rosáceas, y vaciaban las brillantes habas en un balde de madera.

—Está escondida debajo de mi cama, sin dejar de temblar —dijo Ron malhumorado, errando la puntería y derramando las habas por el suelo del invernadero.

—¡Cuidado, Weasley, cuidado! —gritó la profesora Sprout, al ver que las habas retoñaban ante sus ojos.

Luego tuvieron Transformaciones. Harry, que estaba resuelto a pedirle después de clase a la profesora McGonagall que lo dejara ir a Hogsmeade con los demás, se puso en la cola que había en la puerta, pensando en cómo convencerla. Lo distrajo un alboroto producido al principio de la hilera. Lavender Brown estaba llorando. Parvati la rodeaba con el brazo y explicaba algo a Seamus Finnigan y a Dean Thomas, que escuchaban muy serios.

—¿Qué ocurre, Lavender? —preguntó preocupada Hermione, cuando ella, Harry y Ron se acercaron al grupo.

—Esta mañana ha recibido una carta de casa —susurró Parvati—. Se trata de su conejo *Binky*. Un zorro lo ha matado.

—¡Vaya! —dijo Hermione—. Lo siento, Lavender.

—¡Tendría que habérmelo imaginado! —dijo Lavender en tono trágico—. ¿Saben qué día es hoy?

—Eh...

—¡16 de octubre! ¡«Eso que temes ocurrirá el viernes 16 de octubre»! ¿Se acuerdan? ¡Tenía razón!

Toda la clase se acababa de reunir alrededor de Lavender. Seamus cabeceó con pesadumbre. Hermione titubeó. Luego dijo:

—Tú, tú... ¿temías que un zorro matara a *Binky*?

—Bueno, no necesariamente un zorro —dijo Lavender, alzando la mirada hacia Hermione y con los ojos llenos de lágrimas—. Pero tenía miedo de que muriera.

—Vaya —dijo Hermione. Volvió a guardar silencio. Luego preguntó—: ¿Era viejo?

—No... —dijo Lavender sollozando—. ¡So... sólo era una cría!

Parvati le estrechó los hombros con más fuerza.

—Pero entonces, ¿por qué temías que muriera? —preguntó Hermione. Parvati la fulminó con la mirada—. Bueno, mírenlo lógicamente —añadió Hermione hacia el resto del grupo—. Lo que quiero decir es que..., bueno, *Binky* ni siquiera ha muerto hoy. Hoy es cuando Lavender ha recibido la noticia... —Lavender gimió—. Y no puede haberlo temido, porque la ha tomado completamente por sorpresa.

—No le hagas caso, Lavender —dijo Ron—. Las mascotas de los demás no le importan en absoluto.

La profesora McGonagall abrió en ese momento la puerta del aula, lo que tal vez fue una suerte. Hermione y Ron se lanzaban ya miradas asesinas, y al entrar en el aula se sentaron uno a cada lado de Harry y no se dirigieron la palabra en toda la hora.

Harry no había pensado aún qué le iba a decir a la profesora McGonagall cuando sonara el timbre al final de la clase, pero fue ella la primera en sacar el tema de Hogsmeade.

—¡Un momento, por favor! —dijo en voz alta, cuando los alumnos empezaban a salir—. Dado que son todos de Gryffindor, como yo, deberían entregarme sus autorizaciones antes de Halloween. Sin autorización no hay visita al pueblo, así que no se les olvide.

Neville levantó la mano.

—Perdone, profesora. Yo... creo que he perdido...

—Tu abuela me la envió directamente, Longbottom —dijo la profesora McGonagall—. Pensó que era más seguro. Bueno, eso es todo, pueden salir.

—Pregúntaselo ahora —susurró Ron a Harry.

—Ah, pero... —fue a decir Hermione.

—Adelante, Harry —le incitó Ron con testarudez.

Harry aguardó a que saliera el resto de la clase y se acercó nervioso a la mesa de la profesora McGonagall.

—¿Sí, Potter?

Harry tomó aire.

—Profesora, mis tíos... olvidaron... firmarme la autorización —dijo.

La profesora McGonagall lo miró por encima de sus gafas cuadradas, pero no dijo nada.

—Y por eso... eh... ¿piensa que podría... esto... ir a Hogsmeade?

La profesora McGonagall bajó la vista y comenzó a revolver los papeles de su escritorio.

—Me temo que no, Potter. Ya has oído lo que dije. Sin autorización no hay visita al pueblo. Es la norma.

—Pero... mis tíos... ¿sabe?, son muggles. No entienden nada de... de las cosas de Hogwarts —explicó Harry, mientras Ron le hacía señas de ánimo—. Si usted me diera permiso...

—Pero no te lo doy —dijo la profesora McGonagall poniéndose en pie y guardando ordenadamente sus papeles en un cajón—. El impreso de autorización dice claramente que el padre o tutor debe dar permiso. —Se volvió para mirarlo, con una extraña expresión en el rostro. ¿Era de pena?—. Lo siento, Potter, pero es mi última palabra. Lo mejor será que te des prisa o llegarás tarde a la próxima clase.

No había nada que hacer. Ron llamó de todo a la profesora McGonagall y eso le pareció muy mal a Hermione. Hermione puso cara de «mejor así», lo cual consiguió enfadar a Ron aún más, y Harry tuvo que aguantar que todos sus compañeros de clase comentaran en voz alta y muy contentos lo que harían al llegar a Hogsmeade.

—Por lo menos te queda el banquete. Ya sabes, el banquete de la noche de Halloween.

—Sí —aceptó Harry con tristeza—. Genial.

El banquete de Halloween era siempre bueno, pero sabría mucho mejor si acudía a él después de haber pasado el día en Hogsmeade con todos los demás. Nada de lo que le dijeran le hacía resignarse. Dean Thomas, que era bueno con la pluma, se había ofrecido a falsificar la firma de tío Vernon, pero como Harry ya le había dicho a la profesora McGonagall que no se la habían firmado, no era posible probar aquello. Ron sugirió no muy convencido la capa invisible, pero Hermione rechazó de plano la posibilidad recordándole a Ron lo que les había dicho Dumbledore sobre que los dementores podían ver a través de ellas.

Percy pronunció las palabras que probablemente le ayudaron menos a resignarse:

—Arman mucho revuelo con Hogsmeade, pero te puedo asegurar que no es para tanto —le dijo muy serio—. Bueno, es verdad que la tienda de golosinas es bastante buena, pero la tienda de artículos de broma de Zonko es francamente peligrosa. Y la Casa de los Gritos merece la visita, pero aparte de eso no te pierdes nada.

La mañana del día de Halloween, Harry se despertó al mismo tiempo que los demás y bajó a desayunar muy triste, pero tratando de disimularlo.

—Te traeremos un montón de golosinas de Honeydukes —le dijo Hermione, compadeciéndose de él.

—Sí, montones —dijo Ron. Por fin habían hecho las paces él y Hermione.

—No se preocupen por mí —dijo Harry con una voz que procuró que le saliera despreocupada—. Ya nos veremos en el banquete. Diviértanse.

Los acompañó hasta el vestíbulo, donde Filch, el conserje, de pie en el lado interior de la puerta, señalaba los nombres en una lista, examinando detenida y recelosamente cada rostro y asegurándose de que nadie salía sin permiso.

—¿Te quedas aquí, Potter? —gritó Malfoy, que estaba en la cola, junto a Crabbe y a Goyle—. ¿No te atreves a cruzarte con los dementores?

Harry no le hizo caso y volvió solo por las escaleras de mármol y los pasillos vacíos, y llegó a la torre de Gryffindor.

—¿Contraseña? —dijo la señora gorda despertándose sobresaltada.

—«*Fortuna maior*» —contestó Harry con desgana.

El retrato le dejó paso y entró en la sala común. Estaba repleta de niños de primero y de segundo, todos hablando, y de unos cuantos alumnos mayores que obviamente habían visitado Hogsmeade tantas veces que ya no les interesaba.

—¡Harry! ¡Harry! ¡Hola, Harry! —Era Colin Creevey, un estudiante de segundo que sentía veneración por Harry y nunca perdía la oportunidad de hablar con él—. ¿No vas a Hogsmeade, Harry? ¿Por qué no? ¡Eh! —Colin miró a sus amigos con interés—, ¡si quieres puedes venir a sentarte con nosotros!

—No, gracias, Colin —dijo Harry, que no estaba de humor para ponerse delante de gente deseosa de contemplarle la cicatriz de la frente—. Yo... he de ir a la biblioteca. Tengo trabajo.

Después de aquello no tenía más remedio que dar media vuelta y salir por el agujero del retrato.

—¿Con qué motivo me has despertado? —refunfuñó la señora gorda cuando pasó por allí.

Harry anduvo sin entusiasmo hacia la biblioteca, pero a mitad de camino cambió de idea; no le apetecía trabajar. Dio media vuelta y se topó de cara con Filch, que acababa de despedir al último de los visitantes de Hogsmeade.

—¿Qué haces? —le gruñó Filch, suspicaz.

—Nada —respondió Harry con franqueza.

—¿Nada? —le soltó Filch, con las mandíbulas temblando—. ¡No me digas! Husmeando por ahí tú solo. ¿Por qué no estás en Hogsmeade, comprando bombas fétidas, polvos para eructar y gusanos silbantes, como el resto de tus desagradables amiguitos?

Harry se encogió de hombros.

—Bueno, regresa a la sala común de tu colegio —dijo Filch, que siguió mirándolo fijamente hasta que Harry se perdió de vista.

Pero Harry no regresó a la sala común; subió una escalera, pensando en que tal vez podía ir a la pajarera de las lechuzas, e iba por otro pasillo cuando dijo una voz que salía del interior de un aula:

—¿Harry? —Harry retrocedió para ver quién lo llamaba y se encontró al profesor Lupin, que lo miraba desde la puerta de su despacho—. ¿Qué haces? —le preguntó Lupin en un tono muy diferente al de Filch—. ¿Dónde están Ron y Hermione?

—En Hogsmeade —respondió Harry, con voz que fingía no dar importancia a lo que decía.

—Ah —dijo Lupin. Observó a Harry un momento—. ¿Por qué no pasas? Acabo de recibir un *grindylow* para nuestra próxima clase.

—¿Un qué? —preguntó Harry.

Entró en el despacho siguiendo a Lupin. En un rincón había un enorme depósito de agua. Una criatura de un color verde asqueroso, con pequeños cuernos afilados, pegaba la cara contra el cristal, haciendo muecas y doblando sus dedos largos y delgados.

—Es un demonio de agua —dijo Lupin, observando el *grindylow* ensimismado—. No debería darnos muchas dificultades, sobre todo después de los *kappas*. El truco es deshacerse de su tenaza. ¿Te das cuenta de la extraordinaria longitud de sus dedos? Fuertes, pero muy quebradizos.

El *grindylow* enseñó sus dientes verdes y se metió en una espesura de algas que había en un rincón.

—¿Una taza de té? —le preguntó Lupin, buscando la tetera—. Iba a prepararlo.

—Bueno —dijo Harry, algo embarazado.

Lupin dio a la tetera un golpecito con la varita y salió un chorro de vapor.

—Siéntate —dijo Lupin, destapando una caja polvorienta—. Lo lamento, pero sólo tengo té en bolsitas. Aunque me imagino que estarás harto del té suelto.

Harry lo miró. A Lupin le brillaban los ojos.

—¿Cómo lo sabe? —preguntó Harry.

—Me lo ha dicho la profesora McGonagall —explicó Lupin, pasándole a Harry una taza descascarillada—. No te preocupa, ¿verdad?

—No —respondió Harry.

Pensó por un momento en contarle a Lupin lo del perro que había visto en la calle Magnolia, pero se contuvo. No quería que Lupin creyera que era un cobarde y menos desde que el profesor parecía suponer que no podía enfrentarse a un boggart.

Algo de los pensamientos de Harry debió de reflejarse en su cara, porque Lupin dijo:

—¿Estás preocupado por algo, Harry?

—No —mintió Harry. Sorbió un poco de té y vio que el *grindylow* lo amenazaba con el puño—. Sí —dijo de repente, dejando el té en el escritorio de Lupin—. ¿Recuerda el día que nos enfrentamos al boggart?

—Sí —respondió Lupin.

—¿Por qué no me dejó enfrentarme a él? —le preguntó.

Lupin alzó las cejas.

—Creí que estaba claro —dijo sorprendido.

Harry, que había imaginado que Lupin lo negaría, se quedó atónito.

—¿Por qué? —volvió a preguntar.

—Bueno —respondió Lupin frunciendo un poco el entrecejo—, pensé que si el boggart se enfrentaba contigo adoptaría la forma de lord Voldemort.

Harry se le quedó mirando, impresionado. No sólo era aquélla la respuesta que menos esperaba, sino que además Lupin había pronunciado el nombre de Voldemort. La única persona a la que había oído pronunciar ese nombre (aparte de él mismo) era el profesor Dumbledore.

—Es evidente que estaba en un error —añadió Lupin, frunciendo el entrecejo—. Pero no creí que fuera buena idea que Voldemort se materializase en la sala de profesores. Pensé que se aterrorizarían.

—El primero en quien pensé fue Voldemort —dijo Harry con sinceridad—. Pero luego recordé a los dementores.

—Ya veo —dijo Lupin pensativamente—. Bien, bien..., estoy impresionado. —Sonrió ligeramente ante la cara de sorpresa que ponía Harry—. Eso sugiere que lo que más miedo te da es... el miedo. Muy sensato, Harry.

Harry no supo qué contestar, de forma que dio otro sorbo al té.

—¿Así que pensabas que no te creía capaz de enfrentarte a un boggart? —dijo Lupin astutamente.

—Bueno..., sí —dijo Harry. Estaba mucho más contento—. Profesor Lupin, usted conoce a los dementores...

Lo interrumpieron unos golpes en la puerta.

—Adelante —dijo Lupin.

Se abrió la puerta y entró Snape. Llevaba una copa de la que salía un poco de humo y se detuvo al ver a Harry. Entornó sus ojos negros.

—¡Ah, Severus! —dijo Lupin sonriendo—. Muchas gracias. ¿Podrías dejarlo aquí, en el escritorio? —Snape posó la copa humeante. Sus ojos pasaban de Harry a Lupin—. Estaba enseñando a Harry mi *grindylow* —dijo Lupin con cordialidad, señalando el depósito.

—Fascinante —comentó Snape, sin mirar a la criatura—. Deberías tomártelo ya, Lupin.

—Sí, sí, enseguida —dijo Lupin.

—He hecho un caldero entero. Si necesitas más...

—Seguramente mañana tomaré otro poco. Muchas gracias, Severus.

—De nada —respondió Snape. Pero había en sus ojos una expresión que a Harry no le gustó. Salió del despacho retrocediendo, sin sonreír y receloso.

Harry miró la copa con curiosidad. Lupin sonrió.

—El profesor Snape, muy amablemente, me ha preparado esta poción —dijo—. Nunca se me ha dado muy bien lo de preparar pociones y ésta es especialmente difícil. —Cogió la copa y la olió—. Es una pena que no admita azúcar —añadió, tomando un sorbito y torciendo la boca.

—¿Por qué...? —comenzó Harry.

Lupin lo miró y respondió a la pregunta que Harry no había acabado de formular:

—No me he encontrado muy bien —dijo—. Esta poción es lo único que me sana. Es una suerte tener de compañero al profesor Snape; no hay muchos magos capaces de prepararla.

El profesor Lupin bebió otro sorbo y Harry tuvo el impulso de quitarle la copa de las manos.

—El profesor Snape está muy interesado por las Artes Oscuras —barbotó.

—¿De verdad? —preguntó Lupin, sin mucho interés, bebiendo otro trago de la poción.

—Hay quien piensa... —Harry dudó, pero se atrevió a seguir hablando—, hay quien piensa que sería capaz de cualquier cosa para conseguir el puesto de profesor de Defensa Contra las Artes Oscuras.

Lupin vació la copa e hizo un gesto de desagrado.

—Asqueroso —dijo—. Bien, Harry. Tengo que seguir trabajando. Nos veremos en el banquete.

—De acuerdo —dijo Harry, dejando su taza de té.

La copa, ya vacía, seguía echando humo.


—Aquí tienes —dijo Ron—. Hemos traído todos los que pudimos.

Un chaparrón de caramelos de brillantes colores cayó sobre las piernas de Harry. Ya había anochecido, y Ron y Hermione acababan de hacer su aparición en la sala común, con la cara enrojecida por el frío viento y con pinta de habérselo pasado mejor que en toda su vida.

—Gracias —dijo Harry, cogiendo un paquete de pequeños y negros diablillos de pimienta—. ¿Cómo es Hogsmeade? ¿Dónde han ido?

A juzgar por las apariencias, a todos los sitios. A Dervish y Banges, la tienda de artículos de brujería, a la tienda de artículos de broma de Zonko, a Las Tres Escobas, para tomarse unas cervezas de mantequilla caliente con espuma, y a otros muchos sitios...

—¡La oficina de correos, Harry! ¡Unas doscientas lechuzas, todas descansando en anaqueles, todas con claves de colores que indican la velocidad de cada una!

—Honeydukes tiene un nuevo caramelo: daban muestras gratis. Aquí tienes un poco, mira.

—Nos ha parecido ver un ogro. En Las Tres Escobas hay todo tipo de gente...

—Ojalá te hubiéramos traído cerveza de mantequilla. Realmente te reconforta.

—¿Y tú que has hecho? —le preguntó Hermione—. ¿Has trabajado?

—No —respondió Harry—. Lupin me invitó a un té en su despacho. Y entró Snape...

Les contó lo de la copa. Ron se quedó con la boca abierta.

—¿Y Lupin se la bebió? —exclamó—. ¿Está loco?

Hermione miró la hora.

—Será mejor que vayamos bajando. El banquete empezará dentro de cinco minutos...

Pasaron por el retrato entre la multitud, todavía hablando de Snape.

—Pero si él..., ya saben... —Hermione bajó la voz, mirando a su alrededor con cautela—. Si intentara envenenar a Lupin, no lo haría delante de Harry.

—Sí, quizá tengas razón —dijo Harry mientras llegaban al vestíbulo y lo cruzaban para entrar en el Gran Comedor. Lo habían decorado con cientos de calabazas con velas dentro, una bandada de murciélagos vivos que revoloteaban y muchas serpentinas de color naranja brillante que caían del techo como culebras de río.

La comida fue deliciosa. Incluso Hermione y Ron, que estaban que reventaban de los dulces que habían comido en Honeydukes, repitieron. Harry no paraba de mirar a la mesa de los profesores. El profesor Lupin parecía alegre y más sano que nunca. Hablaba animadamente con el pequeñísimo profesor Flitwick, que impartía Encantamientos. Harry recorrió la mesa con la mirada hasta el lugar en que se sentaba Snape. ¿Se lo estaba imaginando o Snape miraba a Lupin y parpadeaba más de lo normal?

El banquete terminó con una actuación de los fantasmas de Hogwarts. Saltaron de los muros y de las mesas para llevar a cabo un pequeño vuelo en formación. Nick Casi Decapitado, el fantasma de Gryffindor, cosechó un gran éxito con una representación de su propia desastrosa decapitación.

Fue una noche tan estupenda que Malfoy no pudo enturbiar el buen humor de Harry al gritarle por entre la multitud, cuando salían del Gran Comedor:

—¡Los dementores te envían recuerdos, Potter!

Harry, Ron y Hermione siguieron al resto de los de su casa por el camino de la torre de Gryffindor, pero cuando llegaron al corredor al final del cual estaba el retrato de la señora gorda, lo encontraron atestado de alumnos.

—¿Por qué no entran? —preguntó Ron intrigado.

Harry miró delante de él, por encima de las cabezas. El retrato estaba cerrado.

—Déjenme pasar, por favor —dijo la voz de Percy. Se esforzaba por abrirse paso a través de la multitud, dándose importancia—. ¿Qué es lo que ocurre? No es posible que nadie se acuerde de la contraseña. Déjenme pasar, soy el Premio Anual.

La multitud guardó silencio entonces, empezando por los de delante. Fue como si un aire frío se extendiera por el corredor. Oyeron que Percy decía con una voz repentinamente aguda:

—Que alguien vaya a buscar al profesor Dumbledore, rápido.

Las cabezas se volvieron. Los de atrás se ponían de puntillas.

—¿Qué sucede? —preguntó Ginny, que acababa de llegar.

Al cabo de un instante hizo su aparición el profesor Dumbledore, dirigiéndose velozmente hacia el retrato. Los alumnos de Gryffindor se apretujaban para dejarle paso, y Harry, Ron y Hermione se acercaron un poco para ver qué sucedía.

—¡Anda, mi madr...! —exclamó Hermione, cogiéndose al brazo de Harry.

La señora gorda había desaparecido del retrato, que había sido rajado tan ferozmente que algunas tiras del lienzo habían caído al suelo. Faltaban varios trozos grandes.

Dumbledore dirigió una rápida mirada al retrato estropeado y se volvió. Con ojos entristecidos vio a los profesores McGonagall, Lupin y Snape, que se acercaban a toda prisa.

—Hay que encontrarla —dijo Dumbledore—. Por favor, profesora McGonagall, dígale enseguida al señor Filch que busque a la señora gorda por todos los cuadros del castillo.

—¡Ilusos! —dijo una voz socarrona.

Era Peeves, que revoloteaba por encima de la multitud y estaba encantado, como cada vez que veía a los demás preocupados por algún problema.

—¿Qué quieres decir, Peeves? —le preguntó Dumbledore tranquilamente. La sonrisa de Peeves desapareció. No se atrevía a burlarse de Dumbledore. Adoptó una voz empalagosa que no era mejor que su risa.

—Le da vergüenza, señor director. No quiere que la vean. Es un desastre de mujer. La vi correr por el paisaje, hacia el cuarto piso, señor, esquivando los árboles y gritando algo terrible —dijo con alegría—. Pobrecita —añadió sin convicción.

—¿Dijo quién lo ha hecho? —preguntó Dumbledore en voz baja.

—Sí, señor director —dijo Peeves, con pinta de estar meciendo una bomba en sus brazos—. Se enfadó con ella porque no le permitió entrar, ¿sabe? —Peeves dio una vuelta de campana y dirigió a Dumbledore una sonrisa por entre sus propias piernas—. Ese Sirius Black tiene un genio insoportable.

# 9

# La derrota

El profesor Dumbledore mandó que los estudiantes de Gryffindor volvieran al Gran Comedor, donde se les unieron, diez minutos después, los de Ravenclaw, Hufflepuff y Slytherin. Todos parecían confusos.

—Los demás profesores y yo tenemos que llevar a cabo un rastreo por todo el castillo —explicó el profesor Dumbledore, mientras McGonagall y Flitwick cerraban todas las puertas del Gran Comedor—. Me temo que, por su propia seguridad, tendrán que pasar aquí la noche. Quiero que los prefectos monten guardia en las puertas del Gran Comedor y dejo de encargados a los dos Premios Anuales. Comuníquenme cualquier novedad —añadió, dirigiéndose a Percy, que se sentía inmensamente orgulloso—. Avísenme por medio de algún fantasma. —El profesor Dumbledore se detuvo antes de salir del Gran Comedor y añadió—: Bueno, necesitarán...

Con un movimiento de la varita, envió volando las largas mesas hacia las paredes del Gran Comedor. Con otro movimiento, el suelo quedó cubierto con cientos de mullidos sacos de dormir rojos.

—Felices sueños —dijo el profesor Dumbledore, cerrando la puerta.

El Gran Comedor empezó a bullir de excitación. Los de Gryffindor contaban al resto del colegio lo que acababa de suceder.

—¡Todos a los sacos! —gritó Percy—. ¡Ahora mismo, se acabó la charla! ¡Apagaré las luces dentro de diez minutos!

—Vamos —dijo Ron a Hermione y a Harry. Cogieron tres sacos de dormir y se los llevaron a un rincón.

—¿Creen que Black sigue en el castillo? —susurró Hermione con preocupación.

—Evidentemente, Dumbledore piensa que es posible —dijo Ron.

—Es una suerte que haya elegido esta noche, ¿se dan cuenta? —dijo Hermione, mientras se metían vestidos en los sacos de dormir y se apoyaban en el codo para hablar—. La única noche que no estábamos en la torre...

—Supongo que con la huida no sabrá en qué día vive —dijo Ron—. No se ha dado cuenta de que es Halloween. De lo contrario, habría entrado aquí a saco.

Hermione se estremeció.

A su alrededor todos se hacían la misma pregunta:

—¿Cómo ha podido entrar?

—A lo mejor sabe cómo aparecerse —dijo un alumno de Ravenclaw que estaba cerca de ellos—. Cómo salir de la nada.

—A lo mejor se ha disfrazado —dijo uno de Hufflepuff, de quinto curso.

—Podría haber entrado volando —sugirió Dean Thomas.

—Hay que ver, ¿es que soy la única persona que ha leído *Historia de Hogwarts*? —preguntó Hermione a Harry y a Ron, perdiendo la paciencia.

—Casi seguro —dijo Ron—. ¿Por qué lo dices?

—Porque el castillo no está protegido sólo por muros —indicó Hermione—, sino también por todo tipo de encantamientos para evitar que nadie entre furtivamente. No es tan fácil aparecerse aquí. Y quisiera ver el disfraz capaz de engañar a los dementores. Vigilan cada una de las entradas a los terrenos del colegio. Si hubiera entrado volando, también lo habrían visto. Filch conoce todos los pasadizos secretos y estarán vigilados.

—¡Voy a apagar las luces ya! —gritó Percy—. Quiero que todo el mundo esté metido en el saco y callado.

Todas las velas se apagaron a la vez. La única luz venía de los fantasmas de color de plata, que se movían por todas partes, hablando con gravedad con los prefectos, y del techo encantado, tan cuajado de estrellas como el mismo cielo exterior. Entre aquello y el cuchicheo ininterrumpido de sus compañeros, Harry se sintió como durmiendo a la intemperie, arrullado por la brisa.

Cada hora aparecía por el salón un profesor para comprobar que todo se hallaba en orden. Hacia las tres de la mañana, cuando por fin se habían quedado dormidos muchos alumnos, entró el profesor Dumbledore. Harry vio que iba buscando a Percy, que rondaba por entre los sacos de dormir amonestando a los que hablaban. Percy estaba a corta distancia de Harry, Ron y Hermione, que fingieron estar dormidos cuando se acercaron los pasos de Dumbledore.

—¿Han encontrado algún rastro de él, profesor? —le preguntó Percy en un susurro.

—No. ¿Por aquí todo bien?

—Todo bajo control, señor.

—Bien. No vale la pena moverlos a todos ahora. He encontrado a un guarda provisional para el agujero del retrato de Gryffindor. Mañana podrás llevarlos a todos.

—¿Y la señora gorda, señor?

—Se había escondido en un mapa de Argyllshire del segundo piso. Parece que se negó a dejar entrar a Black sin la contraseña, y por eso la atacó. Sigue muy consternada, pero en cuanto se tranquilice le diré al señor Filch que restaure el lienzo.

Harry oyó crujir la puerta del salón cuando volvió a abrirse, y más pasos.

—¿Señor director? —Era Snape. Harry se quedó completamente inmóvil, aguzando el oído—. Hemos registrado todo el primer piso. No estaba allí. Y Filch ha examinado las mazmorras. Tampoco ha encontrado rastro de él.

—¿Y la torre de astronomía? ¿Y el aula de la profesora Trelawney? ¿Y la pajarera de las lechuzas?

—Lo hemos registrado todo...

—Muy bien, Severus. La verdad es que no creía que Black prolongara su estancia aquí.

—¿Tiene alguna idea de cómo pudo entrar, profesor? —preguntó Snape.

Harry alzó la cabeza ligeramente, para desobstruirse el otro oído.

—Muchas, Severus, pero todas igual de improbables.

Harry abrió un poco los ojos y miró hacia donde se encontraban ellos. Dumbledore estaba de espaldas a él, pero pudo ver el rostro de Percy, muy atento, y el perfil de Snape, que parecía enfadado.

—¿Se acuerda, señor director, de la conversación que tuvimos poco antes de... comenzar el curso? —preguntó Snape, abriendo apenas los labios, como para que Percy no se enterara.

—Me acuerdo, Severus —dijo Dumbledore. En su voz había como un dejo de reconvención.

—Parece... casi imposible... que Black haya podido entrar en el colegio sin ayuda del interior. Expresé mi preocupación cuando usted señaló...

—No creo que nadie de este castillo ayudara a Black a entrar —dijo Dumbledore en un tono que dejaba bien claro que daba el asunto por zanjado. Snape no contestó—. Tengo que bajar a ver a los dementores. Les dije que les informaría cuando hubiéramos terminado el registro.

—¿No quisieron ayudarnos, señor? —preguntó Percy.

—Sí, desde luego —respondió Dumbledore fríamente—. Pero me temo que mientras yo sea director, ningún dementor cruzará el umbral de este castillo.

Percy se quedó un poco avergonzado. Dumbledore salió del salón con rapidez y silenciosamente. Snape aguardó allí un momento, mirando al director con una expresión de profundo resentimiento. Luego también él se marchó.

Harry miró a ambos lados, a Ron y a Hermione. Tanto uno como otro tenían los ojos abiertos, reflejando el techo estrellado.

—¿De qué hablaban? —preguntó Ron.

Durante los días que siguieron, en el colegio no se habló de otra cosa que de Sirius Black. Las especulaciones acerca de cómo había logrado penetrar en el castillo fueron cada vez más fantásticas; Hannah Abbott, de Hufflepuff, se pasó la mayor parte de la clase de Herbología contando que Black podía transformarse en un arbusto florido.

Habían quitado de la pared el lienzo rasgado de la señora gorda y lo habían reemplazado con el retrato de sir Cadogan y su pequeño y robusto caballo gris. Esto no le hacía a nadie mucha gracia. Sir Cadogan se pasaba la mitad del tiempo retando a duelo a todo el mundo, y la otra mitad inventando contraseñas ridículamente complicadas que cambiaba al menos dos veces al día.

—Está loco de remate —le dijo Seamus Finnigan a Percy, enfadado—. ¿No hay otro disponible?

—Ninguno de los demás retratos quería el trabajo —dijo Percy—. Estaban asustados por lo que le ha ocurrido a la señora gorda. Sir Cadogan fue el único lo bastante valiente para ofrecerse voluntario.

Lo que menos preocupaba a Harry era sir Cadogan. Lo vigilaban muy de cerca. Los profesores buscaban disculpas para acompañarlo por los corredores, y Percy Weasley (obrando, según sospechaba Harry, por instigación de su madre) le seguía los pasos por todas partes, como un perro guardián extremadamente pomposo. Para colmo, la profesora McGonagall lo llamó a su despacho y lo recibió con una expresión tan sombría que Harry pensó que se había muerto alguien.

—No hay razón para que te lo ocultemos por más tiempo, Potter —dijo muy seriamente—. Sé que esto te va a afectar, pero Sirius Black...

—Ya sé que va detrás de mí —dijo Harry, un poco cansado—. Oí al padre de Ron cuando se lo contaba a su mujer. El señor Weasley trabaja para el Ministerio de Magia.

La profesora McGonagall se sorprendió mucho. Miró a Harry durante un instante y dijo:

—Ya veo. Bien, en ese caso comprenderás por qué creo que no debes ir por las tardes a los entrenamientos de quidditch. Es muy arriesgado estar ahí fuera, en el campo, sin más compañía que los miembros del equipo...

—¡El sábado tenemos nuestro primer partido —dijo Harry, indignado—. ¡Tengo que entrenar, profesora!

La profesora McGonagall meditó un instante. Harry sabía que ella deseaba que ganara el equipo de Gryffindor; al fin y al cabo, había sido ella la primera que había propuesto a Harry como buscador. Harry aguardó conteniendo el aliento.

—Mm... —la profesora McGonagall se puso en pie y observó desde la ventana el campo de quidditch, muy poco visible entre la lluvia—. Bien, te aseguro que me gustaría que por fin ganáramos la copa... De todas formas, Potter, estaría más tranquila si un profesor estuviera presente. Pediré a la señora Hooch que supervise tus sesiones de entrenamiento.

El tiempo empeoró conforme se acercaba el primer partido de quidditch. Impertérrito, el equipo de Gryffindor entrenaba cada vez más, bajo la mirada de la señora Hooch. Luego, en la sesión final de entrenamiento que precedió al partido del sábado, Oliver Wood comunicó a su equipo una noticia no muy buena:

—¡No vamos a jugar contra Slytherin! —les dijo muy enfadado—. Flint acaba de venir a verme. Vamos a jugar contra Hufflepuff.

—¿Por qué? —preguntaron todos.

—La excusa de Flint es que su buscador aún tiene el brazo lesionado —dijo Wood, rechinando con furia los dientes—. Pero está claro el verdadero motivo: no quieren jugar con este tiempo, porque piensan que tendrán menos posibilidades...

Durante todo el día había soplado un ventarrón y caído un aguacero, y mientras hablaba Wood se oía retumbar a los truenos.

—¡No le pasa nada al brazo de Malfoy! —dijo Harry furioso—. Está fingiendo.

—Lo sé, pero no lo podemos demostrar —dijo Wood con acritud—. Y hemos practicado todos estos movimientos suponiendo que íbamos a jugar contra Slytherin, y en su lugar tenemos a Hufflepuff, y su estilo de juego es muy diferente. Tienen un nuevo capitán buscador, Cedric Diggory...

De repente, Angelina, Alicia y Katie soltaron una carcajada.

—¿Qué? —preguntó Wood, frunciendo la frente ante aquella actitud.

—Es ese chico alto y guapo, ¿verdad? —preguntó Angelina.

—¡Y tan fuerte y callado! —añadió Katie, y volvieron a reírse.

—Es callado porque no es lo bastante inteligente para juntar dos palabras —dijo Fred—. No sé qué te preocupa, Oliver. Los de Hufflepuff son pan comido. La última vez que jugamos con ellos, Harry cogió la snitch al cabo de unos cinco minutos, ¿no se acuerdan?

144

—¡Jugábamos en condiciones muy distintas! —gritó Wood, con los ojos muy abiertos—. Diggory ha mejorado mucho el equipo. ¡Es un buscador excelente! ¡Ya sospechaba que se lo tomarían así! ¡No debemos confiarnos! ¡Hay que tener bien claro el objetivo! ¡Slytherin intenta pillarnos desprevenidos! ¡Hay que ganar!

—Tranquilízate, Oliver —dijo Fred alarmado—. Nos tomamos muy en serio a Hufflepuff. Muy en serio.

El día anterior al partido, el viento se convirtió en un huracán y la lluvia cayó con más fuerza que nunca. Estaba tan oscuro dentro de los corredores y las aulas que se encendieron más antorchas y faroles. El equipo de Slytherin se daba aires, especialmente Malfoy.

—¡Ah, si mi brazo estuviera mejor! —suspiraba mientras el viento golpeaba las ventanas.

Harry no tenía sitio en la cabeza para preocuparse por otra cosa que el partido del día siguiente. Entre clase y clase, Oliver Wood se le acercaba a toda prisa para darle consejos. La tercera vez que sucedió, Wood habló tanto que Harry se dio cuenta de pronto de que llegaba diez minutos tarde a la clase de Defensa Contra las Artes Oscuras, y echó a correr mientras Wood le gritaba:

—¡Diggory tiene un regate muy rápido, Harry! Tendrás que hacerle una vaselina...

Harry frenó al llegar a la puerta del aula de Defensa Contra las Artes Oscuras, la abrió y entró apresuradamente.

—Lamento llegar tarde, profesor Lupin. Yo...

Pero no era Lupin quien lo miraba desde la mesa del profesor; era Snape.

—La clase ha comenzado hace diez minutos, Potter. Así que creo que descontaremos a Gryffindor diez puntos. Siéntate.

Pero Harry no se movió.

—¿Dónde está el profesor Lupin? —preguntó.

—No se encuentra bien para dar clase hoy —dijo Snape con una sonrisa contrahecha—. Creo que te he dicho que te sientes.

Pero Harry permaneció donde estaba.

—¿Qué le ocurre?

A Snape le brillaron sus ojos negros.

—Nada que ponga en peligro su vida —dijo como si deseara lo contrario—. Cinco puntos menos para Gryffindor y si te tengo que volver a decir que te sientes serán cincuenta.

Harry se fue despacio hacia su sitio y se sentó. Snape miró a la clase.

—Como decía antes de que nos interrumpiera Potter, el profesor Lupin no ha dejado ninguna información acerca de los temas que han estudiado hasta ahora...

—Hemos estudiado los boggarts, los gorros rojos, los *kappas* y los *grindylow*s —informó Hermione rápidamente—, y estábamos a punto de comenzar...

—Cállate —dijo Snape fríamente—. No te he preguntado. Sólo comentaba la falta de organización del profesor Lupin.

—Es el mejor profesor de Defensa Contra las Artes Oscuras que hemos tenido —dijo Dean Thomas con atrevimiento, y la clase expresó su conformidad con murmullos. Snape puso el gesto más amenazador que le habían visto.

—Son fáciles de complacer. Lupin apenas les exige esfuerzo... Yo daría por hecho que los de primer curso son ya capaces de manejarse con los gorros rojos y los *grindylow*s. Hoy veremos...

Harry lo vio hojear el libro de texto hasta llegar al último capítulo, que debía de imaginarse que no habían visto.

—... los hombres lobo —concluyó Snape.

—Pero profesor —dijo Hermione, que parecía incapaz de contenerse—, todavía no podemos llegar a los hombres lobo. Está previsto comenzar con los *hinkypunks*...

—Señorita Granger —dijo Snape con voz calmada—, creía que era yo y no tú quien daba la clase. Ahora, abran todos el libro por la página 394. —Miró a la clase—: Todos. Ya.

Con miradas de soslayo y un murmullo de descontento, abrieron los libros.

—¿Quién de ustedes puede decirme cómo podemos distinguir entre el hombre lobo y el lobo auténtico?

Todos se quedaron en completo silencio. Todos excepto Hermione, cuya mano, como de costumbre, estaba levantada.

—¿Nadie? —preguntó Snape, sin prestar atención a Hermione. La sonrisa contrahecha había vuelto a su rostro—. ¿Es que el profesor Lupin no les ha enseñado ni siquiera la distinción básica entre...?

—Ya se lo hemos dicho —dijo de repente Parvati—. No hemos llegado a los hombres lobo. Estamos todavía por...

—¡Silencio! —gruñó Snape—. Bueno, bueno, bueno... Nunca creí que encontraría una clase de tercero que ni siquiera fuera capaz de reconocer a un hombre lobo. Me encargaré de informar al profesor Dumbledore de lo atrasados que están todos...

—Por favor, profesor —dijo Hermione, que seguía con la mano levantada—. El hombre lobo difiere del verdadero lobo en varios detalles: el hocico del hombre lobo...

—Es la segunda vez que hablas sin que te corresponda, señorita Granger —dijo Snape con frialdad—. Cinco puntos menos para Gryffindor por ser una sabelotodo insufrible.

Hermione se puso muy colorada, bajó la mano y miró al suelo, con los ojos llenos de lágrimas. Un indicio de hasta qué punto odiaban todos a Snape era que lo estaban fulminando con la mirada. Todos, en alguna ocasión, habían llamado sabelotodo a Hermione, y Ron, que lo hacía por lo menos dos veces a la semana, dijo en voz alta:

—Usted nos ha hecho una pregunta y ella le ha respondido. ¿Por qué pregunta si no quiere que se le responda?

Sus compañeros comprendieron al instante que había ido demasiado lejos.

—Te quedarás castigado, Weasley —dijo Snape con voz suave y acercando el rostro al de Ron—. Y si vuelvo a oírte criticar mi manera de dar clase, te arrepentirás.

Nadie se movió durante el resto de la clase. Siguió cada uno en su sitio, tomando notas sobre los hombres lobo del libro de texto, mientras Snape rondaba entre las filas de pupitres examinando el trabajo que habían estado haciendo con el profesor Lupin.

—Muy pobremente explicado... Esto es incorrecto... El *kappa* se encuentra sobre todo en Mongolia... ¿El profesor Lupin te puso un ocho? Yo no te habría puesto más de un tres.

Cuando el timbre sonó por fin, Snape los retuvo:

—Escribirán una redacción de dos pergaminos sobre las maneras de reconocer y matar a un hombre lobo. Para el lunes por la mañana. Ya es hora de que alguien meta en cintura a esta clase. Weasley, quédate, tenemos que hablar sobre tu castigo.

Harry y Hermione abandonaron el aula con los demás alumnos, que esperaron a encontrarse fuera del alcance de los oídos de Snape para estallar en críticas contra él.

—Snape nunca ha actuado así con ninguno de los otros profesores de Defensa Contra las Artes Oscuras, aunque quisiera el puesto —comentó Harry a Hermione—. ¿Por qué le tiene ojeriza a Lupin? ¿Será por lo del boggart?

—No sé —dijo Hermione pensativamente—. Pero espero que el profesor Lupin se recupere pronto.

Ron los alcanzó cinco minutos más tarde, muy enfadado.

—¿Saben lo que ese... (llamó a Snape algo que escandalizó a Hermione) me ha mandado? Tengo que lavar los orinales de la enfermería. ¡Sin magia! —dijo con la respiración alterada. Tenía los puños fuertemente cerrados—. ¿Por qué no podía haberse ocultado Black en el despacho de Snape, eh? ¡Podía haber acabado con él!

Al día siguiente, Harry se despertó muy temprano. Tan temprano que todavía estaba oscuro. Por un instante creyó que lo había despertado el ruido del viento. Luego sintió una brisa fría en la nuca y se incorporó en la cama. Peeves flotaba a su lado, soplándole en la oreja.

—¿Por qué has hecho eso? —le preguntó Harry enfadado.

Peeves hinchó los carrillos, sopló muy fuerte y salió del dormitorio hacia atrás, a toda prisa, riéndose.

Harry tanteó en busca de su despertador y lo miró: eran las cuatro y media. Echando pestes de Peeves, se dio la vuelta y procuró volver a dormirse. Pero una vez despierto fue difícil olvidar el ruido de los truenos que retumbaban por encima de su cabeza, los embates del viento contra los muros del castillo y el lejano crujir de los árboles en el bosque prohibido. Unas horas después se hallaría allí fuera, en el campo de quidditch, batallando en medio del temporal. Finalmente, renunció a su propósito de volver a dormirse, se levantó, se vistió, cogió su Nimbus 2.000 y salió silenciosamente del dormitorio.

Cuando Harry abrió la puerta, algo le rozó la pierna. Se agachó con el tiempo justo de coger a *Crookshanks* por el extremo de la cola peluda y sacarlo a rastras.

—¿Sabes? Creo que Ron tiene razón sobre ti —le dijo Harry receloso—. Hay muchos ratones por aquí. Ve a cazarlos. Vamos —añadió, echando a *Crookshanks* con el pie, para que bajara por la escalera de caracol—. Deja en paz a *Scabbers*.

El ruido de la tormenta era más fuerte en la sala común. Harry tenía demasiada experiencia para creer que se cancelaría el partido. Los partidos de quidditch no se cancelaban por nimiedades como una tormenta. Sin embargo, empezaba a preocuparse. Wood le había indicado quién era Cedric Diggory en el corredor; Diggory estaba en quinto y era mucho mayor que Harry. Los buscadores solían ser ligeros y veloces, pero el peso de Diggory sería una ventaja con aquel tiempo, porque tendría muchas menos posibilidades de que el viento le desviara el rumbo.

Harry pasó ante la chimenea las horas que quedaban hasta el amanecer. De vez en cuando se levantaba para evitar que *Crookshanks* volviera a escabullirse por la escalera que llevaba al dormitorio de los chicos. Al cabo de un tiempo le pareció a Harry que ya era la hora del desayuno y se dirigió él solo hacia el retrato.

—¡En guardia, malandrín! —lo retó sir Cadogan.

—Cállate ya —contestó Harry, bostezando.

Se reanimó algo tomando un plato grande de hojuelas de avena y cuando ya había empezado con las tostadas, apareció el resto del equipo.

—Va a ser difícil —dijo Wood, sin probar bocado.

—Deja de preocuparte, Oliver —lo tranquilizó Alicia—. No nos asustamos por un poquito de lluvia.

Pero era bastante más que un poquito de lluvia. El quidditch era tan popular que todo el colegio salió a ver el partido, como de costumbre. Corrían por el césped hasta el campo de quidditch, con la cabeza agachada contra el feroz viento que arrancaba los paraguas de las manos. Poco antes de entrar en el vestuario, Harry vio a Malfoy, a Crabbe y a Goyle camino del campo de quidditch; cubiertos por un enorme paraguas, lo señalaban y se reían.

Los miembros del equipo se pusieron la túnica escarlata y aguardaron la habitual arenga de Wood, pero ésta no se produjo. Wood intentó varias veces hablarles, tragó saliva con un ruido extraño, cabeceó desesperanzado y les indicó por señas que lo siguieran.

El viento era tan fuerte que se tambalearon al entrar en el campo. A causa del retumbar de los truenos, no podían saber si la multitud los aclamaba. La lluvia rociaba los cristales de las gafas de Harry. ¿Cómo demonios iba a ver la snitch en aquellas condiciones?

Los de Hufflepuff se aproximaron desde el otro extremo del campo, con la túnica amarillo canario. Los capitanes de ambos equipos se acercaron y se estrecharon la mano. Diggory sonrió a Wood, pero Wood parecía tener ahora la mandíbula encajada y se limitó a hacer un gesto con la cabeza. Harry vio que la boca de la señora Hooch articulaba:

—Monten en las escobas.

Harry sacó del barro el pie derecho y pasó la pierna por encima de la Nimbus 2.000. La señora Hooch se llevó el silbato a los labios y dio un pitido que sonó distante y estridente... Dio comienzo el partido.

Harry se elevó rápidamente, pero la Nimbus 2.000 oscilaba a causa del viento. La sostuvo tan firmemente como pudo y dio media vuelta de cara a la lluvia, con los ojos entornados.

Al cabo de cinco minutos, Harry estaba calado hasta los huesos y helado de frío. Apenas podía ver a sus compañeros de equipo y menos aún la pequeña snitch. Atravesó el campo de un lado a otro, adelantando bultos rojos y amarillos, sin idea de lo que sucedía. El viento no le permitía oír los comentarios. La multitud estaba oculta bajo un mar de capas y de paraguas maltrechos. En dos ocasiones estuvo a punto de ser derribado por una bludger. Su visión estaba tan limitada por el agua de las gafas que no las vio acercarse.

Perdió la noción del tiempo. Era cada vez más difícil sujetar la escoba con firmeza. El cielo se oscureció, como si hubiera llegado la noche en plena mañana. Dos veces estuvo a punto de chocar contra otro jugador, que no sabía si era de su equipo o del oponente. Todos estaban ahora tan calados, y la lluvia era tan densa, que apenas podía distinguirlos...

Con el primer relámpago llegó el pitido del silbato de la señora Hooch. Harry sólo pudo ver a través de la densa lluvia la silueta de Wood, que le indicaba por señas que descendiera. Todo el equipo aterrizó en el barro, salpicando.

—¡He pedido tiempo muerto! —gritó a sus jugadores—. Vengan aquí debajo.

Se apretaron en el borde del campo, debajo de un enorme paraguas. Harry se quitó las gafas y se las limpió con la túnica.

—¿Cuál es la puntuación?

—Cincuenta puntos a nuestro favor. Pero si no atrapamos la snitch, seguiremos jugando hasta la noche.

—Con esto me resulta imposible —respondió Harry, blandiendo las gafas.

En ese instante apareció Hermione a su lado. Se tapaba la cabeza con la capa e, inexplicablemente, estaba sonriendo.

—¡Tengo una idea, Harry! ¡Dame tus gafas, rápido!

Se las entregó, y ante la mirada de sorpresa del equipo, golpeó las gafas con su varita y dijo:

—*Impervius*. —Y se las devolvió a Harry diciendo—: Ahí las tienes: ¡repelerán el agua!

Wood la hubiera besado:

—¡Magnífico! —exclamó emocionado, mientras ella se alejaba—. ¡De acuerdo, vamos a ello!

El hechizo de Hermione funcionó. Harry seguía entumecido por el frío y más empapado que nunca en su vida, pero podía ver. Lleno de una renovada energía, aceleró la escoba a través del aire turbulento buscando en todas direcciones la snitch, esquivando una bludger, pasando por debajo de Diggory, que volaba en dirección contraria...

Brilló otro rayo, seguido por el retumbar de un trueno. La cosa se ponía cada vez más peligrosa. Harry tenía que atrapar la snitch cuanto antes...

Se volvió, intentando regresar hacia la mitad del campo, pero en ese momento otro relámpago iluminó las gradas y Harry vio algo que lo distrajo completamente: la silueta de un enorme y lanudo perro negro, claramente perfilada contra el cielo, inmóvil en la parte superior y más vacía de las gradas.

Las manos entumecidas le resbalaron por el palo de la escoba y la Nimbus descendió varios metros. Retirándose de los ojos el mechón empapado, volvió a mirar hacia las gradas: el perro había desaparecido.

—¡Harry! —gritó Wood angustiado, desde los postes de Gryffindor—. ¡Harry, detrás de ti!

Harry miró hacia atrás con los ojos abiertos de par en par. Cedric Diggory atravesaba el campo a toda velocidad, y entre ellos, en el aire cuajado de lluvia, brillaba una diminuta bola dorada...

Con un sobresalto, Harry pegó el cuerpo al palo de la escoba y se lanzó hacia la snitch como una bala.

—¡Vamos! —gritó a la Nimbus, al mismo tiempo que la lluvia le azotaba la cara—. ¡Más rápido!

Pero algo extraño pasaba. Un inquietante silencio caía sobre el estadio. Ya no se oía el viento, aunque soplaba tan fuerte como antes. Era como si alguien hubiera quitado el sonido, o como si Harry se hubiera vuelto sordo de repente. ¿Qué sucedía?

Y entonces le penetró en el cuerpo una ola de frío horrible y ya conocida, exactamente en el momento en que veía algo que se movía por el campo, debajo de él. Antes de que pudiera pensar, Harry había apartado la vista de la snitch y había mirado hacia abajo. Abajo había al menos cien dementores, con el rostro tapado, y todos señalándole. Fue como si le subiera agua helada por el pecho y le cortara por dentro. Y entonces volvió a oírlo... Alguien gritaba dentro de su cabeza..., una mujer...

—*A Harry no. A Harry no. A Harry no, por favor.*

—*Apártate, estúpida... apártate...*

—*A Harry no. Te lo ruego, no. Cógeme a mí. Mátame a mí en su lugar...*

A Harry se le había enturbiado el cerebro con una especie de niebla blanca. ¿Qué hacía? ¿Por qué montaba una escoba voladora? Tenía que ayudarla. La mujer iba a morir, la iban a matar...

Harry caía, caía entre la niebla helada.

—*A Harry no, por favor. Ten piedad, te lo ruego, ten piedad...*

Alguien de voz estridente estalló en carcajadas. La mujer gritaba y Harry no se enteró de nada más.


—Ha tenido suerte de que el terreno estuviera blando.

—Creí que se había matado.

—¡Pero si ni siquiera se ha roto las gafas!

Harry oía las voces, pero no encontraba sentido a lo que decían. No tenía ni idea de dónde se hallaba, ni de por qué se encontraba en aquel lugar, ni de qué hacía antes de aquel momento. Lo único que sabía era que le dolía cada centímetro del cuerpo como si le hubieran dado una paliza.

—Es lo más pavoroso que he visto en mi vida.

Horrible... Lo más pavoroso... Figuras negras con capucha... Frío... Gritos...

Harry abrió los ojos de repente. Estaba en la enfermería. El equipo de quidditch de Gryffindor, lleno de barro, rodeaba la cama. Ron y Hermione estaban allí también y parecían haber salido de la ducha.

—¡Harry! —exclamó Fred, que parecía exageradamente pálido bajo el barro—. ¿Cómo te encuentras?

La memoria de Harry fue recuperando los acontecimientos por orden: el relámpago..., el *Grim*..., la snitch..., y los dementores.

—¿Qué sucedió? —dijo incorporándose en la cama, tan de repente que los demás ahogaron un grito.

—Te caíste —explicó Fred—. Debieron de ser... ¿cuántos? ¿Veinte metros?

—Creímos que te habías matado —dijo Alicia, temblando.

Hermione dio un gritito. Tenía los ojos rojos.

—Pero el partido —preguntó Harry—, ¿cómo acabó? ¿Se repetirá?

Nadie respondió. La horrible verdad cayó sobre Harry como una losa.

—¿No habremos... perdido?

—Diggory atrapó la snitch —respondió George— poco después de que te cayeras. No se dio cuenta de lo que pasaba. Cuando miró hacia atrás y te vio en el suelo, quiso que se anulara. Quería que se repitiera el partido. Pero ganaron limpiamente. Incluso Wood lo ha admitido.

—¿Dónde está Wood? —preguntó Harry de repente, notando que no estaba allí.

—Sigue en las duchas —dijo Fred—. Parece que quiere ahogarse.

Harry acercó la cara a las rodillas y se cogió el pelo con las manos. Fred le puso la mano en el hombro y lo zarandeó bruscamente.

—Vamos, Harry, es la primera vez que no atrapas la snitch.

—Tenía que ocurrir alguna vez —dijo George.

—Todavía no ha terminado —dijo Fred—. Hemos perdido por cien puntos, ¿no? Si Hufflepuff pierde ante Ravenclaw y nosotros ganamos a Ravenclaw, y Slytherin...

—Hufflepuff tendrá que perder al menos por doscientos puntos —dijo George.

—Pero si ganan a Ravenclaw...

—Eso no puede ser. Los de Ravenclaw son muy buenos.

—Pero si Slytherin pierde frente a Hufflepuff...

—Todo depende de los puntos... Un margen de cien, en cualquier caso...

Harry guardaba silencio. Habían perdido. Por primera vez en su vida, había perdido un partido de quidditch.

Después de unos diez minutos, la señora Pomfrey llegó para mandarles que lo dejaran descansar.

—Luego vendremos a verte —le dijo Fred—. No te tortures, Harry. Sigues siendo el mejor buscador que hemos tenido.

El equipo salió en tropel, dejando el suelo manchado de barro. La señora Pomfrey cerró la puerta detrás del último, con cara de mal humor. Ron y Hermione se acercaron un poco más a la cama de Harry.

—Dumbledore estaba muy enfadado —dijo Hermione con voz temblorosa—. Nunca lo había visto así. Corrió al campo mientras tú caías, agitó la varita mágica y entonces se redujo la velocidad de tu caída. Luego apuntó a los dementores con la varita y les arrojó algo plateado. Abandonaron inmediatamente el estadio... Lo puso furioso que hubieran entrado en el campo... lo oímos...

—Entonces te puso en una camilla por arte de magia —explicó Ron—. Y te llevó al colegio flotando en la camilla. Todos pensaron que estabas...

Su voz se apagó, pero Harry apenas se dio cuenta. Pensaba en lo que le habían hecho los dementores, en la voz que suplicaba. Alzó los ojos y vio a Hermione y a Ron tan preocupados que rápidamente buscó algo que decir.

—¿Recogió alguien la Nimbus?

Ron y Hermione se miraron.

—Eh...

—¿Qué pasa? —preguntó Harry.

—Bueno, cuando te caíste... se la llevó el viento —dijo Hermione con voz vacilante.

—¿Y?

—Y chocó... chocó... contra el sauce boxeador.

Harry sintió un pinchazo en el estómago. El sauce boxeador era un sauce muy violento que estaba solo en mitad del terreno del colegio.

—¿Y? —preguntó, temiendo la respuesta.

—Bueno, ya sabes que al sauce boxeador —dijo Ron— no le gusta que lo golpeen.

—El profesor Flitwick la trajo poco antes de que recuperaras el conocimiento —explicó Hermione en voz muy baja.

Se agachó muy despacio para coger una bolsa que había a sus pies, le dio la vuelta y puso sobre la cama una docena de astillas de madera y ramitas, lo que quedaba de la fiel y finalmente abatida escoba de Harry.

# 10

# El mapa del merodeador

La seño a Pomf ey insistió en que Ha y se queda a en la
enfe me ía el fin de semana. El muchacho no se quejó, pe o
no le pe mitió que ti a a los estos de la Nimbus 2.000. Sabía que e a una tonte ía y que la Nimbus no podía epa a -
se, pe o Ha y no podía evita lo. E a como pe de a uno de
sus mejo es amigos.

Lo visitó gente sin pa a , todos con la intención de infun-
di le ánimos. Hag id le cnvió unas flo es llenas de tije etas y
que pa ecían coles ama illas, y Ginny Weasley, son ojada,
apa eció con una ta jeta de saludo que ella misma había hecho y que cantaba con voz est idente salvo cuando se ce aba
y se metía debajo del f ute o.

El equipo de G yffindo volvió a visita lo el domingo po
la mañana, esta vez con Wood, que asegu ó a Ha y con voz
de ult atumba que no lo culpaba en absoluto. Ron y He mione no se iban hasta que llegaba la noche. Pe o nada de cuanto dije a o hiciese nadie podía alivia a Ha y, po que los demás sólo conocían la mitad de lo que le p eocupaba.

No había dicho nada a nadie ace ca del *Grim*, ni siquie-
a a Ron y a He mione, po que sabía que Ron se asusta ía y
He mione se bu la ía. El hecho e a, sin emba go, que el
*Grim* se le había apa ecido dos veces y en las dos ocasiones
había habido accidentes casi fatales. La p ime a casi lo había at opellado el autobús noctámbulo. La segunda había
caído de veinte met os de altu a. ¿Iba a acosa lo el *Grim*
hasta la mue te? ¿Iba a pasa él el esto de su vida espe an-
do las apa iciones del animal?

Y luego estaban los dementores. Harry se sentía muy humillado cada vez que pensaba en ellos. Todo el mundo decía que los dementores eran espantosos, pero nadie se desmayaba al verlos... Nadie más oía en su cabeza el eco de los gritos de sus padres antes de morir.

Porque Harry sabía ya de quién era aquella voz que gritaba. En la enfermería, desvelado durante la noche, contemplando las rayas que la luz de la luna dibujaba en el techo, oía sus palabras una y otra vez. Cuando se le acercaban los dementores, oía los últimos gritos de su madre, su afán por protegerlo de lord Voldemort, y las carcajadas de lord Voldemort antes de matarla... Harry dormía irregularmente, sumergiéndose en sueños plagados de manos corruptas y viscosas y de gritos de terror, y se despertaba sobresaltado para volver a oír los gritos de su madre.

Fue un alivio regresar el lunes al bullicio del colegio, donde estaba obligado a pensar en otras cosas, aunque tuviera que soportar las burlas de Draco Malfoy. Malfoy no cabía en sí de gozo por la derrota de Gryffindor. Por fin se había quitado las vendas y lo había celebrado parodiando la caída de Harry. La mayor parte de la siguiente clase de Pociones la pasó Malfoy imitando por toda la mazmorra a los dementores. Llegó un momento en que Ron no pudo soportarlo más y le arrojó un corazón de cocodrilo grande y viscoso. Le dio en la cara y consiguió que Snape le quitara cincuenta puntos a Gryffindor.

—Si Snape vuelve a dar la clase de Defensa Contra las Artes Oscuras, me pondré enfermo —explicó Ron, mientras se dirigían al aula de Lupin, tras el almuerzo—. Mira a ver quién está, Hermione.

Hermione se asomó al aula.

—¡Estupendo!

El profesor Lupin había vuelto al aula. Ciertamente, tenía aspecto de convaleciente. Las togas de siempre le quedaban grandes y tenía ojeras. Sin embargo, sonrió a los alumnos mientras se sentaban, y ellos prorrumpieron inmediatamente en quejas sobre el comportamiento de Snape durante la enfermedad de Lupin.

—No es justo. Sólo estaba haciendo una sustitución. ¿Por qué tenía que mandarnos trabajo?

—No sabemos nada sobre los hombres lobo...

—¡... dos pergaminos!

—¿Le dijeron al profesor Snape que todavía no habíamos llegado ahí? —preguntó el profesor Lupin, frunciendo un poco el entrecejo.

Volvió a producirse un barullo.

—Sí, pero dijo que íbamos muy atrasados...

—... no nos escuchó...

—¡... dos pergaminos!

El profesor Lupin sonrió ante la indignación que se dibujaba en todas las caras.

—No se preocupen. Hablaré con el profesor Snape. No tendrán que hacer el trabajo.

—¡Oh, no! —exclamó Hermione, decepcionada—. ¡Yo ya lo he terminado!

Tuvieron una clase muy agradable. El profesor Lupin había llevado una caja de cristal que contenía un *hinkypunk*, una criatura pequeña de una sola pata que parecía hecha de humo, enclenque y aparentemente inofensiva.

—Atrae a los viajeros a las ciénagas —dijo el profesor Lupin mientras los alumnos tomaban apuntes—. ¿Ven el farol que le cuelga de la mano? Le sale al paso, el viajero sigue la luz y entonces...

El *hinkypunk* produjo un chirrido horrible contra el cristal.

Al sonar el timbre, todos, Harry entre ellos, recogieron sus cosas y se dirigieron a la puerta, pero...

—Espera un momento, Harry —le dijo Lupin—, me gustaría hablar un momento contigo.

Harry volvió sobre sus pasos y vio al profesor cubrir la caja del *hinkypunk*.

—Me han contado lo del partido —dijo Lupin, volviendo a su mesa y metiendo los libros en su maletín—. Y lamento mucho lo de tu escoba. ¿Será posible arreglarla?

—No —contestó Harry—, el árbol la hizo trizas.

Lupin suspiró.

—Plantaron el sauce boxeador el mismo año que llegué a Hogwarts. La gente jugaba a un juego que consistía en aproximarse lo suficiente para tocar el tronco. Un chico llamado Davey Gudgeon casi perdió un ojo y se nos prohibió acercarnos. Ninguna escoba habría salido airosa.

—¿Ha oído también lo de los dementores? —dijo Harry, haciendo un esfuerzo.

Lupin le dirigió una mirada rápida.

—Sí, lo oí. Creo que nadie ha visto nunca tan enfadado al profesor Dumbledore. Están cada vez más rabiosos porque Dumbledore se niega a dejarlos entrar en los terrenos del colegio... Fue la razón por la que te caíste, ¿no?

—Sí —respondió Harry. Dudó un momento y se le escapó la pregunta que le rondaba por la cabeza—. ¿Por qué? ¿Por qué me afectan de esta manera? ¿Acaso soy...?

—No tiene nada que ver con la cobardía —dijo el profesor Lupin tajantemente, como si le hubiera leído el pensamiento—. Los dementores te afectan más que a los demás porque en tu pasado hay cosas horribles que los demás no tienen. —Un rayo de sol invernal cruzó el aula, iluminando el cabello gris de Lupin y las líneas de su joven rostro—. Los dementores están entre las criaturas más nauseabundas del mundo. Infestan los lugares más oscuros y más sucios. Disfrutan con la desesperación y la destrucción ajenas, se llevan la paz, la esperanza y la alegría de cuanto los rodea. Incluso los muggles perciben su presencia, aunque no pueden verlos. Si alguien se acerca mucho a un dementor, éste le quitará hasta el último sentimiento positivo y hasta el último recuerdo dichoso. Si puede, el dementor se alimentará de él hasta convertirlo en su semejante: en un ser desalmado y maligno. Lo dejará sin otra cosa que las peores experiencias de su vida. Y el peor de tus recuerdos, Harry, es tan horrible que derribaría a cualquiera de su escoba. No tienes de qué avergonzarte.

—Cuando hay alguno cerca de mí... —Harry miró la mesa de Lupin, con los músculos del cuello tensos— oigo el momento en que Voldemort mató a mi madre.

Lupin hizo con el brazo un movimiento repentino, como si fuera a coger a Harry por el hombro, pero lo pensó mejor. Hubo un momento de silencio y luego...

—¿Por qué acudieron al partido? —preguntó Harry con tristeza.

—Están hambrientos —explicó Lupin tranquilamente, cerrando el maletín, que dio un chasquido—. Dumbledore no los deja entrar en el colegio, de forma que su suministro de presas humanas se ha agotado... Supongo que no pudieron resistirse a la gran multitud que había en el estadio. Toda aquella emoción... El ambiente caldeado... Para ellos, tenía que ser como un banquete.

—Azkaban debe de ser horrible —masculló Harry.

Lupin asintió con melancolía.

—La fortaleza está en una pequeña isla, perdida en el mar. Pero no hacen falta muros ni agua para tener a los presos encerrados, porque todos están atrapados dentro de su propia cabeza, incapaces de tener un pensamiento alegre. La mayoría enloquece al cabo de unas semanas.

—Pero Sirius Black escapó —dijo Harry despacio—. Escapó...

El maletín de Lupin cayó de la mesa. Tuvo que inclinarse para recogerlo:

—Sí —dijo incorporándose—. Black debe de haber descubierto la manera de hacerles frente. Yo no lo habría creído posible... En teoría, los dementores quitan al brujo todos sus poderes si están con él el tiempo suficiente.

—Usted ahuyentó en el tren a aquel dementor —dijo Harry de repente.

—Hay algunas defensas que uno puede utilizar —explicó Lupin—. Pero en el tren sólo había un dementor. Cuantos más hay, más difícil resulta defenderse.

—¿Qué defensas? —preguntó Harry inmediatamente—. ¿Puede enseñarme?

—No soy ningún experto en la lucha contra los dementores, Harry. Más bien lo contrario...

—Pero si los dementores acuden a otro partido de quidditch, tengo que tener algún arma contra ellos.

Lupin vio a Harry tan decidido que dudó un momento y luego dijo:

—Bueno, de acuerdo. Intentaré ayudarte. Pero me temo que no podrá ser hasta el próximo trimestre. Tengo mucho que hacer antes de las vacaciones. Elegí un momento muy inoportuno para caer enfermo.


Con la promesa de que Lupin le daría clases antidementores, la esperanza de que tal vez no tuviera que volver a oír la muerte de su madre, y la derrota que Ravenclaw infligió a Hufflepuff en el partido de quidditch de finales de noviembre, el estado de ánimo de Harry mejoró mucho. Gryffindor no había perdido todas las posibilidades de ganar la copa, aunque tampoco podían permitirse otra derrota. Wood recuperó su energía obsesiva y entrenó al equipo con la dureza de costumbre bajo la fría llovizna que persistió durante todo el mes de diciembre. Harry no vio la menor señal de los dementores dentro del recinto del colegio. La ira de Dumbledore parecía mantenerlos en sus puestos, en las entradas.

Dos semanas antes de que terminara el trimestre, el cielo se aclaró de repente, volviéndose de un deslumbrante blanco opalino, y los terrenos embarrados aparecieron una mañana cubiertos de escarcha. Dentro del castillo había ambiente navideño. El profesor Flitwick, que daba Encantamientos, ya había decorado su aula con luces brillantes que resultaron ser hadas de verdad, que revoloteaban. Los alumnos comentaban entusiasmados sus planes para las vacaciones. Ron y Hermione habían decidido quedarse en Hogwarts, y aunque Ron dijo que era porque no podía aguantar a Percy durante dos semanas, y Hermione alegó que necesitaba utilizar la biblioteca, no consiguieron engañar a Harry: se quedaban para hacerle compañía y él se sintió muy agradecido.

Para satisfacción de todos menos de Harry, estaba programada otra salida a Hogsmeade para el último fin de semana del trimestre.

—¡Podemos hacer allí todas las compras de Navidad! —dijo Hermione—. ¡A mis padres les encantaría el hilo dental mentolado de Honeydukes!

Resignado a ser el único de tercero que no iría, Harry le pidió prestado a Wood su ejemplar de *El mundo de la escoba*, y decidió pasar el día informándose sobre los diferentes modelos. En los entrenamientos había montado en una de las escobas del colegio, una antigua Estrella Fugaz muy lenta que volaba a trompicones; estaba claro que necesitaba una escoba propia.

La mañana del sábado de la excursión, se despidió de Ron y de Hermione, envueltos en capas y bufandas, y subió solo la escalera de mármol que conducía a la torre de Gryffindor. Había empezado a nevar y el castillo estaba muy tranquilo y silencioso.

—¡Pss, Harry!

Se dio la vuelta a mitad del corredor del tercer piso y vio a Fred y a George que lo miraban desde detrás de la estatua de una bruja tuerta y jorobada.

—¿Qué hacen? —preguntó Harry con curiosidad—. ¿Cómo es que no están camino de Hogsmeade?

—Hemos venido a darte un poco de alegría antes de irnos —le dijo Fred guiñándole el ojo misteriosamente—. Entra aquí...

Le señaló con la cabeza un aula vacía que estaba a la izquierda de la estatua de la bruja. Harry entró detrás de Fred y George. George cerró la puerta sigilosamente y se volvió, mirando a Harry con una amplia sonrisa.

—Un regalo navideño por adelantado, Harry —dijo.

Fred sacó algo de debajo de la capa y lo puso en una mesa, haciendo con el brazo un ademán rimbombante. Era un pergamino grande, cuadrado, muy desgastado. No tenía nada escrito. Harry, sospechando que fuera una de las bromas de Fred y George, lo miró con detenimiento.

—¿Qué es?

—Esto, Harry, es el secreto de nuestro éxito —dijo George, acariciando el pergamino.

—Nos cuesta desprendernos de él —dijo Fred—. Pero anoche llegamos a la conclusión de que tú lo necesitas más que nosotros.

—De todas formas, nos lo sabemos de memoria. Tuyo es. A nosotros ya no nos hace falta.

—¿Y para qué necesito un pergamino viejo? —preguntó Harry.

—¡Un pergamino viejo! —exclamó Fred, cerrando los ojos y haciendo una mueca de dolor, como si Harry lo hubiera ofendido gravemente—. Explícaselo, George.

—Bueno, Harry... cuando estábamos en primero... y éramos jóvenes, despreocupados e inocentes... —Harry se rió. Dudaba que Fred y George hubieran sido inocentes alguna vez—. Bueno, más inocentes de lo que somos ahora... tuvimos un pequeño problema con Filch.

—Tiramos una bomba fétida en el pasillo y se molestó.

—Así que nos llevó a su despacho y empezó a amenazarnos con el habitual...

—... castigo...

—... de descuartizamiento...

—... y fue inevitable que viéramos en uno de sus archivadores un cajón en que ponía «Confiscado y altamente peligroso».

—No me digan... —dijo Harry sonriendo.

—Bueno, ¿qué habrías hecho tú? —preguntó Fred—. George se encargó de distraerlo lanzando otra bomba fétida, yo abrí a toda prisa el cajón y cogí... esto.

—No fue tan malo como parece —dijo George—. Creemos que Filch no sabía utilizarlo. Probablemente sospechaba lo que era, porque si no, no lo habría confiscado.

—¿Y saben utilizarlo?

—Sí —dijo Fred, sonriendo con complicidad—. Esta pequeña maravilla nos ha enseñado más que todos los profesores del colegio.

—Me están tomando el pelo —dijo Harry, mirando el pergamino.

—Ah, ¿sí? ¿Te estamos tomando el pelo? —dijo George.

Sacó la varita, tocó con ella el pergamino y pronunció:

—Juro solemnemente que mis intenciones no son buenas.

E inmediatamente, a partir del punto en que había tocado la varita de George, empezaron a aparecer unas finas líneas de tinta, como filamentos de telaraña. Se unieron unas con otras, se cruzaron y se abrieron en abanico en cada una de las esquinas del pergamino. Luego empezaron a aparecer palabras en la parte superior. Palabras en caracteres grandes, verdes y floreados que proclamaban:

Los señores Lunático, Colagusano, Canuto y Cornamenta
proveedores de artículos para magos traviesos
están orgullosos de presentar
EL MAPA DEL MERODEADOR

Era un mapa que mostraba cada detalle del castillo de Hogwarts y de sus terrenos. Pero lo más extraordinario eran las pequeñas motas de tinta que se movían por él, cada una etiquetada con un nombre escrito con letra diminuta. Estupefacto, Harry se inclinó sobre el mapa. Una mota de la esquina superior izquierda, etiquetada con el nombre del profesor Dumbledore, lo mostraba caminando por su estudio. La gata del portero, la *Señora Norris*, patrullaba por la segunda planta, y Peeves se hallaba en aquel momento en la sala de los trofeos, dando tumbos. Y mientras los ojos de Harry recorrían los pasillos que conocía, se percató de otra cosa: aquel mapa mostraba una serie de pasadizos en los que él no había entrado nunca. Muchos parecían conducir...

—Exactamente a Hogsmeade —dijo Fred, recorriéndolos con el dedo—. Hay siete en total. Ahora bien, Filch conoce estos cuatro. —Los señaló—. Pero nosotros estamos seguros de que nadie más conoce estos otros. Olvídate de éste de detrás del espejo de la cuarta planta. Lo hemos utilizado hasta el invierno pasado, pero ahora está completamente bloqueado. Y en cuanto a éste, no creemos que nadie lo haya utilizado nunca, porque el sauce boxeador está plantado justo en la entrada. Pero éste de aquí lleva directamente al sótano de Honeydukes. Lo hemos atravesado montones de veces. Y la entrada está al lado mismo de esta aula, como quizás hayas notado, en la joroba de la bruja tuerta.

—Lunático, Colagusano, Canuto y Cornamenta —suspiró George, señalando la cabecera del mapa—. Les debemos tanto...

—Hombres nobles que trabajaron sin descanso para ayudar a una nueva generación de quebrantadores de la ley —dijo Fred solemnemente.

—Bien —añadió George—. No olvides borrarlo después de haberlo utilizado.

—De lo contrario, cualquiera podría leerlo —dijo Fred en tono de advertencia.

—No tienes más que tocarlo con la varita y decir: «¡Travesura realizada!», y se quedará en blanco.

—Así que, joven Harry —dijo Fred, imitando a Percy admirablemente—, pórtate bien.

—Nos veremos en Honeydukes —le dijo George, guiñándole un ojo.

Salieron del aula sonriendo con satisfacción.

Harry se quedó allí, mirando el mapa milagroso. Vio que la mota de tinta que correspondía a la *Señora Norris* se volvía a la izquierda y se paraba a olfatear algo en el suelo. Si realmente Filch no lo conocía, él no tendría que pasar por el lado de los dementores. Pero incluso mientras permanecía allí, emocionado, recordó algo que en una ocasión había oído al señor Weasley: «No confíes en nada que piense si no ves dónde tiene el cerebro.»

Aquel mapa parecía uno de aquellos peligrosos objetos mágicos contra los que el señor Weasley les advertía. «Artículos para magos traviesos...» Ahora bien, meditó Harry, él sólo quería utilizarlo para ir a Hogsmeade. No era lo mismo que robar o atacar a alguien... Y Fred y George lo habían utilizado durante años sin que ocurriera nada horrible.

Harry recorrió con el dedo el pasadizo secreto que llevaba a Honeydukes.

Entonces, muy rápidamente, como si obedeciera una orden, enrolló el mapa, se lo escondió en la túnica y se fue a toda prisa hacia la puerta del aula. La abrió cinco centímetros. No había nadie allí fuera. Con mucho cuidado, salió del aula y se colocó detrás de la estatua de la bruja tuerta.

¿Qué tenía que hacer? Sacó de nuevo el mapa y vio con asombro que en él había aparecido una mota de tinta con el rótulo «Harry Potter». Esta mota se encontraba exactamente donde estaba el verdadero Harry, hacia la mitad del corredor de la tercera planta. Harry lo miró con atención. Su otro yo de tinta parecía golpear a la bruja con la varita. Rápidamente, Harry extrajo su varita y le dio a la estatua unos golpecitos. Nada ocurrió. Volvió a mirar el mapa. Al lado de la mota había un diminuto letrero, como un globo de historieta. Decía: «*Dissendio*.»

—¡*Dissendio*! —susurró Harry, volviendo a golpear con la varita la estatua de la bruja.

Inmediatamente, la joroba de la estatua se abrió lo suficiente para que pudiera pasar por ella una persona delgada. Harry miró a ambos lados del corredor, guardó el mapa, metió la cabeza por el agujero y se impulsó hacia delante. Se deslizó por un largo trecho de lo que parecía un tobogán de piedra y aterrizó en una tierra fría y húmeda. Se puso en pie, mirando a su alrededor. Estaba totalmente oscuro. Levantó la varita, murmuró ¡*Lumos*!, y vio que se encontraba en un pasadizo muy estrecho, bajo y cubierto de barro. Levantó el mapa, lo golpeó con la punta de la varita y dijo: «¡Travesura realizada!» El mapa se quedó inmediatamente en blanco. Lo dobló con cuidado, se lo guardó en la túnica, y con el corazón latiéndole con fuerza, sintiéndose al mismo tiempo emocionado y temeroso, se puso en camino.

El pasadizo se doblaba y retorcía, más parecido a la madriguera de un conejo gigante que a ninguna otra cosa.

Harry corrió por él, con la varita por delante, tropezando de vez en cuando en el suelo irregular.

Tardó mucho, pero a Harry le animaba la idea de llegar a Honeydukes. Después de una hora más o menos, el camino comenzó a ascender. Jadeando, aceleró el paso. Tenía la cara caliente y los pies muy fríos.

Diez minutos después, llegó al pie de una escalera de piedra que se perdía en las alturas. Procurando no hacer ruido, comenzó a subir. Cien escalones, doscientos... perdió la cuenta mientras subía mirándose los pies... Luego, de improviso, su cabeza dio en algo duro. Parecía una trampilla. Aguzó el oído mientras se frotaba la cabeza. No oía nada. Muy despacio, levantó ligeramente la trampilla y miró por la rendija.

Se encontraba en un sótano lleno de cajas y cajones de madera. Salió y volvió a bajar la trampilla. Se disimulaba tan bien en el suelo cubierto de polvo que era imposible que nadie se diera cuenta de que estaba allí. Harry anduvo sigilosamente hacia la escalera de madera. Ahora oía voces, además del tañido de una campana y el chirriar de una puerta al abrirse y cerrarse.

Mientras se preguntaba qué haría, oyó abrirse otra puerta mucho más cerca de él. Alguien se dirigía hacia allí.

—Y coge otra caja de babosas de gelatina, querido. Casi se han acabado —dijo una voz femenina.

Un par de pies bajaba por la escalera. Harry se ocultó tras un cajón grande y aguardó a que pasaran. Oyó que el hombre movía unas cajas y las ponía contra la pared de enfrente. Tal vez no se presentara otra oportunidad...

Rápida y sigilosamente, salió del escondite y subió por la escalera. Al mirar hacia atrás vio un trasero gigantesco y una cabeza calva y brillante metida en una caja. Harry llegó a la puerta que estaba al final de la escalera, la atravesó y se encontró tras el mostrador de Honeydukes. Agachó la cabeza, salió a gatas y se volvió a incorporar.

Honeydukes estaba tan abarrotada de alumnos de Hogwarts que nadie se fijó en Harry. Pasó por detrás de ellos, mirando a su alrededor, y tuvo que contener la risa al imaginarse la cara que pondría Dudley si pudiera ver dónde se encontraba. La tienda estaba llena de estantes repletos de los dulces más apetitosos que se puedan imaginar. Cremosos trozos de turrón, cubitos de helado de coco de color rosa trémulo, gruesos caramelos de café con leche, cientos de chocolates diferentes puestos en filas. Había un barril enorme lleno de caramelos de sabores y otro de Meigas Fritas, las bolas de helado levitador de las que le había hablado Ron. En otra pared había dulces de efectos especiales: el chicle *droobles*, que hacía los mejores globos (podía llenar una habitación de globos de color jacinto que tardaban días en explotar), la rara seda dental con sabor a menta, diablillos negros de pimienta («¡quema a tus amigos con el aliento!»); ratones de helado («¡oye a tus dientes rechinar y castañetear!»); crema de menta en forma de sapo («¡realmente saltan en el estómago!»); frágiles plumas de azúcar hilado y caramelos que estallaban.

Harry se apretujó entre una multitud de chicos de sexto, y vio un letrero colgado en el rincón más apartado de la tienda («Sabores insólitos»). Ron y Hermione estaban debajo, observando una bandeja de chupetas con sabor a sangre. Harry se les acercó a hurtadillas por detrás.

—Uf, no, Harry no querrá de éstos. Creo que son para vampiros —decía Hermione.

—¿Y qué te parece esto? —dijo Ron acercando un tarro de cucarachas a la nariz de Hermione.

—Aún peor —dijo Harry.

A Ron casi se le cayó el bote.

—¡Harry! —gritó Hermione—. ¿Qué haces aquí? ¿Cómo... cómo lo has hecho...?

—¡Ahí va! —dijo Ron muy impresionado—. ¡Has aprendido a materializarte!

—Por supuesto que no —dijo Harry. Bajó la voz para que ninguno de los de sexto pudiera oírle y les contó lo del mapa del merodeador.

—¿Por qué Fred y George no me lo han dejado nunca? ¡Son mis hermanos!

—¡Pero Harry no se quedará con él! —dijo Hermione, como si la idea fuera absurda—. Se lo entregará a la profesora McGonagall. ¿A que sí, Harry?

—¡No! —contestó Harry.

—¿Estás loca? —dijo Ron, mirando a Hermione con ojos muy abiertos—. ¿Entregar algo tan estupendo?

—¡Si lo entrego tendré que explicar dónde lo conseguí! Filch se enteraría de que Fred y George se lo cogieron.

—Pero ¿y Sirius Black? —susurró Hermione—. ¡Podría estar utilizando alguno de los pasadizos del mapa para entrar en el castillo! ¡Los profesores tienen que saberlo!

—No puede entrar por un pasadizo —dijo enseguida Harry—. Hay siete pasadizos secretos en el mapa, ¿verdad? Fred y George saben que Filch conoce cuatro. Y en cuanto a los otros tres... uno está bloqueado y nadie lo puede atravesar; otro tiene plantado en la entrada el sauce boxeador, de forma que no se puede salir; y el que acabo de atravesar yo..., bien..., es realmente difícil distinguir la entrada, ahí abajo, en el sótano... Así que a menos que supiera que se encontraba allí...

Harry dudó. ¿Y si Black sabía que la entrada del pasadizo estaba allí? Ron, sin embargo, se aclaró la garganta y señaló un rótulo que estaba pegado en la parte interior de la puerta de la tienda:

POR ORDEN DEL MINISTERIO DE MAGIA

*Se recuerda a los clientes que hasta nuevo aviso los dementores patrullarán las calles cada noche después de la puesta de sol. Se ha tomado esta medida pensando en la seguridad de los habitantes de Hogsmeade y se levantará tras la captura de Sirius Black. Es aconsejable, por lo tanto, que los ciudadanos finalicen las compras mucho antes de que se haga de noche.*

*¡Felices Pascuas!*

—¿Lo ven? —dijo Ron en voz baja—. Me gustaría ver a Black tratando de entrar en Honeydukes con los dementores por todo el pueblo. De cualquier forma, los propietarios de Honeydukes lo oirían entrar, ¿no? Viven encima de la tienda.

—Sí, pero... —Parecía que Hermione se esforzaba por hallar nuevas objeciones—. Mira, a pesar de lo que digas, Harry no debería venir a Hogsmeade porque no tiene autorización. ¡Si alguien lo descubre se verá en un grave aprieto! Y todavía no ha anochecido: ¿qué ocurriría si Sirius Black apareciera hoy? ¿Si apareciera ahora?

—Pues que pasaría las duras y las maduras para localizar aquí a Harry —dijo Ron, señalando con la cabeza la nieve densa que formaba remolinos al otro lado de las ventanas con parteluz. Vamos, Hermione, es Navidad. Harry se merece un descanso.

Hermione se mordió el labio. Parecía muy preocupada.

—¿Me vas a delatar? —le preguntó Harry con una sonrisa.

—Claro que no, pero, la verdad...

—¿Has visto las Meigas Fritas, Harry? —preguntó Ron, cogiéndolo del brazo y llevándoselo hasta el tonel en que estaban—. ¿Y las babosas de gelatina? ¿Y las píldoras ácidas? Fred me dio una cuando tenía siete años. Me hizo un agujero en la lengua. Recuerdo que mi madre le dio una buena tunda con la escoba. —Ron se quedó pensativo, mirando la caja de píldoras—. ¿Creen que Fred picaría y cogería una cucaracha si le dijera que son cacahuetes?

Después de pagar los dulces que habían cogido, salieron los tres a la ventisca de la calle.

Hogsmeade era como una postal de Navidad. Las tiendas y casitas con techumbre de paja estaban cubiertas por una capa de nieve crujiente. En las puertas había adornos navideños y filas de velas embrujadas que colgaban de los árboles.

A Harry le dio un escalofrío. A diferencia de Ron y Hermione, no había cogido su capa. Subieron por la calle, inclinando la cabeza contra el viento. Ron y Hermione gritaban con la boca tapada por la bufanda.

—Ahí está correos.

—Zonko está allí.

—Podríamos ir a la cabaña de los gritos.

—Les propongo otra cosa —dijo Ron, castañeteando los dientes—. ¿Qué tal si tomamos una cerveza de mantequilla en Las Tres Escobas?

A Harry le apetecía muchísimo, porque el viento era horrible y tenía las manos congeladas. Así que cruzaron la calle y a los pocos minutos entraron en el bar.

Estaba calentito y lleno de gente, de bullicio y de humo. Una mujer guapa y de buena figura servía a un grupo de pendencieros en la barra.

—Ésa es la señora Rosmerta —dijo Ron—. Voy por las bebidas, ¿eh? —añadió sonrojándose un poco.

Harry y Hermione se dirigieron a la parte trasera del bar, donde quedaba libre una mesa pequeña, entre la ventana y un bonito árbol navideño, al lado de la chimenea. Ron regresó cinco minutos más tarde con tres jarras de caliente y espumosa cerveza de mantequilla.

—¡Felices Pascuas! —dijo levantando la jarra, muy contento.

Harry bebió hasta el fondo. Era lo más delicioso que había probado en la vida, y reconfortaba cada célula del cuerpo.

Una repentina corriente de aire lo despeinó. Se había vuelto a abrir la puerta de Las Tres Escobas. Harry echó un vistazo por encima de la jarra y casi se atragantó.

El profesor Flitwick y la profesora McGonagall acababan de entrar en el bar con una ráfaga de copos de nieve. Los seguía Hagrid muy de cerca, inmerso en una conversación con un hombre corpulento que llevaba un sombrero hongo de color verde lima y una capa de rayas finas: era Cornelius Fudge, el ministro de Magia. En menos de un segundo, Ron y Hermione obligaron a Harry a agacharse y esconderse debajo de la mesa, empujándolo con las manos. Chorreando cerveza de mantequilla y en cuclillas, empuñando con fuerza la jarra vacía, Harry observó los pies de los tres adultos, que se acercaban a la barra, se detenían, se daban la vuelta y avanzaban hacia donde él estaba.

Hermione susurró:

—¡*Mobiliarbo*!

El árbol de Navidad que había al lado de la mesa se elevó unos centímetros, se corrió hacia un lado y, suavemente, se volvió a posar delante de ellos, ocultándolos. Mirando a través de las ramas más bajas y densas, Harry vio las patas de cuatro sillas que se separaban de la mesa de al lado, y oyó a los profesores y al ministro resoplar y suspirar mientras se sentaban.

Luego vio otro par de pies con zapatos de tacón alto y de color turquesa brillante, y oyó una voz femenina:

—Una tacita de alhelí...

—Para mí —indicó la voz de la profesora McGonagall.

—Dos litros de hidromiel caliente con especias...

—Gracias, Rosmerta —dijo Hagrid.

—Un jarabe de cereza y gaseosa con hielo y sombrilla.

—¡Mmm! —dijo el profesor Flitwick, relamiéndose.

—El ron de grosella tiene que ser para usted, señor ministro.

—Gracias, Rosmerta, querida —dijo la voz de Fudge—. Estoy encantado de volver a verte. Tómate tú otro, ¿quieres? Ven y únete a nosotros...

—Muchas gracias, señor ministro.

Harry vio alejarse y regresar los llamativos tacones. Sentía los latidos del corazón en la garganta. ¿Cómo no se le había ocurrido que también para los profesores era el último fin de semana del trimestre? ¿Cuánto tiempo se quedarían allí sentados? Necesitaba tiempo para volver a entrar en Honeydukes a hurtadillas si quería volver al colegio aquella noche... A la pierna de Hermione le dio un tic.

—¿Qué lo trae por estos pagos, señor ministro? —dijo la voz de la señora Rosmerta.

Harry vio girarse la parte inferior del grueso cuerpo de Fudge, como si estuviera comprobando que no había nadie cerca. Luego dijo en voz baja:

—¿Qué va a ser, querida? Sirius Black. Me imagino que sabes lo que ocurrió en el colegio en Halloween.

—Sí, oí un rumor —admitió la señora Rosmerta.

—¿Se lo contaste a todo el bar, Hagrid? —dijo la profesora McGonagall enfadada.

—¿Cree que Black sigue por la zona, señor ministro? —susurró la señora Rosmerta.

—Estoy seguro —dijo Fudge escuetamente.

—¿Sabe que los dementores han registrado ya dos veces este local? —dijo la señora Rosmerta—. Me espantaron a toda la clientela. Es fatal para el negocio, señor ministro.

—Rosmerta querida, a mí no me gustan más que a ti —dijo Fudge con incomodidad—. Pero son precauciones necesarias... Son un mal necesario. Acabo de tropezarme con algunos: están furiosos con Dumbledore porque no los deja entrar en los terrenos del castillo.

—Menos mal —dijo la profesora McGonagall tajantemente.

—¿Cómo íbamos a dar clase con esos monstruos rondando por allí?

—Bien dicho, bien dicho —dijo el pequeño profesor Flitwick, cuyos pies colgaban a treinta centímetros del suelo.

—De todas formas —objetó Fudge—, están aquí para defendernos de algo mucho peor. Todos sabemos de lo que Black es capaz...

—¿Saben? Todavía me cuesta creerlo —dijo pensativa la señora Rosmerta—. De toda la gente que se pasó al lado Tenebroso, Sirius Black era el último del que hubiera pensado... Quiero decir, lo recuerdo cuando era un niño en Hogwarts. Si me hubieran dicho entonces en qué se iba a convertir, habría creído que habían tomado demasiado hidromiel.

—No sabes la mitad de la historia, Rosmerta —dijo Fudge con aspereza—. La gente desconoce lo peor.

—¿Lo peor? —dijo la señora Rosmerta con la voz impregnada de curiosidad—. ¿Peor que matar a toda esa gente?

—Desde luego, eso quiero decir —dijo Fudge.

—No puedo creerlo. ¿Qué podría ser peor?

—Dices que te acuerdas de cuando estaba en Hogwarts, Rosmerta —susurró la profesora McGonagall—. ¿Sabes quién era su mejor amigo?

—Pues claro —dijo la señora Rosmerta riendo ligeramente—. Nunca se veía al uno sin el otro. ¡Cuántas veces estuvieron aquí! Siempre me hacían reír. ¡Un par de cómicos, Sirius Black y James Potter!

A Harry se le cayó la jarra de la mano, produciendo un fuerte ruido de metal. Ron le dio con el pie.

—Exactamente —dijo la profesora McGonagall—. Black y Potter. Cabecillas de su pandilla. Los dos eran muy inteligentes. Excepcionalmente inteligentes. Creo que nunca hemos tenido dos alborotadores como ellos.

—No sé —dijo Hagrid, riendo entre dientes—. Fred y George Weasley podrían dejarlos atrás.

—¡Cualquiera habría dicho que Black y Potter eran hermanos! —terció el profesor Flitwick—. ¡Inseparables!

—¡Por supuesto que lo eran! —dijo Fudge—. Potter confiaba en Black más que en ningún otro amigo. Nada cambió cuando dejaron el colegio. Black fue el padrino de boda cuando James se casó con Lily. Luego fue el padrino de Harry. Harry no sabe nada, claro. Ya te puedes imaginar cuánto se impresionaría si lo supiera.

—¿Porque Black se alió con Quien Ustedes Saben? —susurró la señora Rosmerta.

—Aún peor, querida... —Fudge bajó la voz y continuó en un susurro casi inaudible—. Los Potter no ignoraban que Quien Tú Sabes iba tras ellos. Dumbledore, que luchaba incansablemente contra Quien Tú Sabes, tenía cierto número de espías. Uno le dio el soplo y Dumbledore alertó inmediatamente a James y a Lily. Les aconsejó ocultarse. Bien, por supuesto que Quien Tú Sabes no era alguien de quien uno se pudiera ocultar fácilmente. Dumbledore les dijo que su mejor defensa era el encantamiento Fidelio.

—¿Cómo funciona eso? —preguntó la señora Rosmerta, muerta de curiosidad.

El profesor Flitwick carraspeó.

—Es un encantamiento tremendamente complicado —dijo con voz de pito— que supone el ocultamiento mágico de algo dentro de una sola mente. La información se oculta dentro de la persona elegida, que es el guardián secreto. Y en lo sucesivo es imposible encontrar lo que guarda, a menos que el guardián secreto opte por divulgarlo. Mientras el guardián secreto se negara a hablar, Quien Tú Sabes podía registrar el pueblo en que estaban James y Lily sin encontrarlos nunca, aunque tuviera la nariz pegada a la ventana de la salita de estar de la pareja.

—¿Así que Black era el guardián secreto de los Potter? —susurró la señora Rosmerta.

—Naturalmente —dijo la profesora McGonagall—. James Potter le dijo a Dumbledore que Black daría su vida antes de revelar dónde se ocultaban, y que Black estaba pensando en ocultarse él también... Y aun así, Dumbledore seguía preocupado. Él mismo se ofreció como guardián secreto de los Potter.

—¿Sospechaba de Black? —exclamó la señora Rosmerta.

—Dumbledore estaba convencido de que alguien cercano a los Potter había informado a Quien Tú Sabes de sus movimientos —dijo la profesora McGonagall con voz misteriosa—. De hecho, llevaba algún tiempo sospechando que en nuestro bando teníamos un traidor que pasaba información a Quien Tú Sabes.

—¿Y a pesar de todo James Potter insistió en que el guardián secreto fuera Black?

—Así es —confirmó Fudge—. Y apenas una semana después de que se hubiera llevado a cabo el encantamiento Fidelio...

—¿Black los traicionó? —musitó la señora Rosmerta.

—Desde luego. Black estaba cansado de su papel de espía. Estaba dispuesto a declarar abiertamente su apoyo a

Quien Tú Sabes. Y parece que tenía la intención de hacerlo en el momento en que murieran los Potter. Pero como sabemos todos, Quien Tú Sabes sucumbió ante el pequeño Harry Potter. Con sus poderes destruidos, completamente debilitado, huyó. Y esto dejó a Black en una situación incómoda. Su amo había caído en el mismo momento en que Black había descubierto su juego. No tenía otra elección que escapar...

—Sucio y asqueroso traidor —dijo Hagrid, tan alto que la mitad del bar se quedó en silencio.

—Chist —dijo la profesora McGonagall.

—¡Me lo encontré —bramó Hagrid—, seguramente fui yo el último que lo vio antes de que matara a toda aquella gente! ¡Fui yo quien rescató a Harry de la casa de Lily y James, después de su asesinato! Lo saqué de entre las ruinas, pobrecito. Tenía una herida grande en la frente y sus padres habían muerto... Y Sirius Black apareció en aquella moto voladora que solía llevar. No se me ocurrió preguntarme lo que había ido a hacer allí. No sabía que él había sido el guardián secreto de Lily y James. Pensé que se había enterado del ataque de Quien Ustedes Saben y había acudido para ver en qué podía ayudar. Estaba pálido y tembloroso. ¿Y saben lo que hice? ¡ME PUSE A CONSOLAR A AQUEL TRAIDOR ASESINO! —exclamó Hagrid.

—Hagrid, por favor —dijo la profesora McGonagall—, baja la voz.

—¿Cómo iba a saber yo que su turbación no se debía a lo que les había pasado a Lily y a James? ¡Lo que le turbaba era la suerte de Quien Ustedes Saben! Y entonces me dijo: «Dame a Harry, Hagrid. Soy su padrino. Yo cuidaré de él...» ¡Ja! ¡Pero yo tenía órdenes de Dumbledore y le dije a Black que no! Dumbledore me había dicho que Harry tenía que ir a casa de sus tíos. Black discutió, pero al final tuvo que ceder. Me dijo que cogiera su moto para llevar a Harry hasta la casa de los Dursley. «No la necesito ya», me dijo. Tendría que haberme dado cuenta de que había algo raro en todo aquello. Adoraba su moto. ¿Por qué me la daba? ¿Por qué decía que ya no la necesitaba? La verdad es que una moto deja demasiadas huellas, es muy fácil de seguir. Dumbledore sabía que él era el guardián de los Potter. Black tenía que huir aquella noche. Sabía que el Ministerio no tardaría en perseguirlo.

Pero ¿y si le hubiera entregado a Harry, eh? Apuesto a que lo habría arrojado de la moto en alta mar. ¡Al hijo de su mejor amigo! Y es que cuando un mago se pasa al lado tenebroso, no hay nada ni nadie que le importe...

Tras la perorata de Hagrid hubo un largo silencio. Luego, la señora Rosmerta dijo con cierta satisfacción:

—Pero no consiguió huir, ¿verdad? El Ministerio de Magia lo atrapó al día siguiente.

—¡Ah, si lo hubiéramos encontrado nosotros...! —dijo Fudge con amargura—. No fuimos nosotros, fue el pequeño Peter Pettigrew: otro de los amigos de Potter. Enloquecido de dolor, sin duda, y sabiendo que Black era el guardián secreto de los Black, él mismo lo persiguió.

—¿Pettigrew...? ¿Aquel gordito que lo seguía a todas partes? —preguntó la señora Rosmerta.

—Adoraba a Black y a Potter. Eran sus héroes —dijo la profesora McGonagall—. No era tan inteligente como ellos y a menudo yo era brusca con él. Pueden imaginarse cómo me pesa ahora... —Su voz sonaba como si tuviera un resfriado repentino.

—Vamos, vamos, Minerva —le dijo Fudge amablemente—. Pettigrew murió como un héroe. Los testigos oculares (muggles, por supuesto, tuvimos que borrarles la memoria...) nos contaron que Pettigrew había arrinconado a Black. Dicen que sollozaba: «¡A Lily y a James, Sirius! ¿Cómo pudiste...?» Y entonces sacó la varita. Aunque, claro, Black fue más rápido. Hizo polvo a Pettigrew.

La profesora McGonagall se sonó la nariz y dijo con voz llorosa:

—¡Qué chico más alocado, qué bobo! Siempre fue muy malo en los duelos. Tenía que habérselo dejado al Ministerio...

—Les digo que si yo hubiera encontrado a Black antes que Pettigrew, no habría perdido el tiempo con varitas... Lo habría descuartizado, miembro por miembro —gruñó Hagrid.

—No sabes lo que dices, Hagrid —dijo Fudge con brusquedad—. Nadie salvo los muy preparados Magos de Choque del Grupo de Operaciones Mágicas Especiales habría tenido una oportunidad contra Black, después de haberlo acorralado. En aquel entonces yo era el subsecretario del Departamento de Catástrofes en el Mundo de la Magia, y fui uno de los primeros en apersonarse en el lugar de los hechos cuando

Black mató a toda aquella gente. Nunca, nunca lo olvidaré. Todavía a veces sueño con ello. Un cráter en el centro de la calle, tan profundo que había reventado las alcantarillas. Había cadáveres por todas partes. Muggles gritando. Y Black allí, riéndose, con los restos de Pettigrew delante... Una túnica manchada de sangre y unos... unos trozos de su cuerpo.

La voz de Fudge se detuvo de repente. Cinco narices se sonaron.

—Bueno, ahí lo tienes, Rosmerta —dijo Fudge con la voz tomada—. A Black se lo llevaron veinte miembros del Grupo de Operaciones Mágicas Especiales, y Pettigrew fue investido Caballero de primera clase de la Orden de Merlín, que creo que fue de algún consuelo para su pobre madre. Black ha estado desde entonces en Azkaban.

La señora Rosmerta dio un largo suspiro.

—¿Es cierto que está loco, señor ministro?

—Me gustaría poder asegurar que lo estaba —dijo Fudge—. Ciertamente creo que la derrota de su amo lo trastornó durante algún tiempo. El asesinato de Pettigrew y de todos aquellos muggles fue la acción de un hombre acorralado y desesperado: cruel, inútil, sin sentido. Sin embargo, en mi última inspección de Azkaban pude ver a Black. La mayoría de los presos que hay allí hablan en la oscuridad consigo mismos. Han perdido el juicio... Pero me quedé sorprendido de lo normal que parecía Black. Estuvo hablando conmigo con total sensatez. Fue desconcertante. Me dio la impresión de que se aburría. Me preguntó si había acabado de leer el periódico. Tan sereno como se puedan imaginar, me dijo que echaba de menos los crucigramas. Sí, me quedé estupefacto al comprobar el escaso efecto que los dementores parecían tener sobre él. Y él era uno de los que estaban más vigilados en Azkaban, ¿saben? Tenía dementores ante la puerta día y noche.

—Pero ¿qué pretende al fugarse? —preguntó la señora Rosmerta—. ¡Dios mío, señor ministro! No intentará reunirse con Quien Usted Sabe, ¿verdad?

—Me atrevería a afirmar que es su... su... objetivo final —respondió Fudge evasivamente—. Pero esperamos atraparlo antes. Tengo que decir que Quien Tú Sabes, solo y sin amigos, es una cosa... pero con su más devoto seguidor, me estremezco al pensar lo poco que tardará en volver a alzarse...

Hubo un sonido hueco, como cuando el vidrio golpea la madera. Alguien había dejado su vaso.

—Si tiene que cenar con el director, Cornelius, lo mejor será que nos vayamos acercando al castillo.

Todos los pies que había ante Harry volvieron a soportar el cuerpo de sus propietarios. La parte inferior de las capas se balanceó y los llamativos tacones de la señora Rosmerta desaparecieron tras el mostrador. Volvió a abrirse la puerta de Las Tres Escobas, entró otra ráfaga de nieve y los profesores desaparecieron.

—¿Harry?

Las caras de Ron y Hermione se asomaron bajo la mesa. Los dos lo miraron fijamente, sin saber qué decir.

# 11

## La Saeta de Fuego

Harry no sabía muy bien cómo se las había arreglado para regresar al sótano de Honeydukes, atravesar el pasadizo y entrar en el castillo. Lo único que sabía era que el viaje de vuelta parecía no haberle costado apenas tiempo y que no se daba muy clara cuenta de lo que hacía, porque en su cabeza aún resonaban las frases de la conversación que acababa de oír.

¿Por qué nadie le había explicado nada de aquello? Dumbledore, Hagrid, el señor Weasley, Cornelius Fudge... ¿Por qué nadie le había explicado nunca que sus padres habían muerto porque los había traicionado su mejor amigo?

Ron y Hermione observaron intranquilos a Harry durante toda la cena, sin atreverse a decir nada sobre lo que habían oído, porque Percy estaba sentado cerca. Cuando subieron a la sala común atestada de gente, descubrieron que Fred y George, en un arrebato de alegría motivado por las inminentes vacaciones de Navidad, habían lanzado media docena de bombas fétidas. Harry, que no quería que Fred y George le preguntaran si había ido o no a Hogsmeade, se fue a hurtadillas hasta el dormitorio vacío y abrió el armario. Echó todos los libros a un lado y rápidamente encontró lo que buscaba: el álbum de fotos encuadernado en piel que Hagrid le había regalado hacía dos años, que estaba lleno de fotos mágicas de sus padres. Se sentó en su cama, corrió las cortinas y comenzó a pasar las páginas hasta que...

Se detuvo en una foto de la boda de sus padres. Su padre saludaba con la mano, con una amplia sonrisa. El pelo negro y alborotado que Harry había heredado se levantaba en todas direcciones. Su madre, radiante de felicidad, estaba cogida del brazo de su padre. Y allí... aquél debía de ser. El padrino. Harry nunca le había prestado atención.

Si no hubiera sabido que era la misma persona, no habría reconocido a Black en aquella vieja fotografía. Su rostro no estaba hundido y amarillento como la cera, sino que era hermoso y estaba lleno de alegría. ¿Trabajaría ya para Voldemort cuando sacaron aquella foto? ¿Planeaba ya la muerte de las dos personas que había a su lado? ¿Se daba cuenta de que tendría que pasar doce años en Azkaban, doce años que lo dejarían irreconocible?

«Pero los dementores no le afectan —pensó Harry, fijándose en aquel rostro agradable y risueño—. No tiene que oír los gritos de mi madre cuando se aproximan demasiado...»

Harry cerró de golpe el álbum y volvió a guardarlo en el armario. Se quitó la túnica y las gafas y se metió en la cama, asegurándose de que las cortinas lo ocultaban de la vista.

Se abrió la puerta del dormitorio.

—¿Harry? —preguntó la dubitativa voz de Ron.

Pero Harry se quedó quieto, simulando que dormía. Oyó a Ron que salía de nuevo y se dio la vuelta para ponerse boca arriba, con los ojos muy abiertos. Sintió correr a través de sus venas, como veneno, un odio que nunca había conocido. Podía ver a Black riéndose de él en la oscuridad, como si tuviera pegada a los ojos la foto del álbum. Veía, como en una película, a Sirius Black haciendo que Peter Pettigrew (que se parecía a Neville Longbottom) volara en mil pedazos. Oía (aunque no sabía cómo sería la voz de Black) un murmullo bajo y vehemente: «Ya está, Señor, los Potter me han hecho su guardián secreto...» Y entonces aparecía otra voz que se reía con un timbre muy agudo, la misma risa que Harry oía dentro de su cabeza cada vez que los dementores se le acercaban.

—Harry..., tienes un aspecto horrible.

Harry no había podido pegar el ojo hasta el amanecer. Al despertarse, había hallado el dormitorio desierto, se había vestido y bajado la escalera de caracol hasta la sala común, donde no había nadie más que Ron, que se comía un sapo de menta y se frotaba el estómago, y Hermione, que había extendido sus deberes por tres mesas.

—¿Dónde está todo el mundo? —preguntó Harry.

—¡Se han ido! Hoy empiezan las vacaciones, ¿no te acuerdas? —preguntó Ron, mirando a Harry detenidamente—. Es ya casi la hora de comer. Pensaba ir a despertarte dentro de un minuto.

Harry se sentó en una silla al lado del fuego. Al otro lado de las ventanas, la nieve seguía cayendo. *Crookshanks* estaba extendido delante del fuego, como una alfombra de pelo canela.

—Es verdad que no tienes buen aspecto, ¿sabes? —dijo Hermione, mirándole la cara con preocupación.

—Estoy bien —dijo Harry.

—Escucha, Harry —dijo Hermione, cambiando con Ron una mirada—. Debes de estar realmente disgustado por lo que oímos ayer. Pero no debes hacer ninguna tontería.

—¿Como qué? —dijo Harry.

—Como ir detrás de Black —dijo Ron, tajante.

Harry se dio cuenta de que habían ensayado aquella conversación mientras él estaba dormido. No dijo nada.

—No lo harás. ¿Verdad que no, Harry? —dijo Hermione.

—Porque no vale la pena morir por Black —dijo Ron.

Harry los miró. No entendían nada.

—¿Saben qué veo y oigo cada vez que se me acerca un dementor? —Ron y Hermione negaron con la cabeza, con temor—. Oigo a mi madre que grita e implora a Voldemort. Y si ustedes escucharan a su madre gritando de ese modo, a punto de ser asesinada, no lo olvidarían fácilmente. Y si descubrieran que alguien que en principio era amigo suyo la había traicionado y le había enviado a Voldemort...

—No puedes hacer nada —dijo Hermione con aspecto afligido—. Los dementores atraparán a Black, lo mandarán otra vez a Azkaban... ¡y se llevará su merecido!

—Ya oyeron lo que dijo Fudge. A Black no le afecta Azkaban como a la gente normal. No es un castigo para él como lo es para los demás.

—Entonces, ¿qué pretendes? —dijo Ron muy tenso—. ¿Acaso quieres... matar a Black?

—No seas tonto —dijo Hermione, con miedo—. Harry no quiere matar a nadie, ¿verdad que no, Harry?

Harry volvió a quedarse callado. No sabía qué pretendía. Lo único que sabía es que la idea de no hacer nada mientras Black estaba libre era insoportable.

—Malfoy sabe algo —dijo de pronto—. ¿Se acuerdan de lo que me dijo en la clase de Pociones? «Pero en tu caso, yo buscaría venganza. Lo cazaría yo mismo.»

—¿Vas a seguir el consejo de Malfoy y no el nuestro? —dijo Ron furioso—. Escucha... ¿sabes lo que recibió a cambio la madre de Pettigrew después de que Black lo matara? Mi padre me lo dijo: la Orden de Merlín, primera clase, y el dedo de Pettigrew dentro de una caja. Fue el trozo mayor de él que pudieron encontrar. Black está loco, Harry, y es muy peligroso.

—El padre de Malfoy debe de haberle contado algo —dijo Harry, sin hacer caso de las explicaciones de Ron—. Pertenecía al círculo de allegados de Voldemort.

—Llámalo Quien Tú Sabes, ¿quieres hacer el favor? —repuso Ron enfadado.

—Entonces está claro que los Malfoy sabían que Black trabajaba para Voldemort...

—¡Y a Malfoy le encantaría verte volar en mil pedazos, como Pettigrew! Contrólate. Lo único que quiere Malfoy es que te maten antes de que tengas que enfrentarte en el partido de quidditch.

—Harry, por favor —dijo Hermione, con los ojos brillantes de lágrimas—, sé sensato. Black hizo algo terrible, terrible. Pero no... no te pongas en peligro. Eso es lo que Black quiere... Estarías metiéndote en la boca del lobo si fueras a buscarlo. Tus padres no querrían que te hiciera daño, ¿verdad? ¡No querrían que fueras a buscar a Black!

—No sabré nunca lo que querrían, porque por culpa de Black no he hablado con ellos nunca —dijo Harry con brusquedad.

Hubo un silencio en el que *Crookshanks* se estiró voluptuosamente, sacando las garras. El bolsillo de Ron se estremeció.

—Mira —dijo Ron, tratando de cambiar de tema—, ¡estamos en vacaciones! ¡Casi es Navidad! Vamos a ver a Hagrid. No lo hemos visitado desde hace un montón de tiempo.

—¡No! —dijo Hermione rápidamente—. Harry no debe abandonar el castillo, Ron.

—Sí, vamos —dijo Harry incorporándose—. ¡Y le preguntaré por qué no mencionó nunca a Black al hablarme de mis padres!

Seguir discutiendo sobre Sirius Black no era lo que Ron había pretendido.

—Podríamos echar una partida de ajedrez —dijo apresuradamente—. O de gobstones. Percy dejó un juego.

—No. Vamos a ver a Hagrid —dijo Harry con firmeza.

Así que recogieron las capas de los dormitorios y se pusieron en camino, cruzando el agujero del retrato («¡En guardia, felones, malandrines!»). Recorrieron el castillo vacío y salieron por las puertas principales de roble.

Caminaron lentamente por el césped, dejando sus huellas en la nieve blanda y brillante, mojando y congelando los calcetines y el borde inferior de las capas. El bosque prohibido parecía ahora encantado. Cada árbol brillaba como plata y la cabaña de Hagrid parecía una torta helada.

Ron llamó a la puerta, pero no obtuvo respuesta.

—No habrá salido, ¿verdad? —preguntó Hermione, temblando bajo la capa.

Ron pegó la oreja a la puerta.

—Hay un ruido extraño —dijo—. Escuchen. ¿Es *Fang*?

Harry y Hermione también pegaron el oído a la puerta. Dentro de la cabaña se oían unos suspiros de dolor.

—¿Piensan que deberíamos ir a buscar a alguien? —dijo Ron, nervioso.

—¡Hagrid! —gritó Harry, golpeando la puerta—. Hagrid, ¿estás ahí?

Hubo un rumor de pasos y la puerta se abrió con un chirrido. Hagrid estaba allí, con los ojos rojos e hinchados, con lágrimas que le salpicaban la parte delantera del chaleco de cuero.

—¡Lo han oído! —gritó, y se arrojó al cuello de Harry.

Como Hagrid tenía un tamaño que era por lo menos el doble de lo normal, aquello no era cuestión de risa. Harry estuvo a punto de caer bajo el peso del otro, pero Ron y Hermione lo rescataron, cogieron a Hagrid cada uno de un brazo y lo metieron en la cabaña, con la ayuda de Harry. Hagrid se dejó llevar hasta una silla y se derrumbó sobre la mesa, sollozando de forma incontrolada. Tenía el rostro lleno de lágrimas que le goteaban sobre la barba revuelta.

—¿Qué pasa, Hagrid? —le preguntó Hermione aterrada.

Harry vio sobre la mesa una carta que parecía oficial.

—¿Qué es, Hagrid?

Hagrid redobló los sollozos, entregándole la carta a Harry, que la leyó en voz alta:

*Estimado Señor Hagrid:*

*En relación con nuestra indagación sobre el ataque de un hipogrifo a un alumno que tuvo lugar en una de sus clases, hemos aceptado la garantía del profesor Dumbledore de que usted no tiene responsabilidad en tan lamentable incidente.*

—Estupendo, Hagrid —dijo Ron, dándole una palmadita en el hombro.

Pero Hagrid continuó sollozando y movió una de sus manos gigantescas, invitando a Harry a que siguiera leyendo.

*Sin embargo, debemos hacer constar nuestra preocupación en lo que concierne al mencionado hipogrifo. Hemos decidido dar curso a la queja oficial presentada por el señor Lucius Malfoy, y este asunto será, por lo tanto, llevado ante la Comisión para las Criaturas Peligrosas. La visita tendrá lugar el día 20 de abril. Le rogamos que se presente con el hipogrifo en las oficinas londinenses de la Comisión, en el día indicado. Mientras tanto, el hipogrifo deberá permanecer atado y aislado.*

*Atentamente...*

Seguía la relación de los miembros del Consejo Escolar.

—¡Vaya! —dijo Ron—. Pero, según nos has dicho, Hagrid, *Buckbeak* no es malo. Seguro que lo consideran inocente.

—No conoces a los monstruos que hay en la Comisión para las Criaturas Peligrosas... —dijo Hagrid con voz ahogada, secándose los ojos con la manga—. La han tomado con los animales interesantes.

Un ruido repentino, procedente de un rincón de la cabaña de Hagrid, hizo que Harry, Ron y Hermione se volvieran. *Buckbeak*, el hipogrifo, estaba acostado en el rincón, masticando algo que llenaba de sangre el suelo.

—¡No podía dejarlo atado fuera, en la nieve! —dijo con la voz anegada en lágrimas—. ¡Completamente solo! ¡En Navidad!

Harry, Ron y Hermione se miraron. Nunca habían coincidido con Hagrid en lo que él llamaba «animales interesantes» y otras personas llamaban «monstruos terroríficos». Pero *Buckbeak* no parecía malo en absoluto. De hecho, a juzgar por los habituales parámetros de Hagrid, era un verdadero encanto.

—Tendrás que presentar una buena defensa, Hagrid —dijo Hermione sentándose y posando una mano en el enorme antebrazo de Hagrid—. Estoy segura de que puedes demostrar que *Buckbeak* no es peligroso.

—¡Dará igual! —sollozó Hagrid—. Lucius Malfoy tiene metidos en el bolsillo a todos esos diablos de la Comisión. ¡Le tienen miedo! Y si pierdo el caso, *Buckbeak*...

Se pasó el dedo por el cuello, en sentido horizontal. Luego gimió y se echó hacia delante, hundiendo el rostro en los brazos.

—¿Y Dumbledore? —preguntó Harry.

—Ya ha hecho por mí más que suficiente —gimió Hagrid—. Con mantener a los dementores fuera del castillo y con Sirius Black acechando, ya tiene bastante.

Ron y Hermione miraron rápidamente a Harry, temiendo que comenzara a reprender a Hagrid por no contarle toda la verdad sobre Black. Pero Harry no se atrevía a hacerlo. Por lo menos en aquel momento en que veía a Hagrid tan triste y asustado.

—Escucha, Hagrid —dijo—, no puedes abandonar. Hermione tiene razón. Lo único que necesitas es una buena defensa. Nos puedes llamar como testigos...

—Estoy segura de que he leído algo sobre un caso de agresión con hipogrifo —dijo Hermione pensativa— donde el hipogrifo quedaba libre. Lo consultaré y te informaré de qué sucedió exactamente.

Hagrid lanzó un gemido aún más fuerte. Harry y Hermione miraron a Ron implorándole ayuda.

—Eh... ¿preparo un té? —preguntó Ron. Harry lo miró sorprendido—. Es lo que hace mi madre cuando alguien está preocupado —musitó Ron encogiéndose de hombros.

Por fin, después de que le prometieran ayuda más veces y con una humeante taza de té delante, Hagrid se sonó la nariz con un pañuelo del tamaño de un mantel, y dijo:

—Tienen razón. No puedo dejarme abatir. Tengo que recobrarme...

*Fang*, el jabalinero, salió tímidamente de debajo de la mesa y apoyó la cabeza en una rodilla de Hagrid.

—Estos días he estado muy raro —dijo Hagrid, acariciando a *Fang* con una mano y limpiándose las lágrimas con la otra—. He estado muy preocupado por *Buckbeak* y porque a nadie le gustan mis clases.

—De verdad que nos gustan —se apresuró a mentir Hermione.

—¡Sí, son estupendas! —dijo Ron, cruzando los dedos bajo la mesa—. ¿Cómo están los gusarajos?

—Muertos —dijo Hagrid con tristeza—. Demasiada lechuga.

—¡Oh, no! —exclamó Ron. El labio le temblaba.

—Y los dementores me hacen sentir muy mal —añadió Hagrid, con un estremecimiento repentino—. Cada vez que quiero tomar algo en Las Tres Escobas, tengo que pasar junto a ellos. Es como estar otra vez en Azkaban.

Se quedó callado, bebiéndose el té. Harry, Ron y Hermione lo miraban sin aliento. No le habían oído nunca mencionar su estancia en Azkaban. Después de una breve pausa, Hermione le preguntó con timidez:

—¿Tan horrible es Azkaban, Hagrid?

—No te puedes hacer ni idea —respondió Hagrid, en voz baja—. Nunca me había encontrado en un lugar parecido. Pensé que me iba a volver loco. No paraba de recordar cosas horribles: el día que me echaron de Hogwarts, el día que murió mi padre, el día que tuve que desprenderme de Norbert... —Se le llenaron los ojos de lágrimas. Norbert era la cría de dragón que Hagrid había ganado cierta vez en una partida de cartas—. Al cabo de un tiempo uno no recuerda quién es. Y pierde el deseo de seguir viviendo. Yo hubiera querido morir mientras dormía. Cuando me soltaron, fue como volver a nacer, todas las cosas volvían a aparecer ante mí. Fue maravilloso. Sin embargo, los dementores no querían dejarme marchar.

—¡Pero si eras inocente! —exclamó Hermione.

Hagrid resopló.

—¿Y crees que eso les importa? Les da igual. Mientras tengan doscientas personas a quienes extraer la alegría, les importa un comino que sean culpables o inocentes. —Hagrid se quedó callado durante un rato, con la vista fija en su taza de té. Luego añadió en voz baja—: Había pensado liberar a *Buckbeak*, para que se alejara volando... Pero ¿cómo se le explica a un hipogrifo que tiene que esconderse? Y... me da miedo transgredir la ley... —Los miró, con lágrimas cayendo de nuevo por su rostro—. No quisiera volver a Azkaban.

La visita a la cabaña de Hagrid, aunque no había resultado divertida, había tenido el efecto que Ron y Hermione deseaban. Harry no se había olvidado de Black, pero tampoco podía estar rumiando continuamente su venganza y al mismo tiempo ayudar a Hagrid a ganar su caso. Él, Ron y Hermione fueron al día siguiente a la biblioteca y volvieron a la sala común cargados con libros que podían ser de ayuda para preparar la defensa de *Buckbeak*. Los tres se sentaron delante del abundante fuego, pasando lentamente las páginas de los volúmenes polvorientos que trataban de casos famosos de animales merodeadores. Cuando alguno encontraba algo relevante, lo comentaba a los otros.

—Aquí hay algo. Hubo un caso, en 1722... pero el hipogrifo fue declarado culpable. ¡Uf! Miren lo que le hicieron. Es repugnante.

—Esto podría sernos útil. Miren. Una *mantícora* atacó a alguien salvajemente en 1296 y fue absuelta... ¡Oh, no! Lo fue porque a todo el mundo le daba demasiado miedo acercarse...

Entretanto, en el resto del castillo habían colgado los acostumbrados adornos navideños, que eran magníficos, a pesar de que apenas quedaban estudiantes para apreciarlos. En los corredores colgaban guirnaldas de acebo y muérdago; dentro de cada armadura brillaban luces misteriosas; y en el vestíbulo los doce habituales árboles de Navidad brillaban con estrellas doradas. En los pasillos había un fuerte y delicioso olor a comida que, antes de Nochebuena, se había hecho tan potente que incluso *Scabbers* sacó la nariz del bolsillo de Ron para olfatear.

La mañana de Navidad, Ron despertó a Harry tirándole la almohada.

—¡Despierta, los regalos!

Harry cogió las gafas y se las puso. Entornando los ojos para ver en la semioscuridad, miró a los pies de la cama, donde se alzaba una pequeña montaña de paquetes. Ron rasgaba ya el papel de sus regalos.

—Otro suéter de mamá. Marrón otra vez. Mira a ver si tú tienes otro.

Harry tenía otro. La señora Weasley le había enviado un suéter rojo con el león de Gryffindor en la parte de delante, una docena de pastas caseras, un trozo de pastel y una caja de turrón. Al retirar las cosas, vio un paquete largo y estrecho que había debajo.

—¿Qué es eso? —preguntó Ron mirando el paquete y sosteniendo en la mano los calcetines marrones que acababa de desenvolver.

—No sé...

Harry abrió el paquete y ahogó un grito al ver rodar sobre la colcha una escoba magnífica y brillante. Ron dejó caer los calcetines y saltó de la cama para verla de cerca.

—No puedo creerlo —dijo con la voz quebrada por la emoción. Era una Saeta de Fuego, idéntica a la escoba de ensueño que Harry había ido a ver diariamente a la tienda del callejón Diagon. El palo brilló en cuanto Harry le puso la mano encima. La sentía vibrar. La soltó y quedó suspendida en el aire, a la altura justa para que él montara. Sus ojos pasaban del número dorado de la matrícula a las aerodinámicas ramitas de abedul y perfectamente lisas que formaban la cola.

—¿Quién te la ha enviado? —preguntó Ron en voz baja.

—Mira a ver si hay tarjeta —dijo Harry.

Ron rasgó el papel en que iba envuelta la escoba.

—¡Nada! Caramba, ¿quién se gastaría tanto dinero en hacerte un regalo?

—Bueno —dijo Harry, atónito—. Estoy seguro de que no fueron los Dursley.

—Estoy seguro de que fue Dumbledore —dijo Ron, dando vueltas alrededor de la Saeta de Fuego, admirando cada centímetro—. Te envió anónimamente la capa invisible...

—Había sido de mi padre —dijo Harry—. Dumbledore se limitó a remitírmela. No se gastaría en mí cientos de galeones. No puede ir regalando a los alumnos cosas así.

—Ése es el motivo por el que no podría admitir que fue él —dijo Ron—. Por si algún imbécil como Malfoy lo acusaba de favoritismo. ¡Malfoy! —Ron se rió estruendosamente—.

¡Ya verás cuando te vea montado en ella! ¡Se pondrá enfermo! ¡Ésta es una escoba de profesional!

—No me lo puedo creer —musitó Harry, pasando la mano por la Saeta de Fuego mientras Ron se retorcía de la risa en la cama de Harry, pensando en Malfoy.

—¿Quién...?

—Ya sé... quién ha podido ser... ¡Lupin!

—¿Qué? —dijo Harry, riéndose también—. ¿Lupin? Mira, si tuviera tanto dinero, podría comprarse una túnica nueva.

—Sí, pero le caes bien —dijo Ron—. Cuando tu Nimbus se hizo añicos, él estaba fuera, pero tal vez se enteró y decidió acercarse al callejón Diagon para comprártela.

—¿Que estaba fuera? —preguntó Harry—. Durante el partido estaba enfermo.

—Bueno, no se encontraba en la enfermería —dijo Ron—. Yo estaba allí limpiando los orinales, por el castigo de Snape, ¿te acuerdas?

Harry miró a Ron frunciendo el entrecejo.

—No me imagino a Lupin haciendo un regalo como éste.

—¿De qué se ríen los dos?

Hermione acababa de entrar con el camisón puesto y llevando a *Crookshanks*, que no parecía contento con el cordón de oropel que llevaba al cuello.

—¡No lo metas aquí! —dijo Ron, sacando rápidamente a *Scabbers* de las profundidades de la cama y metiéndosela en el bolsillo del pijama. Pero Hermione no le hizo caso. Dejó a *Crookshanks* en la cama vacía de Seamus y contempló la Saeta de Fuego con la boca abierta.

—¡Vaya, Harry! ¿Quién te la ha enviado?

—No tengo ni idea. No traía tarjeta.

Ante su sorpresa, Hermione no estaba emocionada ni intrigada. Antes bien, se ensombreció su rostro y se mordió el labio.

—¿Qué te ocurre? —le preguntó Ron.

—No sé —dijo Hermione—. Pero es raro, ¿no les parece? Lo que quiero decir es que es una escoba magnífica, ¿verdad?

Ron suspiró exasperado:

—Es la mejor escoba que existe, Hermione —aseguró.

—Así que debe de ser carísima...

—Probablemente costó más que todas las escobas de Slytherin juntas —dijo Ron con cara radiante.

—Bueno, ¿quién enviaría a Harry algo tan caro sin siquiera decir quién es?

—¿Y qué más da? —preguntó Ron con impaciencia—. Escucha, Harry, ¿puedo dar una vuelta en ella? ¿Puedo?

—Creo que por el momento nadie debería montar en esa escoba —dijo Hermione.

Harry y Ron la miraron.

—¿Qué crees que va a hacer Harry con ella? ¿Barrer el suelo? —preguntó Ron.

Pero antes de que Hermione pudiera responder, *Crookshanks* saltó desde la cama de Seamus al pecho de Ron.

—¡LLÉVATELO DE AQUÍ! —bramó Ron, notando que las garras de *Crookshanks* le rasgaban la pijama y que *Scabbers* intentaba una huida desesperada por encima de su hombro. Cogió a *Scabbers* por la cola y fue a propinar un puntapié a *Crookshanks*, pero calculó mal y le dio al baúl de Harry, volcándolo. Ron se puso a dar saltos, aullando de dolor.

A *Crookshanks* se le erizó el pelo. Un silbido agudo y metálico llenó el dormitorio. El chivatoscopio de bolsillo se había salido de los viejos calcetines de tío Vernon y daba vueltas encendido en medio del dormitorio.

—¡Se me había olvidado! —dijo Harry, agachándose y cogiendo el chivatoscopio—. Nunca me pongo esos calcetines si puedo evitarlo...

En la palma de la mano, el chivatoscopio silbaba y giraba. *Crookshanks* le bufaba y enseñaba los colmillos.

—Sería mejor que sacaras de aquí a ese gato —dijo Ron furioso. Estaba sentado en la cama de Harry, frotándose el dedo gordo del pie—. ¿No puedes hacer que pare esa cosa? —preguntó a Harry mientras Hermione salía a zancadas del dormitorio, los ojos amarillos de *Crookshanks* todavía maliciosamente fijos en Ron.

Harry volvió a meter el chivatoscopio en los calcetines y éstos en el baúl. Lo único que se oyó entonces fueron los gemidos contenidos de dolor y rabia de Ron. *Scabbers* estaba acurrucada en sus manos. Hacía tiempo que Harry no la veía, porque siempre estaba metida en el bolsillo de Ron, y le sorprendió desagradablemente ver que *Scabbers*, antaño gorda, ahora estaba esmirriada; además, se le habían caído partes del pelo.

—No tiene buen aspecto, ¿verdad? —observó Harry.

—¡Es el estrés! —dijo Ron—. ¡Si esa estúpida bola de pelo la dejara en paz, se encontraría perfectamente!

Pero Harry, acordándose de que la mujer de la tienda de animales mágicos había dicho que las ratas sólo vivían tres años, no pudo dejar de pensar que, a menos que *Scabbers* tuviera poderes que nunca había revelado, estaba llegando al final de su vida. Y a pesar de las frecuentes quejas de Ron de que *Scabbers* era aburrida e inútil, estaba seguro de que Ron lamentaría su muerte.

Aquella mañana, en la sala común de Gryffindor, el espíritu navideño estuvo ausente. Hermione había encerrado a *Crookshanks* en su dormitorio, pero estaba enfadada con Ron porque había querido darle una patada. Ron seguía enfadado por el nuevo intento de *Crookshanks* de comerse a *Scabbers*. Harry desistió de reconciliarlos y se dedicó a examinar la Saeta de Fuego que había bajado con él a la sala común. No se sabía por qué, esto también parecía poner a Hermione de malhumor. No decía nada, pero no dejaba de mirar con malos ojos la escoba, como si ella también hubiera criticado a su gato.

A la hora del almuerzo bajaron al Gran Comedor y descubrieron que habían vuelto a arrimar las mesas a los muros, y que ahora sólo había, en mitad del salón, una mesa con doce cubiertos.

Se encontraban allí los profesores Dumbledore, McGonagall, Snape, Sprout y Flitwick, junto con Filch, el conserje, que se había quitado la habitual chaqueta marrón y llevaba puesto un frac viejo y mohoso. Sólo había otros tres alumnos: dos del primer curso, muy nerviosos, y uno de quinto de Slytherin, de rostro huraño.

—¡Felices Pascuas! —dijo Dumbledore cuando Harry, Ron y Hermione se acercaron a la mesa—. Como somos tan pocos, me pareció absurdo utilizar las mesas de los colegios. ¡Siéntense, siéntense!

Harry, Ron y Hermione se sentaron juntos al final de la mesa.

—¡Cohetes sorpresa! —dijo Dumbledore entusiasmado, alargando a Snape el extremo de uno grande de color de plata. Snape lo cogió a regañadientes y tiró. Sonó un estampido, el cohete salió disparado y dejó tras de sí un sombrero de bruja grande y puntiagudo, con un buitre disecado en la punta.

Harry, acordándose del boggart, miró a Ron y los dos se rieron. Snape apretó los labios y empujó el sombrero hacia Dumbledore, que enseguida cambió el suyo por aquél.

—¡A comer! —aconsejó a todo el mundo, sonriendo.

Mientras Harry se servía papas asadas, las puertas del Gran Comedor volvieron a abrirse. Era la profesora Trelawney, que se deslizaba hacia ellos como si fuera sobre ruedas. Dada la ocasión, se había puesto un vestido verde de lentejuelas que acentuaba su aspecto de libélula gigante.

—¡Sybill, qué sorpresa tan agradable! —dijo Dumbledore, poniéndose en pie.

—He estado consultando la bola de cristal, señor director —dijo la profesora Trelawney con su voz más lejana—. Y ante mi sorpresa, me he visto abandonando mi almuerzo solitario y reuniéndome con ustedes. ¿Quién soy yo para negar los designios del destino? Dejé la torre y vine a toda prisa, pero les ruego que me perdonen por la tardanza...

—Por supuesto —dijo Dumbledore, parpadeando—. Permíteme que te acerque una silla...

E hizo, con la varita, que por el aire se acercara una silla que dio unas vueltas antes de caer ruidosamente entre los profesores Snape y McGonagall. La profesora Trelawney, sin embargo, no se sentó. Sus enormes ojos habían vagado por toda la mesa y de pronto dio un leve grito.

—¡No me atrevo, señor director! ¡Si me siento, seremos trece! ¡Nada da peor suerte! ¡No olviden nunca que cuando trece comen juntos, el primero en levantarse es el primero en morir!

—Nos arriesgaremos, Sybill —dijo impaciente la profesora McGonagall—. Por favor, siéntate. El pavo se enfría.

La profesora Trelawney dudó. Luego se sentó en la silla vacía con los ojos cerrados y la boca muy apretada, como esperando que un rayo cayera en la mesa. La profesora McGonagall introdujo un cucharón en la fuente más próxima.

—¿Quieres callos, Sybill?

La profesora Trelawney no le hizo caso. Volvió a abrir los ojos, echó un vistazo a su alrededor y dijo:

—Pero ¿dónde está mi querido profesor Lupin?

—Me temo que ha sufrido una recaída —dijo Dumbledore, animando a todos a que se sirvieran—. Es una pena que haya ocurrido el día de Navidad.

—Pero seguro que ya lo sabías, Sybill.

La profesora Trelawney dirigió una mirada gélida a la profesora McGonagall.

—Por supuesto que lo sabía, Minerva —dijo en voz baja—. Pero no quiero alardear de saberlo todo. A menudo obro como si no estuviera en posesión del ojo interior, para no poner nerviosos a los demás.

—Eso explica muchas cosas —respondió la profesora McGonagall.

La profesora Trelawney elevó la voz:

—Si te interesa saberlo, he visto que el profesor Lupin nos dejará pronto. Él mismo parece comprender que le queda poco tiempo. Cuando me ofrecí a ver su destino en la bola de cristal, huyó.

—Me lo imagino.

—Dudo —observó Dumbledore, con una voz alegre pero fuerte que puso fin a la conversación entre las profesoras McGonagall y Trelawney— que el profesor Lupin esté en peligro inminente. Severus, ¿has vuelto a hacerle la poción?

—Sí, señor director —dijo Snape.

—Bien —dijo Dumbledore . Entonces se levantará y dará una vuelta por ahí en cualquier momento. Derek, ¿has probado las salchichas? Son estupendas.

El muchacho de primer curso enrojeció intensamente porque Dumbledore se había dirigido directamente a él, y cogió la bandeja de salchichas con manos temblorosas.

La profesora Trelawney se comportó casi con normalidad hasta que, dos horas después, terminó la comida. Atiborrados con el banquete y tocados con los gorros que habían salido de los cohetes sorpresa, Harry y Ron fueron los primeros en levantarse de la mesa, y la profesora dio un grito.

—¡Queridos míos! ¿Quién de los dos se ha levantado primero? ¿Quién?

—No sé —dijo Ron, mirando a Harry con inquietud.

—Dudo que haya mucha diferencia —dijo la profesora McGonagall fríamente—. A menos que un loco con un hacha esté esperando en la puerta para matar al primero que salga al vestíbulo.

Incluso Ron se rió. La profesora Trelawney se molestó.

—¿Vienes? —dijo Harry a Hermione.

—No —contestó Hermione—. Tengo que hablar con la profesora McGonagall.

—Probablemente para saber si puede darnos más clases —bostezó Ron yendo al vestíbulo, donde no había ningún loco con un hacha.

Cuando llegaron al agujero del cuadro, se encontraron a sir Cadogan celebrando la Navidad con un par de monjes, antiguos directores de Hogwarts y su robusto caballo. Se levantó la visera de la celada y les ofreció un brindis con una jarra de hidromiel.

—¡Felices, hip, Pascuas! ¿La contraseña?

—«Vil bellaco» —dijo Ron.

—¡Lo mismo que usted, señor! —exclamó sir Cadogan, al mismo tiempo que el cuadro se abría hacia delante para dejarles paso.

Harry fue directamente al dormitorio, cogió la Saeta de Fuego y el equipo de mantenimiento de escobas mágicas que Hermione le había regalado para su cumpleaños, bajó con todo y se puso a mirar si podía hacerle algo a la escoba; pero no había ramitas torcidas que cortar y el palo estaba ya tan brillante que resultaba inútil querer sacarle más brillo. Él y Ron se limitaron a sentarse y a admirarla desde cada ángulo hasta que el agujero del retrato se abrió y Hermione apareció acompañada por la profesora McGonagall.

Aunque la profesora McGonagall era la jefa de la casa de Gryffindor, Harry sólo la había visto en la sala común en una ocasión y para anunciar algo muy grave. Él y Ron la miraron mientras sostenían la Saeta de Fuego. Hermione pasó por su lado, se sentó, cogió el primer libro que encontró y ocultó la cara tras él.

—Conque es eso —dijo la profesora McGonagall con los ojos muy abiertos, acercándose a la chimenea y examinando la Saeta de Fuego—. La señorita Granger me acaba de decir que te han enviado una escoba, Potter.

Harry y Ron se volvieron hacia Hermione. Podían verle la frente colorada por encima del libro, que estaba del revés.

—¿Puedo? —pidió la profesora McGonagall. Pero no aguardó a la respuesta y les quitó de las manos la Saeta de Fuego. La examinó detenidamente, de un extremo a otro—. Mmm... ¿y no venía con ninguna nota, Potter? ¿Ninguna tarjeta? ¿Ningún mensaje de ningún tipo?

—Nada —respondió Harry, como si no comprendiera.

—Ya veo... —dijo la profesora McGonagall—. Me temo que me la tendré que llevar, Potter.

—¿Qué?, ¿qué? —dijo Harry, poniéndose de pie de pronto—. ¿Por qué?

—Tendremos que examinarla para comprobar que no tiene ningún hechizo —explicó la profesora McGonagall—. Por supuesto, no soy una experta, pero seguro que la señora Hooch y el profesor Flitwick la desmontarán.

—¿Desmontarla? —repitió Ron, como si la profesora McGonagall estuviera loca.

—Tardaremos sólo unas semanas —aclaró la profesora McGonagall—. Te la devolveremos cuando estemos seguros de que no está embrujada.

—No tiene nada malo —dijo Harry. La voz le temblaba—. Francamente, profesora...

—Eso no lo sabes —observó la profesora McGonagall con total amabilidad—, no lo podrás saber hasta que hayas volado en ella, por lo menos. Y me temo que eso será imposible hasta que estemos seguros de que no se ha manipulado. Te tendré informado.

La profesora McGonagall dio media vuelta y salió con la Saeta de Fuego por el retrato, que se cerró tras ella.

Harry se quedó mirándola, con la lata de pulimento aún en la mano. Ron se volvió hacia Hermione.

—¿Por qué has ido corriendo a la profesora McGonagall?

Hermione dejó el libro a un lado. Seguía con la cara colorada. Pero se levantó y se enfrentó a Ron con actitud desafiante:

—Porque pensé (y la profesora McGonagall está de acuerdo conmigo) que la escoba podía habérsela enviado Sirius Black.

# 12

## El *patronus*

Harry sabía que la intención de Hermione había sido buena, pero eso no le impidió enfadarse con ella. Había sido propietario de la mejor escoba del mundo durante unas horas y, por culpa de Hermione, ya no sabía si la volvería a ver. Estaba seguro de que no le ocurriría nada a la Saeta de Fuego, pero ¿en qué estado se encontraría después de pasar todas las pruebas antihechizos?

Ron también estaba enfadado con Hermione. En su opinión, desmontar una Saeta de Fuego completamente nueva era un crimen. Hermione, que seguía convencida de que había hecho lo que debía, comenzó a evitar la sala común. Harry y Ron supusieron que se había refugiado en la biblioteca y no intentaron persuadirla de que saliera de allí. Se alegraron de que el resto del colegio regresara poco después de Año Nuevo y la torre de Gryffindor volviera a estar abarrotada de gente y de bullicio.

Wood buscó a Harry la noche anterior al comienzo de las clases.

—¿Qué tal las Navidades? —preguntó. Y luego, sin esperar respuesta, se sentó, bajó la voz y dijo—: He estado meditando durante las vacaciones, Harry. Después del último partido, ¿sabes? Si los dementores acuden al siguiente... no nos podemos permitir que tú... bueno...

Wood se quedó callado, con cara de sentirse incómodo.

—Estoy trabajando en ello —dijo Harry rápidamente—. El profesor Lupin me dijo que me daría unas clases para ahuyentar a los dementores. Comenzaremos esta semana. Dijo que después de Navidades estaría menos atareado.

—Ya —dijo Wood. Su rostro se animó—. Bueno, en ese caso... Realmente no quería perderte como buscador, Harry. ¿Has comprado ya otra escoba?

—No —contestó Harry.

—¿Cómo? Pues será mejor que te des prisa. No puedes montar en esa Estrella Fugaz en el partido contra Ravenclaw.

—Le regalaron una Saeta de Fuego en Navidad —dijo Ron.

—¿Una Saeta de Fuego? ¡No! ¿En serio? ¿Una Saeta de Fuego de verdad?

—No te emociones, Oliver —dijo Harry con tristeza—. Ya no la tengo. Me la confiscaron. —Y explicó que estaban revisando la Saeta de Fuego en aquellos instantes.

—¿Hechizada? ¿Por qué podría estar hechizada?

—Sirius Black —explicó Harry sin entusiasmo—. Parece que va detrás de mí. Así que McGonagall piensa que él me la podría haber enviado.

Desechando la idea de que un famoso asesino estuviera interesado por la vida de su buscador, Wood dijo:

—¡Pero Black no podría haber comprado una Saeta de Fuego! Es un fugitivo. Todo el país lo está buscando. ¿Cómo podría entrar en la tienda de Artículos de Calidad para el Juego del Quidditch y comprar una escoba?

—Ya lo sé. Pero aun así, McGonagall quiere desmontarla.

Wood se puso pálido.

—Iré a hablar con ella, Harry —le prometió—. La haré entrar en razón... Una Saeta de Fuego... ¡una auténtica Saeta de Fuego en nuestro equipo! Ella tiene tantos deseos como nosotros de que gane Gryffindor... La haré entrar en razón... ¡Una Saeta de Fuego...!

Las clases comenzaron al día siguiente. Lo último que deseaba nadie una mañana de enero era pasar dos horas en una fila en el patio, pero Hagrid había encendido una hoguera de salamandras, para su propio disfrute, y pasaron una clase inusualmente agradable recogiendo leña seca y hojarasca para mantener vivo el fuego, mientras las salamandras, a las que les gustaban las llamas, correteaban de un lado para otro de los troncos incandescentes que se iban desmoronando. La primera clase de Adivinación del nuevo trimestre fue mucho menos divertida. La profesora Trelawney les enseñaba ahora quiromancia y se apresuró a informar a Harry de que tenía la línea de la vida más corta que había visto nunca.

A la que Harry tenía más ganas de acudir era a la clase de Defensa Contra las Artes Oscuras. Después de la conversación con Wood, quería comenzar las clases contra los dementores tan pronto como fuera posible.

—Ah, sí —dijo Lupin, cuando Harry le recordó su promesa al final de la clase—. Veamos... ¿qué te parece el jueves a las ocho de la tarde? El aula de Historia de la Magia será bastante grande... Tendré que pensar detenidamente en esto... No podemos traer a un dementor de verdad al castillo para practicar...

—Aún parece enfermo, ¿verdad? —dijo Ron por el pasillo, camino del Gran Comedor—. ¿Qué crees que le pasa?

Oyeron un «chist» de impaciencia detrás de ellos. Era Hermione, que había estado sentada a los pies de una armadura, ordenando la mochila, tan llena de libros que no se cerraba.

¿Por qué nos callas? —le preguntó Ron irritado.

—Por nada —dijo Hermione con altivez, echándose la mochila al hombro.

—Por algo será —dijo Ron—. Dije que no sabía qué le ocurría a Lupin y tú...

—Bueno, ¿no es evidente? —dijo Hermione con una mirada de superioridad exasperante.

—Si no nos lo quieres decir, no lo hagas —dijo Ron con brusquedad.

—Bueno—respondió Hermione, y se marchó altivamente.

—No lo sabe —dijo Ron, siguiéndola con los ojos y resentido—. Sólo quiere que le volvamos a hablar.


A las ocho de la tarde del jueves, Harry salió de la torre de Gryffindor para acudir al aula de Historia de la Magia. Cuando llegó estaba a oscuras y vacía, pero encendió las luces con la varita mágica y al cabo de cinco minutos apareció el profesor Lupin, llevando una gran caja de embalar que puso encima de la mesa del profesor Binn.

—¿Qué es? —preguntó Harry.

—Otro boggart —dijo Lupin, quitándose la capa—. He estado buscando por el castillo desde el martes y he tenido la suerte de encontrar éste escondido dentro del archivador del señor Filch. Es lo más parecido que podemos encontrar a un auténtico dementor. El boggart se convertirá en dementor cuando te vea, de forma que podrás practicar con él. Puedo guardarlo en mi despacho cuando no lo utilicemos, bajo mi mesa hay un armario que le gustará.

—De acuerdo —dijo Harry, haciendo como que no era aprensivo y satisfecho de que Lupin hubiera encontrado un sustituto de un dementor de verdad.

—Así pues... —el profesor Lupin sacó su varita mágica e indicó a Harry que hiciera lo mismo—. El hechizo que trataré de enseñarte es magia muy avanzada... Bueno, muy por encima del Nivel Corriente de Embrujo. Se llama «encantamiento *patronus*».

—¿Cómo es? —preguntó Harry, nervioso.

—Bueno, cuando sale bien invoca a un patronus para que se aparezca —explicó Lupin— y que es una especie de antidementor, un guardián que hace de escudo entre el dementor y tú.

Harry se imaginó de pronto agachado tras alguien del tamaño de Hagrid que empuñaba una porra gigantesca. El profesor Lupin continuó:

—El patronus es una especie de fuerza positiva, una proyección de las mismas cosas de las que el dementor se alimenta: esperanza, alegría, deseo de vivir... y no puede sentir desesperación como los seres humanos, de forma que los dementores no lo pueden herir. Pero tengo que advertirte, Harry, que el hechizo podría resultarte excesivamente avanzado. Muchos magos cualificados tienen dificultades con él.

—¿Qué aspecto tiene un patronus? —dijo Harry con curiosidad.

—Es según el mago que lo invoca.

—¿Y cómo se invoca?

—Con un encantamiento que sólo funcionará si te concentras con todas tus fuerzas en un solo recuerdo de mucha alegría.

Harry intentó recordar algo alegre. Desde luego, nada de lo que le había ocurrido en casa de los Dursley le serviría. Al final recordó el instante en que por primera vez montó en una escoba.

—Ya —dijo, intentando recordar lo más exactamente posible la maravillosa sensación de vértigo que había notado en el estómago.

—El encantamiento es así —Lupin se aclaró la garganta—: *¡Expecto patronum!*

—*¡Expecto patronum!* —repitió Harry entre dientes—. *¡Expecto patronum!*

—¿Te estás concentrando con fuerza en el recuerdo feliz?

—Sí... —contestó Harry, obligando a su mente a que retrocediese hasta aquel primer viaje en escoba—. *Expecto patrono*, no, *patronum*... perdón... *¡Expecto patronum! ¡Expecto patronum!*

De repente, como un chorro, surgió algo del extremo de su varita. Era como un gas plateado.

—¿Lo ha visto? —preguntó Harry entusiasmado—. ¡Algo ha ocurrido!

—Muy bien —dijo Lupin sonriendo—. Bien, entonces... ¿estás preparado para probarlo en un dementor?

—Sí —dijo Harry, empuñando la varita con fuerza y yendo hasta el centro del aula vacía. Intentó mantener su pensamiento en el vuelo con la escoba, pero en su mente había otra cosa que trataba de introducirse... Tal vez en cualquier instante volviera a oír a su madre... Pero no debía pensar en ello o volvería a oírla realmente, y no quería... ¿o sí quería?

Lupin cogió la tapa de la caja de embalaje y tiró de ella. Un dementor se elevó despacio de la caja, volviendo hacia Harry su rostro encapuchado. Una mano viscosa y llena de pústulas sujetaba la capa.

Las luces que había en el aula parpadearon hasta apagarse. El dementor salió de la caja y se dirigió silenciosamente hacia Harry, exhalando un aliento profundo y vibrante. Una ola de intenso frío se extendió sobre él.

—*¡Expecto patronum!* —gritó Harry—. *¡Expecto patronum! ¡Expecto...!*

Pero el aula y el dementor desaparecían. Harry cayó de nuevo a través de una niebla blanca y espesa, y la voz de su madre resonó en su cabeza, más fuerte que nunca...

—¡A Harry no! ¡A Harry no! Por favor... haré cualquier cosa...

—A un lado... hazte a un lado, muchacha...

—¡Harry!

Harry volvió de pronto a la realidad. Estaba boca arriba, tendido en el suelo. Las luces del aula habían vuelto a encenderse. No necesitó preguntar qué era lo que había ocurrido.

—Lo siento —musitó, incorporándose y notando un sudor frío que le corría por detrás de las gafas.

—¿Te encuentras bien? —le preguntó Lupin.

—Sí...

Para levantarse, Harry se apoyó primero en un pupitre y luego en Lupin.

—Toma. —Lupin le ofreció una rana de chocolate—. Cómetela antes de que volvamos a intentarlo. No esperaba que lo consiguieras la primera vez. Me habría impresionado mucho que lo hubieras hecho.

—Cada vez es peor —musitó Harry, mordiendo la cabeza de la rana—. Esta vez la he oído más alto aún. Y a él... a Voldemort...

Lupin estaba más pálido de lo habitual.

—Harry, si no quieres continuar, lo comprenderé perfectamente...

—¡Sí quiero! —dijo Harry con energía, metiéndose en la boca el resto de la rana—. ¡Tengo que hacerlo! ¿Y si los dementores vuelven a presentarse en el partido contra Ravenclaw? No puedo caer de nuevo. ¡Si perdemos este partido, habremos perdido la copa de quidditch!

—De acuerdo, entonces... —dijo Lupin—. Tal vez quieras seleccionar otro recuerdo feliz. Quiero decir, para concentrarte. Ése no parece haber sido bastante poderoso...

Harry pensó intensamente y recordó que se había sentido muy contento cuando, el año anterior, Gryffindor había ganado la Copa de las Casas. Empuñó otra vez la varita mágica y volvió a su puesto en mitad del aula.

—¿Preparado? —preguntó Lupin, cogiendo la tapa de la caja.

—Preparado —dijo Harry, haciendo un gran esfuerzo por llenarse la cabeza de pensamientos alegres sobre la victoria de Gryffindor, y no con pensamientos oscuros sobre lo que iba a ocurrir cuando la caja se abriera.

—¡Ya! —dijo Lupin, levantando la tapa.

El aula volvió a enfriarse y a quedarse a oscuras. El dementor avanzó con su violenta respiración, abriendo una mano putrefacta en dirección a Harry.

—¡*Expecto patronum*! —gritó Harry—. ¡*Expecto patronum*! ¡*Expecto pat...*!

Una niebla blanca le oscureció el sentido. En torno a él se movieron unas formas grandes y borrosas... Luego oyó una voz nueva, de hombre, que gritaba aterrorizado:

—*¡Lily, coge a Harry y vete! ¡Es él! ¡Vete! ¡Corre! Yo lo detendré.*

El ruido de alguien dentro de una habitación, una puerta que se abría de golpe, una carcajada estridente.

—¡Harry! Harry, despierta...

Lupin le abofeteaba las mejillas. Esta vez le costó un minuto comprender por qué estaba tendido en el suelo polvoriento del aula.

—He oído a mi padre —balbuceó Harry—. Es la primera vez que lo oigo. Quería enfrentarse a Voldemort para que a mi madre le diera tiempo de escapar.

Harry notó que en su rostro había lágrimas mezcladas con el sudor. Bajó la cabeza todo lo que pudo para limpiarse las lágrimas con la túnica, haciendo como que se ataba el cordón del zapato, para que Lupin no se diera cuenta de que había llorado.

—¿Has oído a James? —preguntó Lupin con voz extraña.

—Sí... —Con la cara ya seca, volvió a levantar la vista—. ¿Por qué? Usted no conocía a mi padre, ¿o sí?

—Lo... lo conocí, sí —contestó Lupin—. Fuimos amigos en Hogwarts. Escucha, Harry. Tal vez deberíamos dejarlo por hoy. Este encantamiento es demasiado avanzado... No debería haberte puesto en este trance...

—No —repuso Harry. Se volvió a levantar—. ¡Lo volveré a intentar! No pienso en cosas bastante alegres, por eso... ¡espere!

Hizo un gran esfuerzo para pensar. Un recuerdo muy feliz..., un recuerdo que pudiera transformarse en un patronus bueno y fuerte...

¡El momento en que se enteró de que era un mago y de que tenía que dejar la casa de los Dursley para ir a Hogwarts! Si eso no era un recuerdo feliz, entonces no sabía qué podía serlo. Concentrado en los sentimientos que lo habían embargado al enterarse de que se iría de Privet Drive, Harry se levantó y se puso de nuevo frente a la caja de embalaje.

—¿Preparado? —dijo Lupin, como si fuera a obrar en contra de su criterio—. ¿Te estás concentrando bien? De acuerdo. ¡Ya!

Levantó la tapa de la caja por tercera vez y el dementor volvió a salir de ella. El aula volvió a enfriarse y a oscurecerse.

—¡EXPECTO PATRONUM! —gritó Harry—. ¡EXPECTO PATRONUM! ¡EXPECTO PATRONUM!

De nuevo comenzaron los gritos en la mente de Harry, salvo que esta vez sonaban como si procedieran de una radio mal sintonizada. El sonido bajó, subió y volvió a bajar... Todavía seguía viendo al dementor. Se había detenido... Y luego, una enorme sombra plateada salió con fuerza del extremo de la varita de Harry y se mantuvo entre él y el dementor, y aunque Harry sentía sus piernas como de mantequilla, seguía de pie, sin saber cuánto tiempo podría aguantar.

—¡Riddíkulo! —gritó Lupin, saltando hacia delante.

Se oyó un fuerte crujido y el nebuloso patronus se desvaneció junto con el dementor. Harry se derrumbó en una silla, con las piernas temblando, tan cansado como si acabara de correr varios kilómetros. Por el rabillo del ojo vio al profesor Lupin obligando con la varita al boggart a volver a la caja de embalaje. Se había vuelto a convertir en una esfera plateada.

—¡Estupendo! —dijo Lupin, yendo hacia donde estaba Harry sentado—. ¡Estupendo, Harry! Ha sido un buen principio.

—¿Podemos volver a probar? Sólo una vez más.

—Ahora no —dijo Lupin con firmeza—. Ya has tenido bastante por una noche. Ten...

Ofreció a Harry una tableta del mejor chocolate de Honeydukes.

—Cómetelo todo o la señora Pomfrey me matará. ¿El jueves que viene a la misma hora?

—Vale —dijo Harry. Dio un mordisco al chocolate y vio que Lupin apagaba las luces que se habían encendido con la desaparición del dementor. Se le acababa de ocurrir algo—: ¿Profesor Lupin? —preguntó—. Si conoció a mi padre, también conocería a Sirius Black.

Lupin se volvió con rapidez:

—¿Qué te hace pensar eso? —dijo severamente.

—Nada. Quiero decir... me he enterado de que eran amigos en Hogwarts.

El rostro de Lupin se calmó.

—Sí, lo conocí —dijo lacónicamente—. O creía que lo conocía. Será mejor que te vayas, Harry. Se hace tarde.

Harry salió del aula, atravesó el corredor, dobló una esquina, dio un rodeo por detrás de una armadura y se sentó en la peana para terminar el chocolate, lamentando haber mencionado a Black, dado que a Lupin, obviamente, no le había hecho gracia. Luego volvió a pensar en sus padres.

Se sentía extrañamente vacío, a pesar de haber comido tanto chocolate. Aunque era terrible oír dentro de su cabeza los últimos instantes de vida de sus padres, eran las únicas ocasiones en que había oído sus voces, desde que era muy pequeño. Nunca sería capaz de crear un patronus de verdad si en parte deseaba volver a oír la voz de sus padres...

—Están muertos —se dijo con firmeza—. Están muertos y volver a oír el eco de su voz no los traerá a la vida. Será mejor que me controle si quiero la copa de quidditch.

Se puso en pie, se metió en la boca el último pedazo de chocolate y volvió hacia la torre de Gryffindor.

Ravenclaw jugó contra Slytherin una semana después del comienzo del trimestre. Slytherin ganó, aunque por muy poco. Según Wood, eran buenas noticias para Gryffindor, que se colocaría en segundo puesto si ganaba también a Ravenclaw. Por lo tanto, aumentó los entrenamientos a cinco por semana. Esto significaba que, junto con las clases antidementores de Lupin, que resultaban más agotadoras que seis sesiones de entrenamiento de quidditch, a Harry le quedaba tan sólo una noche a la semana para hacer todos los deberes. Aun así, no parecía tan agobiado como Hermione, a la que le afectaba la inmensa cantidad de trabajo. Cada noche, sin excepción, veían a Hermione en un rincón de la sala común, con varias mesas llenas de libros, tablas de Aritmancia, diccionarios de runas, dibujos de muggles levantando objetos pesados y carpetas amontonadas con apuntes extensísimos. Apenas hablaba con nadie y respondía de malos modos cuando alguien la interrumpía.

—¿Cómo lo hará? —le preguntó Ron a Harry una tarde, mientras el segundo terminaba un insoportable trabajo para Snape sobre *Venenos indetectables*. Harry alzó la vista. A Hermione casi no se la veía detrás de la torre de libros.

—¿Cómo hará qué?

—Ir a todas las clases —dijo Ron—. Esta mañana la oí hablar con la profesora Vector, la bruja que da Aritmancia. Hablaban de la clase de ayer. Pero Hermione no pudo ir, porque estaba con nosotros en Cuidado de Criaturas Mágicas. Y Ernie McMillan me dijo que no ha faltado nunca a una clase de Estudios Muggles. Pero la mitad de esas clases coinciden con Adivinación y tampoco ha faltado nunca a éstas.

Harry no tenía tiempo en aquel momento para indagar el misterio del horario imposible de Hermione. Tenía que seguir con el trabajo para Snape. Dos segundos más tarde volvió a ser interrumpido, esta vez por Wood.

—Malas noticias, Harry. Acabo de ver a la profesora McGonagall por lo de la Saeta de Fuego. Ella... se ha puesto algo antipática conmigo. Me ha dicho que mis prioridades están mal. Piensa que me preocupa más ganar la copa que tu vida. Sólo porque le dije que no me importaba que la escoba te tirase al suelo, siempre que cogieras la snitch. —Wood sacudió la cabeza con incredulidad—. Realmente, por su forma de gritarme... cualquiera habría pensado que le había dicho algo terrible. Luego le pregunté cuánto tiempo la tendría todavía. —Hizo una mueca e imitó la voz de la profesora McGonagall—: «El tiempo que haga falta, Wood.» Me parece que tendrás que pedir otra escoba, Harry. Hay un cupón de pedido en la última página de *El mundo de la escoba*. Podrías comprar una Nimbus 2.001 como la que tiene Malfoy.

—No voy a comprar nada que le guste a Malfoy —dijo taxativamente.

Enero dio paso a febrero sin que se notara, persistiendo en el mismo frío glaciar. El partido contra Ravenclaw se aproximaba, pero Harry seguía sin solicitar otra escoba. Al final de cada clase de Transformaciones, le preguntaba a la profesora McGonagall por la Saeta de Fuego, Ron expectante junto a él, Hermione pasando a toda velocidad por su lado, con la cara vuelta.

—No, Potter, todavía no te la podemos devolver —le dijo la profesora McGonagall el duodécimo día de interrogatorio, antes de que el muchacho hubiera abierto la boca—. Hemos comprobado la mayoría de los hechizos más habituales, pero el profesor Flitwick cree que la escoba podría tener un maleficio para derribar al que la monta. En cuanto hayamos terminado las comprobaciones, te lo diré. Ahora te ruego que dejes de darme la lata.

Para empeorar aún más las cosas, las clases antidementores de Harry no iban tan bien como esperaba, ni mucho menos. Después de varias sesiones, era capaz de crear una sombra poco precisa cada vez que el dementor se le acercaba, pero su patronus era demasiado débil para ahuyentar al dementor. Lo único que hacía era mantenerse en el aire como una nube semitransparente, vaciando de energía a Harry mientras éste se esforzaba por mantenerlo. Harry estaba enfadado consigo mismo. Se sentía culpable por su secreto deseo de volver a oír las voces de sus padres.

—Esperas demasiado de ti mismo —le dijo severamente el profesor Lupin en la cuarta semana de prácticas—. Para un brujo de trece años, incluso un patronus como éste es una hazaña enorme. Ya no te desmayas, ¿a que no?

—Creí que el patronus embestiría contra los dementores —dijo Harry desalentado—, que los haría desaparecer...

—El verdadero patronus los hace desaparecer —contestó Lupin—. Pero tú has logrado mucho en poco tiempo. Si los dementores hacen aparición en tu próximo partido de quidditch, serás capaz de tenerlos a raya el tiempo necesario para volver al juego.

—Usted dijo que es más difícil cuando hay muchos —repuso Harry.

—Tengo total confianza en ti —aseguró Lupin sonriendo—. Toma, te has ganado una bebida. Esto es de Las Tres Escobas y supongo que no lo habrás probado antes...

Sacó dos botellas de su maletín.

—¡Cerveza de mantequilla! —exclamó Harry irreflexivamente—. Sí, me encanta. —Lupin alzó una ceja—. Bueno... Ron y Hermione me trajeron algunas cosas de Hogsmeade —mintió Harry a toda prisa.

—Ya veo —dijo Lupin, aunque parecía algo suspicaz—. Bien, bebamos por la victoria de Gryffindor contra Ravenclaw. Aunque en teoría, como profesor no debo tomar partido —añadió inmediatamente.

Bebieron en silencio la cerveza de mantequilla, hasta que Harry mencionó algo en lo que llevaba algún tiempo meditando.

—¿Qué hay debajo de la capucha de un dementor?

El profesor Lupin, pensativo, dejó la botella.

—Mmm..., bueno, los únicos que lo saben no pueden decirnos nada. El dementor sólo se baja la capucha para utilizar su última arma.

—¿Cuál es?

—Lo llaman «Beso del dementor» —dijo Lupin con una amarga sonrisa—. Es lo que hacen los dementores a aquellos a los que quieren destruir completamente. Supongo que tendrán algo parecido a una boca, porque pegan las mandíbulas a la boca de la víctima y... le sorben el alma.

Harry escupió, sin querer, un poco de cerveza de mantequilla.

—¿Las matan?

—No —dijo Lupin—. Mucho peor que eso. Se puede vivir sin alma, mientras sigan funcionando el cerebro y el corazón. Pero no se puede tener conciencia de uno mismo, ni memoria, ni nada. No hay ninguna posibilidad de recuperarse. Uno se limita a existir. Como una concha vacía. Sin alma, perdido para siempre. —Lupin bebió otro trago de cerveza de mantequilla y siguió diciendo—: Es el destino que le espera a Sirius Black. Lo decía *El Profeta* esta mañana. El Ministerio ha dado permiso a los dementores para besarlo cuando lo encuentren.

Harry se quedó abstraído unos instantes, pensando en la posibilidad de sorber el alma por la boca de una persona. Pero luego pensó en Black.

—Se lo merece —dijo de pronto.

—¿Eso piensas? —dijo, como sin darle importancia—. ¿De verdad crees que alguien se merece eso?

—Sí —dijo Harry con altivez—. Por varios motivos.

Le habría gustado hablar con Lupin sobre la conversación que había oído en Las Tres Escobas, sobre Black traicionando a sus padres, aunque aquello habría supuesto revelar que había ido a Hogsmeade sin permiso. Y sabía que a Lupin no le haría gracia. De forma que terminó su cerveza de mantequilla, dio a Lupin las gracias y salió del aula de Historia de la Magia.

Harry casi se arrepentía de haberle preguntado qué había debajo de la capucha de un dementor. La respuesta había sido tan horrible y lo había sumido hasta tal punto en horribles pensamientos sobre almas sorbidas que se dio de bruces con la profesora McGonagall mientras subía por las escaleras.

—Mira por dónde vas, Potter.

—Lo siento, profesora.

—Fui a buscarte a la sala común de Gryffindor. Bueno, aquí la tienes. Hemos hecho todas las comprobaciones y parece que está bien. En algún lugar tienes un buen amigo, Potter.

Harry se quedó con la boca abierta. La profesora McGonagall sostenía su Saeta de Fuego, que tenía un aspecto tan magnífico como siempre.

—¿Puedo quedármela? —dijo Harry con voz desmayada—. ¿De verdad?

—De verdad —dijo sonriendo la profesora McGonagall—. Tendrás que familiarizarte con ella antes del partido del sábado, ¿no? Haz todo lo posible por ganar, porque si no quedaremos eliminados por octavo año consecutivo, como me acaba de recordar muy amablemente el profesor Snape.

Harry subió por las escaleras hacia la torre de Gryffindor, sin habla, llevando la Saeta de Fuego. Al doblar una esquina, vio a Ron, que se precipitaba hacia él con una sonrisa de oreja a oreja.

—¿Te la ha dado? ¡Estupendo! ¿Me dejarás que monte en ella? ¿Mañana?

—Sí, por supuesto —respondió Harry con un entusiasmo que no había experimentado desde hacía un mes—. Tendríamos que hacer las paces con Hermione. Sólo quería ayudar...

—Sí, de acuerdo. Está en la sala común, trabajando, para variar.

Llegaron al corredor que llevaba a la torre de Gryffindor, y vieron a Neville Longbottom que suplicaba a sir Cadogan que lo dejara entrar.

—Las escribí, pero se me deben de haber caído en alguna parte.

—¡Id a otro con ese cuento! —vociferaba sir Cadogan. Luego, viendo a Ron y Harry—: ¡Voto a bríos, mis valientes y jóvenes vasallos! ¡Venid a atar a este demente que trata de forzar la entrada!

—Cierra la boca —dijo Ron al llegar junto a Neville.

—He perdido las contraseñas —les confesó Neville abatido—. Le pedí que me dijera las contraseñas de esta semana, porque las está cambiando continuamente, y ahora no sé dónde las tengo.

—«Rompetechos» —dijo Harry a sir Cadogan, que parecía muy decepcionado y reacio a dejarlos pasar. Hubo murmullos repentinos y emocionados cuando todos se dieron la vuelta y rodearon a Harry para admirar su Saeta de Fuego.

—¿Cómo la has conseguido, Harry?

—¿Me dejarás dar una vuelta?

—¿Ya la has probado, Harry?

—Ravenclaw no tiene nada que hacer. Todos van montados en Barredoras 7.

—¿Puedo cogerla, Harry?

Después de unos diez minutos en que la Saeta de Fuego fue pasando de mano en mano y admirada desde cada ángulo, la multitud se dispersó y Harry y Ron pudieron ver a Hermione, la única que no había corrido hacia ellos y había seguido estudiando. Harry y Ron se acercaron a su mesa y la muchacha levantó la vista.

—Me la han devuelto —le dijo Harry sonriendo y levantando la Saeta de Fuego.

—¿Lo ves, Hermione? ¡No había nada malo en ella!

—Bueno... Podía haberlo —repuso Hermione—. Por lo menos ahora sabes que es segura.

—Sí, supongo que sí —dijo Harry—. Será mejor que la deje arriba.

—¡Yo la llevaré! —se ofreció Ron con entusiasmo—. Tengo que darle a *Scabbers* el tónico para ratas.

Cogió la Saeta de Fuego y, sujetándola como si fuera de cristal, la subió hasta el dormitorio de los chicos.

—¿Me puedo sentar? —preguntó Harry a Hermione.

—Supongo que sí —contestó Hermione, retirando un montón de pergaminos que había sobre la silla.

Harry echó un vistazo a la mesa abarrotada, al largo trabajo de Aritmancia, cuya tinta todavía estaba fresca, al todavía más largo trabajo para la asignatura de Estudios Muggles («Expliquen por qué los muggles necesitan la electricidad»), y a la traducción rúnica en que Hermione se hallaba enfrascada.

—¿Qué tal lo llevas? —preguntó Harry.

—Bien. Ya sabes, trabajando duro —respondió Hermione. Harry vio que de cerca parecía casi tan agotada como Lupin.

—¿Por qué no dejas un par de asignaturas? —preguntó Harry, viéndola revolver entre libros en busca del diccionario de runas.

—¡No podría! —respondió Hermione escandalizada.

—La Aritmancia parece horrible —observó Harry, cogiendo una tabla de números particularmente abstrusa.

—No, es maravillosa —dijo Hermione con sinceridad—. Es mi asignatura favorita. Es...

Pero Harry no llegó a enterarse de qué tenía de maravilloso la Aritmancia. En aquel preciso instante resonó un grito ahogado en la escalera de los chicos. Todos los de la sala común se quedaron en silencio, petrificados, mirando hacia la entrada. Se acercaban unos pasos apresurados que se oían cada vez más fuerte. Y entonces apareció Ron arrastrando una sábana.

—¡MIRA! —gritó, acercándose a zancadas a la mesa de Hermione—. ¡MIRA! —repitió, sacudiendo la sábana delante de su cara.

—¿Qué pasa, Ron?

—¡SCABBERS! ¡MIRA! ¡SCABBERS!

Hermione se apartó de Ron, echándose hacia atrás, muy asombrada. Harry observó la sábana que sostenía Ron. Había algo rojo en ella. Algo que se parecía mucho a...

—¡SANGRE! —exclamó Ron en medio del silencio—. ¡NO ESTÁ! ¿Y SABES LO QUE HABÍA EN EL SUELO?

—No, no —dijo Hermione con voz temblorosa.

Ron tiró algo encima de la traducción rúnica de Hermione. Ella y Harry se inclinaron hacia delante. Sobre las inscripciones extrañas y espigadas había unos pelos de gato, largos y de color canela.

# 13

## Gryffindor contra Ravenclaw

Parecía el fin de la amistad entre Ron y Hermione. Estaban tan enfadados que Harry no veía ninguna posibilidad de reconciliarlos.

A Ron le enfurecía que Hermione no se hubiera tomado en ningún momento en serio los esfuerzos de *Crookshanks* por comerse a *Scabbers*, que no se hubiera preocupado por vigilarlo, y que todavía insistiera en la inocencia de *Crookshanks* y en que Ron tenía que buscar a *Scabbers* debajo de las camas.

Hermione, en tanto, sostenía con encono que Ron no tenía ninguna prueba de que *Crookshanks* se hubiera comido a *Scabbers*, que los pelos canela podían encontrarse allí desde Navidad y que Ron le había cogido ojeriza a su gato desde el momento en que éste se le había echado a la cabeza en la tienda de animales mágicos.

En cuanto a él, Harry estaba convencido de que *Crookshanks* se había comido a *Scabbers*, y cuando intentó que Hermione comprendiera que todos los indicios parecían demostrarlo, la muchacha se enfadó con Harry también.

—¡Ya sabía que te pondrías de parte de Ron! —chilló Hermione—. Primero la Saeta de Fuego, ahora *Scabbers*, todo es culpa mía, ¿verdad? Lo único que te pido, Harry, es que me dejes en paz. Tengo mucho que hacer.

Ron estaba muy afectado por la pérdida de su rata.

—Vamos, Ron. Siempre te quejabas de lo aburrida que era *Scabbers* —dijo Fred, con intención de animarlo—. Y además llevaba mucho tiempo descolorida. Se estaba consumiendo. Sin duda ha sido mejor para ella morir rápidamente. Un bocado... y no se dio ni cuenta.

—¡Fred! —exclamó Ginny indignada.

—Lo único que hacía era comer y dormir, Ron. Tú también lo decías —intervino George.

—¡En una ocasión mordió a Goyle! —dijo Ron con tristeza—. ¿Te acuerdas, Harry?

—Sí, es verdad —respondió Harry.

—Fue su momento grandioso —comentó Fred, incapaz de contener una sonrisa—. La cicatriz que tiene Goyle en el dedo quedará como un último tributo a su memoria. Vamos, Ron. Vete a Hogsmeade y cómprate otra rata. ¿Para qué lamentarse tanto?

En un desesperado intento de animar a Ron, Harry lo persuadió de que acudiera al último entrenamiento del equipo de Gryffindor antes del partido contra Ravenclaw, y podría dar una vuelta en la Saeta de Fuego cuando hubieran terminado. Esto alegró a Ron durante un rato («¡Estupendo! ¿podré marcar goles montado en ella?»). Así que se encaminaron juntos hacia el campo de quidditch.

La señora Hooch, que seguía supervisando los entrenamientos de Gryffindor para cuidar de Harry, estaba tan impresionada por la Saeta de Fuego como todos los demás. La tomó en sus manos antes del comienzo y les dio su opinión profesional.

—¡Miren qué equilibrio! Si la serie Nimbus tiene un defecto, es esa tendencia a escorar hacia la cola. Cuando tienen ya unos años, desarrollan una resistencia al avance. También han actualizado el palo, que es algo más delgado que el de las Barredoras. Me recuerda el de la vieja Flecha Plateada. Es una pena que dejaran de fabricarlas. Yo aprendí a volar en una y también era una escoba excelente...

Siguió hablando de esta manera durante un rato, hasta que Wood dijo:

—Señora Hooch, ¿le puede devolver a Harry la Saeta de Fuego? Tenemos que entrenar.

—Sí, claro. Toma, Potter —dijo la señora Hooch—. Me sentaré aquí con Weasley...

Ella y Ron abandonaron el campo y se sentaron en las gradas, y el equipo de Gryffindor rodeó a Wood para recibir las últimas instrucciones para el partido del día siguiente.

—Harry, acabo de enterarme de quién será el buscador de Ravenclaw. Es Cho Chang. Es una alumna de cuarto y es bastante buena. Yo esperaba que no se encontrara en forma, porque ha tenido algunas lesiones. —Wood frunció el entrecejo para expresar su disgusto ante la total recuperación de Cho Chang, y luego dijo—: Por otra parte, monta una Cometa 260, que al lado de la Saeta de Fuego parece un juguete. —Echó a la escoba una mirada de ferviente admiración y dijo—: ¡Vamos!

Y por fin Harry montó en la Saeta de Fuego y se elevó del suelo.

Era mejor de lo que había soñado. La Saeta giraba al más ligero roce. Parecía obedecer más a sus pensamientos que a sus manos. Corrió por el terreno de juego a tal velocidad que el estadio se convirtió en una mancha verde y gris. Harry le dio un viraje tan brusco que Alicia Spinnet profirió un grito. A continuación descendió en picado con perfecto control y rozó el césped con los pies antes de volver a elevarse diez, quince, veinte metros.

—¡Harry, suelto la snitch! —gritó Wood.

Harry se volvió y corrió junto a una bludger hacia la portería. La adelantó con facilidad, vio la snitch que salía disparada por detrás de Wood y al cabo de diez segundos la tenía en la mano.

El equipo lo vitoreó entusiasmado. Harry soltó la snitch, le dio un minuto de ventaja y se lanzó tras ella esquivando al resto del equipo. La localizó cerca de una rodilla de Katie Bell, dio un rodeo y volvió a atraparla.

Fue la mejor sesión de entrenamiento que habían tenido nunca. El equipo, animado por la presencia de la Saeta de Fuego, realizó los mejores movimientos de forma impecable, y cuando descendieron, Wood no tenía una sola crítica que hacer, lo cual, como señaló George Weasley, era una absoluta novedad.

—No sé qué problema podríamos tener mañana —dijo Wood—. Tan sólo... Harry, has resuelto tu problema con los dementores, ¿verdad?

—Sí —dijo Harry, pensando en su débil patronus y lamentando que no fuera más fuerte.

—Los dementores no volverán a aparecer, Oliver. Dumbledore se irritaría —dijo Fred con total seguridad.

—Esperemos que no —dijo Wood—. En cualquier caso, todo el mundo ha hecho un buen trabajo. Ahora volvamos a la torre. Hay que acostarse temprano...

—Me voy a quedar un ratito. Ron quiere probar la Saeta —comentó Harry a Wood.

Y mientras el resto del equipo se encaminaba a los vestuarios, Harry fue hacia Ron, que saltó la barrera de las tribunas y se dirigió hacia él.

La señora Hooch se había quedado dormida en el asiento.

—Ten —le dijo Harry entregándole la Saeta de Fuego.

Ron montó en la escoba con cara de emoción y salió zumbando en la noche, que empezaba a caer, mientras Harry paseaba por el extremo del campo, observándolo. Cuando la señora Hooch despertó sobresaltada ya era completamente de noche. Riñó a Harry y a Ron por no despertarla y los obligó a volver al castillo.

Harry se echó al hombro la Saeta de Fuego y los dos salieron del estadio a oscuras, comentando el suave movimiento de la Saeta, su formidable aceleración y su viraje milimétrico. Estaban a mitad de camino cuando Harry, al mirar hacia la izquierda, vio algo que le hizo dar un brinco: dos ojos que brillaban en la oscuridad. Se detuvo en seco. El corazón le latía con fuerza.

—¿Qué ocurre? —dijo Ron.

Harry señaló hacia los ojos. Ron sacó la varita y musitó:

—¡*Lumos!*

Un rayo de luz se extendió sobre la hierba, llegó hasta la base de un árbol e iluminó sus ramas. Allí, oculto en el follaje, estaba *Crookshanks*.

—¡Sal de ahí! —gritó Ron, agachándose y cogiendo una piedra del suelo. Pero antes de que pudiera hacer nada, *Crookshanks* se había desvanecido con un susurro de su larga cola canela.

—¿Lo ves? —dijo Ron furioso, tirando la piedra al suelo—. Aún le permite andar a sus anchas. Seguramente piensa acompañar los restos de *Scabbers* con un par de pájaros.

Harry no respondió. Respiró aliviado. Durante unos segundos había creído que aquellos ojos eran los del *Grim*. Siguieron hacia el castillo. Avergonzado por su instante de terror, Harry no explicó nada a su amigo. Tampoco miró a derecha ni a izquierda hasta que llegaron al bien iluminado vestíbulo.

• • •

Al día siguiente, Harry bajó a desayunar con los demás chicos de su dormitorio, que por lo visto pensaban que la Saeta de Fuego era merecedora de una especie de guardia de honor. Al entrar Harry en el Gran Comedor, todos se volvieron a mirar la Saeta de Fuego, murmurando emocionados. Harry vio con satisfacción que los del equipo de Slytherin estaban atónitos.

—¿Le has visto la cara? —le preguntó Ron con alegría, volviéndose para mirar a Malfoy—. ¡No se lo puede creer! ¡Es estupendo!

Wood también estaba orgulloso de la Saeta de Fuego.

—Déjala aquí, Harry —dijo, poniendo la escoba en el centro de la mesa y dándole la vuelta con cuidado, para que el nombre quedara visible. Los de Ravenclaw y Hufflepuff se acercaron para verla. Cedric Diggory fue a felicitar a Harry por haber conseguido un sustituto tan soberbio para su Nimbus. Y la novia de Percy, Penelope Clearwater, de Ravenclaw, pidió permiso para cogerla.

—Sin sabotajes, ¿eh, Penelope? —le dijo efusivamente Percy mientras la joven examinaba detenidamente la Saeta de Fuego—. Penelope y yo hemos hecho una apuesta —dijo al equipo—. Diez galeones a ver quién gana.

Penelope dejó la Saeta de Fuego, le dio las gracias a Harry y volvió a la mesa.

—Harry, procura ganar —le dijo Percy en un susurro apremiante—, porque no tengo diez galeones. ¡Ya voy, Penelope! —Y fue con ella a terminarse la tostada.

—¿Estás seguro de que puedes manejarla, Potter? —dijo una voz fría y arrastrada.

Draco Malfoy se había acercado para ver mejor, y Crabbe y Goyle estaban detrás de él.

—Sí, creo que sí —contestó Harry.

—Muchas características especiales, ¿verdad? —dijo Malfoy, con un brillo de malicia en los ojos—. Es una pena que no incluya paracaídas, por si aparece algún dementor.

Crabbe y Goyle se rieron.

—Y es una pena que no tengas tres brazos —le contestó Harry—. De esa forma podrías coger la snitch.

El equipo de Gryffindor se rió con ganas. Malfoy entornó sus ojos claros y se marchó ofendido. Lo vieron reunirse con los demás jugadores de Slytherin, que juntaron las cabezas, seguramente para preguntarle a Malfoy si la escoba de Harry era de verdad una Saeta de Fuego.

A las once menos cuarto el equipo de Gryffindor se dirigió a los vestuarios. El tiempo no podía ser más distinto del que había imperado en el partido contra Hufflepuff. Hacía un día fresco y despejado, con una brisa muy ligera. Esta vez no habría problemas de visibilidad, y Harry, aunque estaba nervioso, empezaba a sentir la emoción que sólo podía producir un partido de quidditch. Oían al resto del colegio que se dirigía al estadio. Harry se quitó las ropas negras del colegio, sacó del bolsillo la varita y se la metió dentro de la camiseta que iba a llevar bajo las ropas de quidditch. Esperaba no necesitarla. Se preguntó de repente si el profesor Lupin estaría entre el público viendo el partido.

—Ya saben lo que tienen que hacer —dijo Wood cuando se disponían a salir del vestuario—. Si perdemos este partido, estamos eliminados. Sólo... sólo tienen que hacerlo como en el entrenamiento de ayer y todo irá de perlas.

Salieron al campo y fueron recibidos con un aplauso tumultuoso. El equipo de Ravenclaw, de color azul, aguardaba ya en el campo. La buscadora, Cho Chang, era la única chica del equipo y a pesar de los nervios, no pudo dejar de notar que era muy guapa. Ella le sonrió cuando los equipos se alinearon uno frente al otro, detrás de sus capitanes, y sintió una ligera sacudida en el estómago que no creyó que tuviera nada que ver con los nervios.

—Wood, Davies, dense la mano —ordenó la señora Hooch.

Y Wood le estrechó la mano al capitán de Ravenclaw.

—Monten en las escobas... Cuando suene el silbato... ¡Tres, dos, uno!

Harry despegó del suelo y la Saeta de Fuego se levantó más rápido que ninguna otra escoba. Planeó por el estadio y empezó a buscar la snitch, escuchando todo el tiempo los comentarios de Lee Jordan, el amigo de los gemelos Fred y George:

—Han empezado a jugar y el objeto de expectación en este partido es la Saeta de Fuego que monta Harry Potter, del equipo de Gryffindor. Según la revista *El mundo de la escoba*, la Saeta es la escoba elegida por los equipos nacionales para el campeonato mundial de este año.

—Jordan, ¿te importaría explicar lo que ocurre en el partido? —interrumpió la voz de la profesora McGonagall.

—Tiene razón, profesora. Sólo daba algo de información complementaria. La Saeta de Fuego, por cierto, está dotada de frenos automáticos y...

—¡Jordan!

—Ya, ya. Gryffindor tiene la pelota. Katie Bell se dirige a la meta...

Harry pasó como un rayo al lado de Katie y en dirección contraria, buscando a su alrededor un resplandor dorado y notando que Cho Chang le pisaba los talones. La jugadora volaba muy bien. Continuamente se le cruzaba, obligándolo a cambiar de dirección.

—Enséñale cómo se acelera, Harry —le gritó Fred al pasar velozmente por su lado en persecución de una bludger que se dirigía hacia Alicia.

Harry aceleró la Saeta al rodear los postes de la meta de Ravenclaw, seguido de Cho. La vio en el momento en que Katie conseguía el primer tanto del partido y las gradas ocupadas por los de Gryffindor enloquecían de entusiasmo: la snitch, muy próxima al suelo, cerca de una de las barreras.

Harry descendió en picado; Cho lo vio y salió rápidamente tras él. Harry aumentó la velocidad. Estaba embargado de emoción. Su especialidad eran los descensos en picado. Estaba a tres metros de distancia...

Entonces, una bludger impulsada por uno de los golpeadores de Ravenclaw surgió ante Harry veloz como un rayo. Harry viró. La esquivó por un centímetro. Tras esos escasos y cruciales segundos, la snitch desapareció.

Los seguidores de Gryffindor dieron un grito de decepción y los de Ravenclaw aplaudieron a rabiar a su golpeador. George Weasley desfogó su rabia enviando la segunda bludger directamente contra el golpeador que había lanzado contra Harry. El golpeador tuvo que dar en el aire una vuelta de campana para esquivarla.

—¡Gryffindor gana por ochenta a cero! ¡Y miren esa Saeta de Fuego! Potter le está sacando partido. Vean cómo gira. La Cometa de Chang no está a su altura. La precisión y equilibrio de la Saeta es realmente evidente en estos largos...

—¡JORDAN! ¿TE PAGAN PARA QUE HAGAS PUBLICIDAD DE LAS SAETAS DE FUEGO? ¡SIGUE COMENTANDO EL PARTIDO!

Ravenclaw jugaba a la defensiva. Ya habían marcado tres goles, lo cual había reducido la distancia con Gryffindor a cincuenta puntos. Si Cho atrapaba la snitch antes que él, Ravenclaw ganaría. Harry descendió evitando por muy poco a un cazador de Ravenclaw y buscó la snitch por todo el campo, desesperadamente. Vio un destello dorado y un aleteo de pequeñas alas: la snitch rodeaba la meta de Gryffindor.

Harry aceleró con los ojos fijos en la mota de oro que tenía delante. Pero un segundo después surgió Cho, bloqueándole.

—¡HARRY, NO ES MOMENTO PARA PORTARSE COMO UN CABALLERO! —gritó Wood cuando Harry viró para evitar una colisión—. ¡SI ES NECESARIO, TÍRALA DE LA ESCOBA!

Harry volvió la cabeza y vio a Cho. La muchacha sonreía. La snitch había desaparecido de nuevo. Harry ascendió con la Saeta y enseguida se encontró a siete metros por encima del nivel de juego. Por el rabillo del ojo vio que Cho lo seguía... Prefería marcarlo a buscar la snitch. Bien, pues... si quería perseguirlo, tendría que atenerse a las consecuencias...

Volvió a bajar en picado; Cho, creyendo que había vuelto a ver la snitch, quiso seguirle. Harry frenó muy bruscamente. Cho se precipitó hacia abajo. Harry, una vez más, ascendió veloz como un rayo y entonces la vio por tercera vez: la snitch brillaba por encima del medio campo de Ravenclaw. Aceleró; también lo hizo Cho, muchos metros por debajo. Harry iba delante, acercándose cada vez más a la snitch. Entonces...

—¡Ah! —gritó Cho, señalando hacia abajo.

Harry se distrajo y bajó la vista. Tres dementores altos, encapuchados y vestidos de negro lo miraban.

No se detuvo a pensar. Metió la mano por el cuello de la ropa, sacó la varita y gritó:

—¡Expecto patronum!

Algo blanco y plateado, enorme, salió de la punta de la varita. Sabía que había disparado hacia los dementores, pero no se entretuvo en comprobarlo. Con la mente aún despejada, miró delante de él. Ya casi estaba. Alargó la mano, con la que aún empuñaba la varita, y pudo hacerse con la pequeña y rebelde snitch.

Se oyó el silbato de la señora Hooch. Harry dio media vuelta en el aire y vio seis borrones rojos que se le venían encima. Al momento siguiente, todo el equipo lo abrazaba tan fuerte que casi lo derribaron de la escoba. De abajo llegaba el griterío de la afición de Gryffindor.

—¡Éste es mi valiente! —exclamaba Wood una y otra vez.

Alicia, Angelina y Katie besaron a Harry, y Fred le dio un abrazo tan fuerte que Harry creyó que se le iba a salir la cabeza. En completo desorden, el equipo se las ingenió para abrirse camino y volver al terreno de juego. Harry descendió de la escoba y vio a un montón de seguidores de Gryffindor saltando al campo, con Ron en cabeza. Antes de que se diera cuenta, lo rodeaba una multitud alegre que lo ovacionaba.

—¡Sí! —gritó Ron, subiéndole a Harry el brazo—. ¡Sí!

—Bien hecho, Harry —le dijo Percy muy contento—. Acabo de ganar diez galeones. Tengo que encontrar a Penelope. Disculpa.

—¡Estupendo, Harry! —gritó Seamus Finnigan.

—¡Muy bien! —dijo Hagrid con voz de trueno, por encima de las cabezas de los de Gryffindor.

—Fue un patronus bastante bueno —susurró una voz a Harry junto al oído.

Harry se volvió y vio al profesor Lupin, que estaba encantado y sorprendido.

—Los dementores no me afectaron en absoluto —dijo Harry emocionado—. No sentí nada.

—Eso sería porque... porque no eran dementores —dijo el profesor Lupin—. Ven y lo verás.

Sacó a Harry de la multitud para enseñarle el borde del terreno de juego.

—Le has dado un buen susto al señor Malfoy —dijo Lupin.

Harry se quedó mirando. Tendidos en confuso montón estaban Malfoy, Crabbe, Goyle y Marcus Flint, el capitán del equipo de Slytherin, todos forcejeando por quitarse unas túnicas largas, negras y con capucha. Parecía como si Malfoy se hubiera puesto de pie sobre los hombros de Goyle. Delante de ellos, muy enfadada, estaba la profesora McGonagall.

—¡Un truco indigno! —gritaba—. ¡Un intento cobarde e innoble de sabotear al buscador de Gryffindor! ¡Castigo para todos y cincuenta puntos menos para Slytherin! Pondré esto en conocimiento del profesor Dumbledore, no les quepa la menor duda. ¡Ah, aquí llega!

Si algo podía ponerle altura a la victoria de Gryffindor era aquello. Ron, que se había abierto camino para llegar junto a Harry, se partía de la risa mientras veían a Malfoy forcejeando para quitarse la túnica, con la cabeza de Goyle todavía dentro.

—¡Vamos, Harry! —dijo George, abriéndose camino—. ¡Vamos a celebrarlo ahora en la sala común de Gryffindor!

—Bien —contestó Harry.

Y más contento de lo que se había sentido en mucho tiempo, acompañó al resto del equipo hacia la salida del estadio y otra vez al castillo, vestidos aún con túnica escarlata.

Era como si hubieran ganado ya la copa de quidditch; la fiesta se prolongó todo el día y hasta bien entrada la noche. Fred y George Weasley desaparecieron un par de horas y volvieron con los brazos cargados con botellas de cerveza de mantequilla, refresco de calabaza y bolsas de dulces de Honeydukes.

—¿Cómo lo has hecho? —preguntó Angelina Johnson, mientras George arrojaba sapos de menta a todos.

—Con la ayuda de Lunático, Colagusano, Canuto y Cornamenta —susurró Fred al oído de Harry.

Sólo había una persona que no participaba en la fiesta. Hermione, inverosímilmente sentada en un rincón, se esforzaba por leer un libro enorme que se titulaba *Vida doméstica y costumbres sociales de los muggles británicos*. Harry dejó la mesa en que Fred y George habían empezado a hacer juegos malabares con botellas de cerveza de mantequilla, y se acercó a ella.

—¿No has venido al partido? —le preguntó.

—Claro que sí —respondió Hermione, con voz curiosamente aguda, sin levantar la vista—. Y me alegro mucho de que ganáramos, y creo que tú lo hiciste muy bien, pero tengo que terminar esto para el lunes.

—Vamos, Hermione, ven a tomar algo —dijo Harry, mirando hacia Ron y preguntándose si estaría de un humor lo bastante bueno para enterrar el hacha de guerra.

—No puedo, Harry, aún tengo que leer cuatrocientas veintidós páginas —contestó Hermione, que parecía un poco histérica—. Además... —también miró a Ron—, él no quiere que vaya.

No pudo negarlo, porque Ron escogió aquel preciso momento para decir en voz alta:

—Si *Scabbers* no hubiera muerto, podría comerse ahora
unas cuantas moscas de café con leche, le gustaban tanto...

Hermione se echó a llorar. Antes de que Harry pudiera
hacer o decir nada, se puso el mamotreto en la axila y, sin
dejar de sollozar, salió corriendo hacia la escalera que conducía al dormitorio de las chicas, y se perdió de vista.

—¿No puedes darle una oportunidad? —preguntó
Harry a Ron en voz baja.

—No —respondió Ron rotundamente—. Si al menos lo
lamentara, pero Hermione nunca admitirá que obró mal. Es
como si *Scabbers* se hubiera ido de vacaciones o algo parecido.

La fiesta de Gryffindor sólo terminó cuando la profesora
McGonagall se presentó a la una de la madrugada, con su
bata de tela escocesa y la redecilla en el pelo, para mandar-
los que se fueran a dormir. Harry y Ron subieron al dormitorio, todavía comentando el partido. Al final, exhausto, Harry
se metió en la cama de dosel, corrió las cortinas para tapar
un rayo de luna, se acostó y se durmió inmediatamente.

Tuvo un sueño muy raro. Caminaba por un bosque, con
la Saeta de Fuego al hombro, persiguiendo algo de color
blanco plateado. El ser serpenteaba por entre los árboles y
Harry apenas podía vislumbrarlo entre las hojas. Con ganas
de alcanzarlo, apretó el paso, pero al ir más aprisa, su presa
lo imitó. Harry echó a correr y oyó un ruido de cascos que ad-
quirían velocidad. Harry corría con desesperación y oía un
galope delante de él. Entró en un claro del bosque y...

—¡AAAAAAAAAAAAAAGH! ¡NOOOOOOOOOOOO!

Harry despertó tan de repente como si le hubieran gol-
peado en la cara. Desorientado en medio de la total oscuridad, buscó a tientas las cortinas de la cama. Oía ruidos a su
alrededor, y la voz de Seamus Finnigan desde el otro extremo del dormitorio:

—¿Qué ocurre?

A Harry le pareció que se cerraba la puerta del dormitorio. Tras encontrar la separación de las cortinas, las abrió al
mismo tiempo que Dean Thomas encendía su lámpara.

Ron estaba incorporado en la cama, con las cortinas
echadas a un lado y una expresión de pánico en el rostro.

—¡Black! ¡Sirius Black! ¡Con un cuchillo!

—¿Qué?

—¡Aquí! ¡Ahora mismo! ¡Rasgó las cortinas! ¡Me despertó!

—¿No estarías soñando, Ron? —preguntó Dean.

—¡Miren las cortinas! ¡Les digo que estaba aquí!

Todos se levantaron de la cama; Harry fue el primero en llegar a la puerta del dormitorio. Se lanzaron por la escalera. Las puertas se abrían tras ellos y los interpelaban voces soñolientas:

—¿Quién ha gritado?

—¿Qué hacen?

La sala común estaba iluminada por los últimos rescoldos del fuego y llena de restos de la fiesta. No había nadie allí.

—¿Estás seguro de que no soñabas, Ron?

—¡Les digo que lo vi!

—¿Por qué arman tanto escándalo?

—¡La profesora McGonagall nos ha mandado acostarnos!

Algunas chicas habían bajado poniéndose la bata y bostezando.

—Estupendo, ¿continuamos? —preguntó Fred Weasley con animación.

—¡Todo el mundo a la cama! —ordenó Percy, entrando aprisa en la sala común y poniéndose, mientras hablaba, su insignia de Premio Anual en el pijama.

—Percy... ¡Sirius Black! —dijo Ron, con voz débil—. ¡En nuestro dormitorio! ¡Con un cuchillo! ¡Me despertó!

Todos contuvieron la respiración.

—¡Absurdo! —dijo Percy con cara de susto—. Has comido demasiado, Ron. Has tenido una pesadilla.

—Te digo que...

—¡Vamos, ya basta!

Llegó la profesora McGonagall. Cerró la puerta de la sala común y miró furiosa a su alrededor.

—¡Me encanta que Gryffindor haya ganado el partido, pero esto es ridículo! ¡Percy, no esperaba esto de ti!

—¡Le aseguro que no he dado permiso, profesora! —dijo Percy, indignado—. ¡Precisamente les estaba diciendo a todos que regresaran a la cama! ¡Mi hermano Ron tuvo una pesadilla...!

—¡NO FUE UNA PESADILLA! —gritó Ron—. ¡PROFESORA, ME DESPERTÉ Y SIRIUS BLACK ESTABA DELANTE DE MÍ, CON UN CUCHILLO EN LA MANO!

La profesora McGonagall lo miró fijamente.

—No digas tonterías, Weasley. ¿Cómo iba a pasar por el retrato?

—¡Hay que preguntarle! —dijo Ron, señalando con el dedo la parte trasera del cuadro de sir Cadogan—. Hay que preguntarle si ha visto...

Mirando a Ron con recelo, la profesora McGonagall abrió el retrato y salió. Todos los de la sala común escucharon conteniendo la respiración.

—Sir Cadogan, ¿ha dejado entrar a un hombre en la torre de Gryffindor?

—¡Sí, gentil señora! —gritó sir Cadogan.

Todos, dentro y fuera de la sala común, se quedaron callados, anonadados.

—¿De... de verdad? —dijo la profesora McGonagall—. Pero ¿y la contraseña?

—¡Me la dijo! —respondió altanero sir Cadogan—. Se sabía las de toda la semana, señora. ¡Las traía escritas en un papel!

La profesora McGonagall volvió a pasar por el retrato para encontrarse con la multitud, que estaba estupefacta. Se había quedado blanca como la tiza.

—¿Quién ha sido? —preguntó con voz temblorosa—. ¿Quién ha sido el tonto que ha escrito las contraseñas de la semana y las ha perdido?

Hubo un silencio total, roto por un leve grito de terror. Neville Longbottom, temblando desde los pies calzados con zapatillas de tela hasta la cabeza, levantó la mano muy lentamente.

# 14

# El rencor de Snape

En la torre de Gryffindor nadie pudo dormir aquella noche. Sabían que el castillo estaba volviendo a ser rastreado y todo el colegio permaneció despierto en la sala común, esperando a saber si habían atrapado a Black o no. La profesora McGonagall volvió al amanecer para decir que se había vuelto a escapar.

Por cualquier sitio por el que pasaran al día siguiente encontraban medidas de seguridad más rigurosas. El profesor Flitwick instruía a las puertas principales para que reconocieran una foto de Sirius Black. Filch iba por los pasillos, tapándolo todo con tablas, desde las pequeñas grietas de las paredes hasta las ratoneras. Sir Cadogan fue despedido. Lo devolvieron al solitario descansillo del piso séptimo y lo reemplazó la señora gorda. Había sido restaurada magistralmente, pero continuaba muy nerviosa, y accedió a regresar a su trabajo sólo si contaba con protección. Contrataron a un grupo de hoscos troles de seguridad para protegerla. Recorrían el pasillo formando un grupo amenazador, hablando entre gruñidos y comparando el tamaño de sus porras.

Harry no pudo dejar de notar que la estatua de la bruja tuerta del tercer piso seguía sin protección y despejada. Parecía que Fred y George estaban en lo cierto al pensar que ellos, y ahora Harry, Ron y Hermione, eran los únicos que sabían que allí estaba la entrada de un pasadizo secreto.

—¿Crees que deberíamos decírselo a alguien? —preguntó Harry a Ron.

—Sabemos que no entra por Honeydukes —dijo Ron—. Si hubieran forzado la entrada de la tienda, lo habríamos oído.

Harry se alegró de que Ron lo viera así. Si la bruja tuerta se tapara también con tablas, el intruso ya no podría volver a Hogsmeade.

Ron se convirtió de repente en una celebridad. Por primera vez, la gente le prestaba más atención a él que a Harry, y era evidente que a Ron le complacía. Aunque seguía asustado por lo de aquella noche, le encantaba contarle a todo el mundo los pormenores de lo ocurrido.

—Estaba dormido y oí rasgar las cortinas, pero creí que ocurría en un sueño. Entonces sentí una corriente... Me desperté y vi que una de las cortinas de mi cama estaba caída... Me di la vuelta y lo vi ante mí, como un esqueleto, con toneladas de pelo muy sucio... empuñando un cuchillo largo y tremendo, debía de medir treinta centímetros, me miraba, lo miré, entonces grité y salió huyendo.

—Pero ¿por qué se fue? —preguntó Ron a Harry cuando se marcharon las chicas de segundo que lo habían estado escuchando.

Harry se preguntaba lo mismo. ¿Por qué Black, que se había equivocado de cama, no había decidido silenciar a Ron y luego dirigirse hacia la de Harry? Black había demostrado doce años antes que no le importaba matar a personas inocentes, y en aquella ocasión se enfrentaba a cinco muchachos indefensos, cuatro de los cuales estaban dormidos.

—Quizá se diera cuenta de que le iba a costar salir del castillo cuando gritaste y despertaste a los demás —dijo Harry pensativamente—. Habría tenido que matar a todo el colegio para salir a través del retrato... Y entonces se habría encontrado con los profesores...

Neville había caído en desgracia. La profesora McGonagall estaba tan furiosa con él que le había suprimido las futuras visitas a Hogsmeade, le había impuesto un castigo y había prohibido a los demás que le dieran la contraseña para entrar en la torre. El pobre Neville se veía obligado a esperar cada noche la llegada de alguien con quien entrar, mientras los troles de seguridad lo miraban burlona y desagradablemente. Ninguno de aquellos castigos, sin embargo, era ni sombra del que su abuela le reservaba; dos días después de la intrusión de Black, envió a Neville lo peor que un alumno de Hogwarts podía recibir durante el desayuno: un *vociferador*.

Las lechuzas del colegio entraron como flechas en el Gran Comedor, llevando el correo como de costumbre, y Neville se atragantó cuando una enorme lechuza aterrizó ante él, con un sobre rojo en el pico. Harry y Ron, que estaban sentados al otro lado de la mesa, reconocieron enseguida la carta. También Ron había recibido el año anterior un vociferador de su madre.

—¡Cógelo y vete, Neville! —le aconsejó Ron.

Neville no necesitó oírlo dos veces. Cogió el sobre y, sujetándolo como si se tratara de una bomba, salió del Gran Comedor corriendo, mientras la mesa de Slytherin, al verlo, estallaba en carcajadas. Oyeron el vociferador en el vestíbulo. La voz de la abuela de Neville, amplificada cien veces por medio de la magia, gritaba a Neville que había llevado la vergüenza a la familia.

Harry estaba demasiado absorto apiadándose de Neville para darse cuenta de que también él tenía carta. *Hedwig* llamó su atención dándole un picotazo en la muñeca.

—¡Ay! Ah, *Hedwig*, gracias.

Harry rasgó el sobre mientras *Hedwig* picoteaba entre los copos de maíz de Neville. La nota que había dentro decía:

*Queridos Harry y Ron:*

*¿Les apetece tomar el té conmigo esta tarde, a eso de las seis? Iré a recogerlos al castillo. ESPÉRENME EN EL VESTÍBULO. NO TIENEN PERMISO PARA SALIR SOLOS.*

*Un saludo,*

*Hagrid*

—Probablemente quiere saber los detalles de lo de Black —dijo Ron.

Así que aquella tarde, a las seis, Harry y Ron salieron de la torre de Gryffindor, pasaron corriendo por entre los troles de seguridad y se dirigieron al vestíbulo. Hagrid los aguardaba ya.

—Bien, Hagrid —dijo Ron—. Me imagino que quieres que te cuente lo de la noche del sábado, ¿no?

—Ya me lo han contado —dijo Hagrid, abriendo la puerta principal y saliendo con ellos.

—Vaya —dijo Ron, un poco ofendido.

Lo primero que vieron al entrar en la cabaña de Hagrid fue a *Buckbeak*, que estaba estirado sobre el edredón de retazos de Hagrid, con las enormes alas plegadas y comiéndose un abundante plato de hurones muertos. Al apartar los ojos de la desagradable visión, Harry vio un traje gigantesco de una tela marrón peluda y una espantosa corbata amarilla y naranja, colgados de la puerta del armario.

—¿Para qué son, Hagrid? —preguntó Harry.

—*Buckbeak* tiene que presentarse ante la Comisión para las Criaturas Peligrosas —dijo Hagrid—. Será este viernes. Iremos juntos a Londres. He reservado dos camas en el autobús noctámbulo...

Harry se avergonzó. Se había olvidado por completo de que el juicio de *Buckbeak* estaba próximo, y a juzgar por la incomodidad evidente de Ron, él también lo había olvidado. Habían olvidado igualmente que habían prometido que lo ayudarían a preparar la defensa de *Buckbeak*. La llegada de la Saeta de Fuego lo había borrado de la cabeza de ambos.

Hagrid les sirvió té y les ofreció un plato de pasteles de Bath. Pero los conocían demasiado bien para aceptarlos. Ya tenían experiencia con la cocina de Hagrid.

—Tengo algo que comentarles —dijo Hagrid, sentándose entre ellos, con una seriedad que resultaba rara en él.

—¿Qué? —preguntó Harry.

—Hermione —dijo Hagrid.

—¿Qué le pasa? —preguntó Ron.

—Está muy mal, eso es lo que le pasa. Me ha venido a visitar con mucha frecuencia desde las Navidades. Se encuentra sola. Primero no le hablaban por lo de la Saeta de Fuego. Ahora no le hablan por culpa del gato.

—¡Se comió a *Scabbers*! —exclamó Ron de malhumor.

—¡Porque su gato hizo lo que todos los gatos! —prosiguió Hagrid—. Ha llorado, ¿saben? Está pasando momentos muy difíciles. Creo que trata de abarcar más de lo que puede. Demasiado trabajo. Aún encontró tiempo para ayudarme con el caso *Buckbeak*. Por supuesto, me ha encontrado algo muy útil... Creo que ahora va a tener bastantes posibilidades...

—Nosotros también tendríamos que haberte ayudado, Hagrid, lo siento —balbuceó Harry.

—¡No los culpo! —dijo Hagrid, con un movimiento de la mano—. Ya sé que han estado muy ocupados. Los he visto entrenar día y noche. Pero tengo que decirles que creía que valoraban más a su amiga que a las escobas o las ratas. Nada más. —Harry y Ron se miraron azorados—. Sufrió mucho cuando se enteró de que Black había estado a punto de matarte, Ron. Hermione tiene buen corazón. Y ustedes dos sin dirigirle la palabra...

—Si se deshiciera de ese gato, le volvería a hablar —dijo Ron enfadado—. Pero todavía lo defiende. Está loco, y ella no admite una palabra en su contra.

—Ah, bueno, la gente suele ponerse un poco tonta con sus animales de compañía —dijo Hagrid prudentemente.

*Buckbeak* escupió unos huesos de hurón sobre la almohada de Hagrid.

Pasaron el resto del tiempo hablando de las crecientes posibilidades de Gryffindor de ganar la copa de quidditch. A las nueve en punto, Hagrid los acompañó al castillo.

Cuando volvieron a la sala común, un grupo numeroso de gente se amontonaba delante del tablón de anuncios.

—¡Hogsmeade el próximo fin de semana! —dijo Ron, estirando el cuello para leer la nueva nota por encima de las cabezas ajenas—. ¿Qué vas a hacer? —preguntó a Harry en voz baja, al sentarse.

—Bueno, Filch no ha tapado la entrada del pasadizo que lleva a Honeydukes —dijo Harry aún más bajo.

—Harry —dijo una voz en su oído derecho. Harry se sobresaltó. Se volvió y vio a Hermione, sentada a la mesa que tenían detrás, por un hueco que había en el muro de libros que la ocultaba—, Harry, si vuelves otra vez a Hogsmeade... le contaré a la profesora McGonagall lo del mapa.

—¿Oyes a alguien, Harry? —masculló Ron, sin mirar a Hermione.

—Ron, ¿cómo puedes dejarle que vaya? ¡Después de lo que estuvo a punto de hacerte Sirius Black! Hablo en serio. Le contaré...

—¡Así que ahora quieres que expulsen a Harry! —dijo Ron, furioso—. ¿Es que no has hecho ya bastante daño este curso?

Hermione abrió la boca para responder, pero *Crookshanks* saltó sobre su regazo con un leve bufido. Hermione se asustó de la expresión de Ron, cogió a *Crookshanks* y se fue corriendo hacia los dormitorios de las chicas.

—Entonces ¿qué te parece? —preguntó Ron a Harry, como si no hubiera habido ninguna interrupción—. Vamos, la última vez no viste nada. ¡Ni siquiera has estado todavía en Zonko!

Harry miró a su alrededor para asegurarse de que Hermione no podía oír sus palabras:

—De acuerdo —dijo—. Pero esta vez cogeré la capa invisible.

El sábado por la mañana, Harry metió en la mochila la capa invisible, guardó en el bolsillo el mapa del merodeador y bajó a desayunar con los otros. Hermione no dejaba de mirarlo con suspicacia, pero él evitaba su mirada y se aseguró de que ella lo viera subir la escalera de mármol del vestíbulo mientras todos los demás se dirigían a las puertas principales.

—¡Adiós, Harry! —le dijo en voz alta—. ¡Hasta la vuelta!

Ron se sonrió y guiñó un ojo.

Harry subió al tercer piso a toda prisa, sacando el mapa del merodeador mientras corría. Se puso en cuclillas detrás de la bruja tuerta y extendió el mapa. Un puntito diminuto se movía hacia él. Harry lo examinó entornando los ojos. La minúscula inscripción que acompañaba al puntito decía: «NEVILLE LONGBOTTOM.»

Harry sacó la varita rápidamente, musitó «Dissendio» y metió la mochila en la estatua, pero antes de que pudiera entrar por ella Neville apareció por la esquina:

—¡Harry! Había olvidado que tú tampoco ibas a Hogsmeade.

—Hola, Neville —dijo Harry, separándose rápidamente de la estatua y volviendo a meterse el mapa en el bolsillo—. ¿Qué haces?

—Nada —dijo Neville, encogiéndose de hombros—. ¿Te apetece una partida de *snap explosivo*?

—Ahora no... Iba a la biblioteca a hacer el trabajo sobre los vampiros, para Lupin.

—¡Voy contigo! —dijo Neville con entusiasmo—. ¡Yo tampoco lo he hecho!

—Eh... ¡Pero si lo terminé anoche! ¡Se me había olvidado!

—¡Estupendo, entonces podrás ayudarme! —dijo Neville—. No me entra todo eso del ajo. ¿Se lo tienen que comer o...?

Neville se detuvo con un estremecimiento, mirando por encima del hombro de Harry.

Era Snape. Neville se puso rápidamente detrás de Harry.

—¿Qué hacen aquí los dos? —dijo Snape, deteniéndose y mirando primero a uno y después al otro—. Un extraño lugar para reunirse...

Ante el desasosiego de Harry, los ojos negros de Snape miraron hacia las puertas que había a cada lado y luego a la bruja tuerta.

—No nos hemos reunido aquí —explicó Harry—. Sólo nos hemos encontrado por casualidad.

—¿De veras? —dijo Snape—. Tienes la costumbre de aparecer en lugares inesperados, Potter, y raramente te encuentras en ellos sin motivo. Les sugiero que vuelvan a la torre de Gryffindor, que es donde deben estar.

Harry y Neville se pusieron en camino sin decir nada. Al doblar la esquina, Harry miró atrás. Snape pasaba una mano por la cabeza de la bruja tuerta, examinándola detenidamente. Harry se las arregló para deshacerse de Neville en el retrato de la señora gorda, diciendo la contraseña y simulando que había dejado el trabajo sobre los vampiros en la biblioteca y que volvía por él. Después de perder de vista a los troles de seguridad, volvió a sacar el mapa.

El corredor del tercer piso parecía desierto. Harry examinó el mapa con detenimiento y vio con alivio que la minúscula mota con la inscripción «SEVERUS SNAPE» estaba otra vez en el despacho.

Echó una carrera hasta la estatua de la bruja, abrió la entrada de la joroba y se deslizó hasta encontrar la mochila al final de aquella especie de tobogán de piedra. Borró el mapa del merodeador y echó a correr.


Completamente oculto por la capa invisible, Harry salió a la luz del sol por la puerta de Honeydukes y dio un codazo a Ron en la espalda.

—Soy yo —susurró.

—¿Por qué has tardado tanto? —dijo Ron entre dientes.

—Snape rondaba por allí.

Echaron a andar por High Street.

—¿Dónde estás? —le preguntaba Ron de vez en cuando, por la comisura de la boca—. ¿Sigues ahí? Qué raro resulta esto...

Fueron a la oficina de correos. Ron hizo como que miraba el precio de una lechuza que iba hasta Egipto, donde estaba Bill, y de esa manera Harry pudo hartarse de curiosear. Por lo menos trescientas lechuzas ululaban suavemente, desde las grises grandes hasta las pequeñísimas scops («Sólo entregas locales»), que cabían en la palma de la mano de Harry.

Luego visitaron la tienda de Zonko, que estaba tan llena de estudiantes de Hogwarts que Harry tuvo que tener mucho cuidado para no pisar a nadie y no provocar el pánico. Había artículos de broma para satisfacer hasta los sueños más descabellados de Fred y George. Harry susurró a Ron lo que quería que le comprara y le pasó un poco de oro por debajo de la capa. Salieron de Zonko con los monederos bastante más vacíos que cuando entraron, pero con los bolsillos abarrotados de bombas fétidas, dulces de hipotós, jabón de huevos de rana y una taza que mordía la nariz.

El día era agradable, con un poco de brisa, y a ninguno de los dos le apetecía meterse dentro de ningún sitio, así que siguieron caminando, dejaron atrás Las Tres Escobas y subieron una cuesta para ir a visitar la Casa de los Gritos, el edificio más embrujado de Gran Bretaña. Estaba un poco separada y más elevada que el resto del pueblo, e incluso a la luz del día resultaba escalofriante con sus ventanas cegadas y su jardín húmedo, sombrío y cuajado de maleza.

—Hasta los fantasmas de Hogwarts la evitan —explicó Ron, apoyado como Harry en la valla, levantando la vista hacia ella—. Le he preguntado a Nick Casi Decapitado... Dice que ha oído que aquí residen unos fantasmas terribles. Nadie puede entrar. Fred y George lo intentaron, claro, pero todas las entradas están tapadas.

Harry, agotado por la subida, estaba pensando en quitarse la capa durante unos minutos cuando oyó voces cercanas. Alguien subía hacia la casa por el otro lado de la colina. Un momento después apareció Malfoy, seguido de cerca por Crabbe y Goyle. Malfoy decía:

—... en cualquier momento recibiré una lechuza de mi padre. Tengo que ir al juicio para declarar por lo de mi brazo. Tengo que explicar que lo tuve inutilizado durante tres meses...

Crabbe y Goyle se rieron.

—Ojalá pudiera oír a ese gigante imbécil y peludo defendiéndose: «Es inofensivo, de verdad. Ese hipogrifo es tan bueno como un...» —Malfoy vio a Ron de repente. Hizo una mueca malévola—. ¿Qué haces, Weasley? —Levantó la vista hacia la casa en ruinas que había detrás de Ron—: Supongo que te encantaría vivir ahí, ¿verdad, Ron? ¿Sueñas con tener un dormitorio para ti solo? He oído decir que en tu casa duermen todos en una habitación, ¿es cierto?

Harry sujetó a Ron por la túnica para impedirle que saltara sobre Malfoy.

—Déjamelo a mí —le susurró al oído.

La oportunidad era demasiado buena para no aprovecharla. Harry se acercó sigilosamente a Malfoy, Crabbe y Goyle, por detrás; se agachó y cogió un puñado de barro del camino.

—Ahora mismo estábamos hablando de tu amigo Hagrid —dijo Malfoy a Ron—. Estábamos imaginando lo que dirá ante la Comisión para las Criaturas Peligrosas. ¿Crees que llorará cuando al hipogrifo le corten...?

¡PLAF!

Al golpearle la bola de barro en la cabeza, Malfoy se inclinó hacia delante. Su pelo rubio platino chorreaba barro de repente.

—¿Qué demo...?

Ron se sujetó a la valla para no revolcarse en el suelo de la risa. Malfoy, Crabbe y Goyle se dieron la vuelta, mirando a todas partes. Malfoy se limpiaba el pelo.

—¿Qué ha sido? ¿Quién lo ha hecho?

—Esto está lleno de fantasmas, ¿verdad? —observó Ron, como quien comenta el tiempo que hace.

Crabbe y Goyle parecían asustados. Sus abultados músculos no les servían de mucho contra los fantasmas. Malfoy daba vueltas y miraba como loco el desierto paraje.

Harry se acercó a hurtadillas a un charco especialmente sucio sobre el que había una capa de fango verdoso de olor nauseabundo.

¡PATAPLAF!

Crabbe y Goyle recibieron algo esta vez. Goyle saltaba sin moverse del sitio, intentando quitarse el barro de sus ojos pequeños y apagados.

—¡Ha venido de allá! —dijo Malfoy, limpiándose la cara y señalando un punto que estaba unos dos metros a la izquierda de Harry.

Crabbe fue hacia delante dando traspiés, estirando como un zombi sus largos brazos. Harry lo esquivó, cogió un palo y se lo tiró a Crabbe. Le acertó en la espalda. Harry retrocedió riendo en silencio mientras Crabbe ejecutaba en el aire una especie de pirueta para ver quién lo había arrojado. Como Ron era la única persona a la que Crabbe podía ver, fue a él a quien se dirigió. Pero Harry estiró la pierna. Crabbe tropezó, trastabilló y su pie grande y plano pisó la capa de Harry, que sintió un tirón y notó que la capa le resbalaba por la cara.

Durante una fracción de segundo, Malfoy lo miró fijamente.

—¡AAAH! —gritó, señalando la cabeza de Harry.

Dio media vuelta y corrió colina abajo como alma que llevara el diablo, con Crabbe y Goyle detrás.

Harry se puso bien la capa, pero ya era demasiado tarde.

—Harry —dijo Ron, avanzando a trompicones y mirando hacia el lugar en que había aparecido la cabeza de su amigo—. Más vale que huyas. Si Malfoy se lo cuenta a alguien... lo mejor será que regreses rápidamente al castillo...

—¡Nos vemos más tarde! —le dijo Harry, y volvió hacia el pueblo a todo correr.

¿Creería Malfoy lo que había visto? ¿Creería alguien a Malfoy? Nadie sabía lo de la capa invisible. Nadie excepto Dumbledore. Harry sintió un retortijón en el estómago. Si Malfoy contaba algo, Dumbledore comprendería perfectamente lo ocurrido.

Volvió a Honeydukes, volvió a bajar a la bodega, por el suelo de piedra, volvió a meterse por la trampilla, se quitó la capa, se la puso debajo del brazo y corrió todo lo que pudo por el pasadizo... Malfoy llegaría antes. ¿Cuánto tiempo le costaría encontrar a un profesor? Jadeando, notando un pinchazo en el costado, Harry no dejó de correr hasta que alcanzó el tobogán de piedra. Tendría que dejar la capa donde antes. Era demasiado comprometora, en caso de que Malfoy se hubiera encontrado a algún profesor. La ocultó en un rincón oscuro y empezó a escalar con rapidez. Sus manos sudorosas resbalaban en los flancos del tobogán. Llegó a la parte interior de la joroba de la bruja, le dio unos golpecitos con la varita, asomó la cabeza y salió. La joroba se cerró y precisamente cuando Harry salía por la estatua, oyó unos pasos ligeros que se aproximaban.

Era Snape. Se acercó a Harry con paso rápido, produciendo un frufrú con la toga negra, y se detuvo ante él.

—¿Y...? —preguntó.

Había en el profesor un aire contenido de triunfo. Harry trató de disimular, demasiado consciente de que tenía el rostro sudoroso y las manos manchadas de barro, que se apresuró a esconder en los bolsillos.

—Ven conmigo, Potter —dijo Snape.

Harry lo siguió escaleras abajo, limpiándose las manos en el interior de la túnica sin que Snape se diera cuenta. Bajaron hasta las mazmorras y entraron en el despacho de Snape. Harry sólo había entrado en aquel lugar en una ocasión y también entonces se había visto en un serio aprieto. Desde aquella vez, Snape había comprado más seres viscosos y repugnantes, y los había metido en tarros. Estaban todos en estanterías, detrás de la mesa, brillando a la luz del fuego de la chimenea y acentuando el aire amenazador de la situación.

—Siéntate —dijo Snape.

Harry se sentó. Snape, sin embargo, permaneció de pie.

—El señor Malfoy acaba de contarme algo muy extraño, Potter —dijo Snape.

Harry no abrió la boca.

—Me ha contado que se encontró con Weasley junto a la Casa de los Gritos. Al parecer, Weasley estaba solo.

Harry siguió sin decir nada.

—El señor Malfoy asegura que estaba hablando con Weasley cuando una gran cantidad de barro lo golpeó en la parte posterior de la cabeza. ¿Cómo crees que pudo ocurrir?

Harry trató de parecer sorprendido:

—No lo sé, profesor.

Snape taladraba a Harry con los ojos. Era igual que mirar a los ojos a un hipogrifo: Harry hizo un gran esfuerzo para no parpadear.

—Entonces, el señor Malfoy presenció una extraordinaria aparición. ¿Se te ocurre qué pudo ser, Potter?

—No —contestó Harry, intentando aparentar una curiosidad inocente.

—Tu cabeza, Potter. Flotando en el aire.

Hubo un silencio prolongado.

—Tal vez debería acudir a la señora Pomfrey. Si ve cosas como...

—¿Qué estaría haciendo tu cabeza en Hogsmeade, Potter? —dijo Snape con voz suave—. Tu cabeza no tiene permiso para ir a Hogsmeade. Ninguna parte de tu cuerpo, en realidad.

—Lo sé —dijo Harry, haciendo un esfuerzo para que ni la culpa ni el miedo se reflejaran en su rostro—. Parece que Malfoy tiene alucina...

—Malfoy no tiene alucinaciones —gruñó Snape, y se inclinó hacia delante, apoyando las manos en los brazos del asiento de Harry, para que sus caras quedasen a un palmo de distancia—. Si tu cabeza estaba en Hogsmeade, también estaba el resto.

—He estado arriba, en la torre de Gryffindor —dijo Harry—. Como usted me mandó.

—¿Hay alguien que pueda testificarlo?

Harry no dijo nada. Los finos labios de Snape se torcieron en una horrible sonrisa.

—Bien —dijo, incorporándose—. Todo el mundo, desde el ministro de Magia para abajo, trata de proteger de Sirius Black al famoso Harry Potter. Pero el famoso Harry Potter hace lo que le da la gana. ¡Que la gente vulgar se preocupe de su seguridad! El famoso Harry Potter va donde le apetece sin pensar en las consecuencias.

Harry guardó silencio. Snape lo provocaba para que revelara la verdad. Pero no iba a hacerlo. Snape aún no tenía pruebas.

—¡Cómo te pareces a tu padre! —dijo de repente Snape, con los ojos relampagueantes—. También él era muy arrogante. No era malo jugando al quidditch y eso lo hacía creerse superior a los demás. Se pavoneaba por todas partes con sus amigos y admiradores. El parecido es asombroso.

—Mi padre no se pavoneaba —dijo Harry, sin poderse contener—. Y yo tampoco.

238

—Tu padre tampoco respetaba mucho las normas —prosiguió Snape, en sus trece, con el delgado rostro lleno de malicia—. Las normas eran para la gente que estaba por debajo, no para los ganadores de la copa de quidditch. Era tan engreído...

—¡CÁLLESE!

Harry se puso en pie. Lo invadía una rabia que no había sentido desde su última noche en Privet Drive. No le importaba que Snape se hubiera puesto rígido ni que sus ojos negros lo miraran con un fulgor amenazante:

—¿Qué has dicho, Potter?

—¡Le he dicho que deje de hablar de mi padre! Conozco la verdad. Él le salvó a usted la vida. ¡Dumbledore me lo contó! ¡Si no hubiera sido por mi padre, usted ni siquiera estaría aquí!

La piel cetrina de Snape se puso del color de la leche agria.

—¿Y el director te contó las circunstancias en que tu padre me salvó la vida? —susurró—. ¿O consideró que esos detalles eran demasiado desagradables para los delicados oídos de su estimadísimo Potter?

Harry se mordió el labio. No sabía cómo había ocurrido y no quería admitir que no lo sabía. Pero parecía que Snape había adivinado la verdad.

—Lamentaría que salieras de aquí con una falsa idea de tu padre —añadió con una horrible mueca—. ¿Imaginabas algún acto glorioso de heroísmo? Pues permíteme que te desengañe. Tu santo padre y sus amigos me gastaron una broma muy divertida, que habría acabado con mi vida si tu padre no hubiera tenido miedo en el último momento y no se hubiera echado atrás. No hubo nada heroico en lo que hizo. Estaba salvando su propia piel tanto como la mía. Si su broma hubiera tenido éxito, lo habrían echado de Hogwarts.

Snape enseñó los dientes, irregulares y amarillos.

—¡Da la vuelta a tus bolsillos, Potter! —le ordenó de repente.

Harry no se movió. Oía los latidos que le retumbaban en los oídos.

—¡Da la vuelta a tus bolsillos o vamos directamente al director! ¡Dales la vuelta, Potter!

Temblando de miedo, Harry sacó muy lentamente la bolsa de artículos de broma de Zonko y el mapa del merodeador.

Snape cogió la bolsa de Zonko.

—Todo me lo ha dado Ron —dijo Harry, esperando tener la posibilidad de poner a Ron al corriente antes de que Snape lo viera—. Me lo trajo de Hogsmeade la última vez...

—¿De verdad? ¿Y lo llevas encima desde entonces? ¡Qué enternecedor...! ¿Y esto qué es?

Snape acababa de coger el mapa. Harry hizo un enorme esfuerzo por mantenerse impasible.

—Un trozo de pergamino que me sobró —dijo encogiéndose de hombros.

Snape le dio la vuelta, con los ojos puestos en Harry.

—Supongo que no necesitarás un trozo de pergamino tan viejo —dijo—. ¿Puedo tirarlo?

Acercó la mano al fuego.

—¡No! —exclamó Harry rápidamente.

—¿Cómo? —dijo Snape. Las aletas de la nariz le vibraban—. ¿Es otro precioso regalo del señor Weasley? ¿O es... otra cosa? ¿Quizá una carta escrita con tinta invisible? ¿O tal vez... instrucciones para llegar a Hogsmeade evitando a los dementores?

Harry parpadeó. Los ojos de Snape brillaban.

—Veamos, veamos... —susurró, sacando la varita y desplegando el mapa sobre la mesa—. ¡Revela tu secreto! —dijo, tocando el pergamino con la punta de la varita.

No ocurrió nada. Harry enlazó las manos para evitar que temblaran.

—¡Muéstrate! —dijo Snape, golpeando el mapa con energía.

Siguió en blanco. Harry respiró aliviado.

—¡Severus Snape, profesor de este colegio, te ordena enseñar la información que ocultas! —dijo Snape, volviendo a golpear el mapa con la varita.

Como si una mano invisible escribiera sobre él, en la lisa superficie del mapa fueron apareciendo algunas palabras: «El señor Lunático presenta sus respetos al profesor Snape y le ruega que aparte la narizota de los asuntos que no le atañen.»

Snape se quedó helado. Harry contempló el mensaje estupefacto. Pero el mapa no se detuvo allí. Aparecieron más cosas escritas debajo de las primeras líneas: «El señor Cornamenta está de acuerdo con el señor Lunático y sólo quisiera añadir que el profesor Snape es feo e imbécil.»

Habría resultado muy gracioso en otra situación menos grave. Y había más: «El señor Canuto quisiera hacer constar su estupefacción ante el hecho de que un idiota semejante haya llegado a profesor.»

Harry cerró los ojos horrorizado. Al abrirlos, el mapa había añadido las últimas palabras: «El señor Colagusano saluda al profesor Snape y le aconseja que se lave el pelo, el muy sucio.»

Harry aguardó el golpe.

—Bueno... —dijo Snape con voz suave—. Ya veremos.

Se dirigió al fuego con paso decidido, cogió de un tarro un puñado de polvo brillante y lo arrojó a las llamas.

—¡Lupin! —gritó Snape dirigiéndose al fuego—. ¡Quiero hablar contigo!

Totalmente asombrado, Harry se quedó mirando el fuego. Una gran forma apareció en él, revolviéndose muy rápido.

Unos segundos más tarde, el profesor Lupin salía de la chimenea sacudiéndose las cenizas de la toga raída.

—¿Llamabas, Severus? —preguntó Lupin, amablemente.

—Sí —respondió Snape, con el rostro crispado por la furia y regresando a su mesa con amplias zancadas—. Le he dicho a Potter que vaciara los bolsillos y llevaba esto.

Snape señaló el pergamino en el que todavía brillaban las palabras de los señores Lunático, Colagusano, Canuto y Cornamenta. En el rostro de Lupin apareció una expresión extraña y hermética.

—¿Qué te parece? —dijo Snape. Lupin siguió mirando el mapa. Harry tenía la impresión de que Lupin estaba muy concentrado—. ¿Qué te parece? —repitió Snape—. Este pergamino está claramente encantado con Artes Oscuras. Entra dentro de tu especialidad, Lupin. ¿Dónde crees que lo pudo conseguir Potter?

Lupin levantó la vista y con una mirada de soslayo a Harry, le advirtió que no lo interrumpiera.

—¿Con Artes Oscuras? —repitió con voz amable—. ¿De verdad lo crees, Severus? A mí me parece simplemente un pergamino que ofende al que intenta leerlo. Infantil, pero seguramente no peligroso. Supongo que Harry lo ha comprado en una tienda de artículos de broma.

—¿De verdad? —preguntó Snape. Tenía la quijada rígida a causa del enfado—. ¿Crees que una tienda de artículos de broma le vendería algo como esto? ¿No crees que es más probable que lo consiguiera directamente de los fabricantes?

Harry no entendía qué quería decir Snape. Y daba la impresión de que Lupin tampoco.

—¿Quieres decir del señor Colagusano o cualquiera de esas personas? —preguntó—. Harry, ¿conoces a alguno de estos señores?

—No —respondió rápidamente Harry.

—¿Lo ves, Severus? —dijo Lupin, volviéndose hacia Snape—. Creo que es de Zonko.

En ese momento entró Ron en el despacho. Llegaba sin aliento. Se paró de pronto delante de la mesa de Snape, con una mano en el pecho e intentando hablar.

—Yo... le di... a Harry... ese objeto —dijo con la voz ahogada—. Lo compré en Zonko hace mucho tiempo...

—Bien —dijo Lupin, dando una palmada y mirando contento a su alrededor—. ¡Parece que eso lo aclara todo! Me lo llevo, Severus, si no te importa —Plegó el mapa y se lo metió en la toga—. Harry, Ron, vengan conmigo. Tengo que decirles algo relacionado con el trabajo sobre los vampiros. Discúlpanos, Severus.

Harry no se atrevió a mirar a Snape al salir del despacho. Él, Ron y Lupin hicieron todo el camino hasta el vestíbulo sin hablar. Luego Harry se volvió a Lupin.

—Señor profesor, yo...

—No quiero disculpas —dijo Lupin. Echó una mirada al vestíbulo vacío y bajó la voz—. Da la casualidad de que sé que este mapa fue confiscado por el señor Filch hace muchos años. Sí, sé que es un mapa —dijo ante los asombrados Harry y Ron—. No quiero saber cómo ha caído en sus manos. Me asombra, sin embargo, que no lo entregaran, especialmente después de lo sucedido en la última ocasión en que un alumno dejó por ahí información relativa al castillo. No te lo puedo devolver, Harry.

Harry ya lo suponía, y quería explicarse.

—¿Por qué pensó Snape que me lo habían dado los fabricantes?

—Porque... porque los fabricantes de estos mapas habrían querido sacarte del colegio. Habrían pensado que era muy divertido.

—¿Los conoce? —dijo Harry impresionado.

—Nos hemos visto —dijo Lupin lacónicamente. Miraba a Harry más serio que nunca—. No esperes que te vuelva a encubrir, Harry. No puedo conseguir que te tomes en serio a Sirius Black, pero creía que los gritos que oyes cuando se te aproximan los dementores te habían hecho algún efecto. Tus padres dieron su vida para que tú siguieras vivo, Harry. Y tú les correspondes muy mal... cambiando su sacrificio por una bolsa de artículos de broma.

Se marchó y Harry se sintió mucho peor que en el despacho de Snape. Despacio, subieron la escalera de mármol. Al pasar al lado de la estatua de la bruja tuerta, Harry se acordó de la capa invisible. Seguía allí abajo, pero no se atrevió a ir por ella.

—Es culpa mía —dijo Ron de pronto—. Yo te persuadí de que fueras. Lupin tiene razón. Fue una idiotez. No debimos hacerlo.

Dejó de hablar. Habían llegado al corredor en que los troles de seguridad estaban haciendo la ronda y por el que Hermione avanzaba hacia ellos. Al verle la cara, a Harry no le cupo ninguna duda de que estaba enterada de lo ocurrido. Sintió una enorme desazón. ¿Se lo habría contado a la profesora McGonagall?

—¿Has venido a darte gusto? —le preguntó Ron cuando se detuvo la muchacha—. ¿O acabas de delatarnos?

—No —respondió Hermione. Tenía en las manos una carta y el labio le temblaba—. Sólo creí que debían saberlo. Hagrid ha perdido el caso. Van a ejecutar a *Buckbeak*.

# 15

# La final de quidditch

—Me ha enviado esto —dijo Hermione, tendiéndoles la carta.

Harry la cogió. El pergamino estaba húmedo; las gruesas lágrimas habían emborronado tanto la tinta que la lectura se hacía difícil en muchos lugares.

> *Querida Hermione:*
> *Hemos perdido. Me permitirán traerlo a Hogwarts, pero van a fijar la fecha del sacrificio.*
> *A Buckbeak le ha gustado Londres.*
> *Nunca olvidaré toda la ayuda que nos has proporcionado.*
>
> *Hagrid*

—No pueden hacerlo —dijo Harry—. No pueden. *Buckbeak* no es peligroso.

—El padre de Malfoy consiguió atemorizar a la Comisión para que tomaran esta determinación —dijo Hermione secándose los ojos—. Ya saben cómo es. Son unos viejos imbéciles y los asustó. Pero podremos apelar. Siempre se puede. Aunque no veo ninguna esperanza... Nada cambiará.

—Sí, algo cambiará —dijo Ron, decidido—. En esta ocasión no tendrás que hacer tú sola todo el trabajo. Yo te ayudaré.

—¡Ron!

Hermione le echó los brazos al cuello y rompió a llorar. Ron, totalmente aterrado, le dio unas palmadas torpes en la cabeza. Hermione se apartó por fin.

—Ron, de verdad, siento muchísimo lo de *Scabbers* —sollozó.

—Bueno, ya era muy viejo —dijo Ron, aliviado de que ella se hubiera soltado—. Y era algo inútil. Quién sabe, a lo mejor ahora mis padres me compran una lechuza.


Las medidas de seguridad impuestas a los alumnos después de la segunda intrusión de Black impedían que Harry, Ron y Hermione visitaran a Hagrid por las tardes. La única posibilidad que tenían de hablar con él eran las clases de Cuidado de Criaturas Mágicas.

Hagrid parecía conmocionado por el veredicto.

—Todo fue culpa mía. Me quedé petrificado. Estaban todos allí con sus togas negras, y a mí se me caían continuamente las notas y se me olvidaron todas las fechas que me habías buscado, Hermione. Y entonces se levantó Lucius Malfoy, soltó su discurso y la Comisión hizo exactamente lo que él dijo...

—¡Todavía podemos apelar! —dijo Ron con entusiasmo—. ¡No tires la toalla! ¡Estamos trabajando en ello!

Volvían al castillo con el resto de la clase. Delante podían ver a Malfoy, que iba con Crabbe y Goyle, y miraba hacia atrás de vez en cuando, riéndose.

—No servirá de mucho, Ron —le dijo Hagrid con tristeza, al llegar a las escaleras del castillo—. Lucius Malfoy tiene a la Comisión en el bolsillo. Sólo me aseguraré de que el tiempo que le queda a *Buckbeak* sea el más feliz de su vida. Se lo debo...

Hagrid dio media vuelta y volvió a la cabaña, cubriéndose el rostro con el pañuelo.

—¡Mírenlo cómo llora!

Malfoy, Crabbe y Goyle habían estado escuchando en la puerta.

—¿Han visto alguna vez algo tan patético? —dijo Malfoy—. ¡Y pensar que es profesor nuestro!

Harry y Ron fueron hacia ellos, pero Hermione llegó antes:

¡PLAF!

Dio a Malfoy una bofetada con todas sus fuerzas. Malfoy se tambaleó. Harry, Ron, Crabbe y Goyle se quedaron atónitos en el momento en que Hermione volvió a levantar la mano.

—¡No te atrevas a llamar «patético» a Hagrid, grandísimo puerco... malvado...!

—¡Hermione! —dijo Ron con voz débil, intentando sujetarle la mano.

—Suéltame, Ron.

Hermione sacó la varita. Malfoy se echó hacia atrás. Crabbe y Goyle lo miraron atónitos, sin saber qué hacer.

—Vámonos —musitó Malfoy. Y en un instante, los tres desaparecieron por el pasadizo que conducía a las mazmorras.

—¡Hermione! —dijo Ron de nuevo, atónito por la sorpresa.

—¡Harry, espero que le ganes en la final de quidditch! —dijo Hermione chillando—. ¡Espero que ganes, porque si gana Slytherin no podré soportarlo!

—Hay que ir a Encantamientos —dijo Ron, mirando todavía a Hermione con los ojos como platos.

Subieron aprisa hacia la clase del profesor Flitwick.

—¡Llegan tarde, muchachos! —dijo en tono de censura el profesor Flitwick, cuando Harry abrió la puerta del aula—. ¡Vamos, rápido, saquen las varitas! Vamos a trabajar con encantamientos estimulantes. Ya se han colocado todos por parejas.

Harry y Ron fueron aprisa hasta un pupitre que había al fondo y abrieron las mochilas. Ron miró a su alrededor.

—¿Dónde se ha puesto Hermione?

Harry también echó un vistazo. Hermione no había entrado en el aula, pero Harry sabía que estaba a su lado cuando había abierto la puerta.

—Es extraño —dijo Harry mirando a Ron—. Quizás... quizás haya ido a los baños...

Pero Hermione no apareció durante la clase.

—Pues tampoco le habría venido mal a ella un encantamiento estimulante —comentó Ron, cuando salían del aula para ir a comer, todos con una dilatada sonrisa. La clase de encantamientos estimulantes los había dejado muy contentos.

Hermione tampoco apareció por el Gran Comedor durante el almuerzo. Cuando terminaron el pastel de manzana, el efecto de los encantamientos estimulantes se estaba perdiendo, y Harry y Ron empezaban a preocuparse.

—¿No le habrá hecho nada Malfoy? —comentó Ron mientras subían aprisa las escaleras hacia la torre de Gryffindor.

Pasaron entre los troles de seguridad, le dieron la contraseña («Pitapatafrita») a la señora gorda y entraron por el agujero del retrato para acceder a la sala común.

Hermione estaba sentada a una mesa, profundamente dormida, con la cabeza apoyada en un libro abierto de Aritmancia. Fueron a sentarse uno a cada lado de ella. Harry le dio con el codo para que despertara.

—¿Qué... qué? —preguntó Hermione, despertando sobresaltada y mirando alrededor con los ojos muy abiertos—. ¿Es hora de marcharse? ¿Qué clase tenemos ahora?

—Adivinación, pero no es hasta dentro de veinte minutos —dijo Harry—. Hermione, ¿por qué no has estado en Encantamientos?

—¿Qué? ¡Oh, no! —chilló Hermione—. ¡Se me olvidó!

—Pero ¿cómo se te pudo olvidar? —le preguntó Harry—. ¡Llegaste con nosotros a la puerta del aula!

—¡Imposible! —aulló Hermione—. ¿Se enfadó el profesor Flitwick? Fue Malfoy. Estaba pensando en él y perdí la noción de las cosas.

—¿Sabes una cosa, Hermione? —le dijo Ron, mirando el libro de Aritmancia que Hermione había empleado como almohada—. Creo que estás a punto de estallar. Tratas de abarcar demasiado.

—No, no es verdad —dijo Hermione, apartándose el pelo de los ojos y mirando alrededor, buscando la mochila infructuosamente—. Me he despistado, eso es todo. Lo mejor será que vaya a ver al profesor Flitwick y me disculpe. ¡Los veré en Adivinación!

Se reunió con ellos veinte minutos más tarde, todavía confusa, a los pies de la escalera que llevaba a la clase de la profesora Trelawney.

—¡Aún no me puedo creer que me perdiera la clase de encantamientos estimulantes! ¡Y apuesto a que nos sale en el examen! ¡El profesor Flitwick me ha insinuado que puede salir!

Subieron juntos y entraron en la oscura y sofocante sala de la torre. En cada mesa había una brillante bola de cristal llena de neblina nacarada. Harry, Ron y Hermione se sentaron juntos frente a la misma mesa destartalada.

—Creía que no veríamos las bolas de cristal hasta el próximo trimestre —susurró Ron, echando a su alrededor una mirada, por si la profesora Trelawney estaba cerca.

—No te quejes, esto quiere decir que ya hemos terminado con la quiromancia. Me ponía enfermo verla dar respingos cada vez que me miraba la mano.

—¡Buenos días a todos! —dijo una voz conocida y a la vez indistinta, y la profesora Trelawney hizo su habitual entrada teatral, surgiendo de las sombras. Parvati y Lavender temblaban de emoción, con el rostro encendido por el resplandor lechoso de su bola de cristal—. He decidido que empecemos con la bola de cristal algo antes de lo planeado —dijo la profesora Trelawney, sentándose de espaldas al fuego y mirando alrededor—. Los hados me han informado de que en su examen de junio saldrá la bola, y quiero que reciban suficientes clases prácticas.

Hermione dio un bufido.

—Bueno, de verdad... los hados le han informado... ¿Quién pone el examen? ¡Ella! ¡Qué predicción tan asombrosa! —dijo, sin preocuparse de bajar la voz.

Era difícil saber si la profesora Trelawney los había oído, ya que su rostro estaba oculto en las sombras. Sin embargo, prosiguió como si no se hubiera enterado de nada.

—Mirar la bola de cristal es un arte muy sutil —explicó en tono soñador—. No espero que ninguno vea nada en la bola la primera vez que mire en sus infinitas profundidades. Comenzaremos practicando la relajación de la conciencia y de los ojos externos —Ron empezó a reírse de forma incontrolada y tuvo que meterse el puño en la boca para ahogar el ruido—, con el fin de liberar el ojo interior y la superconciencia. Tal vez, si tienen suerte, algunos lleguen a ver algo antes de que acabe la clase.

Y entonces comenzaron. Harry, por lo menos, se sentía muy tonto mirando la bola de cristal sin comprender, intentando vaciar la mente de pensamientos que continuamente pasaban por ella, por ejemplo «qué idiotez». No facilitaba las cosas el que Ron prorrumpiera continuamente en risitas mudas ni que Hermione chascara la lengua sin parar, en señal de censura.

—¿Han visto ya algo? —les preguntó Harry después de mirar la bola en silencio durante un cuarto de hora.

—Sí, aquí hay una quemadura —dijo Ron, señalando la mesa con el dedo—. A alguien se le ha caído la cera de la vela.

—Esto es una horrible pérdida de tiempo —dijo Hermione entre dientes—. En estos momentos podría estar practicando algo útil. Podría ponerme al día en encantamientos estimulantes.

Acompañada por el susurro de la falda, la profesora Trelawney pasó por su lado.

—¿Alguien quiere que le ayude a interpretar los oscuros augurios de la bola mágica? —susurró con una voz que se elevaba por encima del tintineo de sus pulseras.

—Yo no necesito ayuda —susurró Ron—. Es obvio lo que esto quiere decir: que esta noche habrá mucha niebla.

Harry y Hermione estallaron en una carcajada.

—¡Vamos! —les llamó la atención la profesora Trelawney, al mismo tiempo que todo el mundo se volvía hacia ellos. Parvati y Lavender los miraban escandalizadas—. Están perjudicando nuestras vibraciones clarividentes. —Se aproximó a la mesa de los tres amigos y observó su bola de cristal. A Harry se le vino el mundo encima. Imaginaba lo que pasaría a continuación—: ¡Aquí hay algo! —susurró la profesora Trelawney, acercando el rostro a la bola, que quedó doblemente reflejada en sus grandes gafas—. Algo que se mueve... pero ¿qué es?

Harry habría apostado todo cuanto poseía a que, fuera lo que fuese, no serían buenas noticias. En efecto:

—Muchacho... —La profesora Trelawney suspiró mirando a Harry—. Está aquí, más claro que el agua. Sí, querido muchacho... está aquí acechándote, aproximándose... el *Gr...*

—¡Por Dios santo! —exclamó Hermione—. ¿Otra vez ese ridículo *Grim*?

La profesora Trelawney levantó sus grandes ojos hasta la cara de Hermione. Parvati susurró algo a Lavender y ambas miraron a la muchacha. La profesora Trelawney se incorporó y la contempló con ira.

—Siento decirte que desde el momento en que llegaste a esta clase ha resultado evidente que careces de lo que requiere el noble arte de la adivinación. En realidad, no recuerdo haber tenido nunca un alumno cuya mente fuera tan incorregiblemente vulgar.

Hubo un momento de silencio.

—Bien —dijo de repente Hermione, levantándose y metiendo en la mochila su ejemplar de *Disipar las nieblas del futuro*—. Bien —repitió, echándose la mochila al hombro y casi derribando a Ron de la silla—, abandono. ¡Me voy!

Y ante el asombro de toda la clase, Hermione se dirigió con paso firme hacia la trampilla, la abrió de un golpe y se perdió escaleras abajo.

La clase tardó unos minutos en volver a apaciguarse. Parecía que la profesora Trelawney se había olvidado por completo del *Grim*. Se volvió de repente desde la mesa de Harry y Ron, respirando hondo a la vez que se subía el chal transparente.

—¡Aaaaah! —exclamó de repente Lavender, sobresaltando a todo el mundo—. ¡Aaaah, profesora Trelawney, acabo de acordarme! Usted la ha visto salir, ¿no es así, profesora? «En torno a Semana Santa, uno de ustedes nos dejará para siempre.» Lo dijo usted hace milenios, profesora.

La profesora Trelawney le dirigió una amable sonrisa.

—Sí, querida. Ya sabía que nos dejaría la señorita Granger. Una siempre tiene la esperanza, sin embargo, de haber confundido los signos... El ojo interior puede ser una cruz, ¿saben?

Lavender y Parvati parecían muy impresionadas y se apartaron para que la profesora Trelawney pudiera ponerse en su mesa.

—Hermione se la está buscando, ¿verdad? —susurró Ron a Harry, con expresión sobrecogida.

—Sí...

Harry miró en la bola de cristal, pero no vio nada salvo niebla blanca formando remolinos. ¿De verdad había vuelto a ver al *Grim* la profesora Trelawney? ¿Lo vería él? Lo que menos falta le hacía era otro accidente casi mortal con la final de quidditch cada vez más cerca.


Las vacaciones de Semana Santa no resultaron lo que se dice relajantes. Los de tercero nunca habían tenido tantos deberes. Neville Longbottom parecía encontrarse al borde del colapso nervioso y no era el único.

—¿A esto lo llaman vacaciones? —gritó Seamus Finnigan una tarde, en la sala común—. Los exámenes están a mil años de distancia, ¿qué es lo que pretenden?

Pero nadie tenía tanto trabajo como Hermione. Aun sin Adivinación, cursaba más asignaturas que ningún otro. Normalmente era la última en abandonar por la noche la sala común y la primera en llegar al día siguiente a la biblioteca. Tenía ojeras como Lupin y parecía en todo momento estar a punto de echarse a llorar.

Ron se estaba encargando de la apelación en el caso de *Buckbeak*. Cuando no hacía sus propios deberes estaba enfrascado en enormes volúmenes que tenían títulos como *Manual de psicología hipogrífica* o *¿Ave o monstruo? Un estudio de la brutalidad del hipogrifo*. Estaba tan absorto en el trabajo que incluso se olvidó de tratar mal a *Crookshanks*.

Harry, mientras tanto, tenía que combinar sus deberes con el diario entrenamiento de quidditch, por no mencionar las interminables discusiones de tácticas con Wood. El partido entre Gryffindor y Slytherin tendría lugar el primer sábado después de las vacaciones de Semana Santa. Slytherin iba en cabeza y sacaba a Gryffindor doscientos puntos exactos.

Esto significaba, como Wood recordaba a su equipo constantemente, que necesitaban ganar el partido con una ventaja mayor, si querían ganar la copa. También significaba que la responsabilidad de ganar caía sobre Harry en gran medida, porque capturar la snitch se recompensaba con ciento cincuenta puntos.

—Así, si les sacamos una ventaja de cincuenta puntos, no tienes más que cogerla —decía Wood a Harry todo el tiempo—. Sólo si les llevamos más de cincuenta puntos, Harry, porque de lo contrario ganaremos el partido pero perderemos la copa. Lo has comprendido, ¿verdad? Tienes que atrapar la snitch sólo si estamos...

—¡YA LO SÉ, OLIVER! —gritó Harry.

Toda la casa de Gryffindor estaba obsesionada por el partido. Gryffindor no había ganado la copa de quidditch desde que el legendario Charlie Weasley (el segundo de los hermanos de Ron) había sido buscador. Pero Harry dudaba de que alguien de Gryffindor, incluido Wood, tuviera tantas ganas de ganar como él. Harry y Malfoy se odiaban más que nunca. A Malfoy aún le dolía el barro que había recibido en Hogsmeade, y lo había puesto furioso que Harry se hubiera librado del castigo. Harry no había olvidado el intento de Malfoy de sabotearlo en el partido contra Ravenclaw, pero era el asunto de *Buckbeak* lo que le daba más ganas de vencer a Malfoy delante de todo el colegio.

Nadie recordaba un partido precedido de una atmósfera tan cargada. Cuando las vacaciones terminaron, la tensión entre los equipos y entre sus respectivas casas estaba al rojo. En los corredores estallaban pequeñas peleas que culminaron en un desagradable incidente en el que un alumno de cuarto de Gryffindor y otro de sexto de Slytherin terminaron en la enfermería con puerros brotándoles de las orejas.

Harry lo pasaba especialmente mal. No podía ir a las aulas sin que algún Slytherin sacara la pierna y le pusiera la zancadilla. Crabbe y Goyle aparecían continuamente donde estaba él, y se alejaban arrastrando los pies, decepcionados, al verlo rodeado de gente. Wood había dado instrucciones para que Harry fuera acompañado a todas partes, por si los de Slytherin trataban de quitarlo de en medio. Toda la casa de Gryffindor aceptó la misión con entusiasmo, de forma que a Harry le resultaba imposible llegar a tiempo a las clases porque estaba rodeado de una inmensa y locuaz multitud. Estaba más preocupado por la seguridad de su Saeta de Fuego que por la suya propia. Cuando no volaba en ella, la tenía guardada con llave en su baúl, y a menudo volvía corriendo a la torre de Gryffindor para comprobar que seguía allí.

La víspera del partido por la noche, en la sala común de Gryffindor, se abandonaron todas las actividades habituales. Incluso Hermione dejó sus libros.

—No puedo trabajar, no me puedo concentrar —dijo nerviosa.

Había mucho ruido. Fred y George Weasley habían reaccionado a la presión alborotando y gritando más que nunca. Oliver Wood estaba encogido en un rincón, encima de una maqueta del campo de quidditch, y con su varita mágica movía figurillas mientras hablaba consigo mismo. Angelina, Alicia y Katie se reían de las gracias de Fred y George. Harry estaba sentado con Ron y Hermione, algo alejado del barullo, tratando de no pensar en el día siguiente, porque cada vez que lo hacía le acometía la horrible sensación de que algo grande se esforzaba por salir de su estómago.

—Vas a hacer un buen partido —le dijo Hermione, aunque en realidad estaba aterrorizada.

—¡Tienes una Saeta de Fuego! —dijo Ron.

—Sí —admitió Harry.

Fue un alivio cuando Wood, de repente, se puso en pie y gritó:

—¡Jugadores! ¡A la cama!

Harry no durmió bien. Primero soñó que se había quedado dormido y que Wood gritaba: «¿Dónde te habías metido? ¡Tuvimos que poner a Neville en tu puesto!» Luego soñó que Malfoy y el resto del equipo de Slytherin llegaban al terreno de juego montados en dragones. Volaba a una velocidad de vértigo, tratando de evitar las llamaradas de fuego que salían de la boca de la cabalgadura de Malfoy, cuando se dio cuenta de que había olvidado la Saeta de Fuego. Se cayó en el aire y se despertó con un sobresalto.

Tardó unos segundos en comprender que el partido aún no había empezado, que él estaba metido en la cama, y que al equipo de Slytherin no lo dejarían jugar montado en dragones. Tenía mucha sed. Lo más en silencio que pudo, se levantó y fue a servirse un poco de agua de la jarra de plata que había al pie de la ventana.

Los terrenos del colegio estaban tranquilos y silenciosos. Ni un soplo de viento azotaba la copa de los árboles del bosque prohibido. El sauce boxeador estaba quieto y tenía un aspecto inocente. Las condiciones para el partido parecían perfectas.

Harry dejó el vaso y estaba a punto de volverse a la cama cuando algo le llamó la atención. Un animal que no podía distinguir bien rondaba por el plateado césped.

Harry corrió hasta su mesilla, cogió las gafas, se las puso y volvió a la ventana a toda prisa. Esperaba que no se tratara del *Grim*. No en aquel momento, horas antes del partido.

Miró los terrenos con detenimiento y tras un minuto de ansiosa búsqueda volvió a verlo. Rodeaba el bosque... no era el *Grim* ni mucho menos: era un gato. Harry se apoyó aliviado en el alféizar de la ventana al reconocer aquella cola de brocha. Sólo era Patizambo.

Pero... ¿sólo era *Crookshanks*? Harry aguzó la vista y pegó la nariz al cristal de la ventana. *Crookshanks* estaba inmóvil. Harry estaba seguro de que había algo más moviéndose en la sombra de los árboles.

Un instante después apareció: un perro negro, peludo y gigante que caminaba con sigilo por el césped. *Crookshanks* corría a su lado. Harry observó con atención. ¿Qué significaba aquello? Si *Crookshanks* también veía al perro, ¿cómo podía ser un augurio de la muerte de Harry?

—¡Ron! —susurró Harry—. ¡Ron, despierta!

—¿Mmm?

—¡Necesito que me digas si puedes ver una cosa!

—Está todo muy oscuro, Harry —dijo Ron con esfuerzo—. ¿A qué te refieres?

—Ahí abajo...

Harry volvió a mirar por la ventana.

*Crookshanks* y el perro habían desaparecido. Harry se subió al alféizar para ver si estaban debajo, junto al muro del castillo. Pero no estaban allí. ¿Dónde se habrían metido?

Un fuerte ronquido le indicó que Ron había vuelto a dormirse.

Harry y el resto del equipo de Gryffindor fueron recibidos con una ovación al entrar por la mañana en el Gran Comedor. Harry no pudo dejar de sonreír cuando vio que los de las mesas de Ravenclaw y Hufflepuff también les aplaudían. Los de Slytherin les silbaron al pasar. Malfoy estaba incluso más pálido de lo habitual.

Wood se pasó el desayuno animando a sus jugadores a que comieran, pero él no probó nada. Luego les metió prisa para ir al campo antes de que los demás terminaran. Así podrían hacerse una idea de las condiciones. Cuando salieron del Gran Comedor, volvieron a oír aplausos.

—¡Buena suerte, Harry! —le gritó Cho Chang. Harry se puso colorado.

—Muy bien..., el viento es insignificante. El sol pega algo fuerte y puede perjudicarnos la visión. Tengan cuidado. El suelo está duro, nos permitirá un rápido despegue.

Wood recorrió el terreno de juego, mirando a su alrededor y con el equipo detrás. Vieron abrirse las puertas del castillo a lo lejos y al resto del colegio aproximándose al campo.

—¡A los vestuarios! —dijo Wood escuetamente. Nadie habló mientras se cambiaban y se ponían la túnica escarlata. Harry se preguntó si se sentirían como él: como si hubiera desayunado algo vivo. Antes de que se dieran cuenta, Wood les dijo:

—¡Ha llegado el momento! ¡Adelante...!

Salieron al campo entre el rugido de la multitud. Tres cuartas partes de los espectadores llevaban escarapelas rojas, agitaban banderas rojas con el león de Gryffindor o enarbolaban pancartas con consignas como «ÁNIMO, GRYFFINDOR» y «LA COPA PARA LOS LEONES». Detrás de la meta de Slytherin, sin embargo, unas doscientas personas llevaban el verde; la serpiente plateada de Slytherin brillaba en sus banderas. El profesor Snape se sentaba en la primera fila, de verde como todos los demás y con una sonrisa macabra.

—¡Y aquí llegan los de Gryffindor! —comentó Lee Jordan, que hacía de comentarista, como de costumbre—. ¡Potter, Bell, Johnson, Spinnet, los hermanos Weasley y Wood! Ampliamente reconocido como el mejor equipo que ha visto Hogwarts desde hace años. —Los comentarios de Lee fueron ahogados por los abucheos de la casa de Slytherin—. ¡Y ahora entra en el terreno de juego el equipo de Slytherin, encabezado por su capitán Flint! Ha hecho algunos cambios en la alineación y parece inclinarse más por el tamaño que por la destreza. —Más abucheos de los hinchas de Slytherin. Harry, sin embargo, pensó que Lee tenía razón. Malfoy era el más pequeño del equipo de Slytherin. Los demás eran enormes.

—¡Capitanes, dense la mano! —ordenó la señora Hooch.

Flint y Wood se aproximaron y se estrecharon la mano con mucha fuerza, como si intentaran quebrarle al otro los dedos.

—¡Monten en las escobas! —dijo la señora Hooch—. Tres... dos... uno...

El silbato quedó ahogado por el bramido de la multitud, al mismo tiempo que se levantaban en el aire catorce escobas. Harry sintió que el pelo se le disparaba hacia atrás. Con la emoción del vuelo se le pasaron los nervios. Miró a su alrededor. Malfoy estaba exactamente detrás. Harry se lanzó en busca de la snitch.

—Y Gryffindor tiene la quaffle. Alicia Spinnet, de Gryffindor, con la quaffle, se dirige hacia la meta de Slytherin. Alicia va bien encaminada. Ah, no. Warrington intercepta la quaffle. Warrington, de Slytherin, rasgando el aire. ¡ZAS! Buen trabajo con la bludger por parte de George Weasley. Warrington deja caer la quaffle. La coge Johnson. Gryffindor vuelve a tenerla. Vamos, Angelina. Un bonito quiebro a Montague. ¡Agáchate, Angelina, eso es una bludger! ¡HA MARCADO! ¡DIEZ A CERO PARA GRYFFINDOR!

Angelina golpeó el aire con el puño, mientras sobrevolaba el extremo del campo. El mar escarlata que se extendía debajo de ella vociferaba de entusiasmo.

—¡AY!

Angelina casi se cayó de la escoba cuando Marcus Flint chocó contra ella.

—¡Perdón! —se disculpó Flint, mientras la multitud lo abucheaba—. ¡Perdona, no te vi!

Un momento después, Fred Weasley lanzó el bate hacia la nuca de Flint. La nariz de Flint dio en el palo de su propia escoba y comenzó a sangrar.

—¡Basta! —gritó la señora Hooch, metiéndose en medio a toda velocidad—. ¡Penalti para Gryffindor por un ataque no provocado sobre su cazadora! ¡Penalti para Slytherin por agresión deliberada contra su cazador!

—¡No diga tonterías, señora! —gritó Fred. Pero la señora Hooch pitó y Alicia retrocedió para lanzar el penalti.

—¡Vamos, Alicia! —gritó Lee en medio del silencio que de repente se había hecho entre el público—. ¡SÍ, HA BATIDO AL GUARDAMETA! ¡VEINTE A CERO PARA GRYFFINDOR!

Harry se dio la vuelta y vio que Flint, que seguía sangrando, volaba hacia delante para ejecutar el penalti. Wood estaba delante de la portería de Gryffindor, con las mandíbulas apretadas.

—¡Wood es un soberbio guardameta! —dijo Lee Jordan a la multitud, mientras Flint aguardaba el silbato de la señora Hooch—. ¡Soberbio! Será muy difícil parar este golpe, realmente muy difícil... ¡SÍ! ¡NO PUEDO CREERLO! ¡LO HA PARADO!

Aliviado, Harry se alejó como una bala, buscando la snitch, pero asegurándose al mismo tiempo de que no se perdía ni una palabra de lo que decía Lee. Era esencial mantener a Malfoy apartado de la snitch hasta que Gryffindor sacara a Slytherin más de cincuenta puntos.

—Gryffindor tiene la quaffle, no, la tiene Slytherin. ¡No! ¡Gryffindor vuelve a tenerla, y es Katie Bell, Katie Bell lleva la quaffle! Va rápida como un rayo... ¡ESO HA SIDO INTENCIONAL!

Montague, un cazador de Slytherin, había hecho un quiebro delante de Katie y en vez de coger la quaffle, le había cogido a ella la cabeza. Katie dio una voltereta en el aire y consiguió mantenerse en la escoba, pero dejó caer la quaffle.

El silbato de la señora Hooch volvió a sonar, mientras se dirigía a Montague gritándole. Un minuto después, Katie metía otro gol de penalti al guardameta de Slytherin.

—¡TREINTA A CERO! ¡CÓMETE ÉSA, TRAMPOSO!

—¡Jordan, si no puedes comentar de manera neutral...!

—¡Lo cuento como es, profesora!

Harry sintió un vuelco de emoción. Acababa de ver la snitch. Brillaba a los pies de uno de los postes de la meta de Gryffindor. Pero aún no debía cogerla. Y si Malfoy la veía...

Simulando una expresión de concentración repentina, dio la vuelta con la Saeta de Fuego y se dirigió a toda velocidad hacia el extremo de Slytherin. Funcionó. Malfoy fue tras él como un bólido, creyendo que Harry había visto la snitch en aquel punto.

¡ZUUUM!

Una de las bludgers, desviada por Derrick, el gigantesco golpeador de Slytherin, se aproximó y le pasó a Harry rozando el oído derecho. Al momento siguiente...

¡ZUUUM!

La segunda bludger le había arañado el codo. El otro golpeador, Bole, se aproximaba.

Harry vio fugazmente a Bole y a Derrick, que se acercaban muy aprisa con los bates en alto.

En el último segundo viró con la Saeta, y Bole y Derrick se dieron un golpazo.

—¡Ja, ja, ja! —rió Lee Jordan mientras los dos golpeadores de Slytherin se separaban y alejaban, tambaleándose y agarrándose la cabeza—. Es una lástima, chicos. ¡Tendrán que espabilar mucho para vencer a una Saeta de Fuego! Y Gryffindor vuelve a tener la quaffle, porque Johnson la ha recogido. Flint va a su lado. ¡Métele el dedo en el ojo, Angelina! ¡Era una broma, profesora, era una broma! ¡Oh, no! ¡Flint lleva la quaffle, va volando hacia la meta de Gryffindor! ¡Ahora, Wood, párala!

Pero Flint ya había marcado. Hubo un ovación en la parte de Slytherin y Lee lanzó una expresión tan malsonante que la profesora McGonagall quiso quitarle el megáfono mágico.

—¡Perdón, profesora, perdón! ¡No volverá a ocurrir! Veamos, Gryffindor va ganando por treinta a diez y ahora Gryffindor está en posesión de la quaffle.

Se estaba convirtiendo en el partido más sucio que Harry había jugado. Indignados porque Gryffindor se hubiera adelantado tan pronto en el marcador, los de Slytherin estaban recurriendo a cualquier medio para apoderarse de la quaffle. Bole golpeó a Alicia con el bate y arguyó que la había confundido con una bludger. George Weasley, para vengarse, dio a Bole un codazo en la cara. La señora Hooch castigó a los dos equipos con sendos penaltis, y Wood logró evitar otro tanto espectacular, consiguiendo que la puntuación quedara en 40 a 10 a favor de Gryffindor.

La snitch había vuelto a desaparecer. Malfoy seguía de cerca a Harry, mientras éste sobrevolaba el campo de juego buscándola. En cuanto Gryffindor le sacara a Slytherin cincuenta puntos...

Katie marcó: 50 a 10. Fred y George Weasley bajaron en picado para situarse a su lado, con los bates en alto por si a alguno de Slytherin se le ocurría tomar represalias. Bole y Derrick aprovecharon la ausencia de Fred y George para lanzar a Wood las dos bludgers. Le dieron en el estómago, primero una y después la otra. Wood dio una vuelta en el aire, sujetándose a la escoba, sin aire.

La señora Hooch estaba fuera de sí.

—¡Sólo se puede atacar al guardameta cuando la quaffle está dentro del área! —gritó a Boyle y a Derrick—. ¡Penalti para Gryffindor!

Y Angelina marcó: 60 a 10. Momentos después, Fred Weasley lanzaba a Warrington una bludger, quitándole la quaffle de las manos. Alicia la cogió y volvió a marcar: 70 a 10.

La afición de Gryffindor estaba ronca de tanto gritar. Gryffindor sacaba sesenta puntos de ventaja. Y si Harry cogía la snitch, la copa era suya. Harry notaba que cientos de ojos seguían sus movimientos mientras sobrevolaba el campo por encima del nivel de juego, con Malfoy siguiéndolo a toda velocidad.

Y entonces la vio: la snitch brillaba a siete metros por encima de él.

Harry aceleró con el viento rugiendo en sus orejas. Estiró la mano, pero de repente la Saeta de Fuego redujo la velocidad.

Horrorizado, miró alrededor. Malfoy se había lanzado hacia delante, había cogido la cola de la Saeta y tiraba de ella.

—¡Serás...!

Harry estaba lo bastante enfadado para golpear a Malfoy, pero no lo podía alcanzar. Malfoy jadeaba por el esfuerzo de sujetar la Saeta de Fuego, pero tenía un brillo de malicia en los ojos. Había logrado lo que quería: la snitch había vuelto a desaparecer.

—¡Penalti! ¡Penalti a favor de Gryffindor! ¡Nunca he visto tácticas semejantes! —chilló la señora Hooch, saliendo disparada hacia el punto donde Malfoy volvía a montar en su Nimbus 2.001.

—¡GRANDÍSIMO CERDO, TRAMPOSO! —gritaba Lee Jordan por el megáfono, alejándose de la profesora McGonagall—. ¡ASQUEROSO HIJ...!

La profesora McGonagall ni siquiera se molestó en decirle que se callara. La verdad es que levantaba el puño en dirección a Malfoy. Se le había caído el sombrero y también ella gritaba furiosa.

Alicia lanzó el penalti de Gryffindor, pero estaba tan enfadada que lo envió fuera. El equipo de Gryffindor perdía concentración, y los de Slytherin, entusiasmados por la falta de Malfoy contra Harry, cada vez se atrevían a más.

—Slytherin en posesión de la quaffle, Slytherin se dirige a la meta... Montague marca —gruñó Lee—: 70 a 20 a favor de Gryffindor...

Harry marcaba en ese momento a Malfoy desde tan cerca que sus rodillas chocaban. Harry no iba a dejar que Malfoy se acercara a la snitch...

—¡Quítate de en medio, Potter! —gritó Malfoy con enojo, e intentó dar la vuelta, pero encontró a Harry bloqueándole el paso.

—Angelina Johnson coge la quaffle. ¡Vamos, Angelina! ¡VAMOS!

Harry miró a su alrededor. Excepto Malfoy, todos los jugadores de Slytherin, incluido el guardameta, habían salido disparados contra Angelina. Iban a bloquearla.

Harry dio la vuelta a la Saeta de Fuego, se agachó hasta quedar paralelo al palo de la escoba y se lanzó hacia delante. Como una bala, se dirigió en dirección a los de Slytherin.

—¡VOOOOOY!

Se dispersaron cuando la Saeta de Fuego se lanzó contra ellos como un torpedo. El camino de Angelina quedó despejado.

—¡HA MARCADO!, ¡HA MARCADO! ¡Gryffindor en cabeza por 80 a 20!

Harry, que casi salió despedido hacia las gradas, frenó en el aire bruscamente, dio la vuelta y regresó veloz al centro del campo.

Y entonces vio algo como para pararle el corazón. Malfoy bajaba a toda velocidad con una expresión de triunfo en la cara. Allí, a unos metros del suelo, había un resplandor dorado.

Harry orientó hacia abajo el rumbo de su saeta, pero Malfoy le llevaba muchísima ventaja.

—¡Vamos!, ¡vamos!, ¡vamos! —dijo para espolear a la escoba. Ya reducía la distancia...

Harry se pegó al palo de la escoba cuando Bole le lanzó una bludger... estaba ya ante los tobillos de Malfoy... a su misma altura...

Harry se echó hacia delante, soltando las dos manos de la escoba. Desvió de un golpe el brazo de Malfoy y...

—¡SÍ!

Recuperó la horizontal, con la mano en el aire, y el estadio se vino abajo. Harry sobrevoló a la multitud con un extraño zumbido en los oídos. La pequeña pelota dorada estaba fuertemente sujeta en su puño, batiendo las alas desesperadamente contra sus dedos.

Wood se acercó a él a toda velocidad, casi cegado por las lágrimas; cogió por el cuello a Harry y sollozó en su hombro irrefrenablemente. Harry sintió dos golpes en la espalda cuando Fred y George se acercaron. Luego oyó las voces de Angelina, Alicia y Katie:

—¡Hemos ganado la copa! ¡Hemos ganado la copa!

Atrapado en un abrazo colectivo, el equipo de Gryffindor bajó a tierra dando gritos con la voz quebrada.

Los grupos de hinchas del equipo escarlata saltaban ya las barreras y entraban en el terreno de juego. Multitud de manos palmeaban las espaldas de los jugadores. Harry estaba aturdido por el ruido y la multitud de cuerpos que lo apretaban. La afición los subió en hombros a él y al resto del equipo. Cuando pudo ver algo, vio a Hagrid cubierto de escarapelas rojas:

—¡Los has vencido, Harry! ¡Los has vencido! ¡Cuando se lo cuente a *Buckbeak*...!

Allí estaba Percy, dando saltos como un loco, olvidado de su dignidad. La profesora McGonagall sollozaba incluso más sonoramente que Wood, y se secaba los ojos con una enorme bandera de Gryffindor. Y allí, abriéndose camino hacia Harry, se encontraban Ron y Hermione. No podían articular palabra. Se limitaron a sonreír mientras Harry era conducido a las gradas, donde Dumbledore esperaba de pie, con la enorme copa de quidditch.

Si hubiera habido un dementor por allí... Mientras Wood le pasaba la copa a Harry, sin dejar de sollozar, mientras la elevaba en el aire, Harry pensó que podía materializar al patronus más robusto del mundo.

# 16

# La predicción de la profesora Trelawney

La euforia por haber ganado la copa de quidditch le duró a Harry al menos una semana. Incluso el clima pareció celebrarlo. A medida que se aproximaba junio, los días se volvieron menos nublados y más calurosos, y lo que a todo el mundo le apetecía era pasear por los terrenos del colegio y dejarse caer en la hierba, con grandes cantidades de jugo de calabaza bien frío, o tal vez jugando una partida improvisada de gobstones, o viendo los fantásticos movimientos del calamar gigante por la superficie del lago.

Pero no podían hacerlo. Los exámenes se venían encima y, en lugar de holgazanear, los estudiantes tenían que permanecer dentro del castillo haciendo enormes esfuerzos por concentrarse mientras por las ventanas entraban tentadoras ráfagas de aire estival. Incluso se había visto trabajar a Fred y a George Weasley; estaban a punto de obtener el TIMO (Título Indispensable de Magia Ordinaria). Percy se preparaba para el ÉXTASIS (EXámenes Terribles de Alta Sabiduría e Invocaciones Secretas), la titulación más alta que ofrecía Hogwarts. Como Percy quería entrar en el Ministerio de Magia, necesitaba las máximas puntuaciones. Se ponía cada vez más nervioso y castigaba muy severamente a cualquiera que interrumpiera por las tardes el silencio de la sala común. De hecho, la única persona que parecía estar más nerviosa que Percy era Hermione.

Harry y Ron habían dejado de preguntarle cómo se las arreglaba para acudir a la vez a varias clases, pero no pudieron contenerse cuando vieron el calendario de exámenes que tenía. La primera columna indicaba:

LUNES
9 en punto: Aritmancia
9 en punto: Transformaciones
Almuerzo
1 en punto: Encantamientos
1 en punto: Runas Antiguas

—¿Hermione? —dijo Ron con cautela, porque aquellos días saltaba fácilmente cuando la interrumpían—. Eeeh... ¿estás segura de que has copiado bien el calendario de exámenes?

—¿Qué? —dijo Hermione bruscamente, cogiendo el calendario y observándolo—. Claro que lo he copiado bien.

—¿Serviría de algo preguntarte cómo vas a hacer dos exámenes a la vez? —le dijo Harry.

—No —respondió Hermione lacónicamente—. ¿Han visto mi ejemplar de *Numerología y gramática*?

—Sí, lo cogí para leer en la cama —dijo Ron en voz muy baja.

Hermione empezó a revolver entre montañas de pergaminos en busca del libro. Entonces se oyó un leve roce en la ventana. *Hedwig* entró aleteando, con un sobre fuertemente atenazado en el pico.

—Es de Hagrid —dijo Harry, abriendo el sobre—. La apelación de *Buckbeak* se ha fijado para el día 6.

—Es el día que terminamos los exámenes —observó Hermione, que seguía buscando el libro de Aritmancia.

—Y tendrá lugar aquí. Vendrá alguien del Ministerio de Magia y un verdugo.

Hermione levantó la vista, sobresaltada.

—¡Traen a un verdugo a la sesión de apelación! Es como si ya estuviera decidido.

—Sí, eso parece —dijo Harry pensativo.

—¡No pueden hacerlo! —gritó Ron—. ¡He pasado años leyendo cosas para su defensa! ¡No pueden pasarlo todo por alto!

Pero Harry tenía la horrible sensación de que la Comisión para las Criaturas Peligrosas había tomado ya su decisión, presionada por el señor Malfoy. Draco, que había estado notablemente apagado desde el triunfo de Gryffindor en la final de quidditch, había recuperado parte de su anterior petulancia. Por los comentarios socarrones que entreoía Harry, Malfoy estaba seguro de que matarían a *Buckbeak*, y parecía encantado de ser el causante. Lo único que podía hacer Harry era contenerse para no imitar a Hermione cuando abofeteó a Malfoy. Y lo peor de todo era que no tenían tiempo ni ocasión de visitar a Hagrid, porque las nuevas y estrictas medidas de seguridad no se habían levantado, y Harry no se atrevía a recoger la capa invisible del interior de la estatua de la bruja.

Comenzó la semana de exámenes y el castillo se sumió en un inusitado silencio. Los alumnos de tercero salieron del examen de Transformaciones el lunes a la hora de la comida, agotados y lívidos, comparando lo que habían hecho y quejándose de la dificultad de los ejercicios, consistentes en transformar una tetera en tortuga. Hermione irritó a todos porque juraba que su tortuga era mucho más galápago, cosa que a los demás les traía sin cuidado.

—La mía tenía un tubo en vez de cola. ¡Qué pesadilla...!

—¿Las tortugas echan vapor por la boca?

—La mía seguía teniendo un sauce dibujado en el caparazón. ¿Creen que me quitarán puntos?

Después de una comida apresurada, la clase volvió a subir para el examen de Encantamientos. Hermione había tenido razón: el profesor Flitwick puso en el examen los encantamientos estimulantes. Harry, por los nervios, exageró un poco el suyo, y Ron, que era su pareja en el ejercicio, se echó a reír como un histérico. Tuvieron que llevárselo a un aula vacía y dejarlo allí una hora, hasta que estuvo en condiciones de llevar a cabo el encantamiento. Después de cenar, los alumnos se fueron inmediatamente a sus respectivas salas comunes, pero no a relajarse, sino a repasar Cuidado de Criaturas Mágicas, Pociones y Astronomía.

Hagrid presidió el examen de Cuidado de Criaturas Mágicas, que se celebró la mañana siguiente, con un aire ciertamente preocupado. Parecía tener la cabeza en otra parte.

Había llevado un gran cubo de gusarajos al aula, y les dijo que para aprobar tenían que conservar el gusarajo vivo durante una hora. Como los gusarajos vivían mejor si se los dejaba en paz, resultó el examen más sencillo que habían tenido nunca, y además concedió a Harry, a Ron y a Hermione muchas oportunidades de hablar con Hagrid.

—*Buckbeak* está algo deprimido —les dijo Hagrid, inclinándose un poco, haciendo como que comprobaba que el gusarajo de Harry seguía vivo—. Ha estado encerrado demasiado tiempo. Pero... en cualquier caso, pasado mañana lo sabremos.

Aquella tarde tuvieron el examen de Pociones: un absoluto desastre. Por más que lo intentó, Harry no consiguió que espesara su «receta para confundir», y Snape, vigilándolo con aire de vengativo placer, garabateó en el espacio de la nota, antes de alejarse, algo que parecía un cero.

A media noche, arriba, en la torre más alta, tuvieron el de Astronomía; el miércoles por la mañana el de Historia de la Magia, en el que Harry escribió todo lo que Florean Fortescue le había contado acerca de la persecución de las brujas en la Edad Media, y hubiera dado cualquier cosa por poderse tomar además en aquella aula sofocante uno de sus helados de nueces y chocolate. El miércoles por la tarde tenían el examen de Herbología, en los invernaderos, bajo un sol abrasador. Luego volvieron a la sala común, con la nuca quemada por el sol y deseosos de encontrarse al día siguiente a aquella misma hora, cuando todo hubiera finalizado.

El penúltimo examen, la mañana del jueves, fue el de Defensa Contra las Artes Oscuras. El profesor Lupin había preparado el examen más raro que habían tenido hasta la fecha. Una especie de carrera de obstáculos fuera, al sol, en la que tenían que vadear un profundo estanque de juegos que contenía un *grindylow*; atravesar una serie de agujeros llenos de gorros rojos; chapotear por entre ciénagas sin prestar oídos a las engañosas indicaciones de un *hinkypunk*; y meterse dentro del tronco de un árbol para enfrentarse con otro boggart.

—Estupendo, Harry —susurró Lupin, cuando el joven bajó sonriente del tronco—. Nota máxima.

Sonrojado por el éxito, Harry se quedó para ver a Ron y a Hermione. Ron lo hizo muy bien hasta llegar al *hinkypunk*, que logró confundirlo y hacer que se hundiese en la ciénaga hasta la cintura. Hermione lo hizo perfectamente hasta llegar al árbol del boggart. Después de pasar un minuto dentro del tronco, salió gritando.

—¡Hermione! —dijo Lupin sobresaltado—. ¿Qué ocurre?

—La pro... profesora McGonagall —dijo Hermione con voz entrecortada, señalando al interior del tronco—. Me... ¡me ha dicho que me han suspendido en todo!

Costó un rato tranquilizar a Hermione. Cuando por fin se recuperó, ella, Harry y Ron volvieron al castillo. Ron seguía riéndose del boggart de Hermione, pero cuando estaban a punto de reñir, vieron algo al final de las escaleras.

Cornelius Fudge, sudando bajo su capa de rayas, contemplaba desde arriba los terrenos del colegio. Se sobresaltó al ver a Harry.

—¡Hola, Harry! —dijo—. ¿Vienes de un examen? ¿Te falta poco para acabar?

—Sí —dijo Harry. Hermione y Ron, como no tenían trato con el ministro de Magia, se quedaron un poco apartados.

—Estupendo día —dijo Fudge, contemplando el lago—. Es una pena..., es una pena... —Suspiró ampliamente y miró a Harry—. Me trae un asunto desagradable, Harry. La Comisión para las Criaturas Peligrosas solicitó que un testigo presenciase la ejecución de un hipogrifo furioso. Como tenía que visitar Hogwarts por lo de Black, me pidieron que entrara.

—¿Significa eso que la revisión del caso ya ha tenido lugar? —interrumpió Ron, dando un paso adelante.

—No, no. Está fijada para la tarde —dijo Fudge, mirando a Ron con curiosidad.

—¡Entonces quizá no tenga que presenciar ninguna ejecución! —dijo Ron resueltamente—. ¡El hipogrifo podría ser absuelto!

Antes de que Fudge pudiera responder, dos magos entraron por las puertas del castillo que había a su espalda. Uno era tan anciano que parecía descomponerse ante sus ojos; el otro era alto y fornido, y tenía un fino bigote de color negro. Harry entendió que eran representantes de la Comisión para las Criaturas Peligrosas, porque el anciano miró de soslayo hacia la cabaña de Hagrid y dijo con voz débil:

—Santo Dios, me estoy haciendo viejo para esto. A las dos en punto, ¿no, Fudge?

El hombre del bigote negro tocaba algo que llevaba al cinto; Harry advirtió que pasaba el ancho pulgar por el filo de un hacha. Ron abrió la boca para decir algo, pero Hermione le dio con el codo en las costillas y señaló el vestíbulo con la cabeza.

—¿Por qué no me has dejado? —dijo enfadado Ron, entrando en el Gran Comedor para almorzar—. ¿Los has visto? ¡Hasta llevan un hacha! ¡Eso no es justicia!

—Ron, tu padre trabaja en el Ministerio. No puedes ir diciéndole esas cosas a su jefe —respondió Hermione, aunque también ella parecía muy molesta—. Si Hagrid conserva esta vez la cabeza y argumenta adecuadamente su defensa, es posible que no ejecuten a *Buckbeak*...

Pero a Harry le parecía que Hermione no creía en realidad lo que decía. A su alrededor, todos hablaban animados, saboreando por adelantado el final de los exámenes, que tendría lugar aquella tarde, pero Harry, Ron y Hermione, preocupados por Hagrid y *Buckbeak*, permanecieron al margen.

El último examen de Harry y Ron era de Adivinación. El último de Hermione, Estudios Muggles. Subieron juntos la escalera de mármol. Hermione los dejó en el primer piso, y Harry y Ron continuaron hasta el séptimo, donde muchos de su clase estaban sentados en la escalera de caracol que conducía al aula de la profesora Trelawney, repasando en el último minuto.

—Nos va a examinar por separado —les informó Neville, cuando se sentaron a su lado. Tenía *Disipar las nieblas del futuro* abierto sobre los muslos, por las páginas dedicadas a la bola de cristal—. ¿Alguno ha visto algo alguna vez en la bola de cristal? —preguntó desanimado.

—Nanay —dijo Ron.

Miraba el reloj de vez en cuando. Harry se dio cuenta de que calculaba lo que faltaba para el comienzo de la revisión del caso de *Buckbeak*.

La cola de personas que había fuera del aula se reducía muy despacio. Cada vez que bajaba alguien por la plateada escalera de mano, los demás le preguntaban entre susurros:

—¿Qué te ha preguntado? ¿Qué tal te ha ido?

Pero nadie aclaraba nada.

—¡Me ha dicho que, según la bola de cristal, sufriré un accidente horrible si revelo algo! —chilló Neville, bajando la escalera hacia Harry y Ron, que acababa de llegar al rellano en ese momento.

—Es muy lista —refunfuñó Ron—. Empiezo a pensar que Hermione tenía razón —dijo señalando la trampilla con el dedo—: es una impostora.

—Sí —dijo Harry, mirando su reloj. Eran las dos—. Ojalá se dé prisa.

Parvati bajó la escalera rebosante de orgullo.

—Me ha dicho que tengo todas las características de una verdadera vidente —dijo a Ron y a Harry—. He visto muchísimas cosas... Bueno, que les vaya bien.

Bajó aprisa por la escalera de caracol, hasta llegar junto a Lavender.

—Ronald Weasley —anunció desde arriba la voz conocida y susurrante. Ron hizo un guiño a Harry y subió por la escalera de plata.

Harry era el único que quedaba por examinarse. Se sentó en el suelo, con la espalda contra la pared, escuchando una mosca que zumbaba en la ventana soleada. Su mente estaba con Hagrid, al otro lado de los terrenos del colegio.

Por fin, después de unos veinte minutos, los pies grandes de Ron volvieron a aparecer en la escalera.

—¿Qué tal? —le preguntó Harry, levantándose.

—Una porquería —dijo Ron—. No conseguía ver nada, así que me inventé algunas cosas. Pero no creo que la haya convencido...

—Nos veremos en la sala común —musitó Harry cuando la voz de la profesora Trelawney anunció:

—¡Harry Potter!

En la sala de la torre hacía más calor que nunca. Las cortinas estaban echadas, el fuego encendido, y el habitual olor mareante hizo toser a Harry mientras avanzaba entre las sillas y las mesas hasta el lugar en que la profesora Trelawney lo aguardaba sentada ante una bola grande de cristal.

—Buenos días, Harry —dijo suavemente—. Si tuvieras la amabilidad de mirar la bola... Tómate tu tiempo, y luego dime lo que ves dentro de ella...

Harry se inclinó sobre la bola de cristal y miró concentrándose con todas sus fuerzas, buscando algo más que la niebla blanca que se arremolinaba dentro, pero sin encontrarlo.

—¿Y bien? —le preguntó la profesora Trelawney con delicadeza—. ¿Qué ves?

El calor y el humo aromático que salía del fuego que había a su lado resultaban asfixiantes. Pensó en lo que Ron le había dicho y decidió fingir.

—Eeh... —dijo Harry—. Una forma oscura...

—¿A qué se parece? —susurró la profesora Trelawney—. Piensa...

La mente de Harry echó a volar y aterrizó en *Buckbeak*.

—Un hipogrifo —dijo con firmeza.

—¿De verdad? —susurró la profesora Trelawney, escribiendo deprisa y con entusiasmo en el pergamino que tenía en las rodillas—. Muchacho, bien podrías estar contemplando la solución del problema de Hagrid con el Ministerio de Magia. Mira más detenidamente... El hipogrifo ¿tiene cabeza?

—Sí —dijo Harry con seguridad.

—¿Estás seguro? —insistió la profesora Trelawney—. ¿Totalmente seguro, Harry? ¿No lo ves tal vez retorciéndose en el suelo y con la oscura imagen de un hombre con un hacha detrás?

—No —dijo Harry, comenzando a sentir náuseas.

—¿No hay sangre? ¿No está Hagrid llorando?

—¡No! —contestó Harry, con crecientes deseos de abandonar la sala y aquel calor—. Parece que está bien. Está volando...

La profesora Trelawney suspiró.

—Bien, querido. Me parece que lo dejaremos aquí... Un poco decepcionante, pero estoy segura de que has hecho todo lo que has podido.

Aliviado, Harry se levantó, cogió la mochila y se dio la vuelta para salir. Pero entonces oyó detrás de él una voz potente y áspera:

—Sucederá esta noche.

Harry dio media vuelta. La profesora Trelawney estaba rígida en su sillón. Tenía la vista perdida y la boca abierta.

—¿Cómo dice? —preguntó Harry.

Pero la profesora Trelawney no parecía oírle. Sus pupilas comenzaron a moverse. Harry estaba asustado. La profesora parecía a punto de sufrir un ataque. El muchacho no sabía si salir corriendo hacia la enfermería. Y entonces la profesora Trelawney volvió a hablar con la misma voz áspera, muy diferente a la suya:

—*El Señor de las Tinieblas está solo y sin amigos, abandonado por sus seguidores. Su vasallo ha estado encadenado doce años. Hoy, antes de la medianoche, el vasallo se liberará e irá a reunirse con su amo. El Señor de las Tinieblas se alzará de nuevo, con la ayuda de su vasallo, más grande y más terrible que nunca. Hoy... antes de la medianoche... el vasallo... irá... a reunirse... con su amo...*

Su cabeza cayó hacia delante, sobre el pecho. La profesora Trelawney emitió un gruñido. Luego, repentinamente, volvió a levantar la cabeza.

—Lo siento mucho, chico —añadió con voz soñolienta—. El calor del día, ¿sabes...? Me he quedado distraída.

Harry se quedó allí un momento, mirándola.

—¿Pasa algo, Harry?

—Usted... acaba de decirme que... el Señor de las Tinieblas volverá a alzarse, que su vasallo va a regresar con él...

La profesora Trelawney se sobresaltó.

—¿El Señor de las Tinieblas? ¿El que no debe nombrarse? Querido muchacho, no se puede bromear con ese tema... Alzarse de nuevo, Dios mío...

—¡Pero usted acaba de decirlo! Usted ha dicho que el Señor de las Tinieblas...

—Creo que tú también te has quedado dormido —repuso la profesora Trelawney—. Desde luego, nunca prediciría algo así.

Harry bajó la escalera de mano y la de caracol, haciéndose preguntas... ¿Acababa de oír a la profesora Trelawney haciendo una verdadera predicción? ¿O había querido acabar el examen con un final impresionante?

Cinco minutos más tarde pasaba aprisa por entre los troles de seguridad que estaban a la puerta de la torre de Gryffindor. Las palabras de la profesora Trelawney resonaban aún en su cabeza. Se cruzó con muchos que caminaban a zancadas, riendo y bromeando, dirigiéndose hacia los terrenos del colegio y hacia una libertad largamente deseada. Cuando llegó al retrato y entró en la sala común, estaba casi desierta. En un rincón, sin embargo, estaban sentados Ron y Hermione.

—La profesora Trelawney me acaba de decir...

Pero se detuvo al fijarse en sus caras.

—*Buckbeak* ha perdido —dijo Ron con voz débil—. Hagrid acaba de enviar esto.

La nota de Hagrid estaba seca esta vez: no había lágrimas en ella. Pero su mano parecía haber temblado tanto al escribirla que apenas resultaba legible.

*Apelación perdida. La ejecución será a la puesta del sol. No se puede hacer nada. No vengan. No quiero que lo vean.*

*Hagrid*

—Tenemos que ir —dijo Harry de inmediato—. ¡No puede estar allí solo, esperando al verdugo!

—Pero es a la puesta del sol —dijo Ron, mirando por la ventana con los ojos empañados—. No nos dejarán salir, y menos a ti, Harry...

Harry se tapó la cabeza con las manos, pensando.

—Si al menos tuviéramos la capa invisible...

—¿Dónde está? —dijo Hermione.

Harry le explicó que la había dejado en el pasadizo, debajo de la estatua de la bruja tuerta.

—... Si Snape me vuelve a ver por allí, me veré en un serio aprieto —concluyó.

—Eso es verdad —dijo Hermione, poniéndose en pie—. Si te ve... ¿Cómo se abre la joroba de la bruja?

—Se le dan unos golpecitos y se dice «¡Dissendio!» —explicó Harry—. Pero...

Hermione no aguardó a que terminara la frase; atravesó la sala con decisión, abrió el retrato y se perdió de vista.

—¿Habrá ido a cogerla? —dijo Ron, mirando el punto por donde había desaparecido la muchacha.

A eso había ido. Hermione regresó al cuarto de hora, con la capa plateada cuidadosamente doblada y escondida bajo la túnica.

—¡Hermione, no sé qué te pasa últimamente! —dijo Ron, sorprendido—. Primero le pegas a Malfoy, luego te vas de la clase de la profesora Trelawney...

Hermione se sintió halagada.

• • •

Bajaron a cenar con los demás, pero no regresaron luego a la torre de Gryffindor. Harry llevaba escondida la capa en la parte delantera de la túnica. Tenía que llevar los brazos cruzados para que no se viera el bulto. Esperaron en una habitación contigua al vestíbulo hasta asegurarse de que éste estuviese completamente vacío. Oyeron a los dos últimos que pasaban aprisa y cerraban dando un portazo. Hermione asomó la cabeza por la puerta.

—Vamos —susurró—. No hay nadie. Podemos taparnos con la capa.

Caminando muy juntos, de puntillas y bajo la capa, para que nadie los viera, bajaron la escalera y salieron. El sol se hundía ya en el bosque prohibido, dorando las ramas más altas de los árboles.

Llegaron a la cabaña y llamaron a la puerta. Hagrid tardó en contestar; cuando por fin lo hizo, miró a su alrededor, pálido y tembloroso, en busca de la persona que había llamado.

—Somos nosotros —susurró Harry—. Llevamos la capa invisible. Si nos dejas pasar, nos la quitaremos.

—No deberían haber venido —dijo Hagrid, también susurrando.

Pero se hizo a un lado, y ellos entraron. Hagrid cerró la puerta rápidamente y Harry se desprendió de la capa. Hagrid no lloró ni se arrojó al cuello de sus amigos. No parecía saber dónde se encontraba ni qué hacer. Resultaba más trágico verlo así que llorando.

—¿Quieren un té? —invitó.

Sus manos enormes temblaban al coger la tetera.

—¿Dónde está *Buckbeak*, Hagrid? —preguntó Ron, vacilante.

—Lo... lo tengo en el exterior —dijo Hagrid, derramando la leche por la mesa al llenar la jarra—. Está atado en el huerto, junto a las calabazas. Pensé que debía ver los árboles y oler el aire fresco antes de...

A Hagrid le temblaba tanto la mano que la jarra se le cayó y se hizo añicos.

—Yo lo haré, Hagrid —dijo Hermione inmediatamente, apresurándose a limpiar el suelo.

—Hay otra en el aparador —dijo Hagrid sentándose y limpiándose la frente con la manga. Harry miró a Ron, que le devolvió una mirada de desesperanza.

—¿No hay nada que hacer, Hagrid? —preguntó Harry sentándose a su lado—. Dumbledore...

—Lo ha intentado —respondió Hagrid—. No puede hacer nada contra una sentencia de la Comisión. Les ha dicho que *Buckbeak* es inofensivo, pero tienen miedo. Ya saben cómo es Lucius Malfoy... Me imagino que los ha amenazado... Y el verdugo, Macnair, es un viejo amigo suyo. Pero será rápido y limpio, y yo estaré a su lado.

Hagrid tragó saliva. Sus ojos recorrían la cabaña buscando algún retazo de esperanza.

—Dumbledore estará presente. Me ha escrito esta mañana. Dice que quiere estar conmigo. Un gran hombre, Dumbledore...

Hermione, que había estado rebuscando en el aparador de Hagrid, dejó escapar un leve sollozo, que reprimió rápidamente. Se incorporó con la jarra en las manos y esforzándose por contener las lágrimas.

—Nosotros también estaremos contigo, Hagrid —comenzó, pero Hagrid negó con la despeinada cabeza.

—Tienen que volver al castillo. Les he dicho que no quería que lo vieran. Y tampoco deberían estar aquí. Si Fudge y Dumbledore te pillan fuera sin permiso, Harry, te verás en un aprieto.

Por el rostro de Hermione corrían lágrimas silenciosas, pero disimuló ante Hagrid preparando el té. Al coger la botella de leche para verter parte de ella en la jarra, dio un grito.

—¡Ron! No... no puedo creerlo. ¡Es *Scabbers*!

Ron la miró boquiabierto.

—¿Qué dices?

Hermione acercó la jarra a la mesa y la volcó. Con un gritito asustado y desesperado por volver a meterse en el recipiente, *Scabbers* apareció correteando por la mesa.

—¡*Scabbers*! —exclamó Ron desconcertado—. *Scabbers*, ¿qué haces aquí?

Cogió a la rata, que forcejeaba por escapar, y la levantó para verla a la luz. Tenía un aspecto horrible. Estaba más delgada que nunca. Se le había caído mucho pelo, dejándole amplias lagunas, y se retorcía en las manos de Ron, desesperada por escapar.

—No te preocupes, *Scabbers* —dijo Ron—. No hay gatos. No hay nada que temer.

De pronto, Hagrid se puso en pie, mirando la ventana fijamente. Su cara, habitualmente rubicunda, se había puesto del color del pergamino.

—Ya vienen...

Harry, Ron y Hermione se dieron rápidamente la vuelta. Un grupo de hombres bajaba por los lejanos escalones de la puerta principal del castillo. Delante iba Albus Dumbledore. Su barba plateada brillaba al sol del ocaso. A su lado iba Cornelius Fudge. Tras ellos marchaban el viejo y débil miembro de la Comisión y el verdugo Macnair.

—Tienen que irse —dijo Hagrid. Le temblaba todo el cuerpo—. No deben verlos aquí... Márchense ya.

Ron se metió a *Scabbers* en el bolsillo y Hermione cogió la capa.

—Salgan por detrás.

Lo siguieron hacia la puerta trasera que daba al huerto. Harry se sentía muy raro y aún más al ver a *Buckbeak* a pocos metros, atado a un árbol, detrás de las calabazas. *Buckbeak* parecía presentir algo. Volvió la cara afilada de un lado a otro y golpeó el suelo con la zarpa, nervioso.

—No temas, *Buckbeak* —dijo Hagrid con voz suave—. No temas. —Se volvió hacia los tres amigos—. Vamos, márchense.

Pero no se movieron.

—Hagrid, no podemos... Les diremos lo que de verdad sucedió.

—No pueden matarlo...

—¡Márchense! —ordenó Hagrid con firmeza—. Ya es bastante horrible y sólo faltaría que además se metieran en un lío.

No tenían opción. Mientras Hermione echaba la capa sobre los otros dos, oyeron hablar al otro lado de la cabaña. Hagrid miró hacia el punto por el que acababan de desaparecer.

—Márchense, rápido —dijo con acritud—. No escuchen.

Y volvió a entrar en la cabaña al mismo tiempo que alguien llamaba a la puerta de delante.

Lentamente, como en trance, Harry, Ron y Hermione rodearon silenciosamente la casa. Al llegar al otro lado, la puerta se cerró con un golpe seco.

—Vámonos aprisa, por favor —susurró Hermione—. No puedo seguir aquí, no lo puedo soportar...

Empezaron a subir hacia el castillo. El sol se apresuraba a ocultarse; el cielo se había vuelto de un gris claro teñido de púrpura, pero en el oeste había destellos de rojo rubí.

Ron se detuvo en seco.

—Por favor, Ron —comenzó Hermione.

—Se trata de *Scabbers*..., quiere salir.

Ron se inclinaba intentando impedir que *Scabbers* se escapara, pero la rata estaba fuera de sí; chillando como loca, se debatía y trataba de morder a Ron en la mano.

—*Scabbers*, tonta, soy yo —susurró Ron.

Oyeron abrirse una puerta detrás de ellos y luego voces masculinas.

—¡Por favor, Ron, vámonos, están a punto de hacerlo! —insistió Hermione.

—Ya, ¡quédate quieta, *Scabbers*!

Siguieron caminando; al igual que Hermione, Harry procuraba no oír el sordo rumor de las voces que sonaban detrás de ellos. Ron volvió a detenerse.

—No la puedo sujetar... Calla, *Scabbers*, o nos oirá todo el mundo.

La rata chillaba como loca, pero no lo bastante fuerte para eclipsar los sonidos que llegaban del jardín de Hagrid. Las voces de hombre se mezclaban y se confundían. Hubo un silencio y luego, sin previo aviso, el inconfundible silbido del hacha rasgando el aire. Hermione se tambaleó.

—¡Ya está! —susurró a Harry—. ¡No lo puedo creer, lo han hecho!

# 17

# El perro, el gato y la rata

A Harry se le quedó la mente en blanco a causa de la impresión. Los tres se habían quedado paralizados bajo la capa invisible. Los últimos rayos del sol arrojaron una luz sanguinolenta sobre los terrenos, en los que las sombras se dibujaban muy alargadas. Detrás de ellos oyeron un aullido salvaje.

—¡Hagrid! —susurró Harry. Sin pensar en lo que hacía, fue a darse la vuelta, pero Ron y Hermione lo cogieron por los brazos.

—No podemos —dijo Ron, blanco como una pared—. Se verá en un problema más serio si se descubre que lo hemos ido a visitar...

Hermione respiraba floja e irregularmente.

—¿Cómo... han podido...? —preguntó jadeando, como si se ahogase—. ¿Cómo han podido?

—Vamos —dijo Ron, tiritando.

Reemprendieron el camino hacia el castillo, andando muy despacio para no descubrirse. La luz se apagaba. Cuando llegaron a campo abierto, la oscuridad se cernía sobre ellos como un embrujo.

—*Scabbers*, estate quieta —susurró Ron, llevándose la mano al pecho. La rata se retorcía como loca. Ron se detuvo, obligando a *Scabbers* a que se metiera del todo en el bolsillo—. ¿Qué te ocurre, tonta? Quédate quieta... ¡AY! ¡Me ha mordido!

—¡Ron, cállate! —susurró Hermione—. Fudge se presentará aquí dentro de un minuto...

—No hay manera.

*Scabbers* estaba aterrorizada. Se retorcía con todas sus fuerzas, intentando soltarse de Ron.

—¿Qué le ocurre?

Pero Harry acababa de ver a *Crookshanks* acercándose a ellos sigilosamente, arrastrándose y con los grandes ojos amarillos destellando pavorosamente en la oscuridad. Harry no sabía si el gato los veía o se orientaba por los chillidos de *Scabbers*.

—¡*Crookshanks*! —gimió Hermione—. ¡No, vete, *Crookshanks*! ¡Vete!

Pero el gato se acercaba más...

—*Scabbers*... ¡NO!

Demasiado tarde... La rata escapó por entre los dedos de Ron, se echó al suelo y huyó a toda prisa. De un salto, *Crookshanks* se lanzó tras el roedor, y antes de que Harry y Hermione pudieran detenerlo, Ron se salió de la capa y se internó en la oscuridad.

—¡Ron! —gimió Hermione.

Ella y Harry se miraron y lo siguieron a la carrera. Era imposible correr a toda velocidad debajo de la capa, así que se la quitaron y la llevaron al vuelo, ondeando como un estandarte mientras seguían a Ron. Oían delante de ellos el ruido de sus pasos y los gritos que dirigía a *Crookshanks*.

—Aléjate de él..., aléjate... *Scabbers*, ven aquí...

Oyeron un golpe seco.

—¡Te he atrapado! Vete, gato asqueroso.

Harry y Hermione casi chocaron contra Ron. Estaba tendido en el suelo. *Scabbers* había vuelto a su bolsillo y Ron sujetaba con ambas manos el tembloroso bulto.

—Vamos, Ron, volvamos a cubrirnos —dijo Hermione jadeando—. Dumbledore y el ministro saldrán dentro de un minuto.

Pero antes de que pudieran volver a taparse, antes incluso de que pudieran recuperar el aliento, oyeron los pasos de unas patas gigantes. Algo se acercaba a ellos en la oscuridad: un enorme perro negro de ojos claros.

Harry quiso coger la varita, pero era ya demasiado tarde. El perro había dado un gran salto y sus patas delanteras le golpearon el pecho. Harry cayó de espaldas, con un fardo de pelo. Sintió el cálido aliento del fardo, sus dientes de tres centímetros de longitud...

Pero el empujón lo había llevado demasiado lejos. Se apartó rodando. Aturdido, sintiendo como si le hubieran roto las costillas, trató de ponerse en pie; oyó rugir al animal, preparándose para un nuevo ataque.

Ron se levantó. Cuando el perro volvió a saltar contra ellos, Ron empujó a Harry hacia un lado y el perro mordió el brazo estirado de Ron. Harry embistió y agarró al animal por el pelo, pero éste arrastraba a Ron con tanta facilidad como si fuera un muñeco de trapo.

Entonces, algo surgido de no se sabía dónde golpeó a Harry tan fuerte en la cara que volvió a derribarlo. Oyó a Hermione chillar de dolor y caer también. Harry manoteó en busca de la varita, parpadeando para quitarse la sangre de los ojos.

—¡*Lumos*! —susurró.

La luz de la varita iluminó un grueso árbol. Habían perseguido a *Scabbers* hasta el sauce boxeador, y sus ramas crujían como azotadas por un fortísimo viento y oscilaban de atrás adelante para impedir que se aproximaran.

Al pie del árbol estaba el perro, arrastrando a Ron y metiéndolo por un hueco que había en las raíces. Ron luchaba denodadamente, pero su cabeza y su torso se estaban perdiendo de vista.

—¡Ron! —gritó Harry, intentando seguirlo, pero una gruesa rama le propinó un restallante y terrible trallazo que lo obligó a retroceder.

Lo único que podían ver ya de Ron era la pierna con la que el muchacho se había enganchado en una rama para impedir que el perro lo arrastrase. Un horrible crujido cortó el aire como un pistoletazo. La pierna de Ron se había roto y el pie desapareció en aquel momento.

—Harry, tenemos que pedir ayuda —gritó Hermione. Ella también sangraba. El sauce le había hecho un corte en el hombro.

—¡No! ¡Este ser es lo bastante grande para comérselo! ¡No tenemos tiempo!

—No conseguiremos pasar sin ayuda.

Otra rama les lanzó otro latigazo, con las ramitas enroscadas como puños.

—Si ese perro ha podido entrar, nosotros también —jadeó Harry, corriendo y zigzagueando, tratando de encontrar un camino a través de las ramas que daban trallazos al aire, pero era imposible acercarse un centímetro más sin ser golpeados por el árbol.

—¡Socorro, socorro! —gritó Hermione, como una histérica, dando brincos sin moverse del sitio—. ¡Por favor...!

*Crookshanks* dio un salto al frente. Se deslizó como una serpiente por entre las ramas que azotaban el aire y se agarró con las zarpas a un nudo del tronco.

De repente, como si el árbol se hubiera vuelto de piedra, dejó de moverse.

—¡*Crookshanks*! —gritó Hermione, dubitativa. Cogió a Harry por el brazo tan fuerte que le hizo daño—. ¿Cómo sabía...?

—Es amigo del perro —dijo Harry con tristeza—. Los he visto juntos... Vamos. Ten la varita a punto.

En unos segundos recorrieron la distancia que los separaba del tronco, pero antes de que llegaran al hueco que había entre las raíces, *Crookshanks* se metió por él agitando la cola de brocha. Harry lo siguió. Entró a gatas, metiendo primero la cabeza, y se deslizó por una rampa de tierra hasta la boca de un túnel de techo muy bajo. *Crookshanks* estaba ya lejos de él y sus ojos brillaban a la luz de la varita de Harry. Un segundo después, entró Hermione.

—¿Dónde está Ron? —le preguntó con voz aterrorizada.

—Por aquí —indicó Harry, poniéndose en camino con la espalda arqueada, siguiendo a *Crookshanks*.

—¿Adónde irá este túnel? —le preguntó Hermione, sin aliento.

—No sé... Está señalado en el mapa del merodeador, pero Fred y George creían que nadie lo había utilizado nunca. Se sale del límite del mapa, pero daba la impresión de que iba a Hogsmeade...

Avanzaban tan aprisa como podían, casi doblados por la cintura. Por momentos podían ver la cola de *Crookshanks*. El pasadizo no se acababa. Parecía tan largo como el que iba a Honeydukes. Lo único en que podía pensar Harry era en Ron y en lo que le podía estar haciendo el perrazo... Al correr agachado, le costaba trabajo respirar y le dolía...

Y entonces el túnel empezó a elevarse, y luego a serpentear, y *Crookshanks* había desaparecido. En vez de ver al gato, Harry veía una tenue luz que penetraba por una pequeña abertura.

Se detuvieron jadeando, para coger aire. Avanzaron con cautela hasta la abertura. Levantaron las varitas para ver lo que había al otro lado.

Había una habitación, muy desordenada y llena de polvo. El papel se despegaba de las paredes. El suelo estaba lleno de manchas. Todos los muebles estaban rotos, como si alguien los hubiera destrozado. Las ventanas estaban todas cegadas con maderas.

Harry miró a Hermione, que parecía muy asustada, pero asintió con la cabeza.

Harry salió por la abertura mirando a su alrededor. La habitación estaba desierta, pero a la derecha había una puerta abierta que daba a un vestíbulo en sombras. Hermione volvió a cogerse del brazo de Harry. Miraba de un lado a otro con los ojos muy abiertos, observando las ventanas tapadas.

—Harry —susurró—. Creo que estamos en la Casa de los Gritos.

Harry miró a su alrededor. Posó la mirada en una silla de madera que estaba cerca de ellos. Le habían arrancado varios trozos y una pata.

—Eso no lo han hecho los fantasmas —observó.

En ese momento oyeron un crujido en lo alto. Algo se había movido en la parte de arriba. Miraron al techo. Hermione le cogía el brazo con tal fuerza que perdía sensibilidad en los dedos. La miró. Hermione volvió a asentir con la cabeza y lo soltó.

Tan en silencio como pudieron, entraron en el vestíbulo y subieron por la escalera, que se estaba desmoronando. Todo estaba cubierto por una gruesa capa de polvo, salvo el suelo, donde algo arrastrado escaleras arriba había dejado una estela ancha y brillante.

Llegaron hasta el oscuro descansillo.

—*Nox* —susurraron a un tiempo, y se apagaron las luces de las varitas.

Solamente había una puerta abierta. Al dirigirse despacio hacia ella, oyeron un movimiento al otro lado. Un suave gemido, y luego un ronroneo profundo y sonoro. Cambiaron una última mirada y un último asentimiento con la cabeza.

Sosteniendo la varita ante sí, Harry abrió la puerta de una patada.

*Crookshanks* estaba acostado en una magnífica cama con dosel y colgaduras polvorientas. Ronroneó al verlos. En el suelo, a su lado, sujetándose la pierna que sobresalía en un ángulo anormal, estaba Ron. Harry y Hermione se le acercaron rápidamente.

—¡Ron!, ¿te encuentras bien?

—¿Dónde está el perro?

—No hay perro —gimió Ron. El dolor le hacía apretar los dientes—. Harry, esto es una trampa...

—¿Qué...?

—Él es el perro. Es un animago...

Ron miraba por encima del hombro de Harry. Harry se dio la vuelta. El hombre oculto en las sombras cerró la puerta tras ellos.

Una masa de pelo sucio y revuelto le caía hasta los codos. Si no le hubieran brillado los ojos en las cuencas profundas y oscuras, habría creído que se trataba de un cadáver. La piel de cera estaba tan estirada sobre los huesos de la cara que parecía una calavera. Una mueca dejaba al descubierto sus dientes amarillos. Era Sirius Black.

—¡*Expeliarmo!* —exclamó, dirigiendo hacia ellos la varita de Ron.

Las varitas que empuñaban Harry y Hermione saltaron de sus manos, y Black las recogió. Dio un paso hacia ellos, con los ojos fijos en Harry.

—Pensé que vendrías a ayudar a tu amigo —dijo con voz ronca. Su voz sonaba como si no la hubiera empleado en mucho tiempo—. Tu padre habría hecho lo mismo por mí. Han sido muy valientes por no salir corriendo en busca de un profesor. Muchas gracias. Esto lo hará todo mucho más fácil...

Harry oyó la burla sobre su padre como si Black la hubiera proferido a voces. Notó la quemazón del odio, que no dejaba lugar al miedo. Por primera vez en su vida habría querido volver a tener en su mano la varita, no para defenderse, sino para atacar... para matar. Sin saber lo que hacía, se adelantó, pero algo se movió a sus costados, y dos pares de manos lo sujetaron y lo hicieron retroceder.

—¡No, Harry! —exclamó Hermione, petrificada.

Ron, sin embargo, se dirigió a Black:

—Si quiere matar a Harry, tendrá que matarnos también a nosotros —dijo con fiereza, aunque el esfuerzo que había hecho para levantarse lo había dejado aún más pálido, y oscilaba al hablar.

Algo titiló en los ojos sombríos de Black.

—Échate —le dijo a Ron en voz baja— o será peor para tu pierna.

—¿Me ha oído? —dijo Ron débilmente, apoyándose en Harry para mantenerse en pie—. Tendrá que matarnos a los tres.

—Sólo habrá un asesinato esta noche —respondió Black, acentuando la mueca.

—¿Por qué? —preguntó Harry, tratando de soltarse de Ron y de Hermione—. No le importó la última vez, ¿a que no? No le importó matar a todos aquellos muggles al mismo tiempo que a Pettigrew... ¿Qué ocurre, se ha ablandado usted en Azkaban?

—¡Harry! —sollozó Hermione—. ¡Cállate!

—¡ÉL MATÓ A MIS PADRES! —gritó Harry.

Y haciendo un último esfuerzo se liberó de Ron y de Hermione, y se lanzó.

Había olvidado la magia. Había olvidado que era bajito y poca cosa y que tenía trece años, mientras que Black era un hombre adulto y alto. Lo único que sabía Harry era que quería hacerle a Black todo el daño posible, y que no le importaba el que recibiera a cambio.

Tal vez fuera por la impresión que le produjo ver a Harry cometiendo aquella necedad, pero Black no levantó a tiempo las varitas. Harry sujetó por la muñeca la mano libre de Black, desviando la orientación de las varitas. Tras propinarle un puñetazo en el pómulo, los dos cayeron hacia atrás, contra la pared.

Hermione y Ron gritaron. Vieron un resplandor cegador cuando las varitas que Black tenía en la mano lanzaron un chorro de chispas que por unos centímetros no dieron a Harry en la cara. Harry sintió retorcerse bajo sus dedos el brazo de Black, pero no lo soltó y golpeó con la otra mano.

Pero Black aferró con su mano libre el cuello de Harry.

—No —susurró—. He esperado demasiado tiempo.

Apretó los dedos. Harry se ahogaba. Las gafas se le habían caído hacia un lado.

Entonces vio el pie de Hermione, salido de no se sabía dónde. Black soltó a Harry profiriendo un alarido de dolor.

Ron se arrojó sobre la mano con que Black sujetaba la varita y Harry oyó un débil tintineo.

Se soltó del nudo de cuerpos y vio su propia varita en el suelo. Se tiró hacia ella, pero...

—¡Ah!

*Crookshanks* se había unido a la lucha, clavándole las zarpas delanteras en el brazo. Harry se lo sacudió de encima, pero *Crookshanks* se dirigió como una flecha hacia la varita de Harry.

—¡NO! —exclamó Harry, y propinó a *Crookshanks* un puntapié que lo tiró a un lado bufando. Harry recogió la varita y se dio la vuelta.

—¡Apártense! —gritó a Ron y a Hermione.

No necesitaron oírlo dos veces. Hermione, sin aliento y con sangre en el labio, se hizo a un lado, recogiendo su varita y la de Ron. Ron se arrastró hasta la cama y se derrumbó sobre ella, jadeando y con la cara ya casi verde, asiéndose la pierna rota con las manos.

Black yacía de cualquier manera junto a la pared. Su estrecho tórax subía y bajaba con rapidez mientras veía a Harry aproximarse muy despacio, apuntándole directamente al corazón con la varita.

—¿Vas a matarme, Harry? —preguntó.

Harry se paró delante de él, sin dejar de apuntarle con la varita, y bajando la vista para observarle la cara. El ojo izquierdo se le estaba hinchando y le sangraba la nariz.

—Usted mató a mis padres —dijo Harry con voz algo temblorosa, pero con la mano firme.

Black lo miró fijamente con aquellos ojos hundidos.

—No lo niego —dijo en voz baja—. Pero si supieras toda la historia...

—¿Toda la historia? —repitió Harry, con un furioso martilleo en los oídos—. Los entregó a Voldemort, eso es todo lo que necesito saber.

—Tienes que escucharme —dijo Black con un dejo de apremio en la voz—. Lo lamentarás si no... si no comprendes...

—Comprendo más de lo que cree —dijo Harry con la voz cada vez más temblorosa—. Usted no la ha oído nunca, ¿verdad? A mi madre, impidiendo que Voldemort me matara... Y usted lo hizo. Lo hizo...

Antes de que nadie pudiera decir nada más, algo canela pasó por delante de Harry como un rayo. *Crookshanks* saltó sobre el pecho de Black y se quedó allí, sobre su corazón. Black cerró los ojos y los volvió a abrir mirando al gato.

—Vete —ordenó Black, tratando de quitarse de encima al animal. Pero *Crookshanks* le hundió las garras en la túnica. Volvió a Harry su cara fea y aplastada, y lo miró con sus grandes ojos amarillos. Hermione, que estaba a su derecha, lanzó un sollozo.

Harry miró a Black y a *Crookshanks*, sujetando la varita aún con más fuerza. ¿Y qué si tenía que matar también al gato? Era un aliado de Black... Si estaba dispuesto a morir defendiéndolo, no era asunto suyo. Si Black quería salvarlo, eso sólo demostraría que le importaba más *Crookshanks* que los padres de Harry...

Harry levantó la varita. Había llegado el momento de vengar a sus padres. Iba a matar a Black. Tenía que matarlo. Era su oportunidad...

Pasaron unos segundos y Harry seguía inmóvil, con la varita en alto. Black lo miraba fijamente, con *Crookshanks* sobre el pecho. En la cama en la que estaba tendido Ron se oía una respiración jadeante. Hermione permanecía en silencio.

Y entonces oyeron algo que no habían oído hasta entonces.

Unos pasos amortiguados. Alguien caminaba por el piso inferior.

—¡ESTAMOS AQUÍ ARRIBA! —gritó Hermione de pronto—. ¡ESTAMOS AQUÍ ARRIBA! ¡SIRIUS BLACK! ¡DENSE PRISA!

Black sufrió tal sobresalto que *Crookshanks* estuvo a punto de caerse. Harry apretó la varita con una fuerza irracional. *¡Mátalo ya!*, dijo una voz en su cabeza. Pero los pasos que subían las escaleras se oían cada vez más fuertes, y Harry seguía sin moverse.

La puerta de la habitación se abrió de golpe entre una lluvia de chispas rojas y Harry se volvió cuando el profesor Lupin entró en la habitación como un rayo. El profesor Lupin tenía la cara exangüe, y la varita levantada y dispuesta. Miró a Ron, que yacía en la cama; a Hermione, encogida de miedo junto a la puerta; a Harry, que no dejaba de apuntar a Black con la varita; y al mismo Black, desplomado a los pies de Harry y sangrando.

—¡*Expeliarmo!* —gritó Lupin.

La varita de Harry salió volando de su mano. También lo hicieron las dos que sujetaba Hermione. Lupin las cogió todas hábilmente y luego penetró en la habitación, mirando a Black, que todavía tenía a *Crookshanks* protectoramente encaramado en el pecho.

Harry se sintió de pronto como vacío. No lo había matado. Le había faltado valor. Black volvería a manos de los dementores.

Entonces habló Lupin, con una voz extraña que temblaba de emoción contenida:

—¿Dónde está, Sirius?

Harry miró a Lupin. No comprendía qué quería decir. ¿De quién hablaba? Se volvió para mirar de nuevo a Black, cuyo rostro carecía completamente de expresión. Durante unos segundos no se movió. Luego, muy despacio, levantó la mano y señaló a Ron. Desconcertado, Harry se volvió hacia el sorprendido Ron.

—Pero entonces... —murmuró Lupin, mirando tan intensamente a Black que parecía leer sus pensamientos—, ¿por qué no se ha manifestado antes? A menos que... —De repente, los ojos de Lupin se dilataron como si viera algo más allá de Black, algo que no podía ver ninguno de los presentes— ... a menos que fuera él quien... a menos que te transmutaras... sin decírmelo...

Muy despacio, sin apartar los hundidos ojos de Lupin, Black asintió con la cabeza.

—Profesor Lupin, ¿qué pasa? —interrumpió Harry en voz alta—. ¿Qué...?

Pero no terminó la pregunta, porque lo que vio lo dejó mudo. Lupin bajaba la varita. Un instante después, se acercó a Black, le cogió la mano, tiró de él para incorporarlo y para que *Crookshanks* cayese al suelo, y abrazó a Black como a un hermano.

Harry se sintió como si le hubieran agujereado el fondo del estómago.

—¡NO LO PUEDO CREER! —gritó Hermione.

Lupin soltó a Black y se volvió hacia ella. Hermione se había levantado del suelo y señalaba a Lupin con ojos espantados.

—Usted... usted...

—Hermione...

—¡... usted y él!

—Tranquilízate, Hermione.

—¡No se lo dije a nadie! —gritó Hermione—. ¡Lo he estado encubriendo!

—¡Hermione, escúchame, por favor! —exclamó Lupin—. Puedo explicarlo...

Harry temblaba, no de miedo, sino de una ira renovada.

—Yo confié en usted —gritó a Lupin, flaqueándole la voz— y en realidad era amigo de él.

—Están en un error —explicó Lupin—. No he sido amigo suyo durante estos doce años, pero ahora sí... Déjenme que se los explique...

—¡NO! —gritó Hermione—. Harry, no te fíes de él. Ha ayudado a Black a entrar en el castillo. También él quiere matarte. ¡Es un hombre lobo!

Se hizo un vibrante silencio. Todos miraban a Lupin, que parecía tranquilo, aunque estaba muy pálido.

—Estás acertando mucho menos que de costumbre, Hermione —dijo—. Me temo que sólo una de tres. No es verdad que haya ayudado a Sirius a entrar en el castillo, y te aseguro que no quiero matar a Harry... —Se estremeció visiblemente—. Pero no negaré que soy un hombre lobo.

Ron hizo un esfuerzo por volver a levantarse, pero se cayó con un gemido de dolor. Lupin se le acercó preocupado, pero Ron exclamó:

—¡Aléjate de mí, licántropo!

Lupin se paró en seco. Y entonces, con un esfuerzo evidente, se volvió a Hermione y le dijo:

—¿Cuánto hace que lo sabes?

—Siglos —contestó Hermione—. Desde que hice el trabajo para el profesor Snape.

—Estará encantado —dijo Lupin con poco entusiasmo—. Les puso ese trabajo para que alguno de ustedes se percatara de mis síntomas. ¿Comprobaste el mapa lunar y te diste cuenta de que yo siempre estaba enfermo en luna llena? ¿Te diste cuenta de que el boggart se transformaba en luna al verme?

—Las dos cosas —respondió Hermione en voz baja.

Lupin lanzó una risa forzada.

—Nunca he conocido una bruja de tu edad tan inteligente, Hermione.

—No soy tan inteligente —susurró Hermione—. ¡Si lo fuera, le habría dicho a todo el mundo lo que es usted!

—Ya lo saben —dijo Lupin—. Al menos, el personal docente lo sabe.

—¿Dumbledore lo contrató sabiendo que era usted un licántropo? —preguntó Ron con voz ahogada—. ¿Está loco?

—Hay profesores que opinan que sí —admitió Lupin—. Le costó convencer a ciertos profesores de que yo era de fiar.

—¡Y ESTABA EN UN ERROR! —gritó Harry—. ¡HA ESTADO AYUDÁNDOLO TODO ESTE TIEMPO!

Señalaba a Black, que se había dirigido hacia la cama adoselada y se había echado encima, ocultando el rostro con mano temblorosa. *Crookshanks* saltó a su lado y se subió en sus rodillas ronroneando. Ron se alejó, arrastrando la pierna.

—No he ayudado a Sirius —dijo Lupin—. Si me dejan, se los explicaré. Miren... —Separó las varitas de Harry, Ron y Hermione y las lanzó hacia sus respectivos dueños. Harry cogió la suya asombrado—. Ya ven —prosiguió Lupin, guardándose su propia varita en el cinto—. Ahora ustedes están armados y nosotros no. ¿Quieren escucharme?

Harry no sabía qué pensar. ¿Sería un truco?

—Si no lo ha estado ayudando —dijo mirando furiosamente a Black—, ¿cómo sabía que se encontraba aquí?

—Por el mapa —explicó Lupin—. Por el mapa del merodeador. Estaba en mi despacho examinándolo...

—¿Sabe utilizarlo? —le preguntó Harry con suspicacia.

—Por supuesto —contestó Lupin, haciendo con la mano un ademán de impaciencia—. Yo colaboré en su elaboración. Yo soy Lunático... Es el apodo que me pusieron mis amigos en el colegio.

—¿Usted hizo...?

—Lo importante es que esta tarde lo estaba examinando porque tenía la idea de que tú, Ron y Hermione intentarían salir furtivamente del castillo para visitar a Hagrid antes de que su hipogrifo fuera ejecutado. Y estaba en lo cierto, ¿a que sí? —Comenzó a pasear sin dejar de mirarlos, levantando el polvo con los pies—. Supuse que se cubrirían con la vieja capa de tu padre, Harry.

—¿Cómo sabe lo de la capa?

—¡Cuántas veces vi a James desaparecer bajo ella! —dijo Lupin, repitiendo el ademán de impaciencia—. Que lleven una capa invisible no les impide aparecer en el mapa del merodeador. Los vi cruzar los terrenos del colegio y entrar en la cabaña de Hagrid. Veinte minutos más tarde dejaron a Hagrid y volvieron hacia el castillo. Pero en aquella ocasión los acompañaba alguien.

—¿Qué dice? —interrumpió Harry—. Nada de eso. No nos acompañaba nadie.

—No podía creer lo que veía —prosiguió Lupin, todavía paseando, sin escuchar a Harry—. Creía que el mapa estaría estropeado. ¿Cómo podía estar con ustedes?

—¡No había nadie con nosotros!

—Y entonces vi otro punto que se les acercaba rápidamente, con la inscripción «Sirius Black». Vi que chocaba con ustedes, vi que arrastraba a dos de ustedes hasta el interior del sauce boxeador.

—¡A uno de nosotros! —dijo Ron enfadado.

—No, Ron —dijo Lupin—. A dos.

Dejó de pasearse y miró a Ron.

—¿Me dejas echarle un vistazo a la rata? —dijo con amabilidad.

—¿Qué? —preguntó Ron—. ¿Qué tiene que ver *Scabbers* en todo esto?

—Todo —respondió Lupin—. ¿Podría echarle un vistazo, por favor?

Ron dudó. Metió la mano en la túnica. *Scabbers* salió agitándose como loca. Ron tuvo que agarrarla por la larga cola sin pelo para impedirle escapar. *Crookshanks*, todavía en las rodillas de Black, se levantó y dio un suave bufido.

Lupin se acercó más a Ron. Contuvo el aliento mientras examinaba detenidamente a *Scabbers*.

—¿Qué? —volvió a preguntar Ron, con cara de asustado y manteniendo a *Scabbers* junto a él—. ¿Qué tiene que ver la rata en todo esto?

—No es una rata —graznó de repente Sirius Black.

—¿Qué quiere decir? ¡Claro que es una rata!

—No lo es —dijo Lupin en voz baja—. Es un mago.

—Un animago —aclaró Black— llamado Peter Pettigrew.

# 18

# Lunático, Colagusano, Canuto y Cornamenta

Era tan absurdo que les costó un rato comprender lo que había dicho. Luego, Ron dijo lo mismo que Harry pensaba:

—Están ustedes locos.

—¡Absurdo! —dijo Hermione con voz débil.

—¡Peter Pettigrew está muerto! ¡Lo mató hace doce años!

Señaló a Black, cuya cara sufría en ese momento un movimiento espasmódico.

—Tal fue mi intención —explicó, enseñando los dientes amarillos—, pero el pequeño Peter me venció. ¡Pero esta vez me vengaré!

Y dejó en el suelo a *Crookshanks* antes de abalanzarse sobre *Scabbers*; Ron gritó de dolor cuando Black cayó sobre su pierna rota.

—¡Sirius, NO! —gritó Lupin, corriendo hacia ellos y separando a Black de Ron—. ¡ESPERA! ¡No puedes hacerlo así! ¡Tienen que comprender! ¡Tenemos que explicárselo!

—Podemos explicarlo después —gruñó Black, intentando desprenderse de Lupin y dando un zarpazo al aire para atrapar a *Scabbers*, que gritaba como un cochinillo y arañaba a Ron en la cara y en el cuello, tratando de escapar.

—¡Tienen derecho... a saberlo... todo! —jadeó Lupin, sujetando a Black—. ¡Es la mascota de Ron! ¡Hay cosas que ni siquiera yo comprendo! ¡Y Harry...! ¡Tienes que explicarle la verdad a Harry, Sirius!

Black dejó de forcejear, aunque mantuvo los hundidos ojos fijos en *Scabbers*, a la que Ron protegía con sus manos arañadas, mordidas y manchadas de sangre.

—De acuerdo, pues —dijo Black, sin apartar la mirada de la rata—. Explícales lo que quieras, pero date prisa, Remus. Quiero cometer el asesinato por el que fui encarcelado...

—Están locos los dos —dijo Ron con voz trémula, mirando a Harry y a Hermione, en busca de apoyo—. Ya he tenido bastante. Me marcho.

Intentó incorporarse sobre su pierna sana, pero Lupin volvió a levantar la varita apuntando a *Scabbers*.

—Me vas a escuchar hasta el final, Ron —dijo en voz baja—. Pero sujeta bien a Peter mientras escuchas.

—¡NO ES PETER, ES *SCABBERS*! —gritó Ron, obligando a la rata a meterse en su bolsillo delantero, aunque se resistía demasiado. Ron perdió el equilibrio. Harry lo cogió y lo tendió en la cama. Sin hacer caso de Black, Harry se volvió hacia Lupin.

—Hubo testigos que vieron morir a Pettigrew —dijo—. Toda una calle llena de testigos.

—¡No vieron, creyeron ver! —respondió Black con furia, vigilando a *Scabbers*, que se debatía en las manos de Ron.

—Todo el mundo creyó que Sirius mató a Peter —confirmó Lupin—. Yo mismo lo creía hasta que he visto el mapa esta noche. Porque el mapa del merodeador nunca miente... Peter está vivo. Ron lo tiene entre las manos, Harry.

Harry bajó la mirada hacia Ron, y al encontrarse sus ojos, se entendieron sin palabras: indudablemente, Black y Lupin estaban locos. Nada de lo que decían tenía sentido. ¿Cómo iba *Scabbers* a ser Peter Pettigrew? Azkaban debía de haber trastornado a Black, después de todo. Pero ¿por qué Lupin le seguía la corriente?

Entonces habló Hermione, con una voz temblorosa que pretendía parecer calmada, como si quisiera que el profesor Lupin recobrara la sensatez.

—Pero profesor Lupin: *Scabbers* no puede ser Pettigrew... Sencillamente es imposible, usted lo sabe.

—¿Por qué no puede serlo? —preguntó Lupin tranquilamente, como si estuvieran en clase y Hermione se limitara a plantear un problema en un experimento con *grindylow*s.

—Porque si Peter Pettigrew hubiera sido un animago, la gente lo habría sabido. Estudiamos a los animagos con la profesora McGonagall. Y yo los estudié en la enciclopedia cuando preparaba el trabajo. El Ministerio vigila a los magos que pueden convertirse en animales. Hay un registro que indica en qué animal se convierten y las señales que tienen. Yo busqué «Profesora McGonagall» en el registro, y vi que en este siglo sólo ha habido siete animagos. El nombre de Peter Pettigrew no figuraba en la lista.

Iba a asombrarse Harry de la escrupulosidad con que Hermione hacía los deberes cuando Lupin se echó a reír.

—¡Bien otra vez, Hermione! —dijo—. Pero el Ministerio ignora la existencia de otros tres animagos en Hogwarts.

—Si se lo vas a contar, date prisa, Remus —gruñó Black, que seguía vigilando cada uno de los frenéticos movimientos de *Scabbers*—. He esperado doce años. No voy a esperar más.

—De acuerdo, pero tendrás que ayudarme, Sirius —dijo Lupin—. Yo sólo sé cómo comenzó...

Lupin se detuvo en seco. Había oído un crujido tras él. La puerta de la habitación acababa de abrirse. Los cinco se volvieron hacia ella. Lupin se acercó y observó el rellano.

—No hay nadie.

—¡Este lugar está encantado! —dijo Ron.

—No lo está —dijo Lupin, que seguía mirando a la puerta, intrigado—. La Casa de los Gritos nunca ha estado embrujada. Los gritos y aullidos que oían los del pueblo los producía yo. —Se apartó el ceniciento pelo de los ojos. Meditó un instante y añadió—: Con eso empezó todo... cuando me convertí en hombre lobo. Nada de esto habría sucedido si no me hubieran mordido... y si no hubiera sido yo tan temerario.

Estaba tranquilo pero fatigado. Iba Ron a interrumpirlo cuando Hermione, que observaba a Lupin muy atentamente, se llevó el dedo a la boca.

—¡Chitón!

—Era muy pequeño cuando me mordieron —prosiguió Lupin—. Mis padres lo intentaron todo, pero en aquellos días no había cura. La poción que me ha estado dando el profesor Snape es un descubrimiento muy reciente. Me vuelve inofensivo, ¿se dan cuenta? Si la tomo la semana anterior a la luna llena, conservo mi personalidad al transformarme... Me encojo en mi despacho, convertido en un lobo inofensivo, y aguardo a que la luna vuelva a menguar. Sin embargo, antes de que se descubriera la poción de matalobos, me convertía una vez al mes en un peligroso lobo adulto. Parecía imposible que pudiera venir a Hogwarts. No era probable que los padres quisieran que sus hijos estuvieran a mi merced. Pero entonces Dumbledore llegó a director y se hizo cargo de mi problema. Dijo que mientras tomáramos ciertas precauciones, no había motivo para que yo no acudiera a clase. —Lupin suspiró y miró a Harry—. Te dije hace meses que el sauce boxeador lo plantaron el año que llegué a Hogwarts. La verdad es que lo plantaron porque vine a Hogwarts. Esta casa —Lupin miró a su alrededor melancólicamente—, el túnel que conduce a ella... se construyeron para que los usara yo. Una vez al mes me sacaban del castillo furtivamente y me traían a este lugar para que me transformara. El árbol se puso en la boca del túnel para que nadie se encontrara conmigo mientras yo fuera peligroso.

Harry no sabía en qué pararía la historia, pero aun así escuchaba con gran interés. Lo único que se oía, aparte de la voz de Lupin, eran los chillidos asustados de *Scabbers*.

—En aquella época mis transformaciones eran... eran terribles. Es muy doloroso convertirse en licántropo. Se me aislaba de los humanos para que no los mordiera, de forma que me arañaba y mordía a mí mismo. En el pueblo oían los ruidos y los gritos, y creían que se trataba de espíritus especialmente violentos. Dumbledore alentó los rumores... Ni siquiera ahora que la casa lleva años en silencio se atreven los del pueblo a acercarse. Pero aparte de eso, yo era más feliz que nunca. Por primera vez tenía amigos, tres estupendos amigos: Sirius Black, Peter Pettigrew y tu padre, Harry, James Potter. Mis tres amigos no podían dejar de darse cuenta de mis desapariciones mensuales. Yo inventaba historias de todo tipo. Les dije que mi madre estaba enferma y que tenía que ir a casa a verla... Me aterrorizaba que pudieran abandonarme cuando descubrieran lo que yo era. Pero al igual que tú, Hermione, averiguaron la verdad. Y no me abandonaron. Por el contrario, convirtieron mis metamorfosis no sólo en soportables, sino en los mejores momentos de mi vida. Se hicieron animagos.

—¿Mi padre también? —preguntó Harry atónito.

—Sí, claro —respondió Lupin—. Les costó tres años averiguar cómo hacerlo. Tu padre y Sirius eran los alumnos más inteligentes del colegio y tuvieron suerte porque la transformación en animago puede salir fatal. Es la razón por la que el Ministerio vigila estrechamente a los que lo intentan. Peter necesitaba toda la ayuda que pudiera obtener de James y Sirius. Finalmente, en quinto, lo lograron. Cada cual tuvo la posibilidad de convertirse a voluntad en un animal diferente.

—Pero ¿en qué le benefició a usted eso? —preguntó Hermione con perplejidad.

—No podían hacerme compañía como seres humanos, así que me la hacían como animales —explicó Lupin—. Un licántropo sólo es peligroso para las personas. Cada mes abandonaban a hurtadillas el castillo, bajo la capa invisible de James. Peter, como era el más pequeño, podía deslizarse bajo las ramas del sauce y tocar el nudo que las deja inmóviles. Entonces pasaban por el túnel y se reunían conmigo. Bajo su influencia yo me volvía menos peligroso. Mi cuerpo seguía siendo de lobo, pero mi mente parecía más humana mientras estaba con ellos.

—Date prisa, Remus —gritó Black, que seguía mirando a *Scabbers* con una horrible expresión de avidez.

—Ya llego, Sirius, ya llego... Al transformarnos se nos abrían posibilidades emocionantes. Abandonábamos la Casa de los Gritos y vagábamos de noche por los terrenos del colegio y por el pueblo. Sirius y James se transformaban en animales tan grandes que eran capaces de tener a raya a un licántropo. Dudo que ningún alumno de Hogwarts haya descubierto nunca tantas cosas sobre el colegio como nosotros. Y de esa manera llegamos a trazar el mapa del merodeador y lo firmamos con nuestros apodos: Sirius era Canuto, Peter Colagusano y James Cornamenta.

—¿Qué animal...? —comenzó Harry, pero Hermione lo interrumpió:

—¡Aun así, era peligroso! ¡Andar por ahí, en la oscuridad, con un licántropo! ¿Qué habría ocurrido si hubiera burlado a los otros y mordido a alguien?

—Ése es un pensamiento que aún me carcome —respondió Lupin en tono de lamentación—. Estuve a punto de hacerlo muchas veces. Luego nos reíamos. Éramos jóvenes e irreflexivos. Nos dejábamos llevar por nuestras ocurrencias. A menudo me sentía culpable por haber traicionado la confianza de Dumbledore. Me había admitido en Hogwarts cuando ningún otro director lo habría hecho, y no se imaginaba que yo estuviera rompiendo las normas que había establecido para mi propia seguridad y la de otros. Nunca supo que por mi culpa tres de mis compañeros se convirtieron ilegalmente en animagos. Pero olvidaba mis remordimientos cada vez que nos sentábamos a planear la aventura del mes siguiente. Y no he cambiado... —Las facciones de Lupin se habían tensado y se le notaba en la voz que estaba disgustado consigo mismo—. Todo este curso he estado pensando si debería decirle a Dumbledore que Sirius es un animago. Pero no lo he hecho. ¿Por qué? Porque soy demasiado cobarde. Decírselo habría supuesto confesar que yo traicionaba su confianza mientras estaba en el colegio, habría supuesto admitir que arrastraba a otros conmigo... y la confianza de Dumbledore ha sido muy importante para mí. Me dejó entrar en Hogwarts de niño y me ha dado un trabajo cuando durante toda mi vida adulta me han rehuido y he sido incapaz de encontrar un empleo remunerado debido a mi condición. Y por eso supe que Sirius entraba en el colegio utilizando artes oscuras aprendidas de Voldemort y que su condición de animago no tenía nada que ver... Así que, de alguna manera, Snape tenía razón en lo que decía de mí.

—¿Snape? —dijo Black bruscamente, apartando los ojos de *Scabbers* por primera vez desde hacía varios minutos, y mirando a Lupin—. ¿Qué tiene que ver Snape?

—Está aquí, Sirius —dijo Lupin con disgusto—. También da clases en Hogwarts. —Miró a Harry, a Ron y a Hermione—. El profesor Snape era compañero nuestro. —Se volvió otra vez hacia Black—: Ha intentado por todos los medios impedir que me dieran el puesto de profesor de Defensa Contra las Artes Oscuras. Le ha estado diciendo a Dumbledore durante todo el curso que no soy de fiar. Tiene motivos... Sirius le gastó una broma que casi lo mató, una broma en la que me vi envuelto.

—La tuvo bien merecida. —Black se rió con una mueca—. Siempre husmeando, siempre queriendo saber lo que tramábamos... para ver si nos expulsaban.

—Severus estaba muy interesado por averiguar adónde iba yo cada mes —explicó Lupin a los tres jóvenes—. Estábamos en el mismo curso, ¿saben? Y no nos caíamos bien. En especial, le tenía inquina a James. Creo que era envidia por lo bien que se le daba el quidditch... De todas formas, Snape me había visto atravesar los terrenos del colegio con la señora Pomfrey cierta tarde que me llevaba hacia el sauce boxeador para mi transformación. Sirius pensó que sería divertido contarle a Snape que para entrar detrás de mí bastaba con apretar el nudo del árbol con un palo largo. Bueno, Snape, como es lógico, lo hizo. Si hubiera llegado hasta aquí, se habría encontrado con un licántropo completamente transformado. Pero tu padre, que había oído a Sirius, fue tras Snape y lo obligó a volver, arriesgando su propia vida, aunque Snape me entrevió al final del túnel. Dumbledore le prohibió contárselo a nadie, pero desde aquel momento supo lo que yo era...

—Entonces, por eso lo odia Snape —dijo Harry—. ¿Pensó que estaba usted metido en la broma?

—Exactamente —admitió una voz fría y burlona que provenía de la pared, a espaldas de Lupin.

Severus Snape se desprendió de la capa invisible y apuntó a Lupin con la varita.

# 19

# El vasallo de lord Voldemort

Hermione dio un grito. Black se puso en pie de un salto. Harry saltó también como si hubiera recibido una descarga eléctrica.

—He encontrado esto al pie del sauce boxeador —dijo Snape, arrojando la capa a un lado y sin dejar de apuntar al pecho de Lupin con la varita—. Muchas gracias, Potter, me ha sido muy útil.

Snape estaba casi sin aliento, pero su cara rebosaba sensación de triunfo.

—Tal vez se pregunten cómo he sabido que estaban aquí —dijo con los ojos relampagueantes—. Acabo de ir a tu despacho, Lupin. Te olvidaste de tomar la poción esta noche, así que te llevé una copa llena. Fue una suerte. En tu mesa había cierto mapa. Me bastó un vistazo para saber todo lo que necesitaba. Te vi correr por el pasadizo.

—Severus... —comenzó Lupin, pero Snape no lo oyó.

—Le he dicho una y otra vez al director que ayudabas a tu viejo amigo Black a entrar en el castillo, Lupin. Y aquí está la prueba. Ni siquiera se me ocurrió que tuvieras el valor de utilizar este lugar como escondrijo.

—Te equivocas, Severus —dijo Lupin, hablando aprisa—. No lo has oído todo. Puedo explicarlo. Sirius no ha venido a matar a Harry.

—Dos más para Azkaban esta noche —dijo Snape, con los ojos llenos de odio—. Me encantará saber cómo se lo toma Dumbledore. Estaba convencido de que eras inofensivo, ¿sabes, Lupin? Un licántropo domesticado...

—Idiota —dijo Lupin en voz baja—. ¿Vale la pena volver a meter en Azkaban a un hombre inocente por una pelea de colegiales?

¡PUM!

Del final de la varita de Snape surgieron unas cuerdas delgadas, semejantes a serpientes, que se enroscaron alrededor de la boca, las muñecas y los tobillos de Lupin. Éste perdió el equilibrio y cayó al suelo, incapaz de moverse. Con un rugido de rabia, Black se abalanzó sobre Snape, pero Snape apuntó directamente a sus ojos con la varita.

—Dame un motivo —susurró—. Dame un motivo para hacerlo y te juro que lo haré.

Black se detuvo en seco. Era imposible decir qué rostro irradiaba más odio. Harry se quedó paralizado, sin saber qué hacer ni a quién creer. Dirigió una mirada a Ron y a Hermione. Ron parecía tan confundido como él, intentando todavía retener a *Scabbers*. Hermione, sin embargo, dio hacia Snape un paso vacilante y dijo casi sin aliento:

—Profesor Snape, no... no perdería nada oyendo lo que tienen que decir, ¿no cree?

—Señorita Granger, me temo que vas a ser expulsada del colegio —dijo Snape—. Tú, Potter y Weasley se encuentran en un lugar prohibido, en compañía de un asesino escapado y de un licántropo. Y ahora te ruego que, por una vez en tu vida, cierres la boca.

—Pero si... si fuera todo una confusión...

—¡CÁLLATE, IMBÉCIL! —gritó de repente Snape, descompuesto—. ¡NO HABLES DE LO QUE NO COMPRENDES! —Del final de su varita, que seguía apuntando a la cara de Black, salieron algunas chispas. Hermione guardó silencio, mientras Snape proseguía—. La venganza es muy dulce —le dijo a Black en voz baja—. ¡Habría dado un brazo por ser yo quien te capturara!

—Eres tú quien no comprende, Severus —gruñó Black—. Mientras este muchacho meta su rata en el castillo —señaló a Ron con la cabeza—, entraré en él sigilosamente.

—¿En el castillo? —preguntó Snape con voz melosa—. No creo que tengamos que ir tan lejos. Lo único que tengo que hacer es llamar a los dementores en cuanto salgamos del sauce. Estarán encantados de verte, Black... Tanto que te darán un besito, me atrevería a decir...

El rostro de Black perdió el escaso color que tenía.

—Tienes que escucharme —volvió a decir—. La rata, mira la rata...

Pero había un destello de locura en la expresión de Snape que Harry no había visto nunca. Parecía fuera de sí.

—Vamos todos —ordenó. Chascó los dedos y las puntas de las cuerdas con que había atado a Lupin volvieron a sus manos—. Arrastraré al licántropo. Puede que los dementores lo besen también a él.

Sin saber lo que hacía, Harry cruzó la habitación con tres zancadas y bloqueó la puerta.

—Quítate de en medio, Potter. Ya estás metido en bastantes problemas —gruñó Snape—. Si no hubiera venido para salvarte...

—El profesor Lupin ha tenido cientos de oportunidades de matarme en este curso —explicó Harry—. He estado solo con él un montón de veces, recibiendo clases de defensa contra los dementores. Si es un compinche de Black, ¿por qué no acabó conmigo?

—No me pidas que desentrañe la mente de un licántropo —susurró Snape—. Quítate de en medio, Potter.

—¡DA USTED PENA! —gritó Harry—. ¡SE NIEGA A ESCUCHAR SÓLO PORQUE SE BURLARON DE USTED EN EL COLEGIO!

—¡SILENCIO! ¡NO PERMITIRÉ QUE ME HABLES ASÍ! —chilló Snape, más furioso que nunca—. ¡De tal palo tal astilla, Potter! ¡Acabo de salvarte el pellejo, tendrías que agradecérmelo de rodillas! ¡Lo tendrías bien merecido si te hubiera matado! Habrías muerto como tu padre, demasiado arrogante para desconfiar de Black. Ahora quítate de en medio o te quitaré yo. ¡APÁRTATE, POTTER!

Harry se decidió en una fracción de segundo. Antes de que Snape pudiera dar un paso hacia él había alzado la varita.

—¡*Expeliarmo!* —gritó.

Pero la suya no fue la única voz que gritó. Una ráfaga de aire movió la puerta sobre sus goznes. Snape fue alzado en el aire y lanzado contra la pared. Luego resbaló hasta el suelo, con un hilo de sangre que le brotaba de la cabeza. Estaba sin conocimiento.

Harry miró a su alrededor. Ron y Hermione habían intentado desarmar a Snape en el mismo momento que él. La varita de Snape planeó trazando un arco y aterrizó sobre la cama, al lado de *Crookshanks*.

—No deberías haberlo hecho —dijo Black mirando a Harry—. Tendrías que habérmelo dejado a mí...

Harry rehuyó los ojos de Black. No estaba seguro, ni siquiera en aquel momento, de haber hecho lo que debía.

—¡Hemos agredido a un profesor...! ¡Hemos agredido a un profesor...! —gimoteaba Hermione, mirando asustada a Snape, que parecía muerto—. ¡Vamos a tener muchos problemas!

Lupin forcejeaba para librarse de las ligaduras. Black se inclinó para desatarlo. Lupin se incorporó, frotándose los lugares entumecidos por las cuerdas.

—Gracias, Harry —dijo.

—Aún no creo en usted —repuso Harry.

—Entonces es hora de que te ofrezcamos alguna prueba —dijo Black—. Muchacho, entrégame a Peter. Ya.

Ron apretó a *Scabbers* aún más fuertemente contra el pecho.

—Vamos —respondió débilmente—, ¿quiere que me crea que escapó usted de Azkaban sólo para atrapar a *Scabbers*? Quiero decir... —Miró a Harry y a Hermione en busca de apoyo—. De acuerdo, supongamos que Pettigrew pueda transformarse en rata... Hay millones de ratas. ¿Cómo sabía, estando en Azkaban, cuál era la que buscaba?

—¿Sabes, Sirius? Ésa es una buena pregunta —observó Lupin, volviéndose hacia Black y frunciendo ligeramente el entrecejo—. ¿Cómo supiste dónde estaba?

Black metió dentro de la túnica una mano que parecía una garra y sacó una página arrugada de periódico, la alisó y se la enseñó a todos. Era la foto de Ron y su familia que había aparecido en el diario *El Profeta* el verano anterior. Sobre el hombro de Ron se encontraba *Scabbers*.

—¿Cómo lo conseguiste? —preguntó Lupin a Black, estupefacto.

—Fudge —explicó Black—. Cuando fue a inspeccionar Azkaban el año pasado, me dio el periódico. Y ahí estaba Peter, en primera plana... en el hombro de este chico. Lo reconocí enseguida. Cuántas veces lo vi transformarse. Y el pie de foto decía que el muchacho volvería a Hogwarts, donde estaba Harry...

—¡Dios mío! —dijo Lupin en voz baja, mirando a *Scabbers*, luego la foto y otra vez a *Scabbers*—. Su pata delantera...

—¿Qué le ocurre? —preguntó Ron, poniéndose a la defensiva.

—Le falta un dedo —explicó Black.

—Claro —dijo Lupin—. Sencillo... e ingenioso. ¿Se lo cortó él?

—Poco antes de transformarse —dijo Black—. Cuando lo arrinconé, gritó para que toda la calle oyera que yo había traicionado a Lily y a James. Luego, para que no pudiera echarle ninguna maldición, abrió la calle con la varita en su espalda, mató a todos los que se encontraban a siete metros a la redonda y se metió a toda velocidad por la alcantarilla, con las demás ratas...

—¿Nunca lo has oído, Ron? —le preguntó Lupin—. El mayor trozo que encontraron de Peter fue el dedo.

—Mire, seguramente *Scabbers* tuvo una pelea con otra rata, o algo así. Ha estado con mi familia desde siempre.

—Doce años exactamente ¿No te has preguntado nunca por qué vive tanto?

—Bueno, la hemos cuidado muy bien —dijo Ron.

—Pero ahora no tiene muy buen aspecto, ¿verdad? —observó Lupin—. Apostaría a que su salud empeoró cuando supo que Sirius se había escapado.

—¡La ha asustado ese gato loco! —repuso Ron, señalando con la cabeza a *Crookshanks*, que seguía ronroneando en la cama.

Pero no había sido así, pensó Harry inmediatamente. *Scabbers* ya tenía mal aspecto antes de encontrar a *Crookshanks*. Desde que Ron volvió de Egipto. Desde que Black escapó...

—Este gato no está loco —dijo Black con voz ronca. Alargó una mano huesuda y acarició la cabeza mullida de *Crookshanks*—. Es el más inteligente que he visto en mi vida. Reconoció a Peter inmediatamente. Y cuando me encontró supo que yo no era un perro de verdad. Pasó un tiempo antes de que confiara en mí. Finalmente, me las arreglé para hacerle entender qué era lo que pretendía, y me ha estado ayudando...

—¿Qué quiere decir? —preguntó Hermione en voz baja.

—Intentó que Peter se me acercara, pero no pudo... Así que se apoderó de las contraseñas para entrar en la torre de

Gryffindor. Según creo, las cogió de la mesilla de un muchacho...

El cerebro de Harry empezaba a hundirse por el peso de las muchas cosas que oía. Era absurdo... y sin embargo...

—Sin embargo, Peter se olió lo que ocurría y huyó. Este gato, ¿dices que se llama *Crookshanks*?, me dijo que Peter había dejado sangre en las sábanas. Supongo que se mordió... Simular su propia muerte ya había resultado en otra ocasión.

Estas palabras impresionaron a Harry y lo sacaron de su ensimismamiento.

—¿Y por qué fingió su muerte? —preguntó furioso—. Porque sabía que usted lo quería matar, como mató a mis padres.

—No, Harry —dijo Lupin.

—Y ahora ha venido para acabar con él.

—Sí, es verdad —dijo Black, dirigiendo a *Scabbers* una mirada diabólica.

—Entonces yo tendría que haber permitido que Snape lo entregara —gritó Harry.

—Harry —dijo Lupin apresuradamente—, ¿no te das cuenta? Durante todo este tiempo hemos pensado que Sirius había traicionado a tus padres y que Peter lo había perseguido. Pero fue al revés, ¿no te das cuenta? Peter fue quien traicionó a tus padres. Sirius le siguió la pista y...

—¡ESO NO ES CIERTO! —gritó Harry—. ¡ERA SU GUARDIÁN SECRETO! ¡LO RECONOCIÓ ANTES DE QUE USTED APARECIERA! ¡ADMITIÓ QUE LOS MATÓ!

Señalaba a Black, que negaba lentamente con la cabeza. Sus ojos hundidos brillaron de repente.

—Harry..., la verdad es que fue como si los hubiera matado yo —gruñó—. Persuadí a Lily y a James en el último momento de que utilizaran a Peter. Los persuadí de que lo utilizaran a él como guardián secreto y no a mí. Yo tengo la culpa, lo sé. La noche que murieron había decidido vigilar a Peter, asegurarme de que todavía era de fiar. Pero cuando llegué a su guarida, ya se había ido. No había señal de pelea alguna. No me dio buena espina. Me asusté. Me puse inmediatamente en camino hacia la casa de tus padres. Y cuando la vi destruida y sus cuerpos... me di cuenta de lo que Peter había hecho. Y de lo que había hecho yo.

Su voz se quebró. Se dio la vuelta.

—Es suficiente —dijo Lupin, con una nota de acero en la voz que Harry no le había oído nunca—. Hay un medio infalible de demostrar lo que verdaderamente sucedió. Ron, entrégame la rata.

—¿Qué va a hacer con ella si se la doy? —preguntó Ron con nerviosismo.

—Obligarla a transformarse —respondió Lupin—. Si de verdad es sólo una rata, no sufrirá ningún daño.

Ron dudó. Finalmente puso a *Scabbers* en las manos de Lupin. *Scabbers* se puso a chillar sin parar, retorciéndose y agitándose. Sus ojos diminutos y negros parecían salirse de las órbitas.

—¿Preparado, Sirius? —preguntó Lupin.

Black ya había recuperado la varita de Snape, que había caído en la cama. Se aproximó a Lupin y a la rata. Sus ojos húmedos parecían arder.

—¿A la vez? —preguntó en voz baja.

—Vamos —respondió Lupin, sujetando a *Scabbers* con una mano y la varita con la otra—. A la de tres. ¡Una, dos y... TRES!

Un destello de luz azul y blanca salió de las dos varitas. Durante un momento *Scabbers* se quedó petrificada en el aire, torcida, en posición extraña. Ron gritó. La rata golpeó el suelo al caer. Hubo otro destello cegador y entonces...

Fue como ver la película acelerada del crecimiento de un árbol. Una cabeza brotó del suelo. Surgieron las piernas y los brazos. Al cabo de un instante, en el lugar de *Scabbers* se hallaba un hombre, encogido y retorciéndose las manos. *Crookshanks* bufaba y gruñía en la cama, con el pelo erizado.

Era un hombre muy bajito, apenas un poco más alto que Harry y Hermione. Tenía el pelo ralo y descolorido, con calva en la coronilla. Parecía encogido, como un gordo que hubiera adelgazado rápidamente. Su piel parecía roñosa, casi como la de *Scabbers*, y le quedaba algo de su anterior condición roedora en lo puntiagudo de la nariz y en los ojos pequeños y húmedos. Los miró a todos, respirando rápida y superficialmente. Harry vio que sus ojos iban rápidamente hacia la puerta.

—Hola, Peter —dijo Lupin con voz amable, como si fuera normal que las ratas se convirtieran en antiguos compañeros de estudios—. Cuánto tiempo sin verte.

—Si... Sirius. Re... Remus —incluso la voz de Pettigrew era como de rata. Volvió a mirar a la puerta—. Amigos, queridos amigos...

Black levantó el brazo de la varita, pero Lupin lo sujetó por la muñeca y le echó una mirada de advertencia. Entonces se volvió a Pettigrew con voz ligera y despreocupada.

—Acabamos de tener una pequeña charla, Peter, sobre lo que sucedió la noche en que murieron Lily y James. Quizás te hayas perdido alguno de los detalles más interesantes mientras chillabas en la cama.

—Remus —dijo Pettigrew con voz entrecortada, y Harry vio gotas de sudor en su pálido rostro—, no lo creerás, ¿verdad? Intentó matarme a mí...

—Eso es lo que hemos oído —dijo Lupin más fríamente—. Me gustaría aclarar contigo un par de puntos, Peter, si fueras tan...

—¡Ha venido porque otra vez quiere matarme! —chilló Pettigrew señalando a Black, y Harry vio que utilizaba el dedo corazón porque le faltaba el índice—. ¡Mató a Lily y a James, y ahora quiere matarme a mí...! ¡Tienes que protegerme, Remus!

El rostro de Black semejaba más que nunca una calavera, mientras miraba a Peter Pettigrew con sus ojos insondables.

—Nadie intentará matarte antes de que aclaremos algunos puntos —dijo Lupin.

—¿Aclarar puntos? —chilló Pettigrew, mirando una vez más a su alrededor, hacia las ventanas cegadas y hacia la única puerta—. ¡Sabía que me perseguiría! ¡Sabía que volvería a buscarme! ¡He temido este momento durante doce años!

—¿Sabías que Sirius se escaparía de Azkaban cuando nadie lo había conseguido hasta ahora? —preguntó Lupin, frunciendo el entrecejo.

—¡Tiene poderes oscuros con los que los demás sólo podemos soñar! —chilló Pettigrew con voz aguda—. ¿Cómo, si no, iba a salir de allí? Supongo que El Que No Debe Nombrarse le enseñó algunos trucos.

Black comenzó a sacudirse con una risa triste y horrible que llenó la habitación.

—¿Que Voldemort me enseñó trucos? —dijo y Peter Pettigrew retrocedió como si Black acabara de blandir un látigo en su dirección—. ¿Qué te ocurre? ¿Te asustas al oír el nombre de tu antiguo amo? —preguntó Black—. No te culpo, Peter. Sus secuaces no están muy contentos de ti, ¿verdad?

—No sé... qué quieres decir, Sirius —murmuró Pettigrew, respirando más aprisa aún. Todo su rostro brillaba de sudor.

—No te has estado ocultando durante doce años de mí —dijo Black—. Te has estado ocultando de los viejos seguidores de Voldemort. En Azkaban oí cosas. Todos piensan que si no estás muerto, deberías aclararles algunas dudas. Les he oído gritar en sueños todo tipo de cosas. Cosas como que el traidor los había traicionado. Voldemort acudió a la casa de los Potter por indicación tuya y allí conoció la derrota. Y no todos los seguidores de Voldemort han terminado en Azkaban, ¿verdad? Aún quedan muchos libres, esperando su oportunidad, fingiendo arrepentimiento... Si supieran que sigues vivo...

—No entiendo de qué hablas... —dijo de nuevo Pettigrew, con voz más chillona que nunca. Se secó la cara con la manga y miró a Lupin—. No creerás nada de eso, de esa locura...

—Tengo que admitir, Peter, que me cuesta comprender por qué un hombre inocente se pasa doce años convertido en rata —dijo Lupin impasible.

—¡Inocente, pero asustado! —chilló Pettigrew—. Si los seguidores de Voldemort me persiguen es porque yo metí en Azkaban a uno de sus mejores hombres: el espía Sirius Black.

El rostro de Black se contorsionó.

—¿Cómo te atreves? —gruñó, y su voz se asemejó de repente a la del perro enorme que había sido—. ¿Yo, espía de Voldemort? ¿Cuándo he husmeado yo a los que eran más fuertes y poderosos? Pero tú, Peter... no entiendo cómo no comprendí desde el primer momento que eras tú el espía. Siempre te gustó tener amigos corpulentos para que te protegieran, ¿verdad? Ese papel lo hicimos nosotros: Remus y yo... y James...

Pettigrew volvió a secarse el rostro; le faltaba el aire.

—¿Yo, espía...? Estás loco. No sé cómo puedes decir...

—Lily y James te nombraron guardián secreto sólo porque yo se lo recomendé —susurró Black con tanto odio que

Pettigrew retrocedió—. Pensé que era una idea perfecta... una trampa. Voldemort iría tras de mí, nunca pensaría que los Potter utilizarían a alguien débil y mediocre como tú... Sin duda fue el mejor momento de tu miserable vida, cuando le dijiste a Voldemort que podías entregarle a los Potter.

Pettigrew murmuraba cosas, aturdido. Harry captó palabras como «inverosímil» y «locura», pero no podía dejar de fijarse sobre todo en el color ceniciento de la cara de Pettigrew y en la forma en que seguía mirando las ventanas y la puerta.

—¿Profesor Lupin? —dijo Hermione, tímidamente—. ¿Puedo decir algo?

—Por supuesto, Hermione —dijo Lupin cortésmente.

—Pues bien, *Scabbers*..., quiero decir este... este hombre... ha estado durmiendo en el dormitorio de Harry durante tres años. Si trabaja para Quien Usted Sabe, ¿cómo es que nunca ha intentado hacerle daño?

—Eso es —dijo Pettigrew con voz aguda, señalando a Hermione con la mano lisiada—. Gracias. ¿Lo ves, Remus? ¡Nunca le he hecho a Harry el más leve daño! ¿Por qué no se lo he hecho?

—Yo te diré por qué —dijo Black—. Porque no harías nada por nadie si no te reporta un beneficio. Voldemort lleva doce años escondido, dicen que está medio muerto. Tú no cometerías un asesinato delante de Albus Dumbledore por servir a una piltrafa de brujo que ha perdido todo su poder, ¿a que no? Tendrías que estar seguro de que es el más fuerte en el juego antes de volver a ponerte de su parte. ¿Para qué, si no, te alojaste en una familia de magos? Para poder estar informado, ¿verdad, Peter? Sólo por si tu viejo protector recuperaba las fuerzas y volvía a ser conveniente estar con él.

Pettigrew abrió y cerró la boca varias veces. Se había quedado sin habla.

—Eh... ¿Señor Black... Sirius? —preguntó tímidamente Hermione. A Black le sorprendió que lo interpelaran de esta manera, y miró a Hermione fijamente, como si nadie se hubiera dirigido a él con tal respeto en los últimos años—. Si no le importa que le pregunte, ¿cómo escapó usted de Azkaban? Si no empleó magia negra...

—¡Gracias! —dijo Pettigrew, asintiendo con la cabeza—. ¡Exacto! ¡Eso es precisamente lo que yo...!

Pero Lupin lo silenció con una mirada. Black fruncía ligeramente el entrecejo con los ojos puestos en Hermione, pero no como si estuviera enfadado con ella: más bien parecía meditar la respuesta.

—No sé cómo lo hice —respondió—. Creo que la única razón por la que nunca perdí la cabeza es que sabía que era inocente. No era un pensamiento agradable, así que los dementores no me lo podían absorber... Gracias a eso conservé la cordura y no olvidé quién era... Gracias a eso conservé mis poderes... así que cuando ya no pude aguantar más me convertí en perro. Los dementores son ciegos, como saben. —Tragó saliva—. Se dirigen hacia la gente porque perciben sus emociones... Al convertirme en perro, notaron que mis sentimientos eran menos humanos, menos complejos, pero pensaron, claro, que estaba perdiendo la cabeza, como todo el mundo, así que no se preocuparon. Pero yo me encontraba débil, muy débil, y no tenía esperanza de alejarlos sin una varita. Entonces vi a Peter en aquella foto... comprendí que estaba en Hogwarts, con Harry... en una situación perfecta para actuar si oía decir que el Señor de las Tinieblas recuperaba fuerzas... —Pettigrew negó con la cabeza y movió la boca sin emitir sonido alguno, mirando a Black como hipnotizado— ... Estaba dispuesto a hacerlo en cuanto estuviera seguro de sus aliados..., estaba dispuesto a entregarles al último de los Potter. Si les entregaba a Harry, ¿quién se atrevería a pensar que había traicionado a lord Voldemort? Lo recibirían con honores...

»Así que ya ven, tenía que hacer algo. Yo era el único que sabía que Peter estaba vivo...

Harry recordó lo que el padre de Ron le había dicho a su esposa: «Los guardianes dicen que hacía tiempo que Black hablaba en sueños. Siempre decía las mismas palabras: "Está en Hogwarts."»

—Era como si alguien hubiera prendido una llama en mi cabeza, y los dementores no podían apagarla. No era un pensamiento agradable..., era una obsesión... pero me daba fuerzas, me aclaraba la mente. Por eso, una noche, cuando abrieron la puerta para dejarme la comida, salí entre ellos, en forma de perro. Les resulta tan difícil percibir las emociones animales que se confundieron. Estaba delgado, muy delgado... Lo bastante delgado para pasar a través de los ba-

rrotes. Nadé como un perro. Viajé hacia el norte y me metí
en Hogwarts con la forma de perro... He vivido en el bosque
desde entonces... menos cuando iba a ver el partido de quidditch, claro... Vuelas tan bien como tu padre, Harry...
—Miró al muchacho, que esta vez no apartó la vista—. Créeme —añadió Black—. Créeme. Nunca traicioné a James y a
Lily. Antes habría muerto.

Y Harry lo creyó. Asintió con la cabeza, con un nudo en
la garganta.

—¡No!

Pettigrew se había arrodillado, como si el gesto de asentimiento de Harry hubiera sido su propia sentencia de
muerte. Fue arrastrándose de rodillas, humillándose, con
las manos unidas en actitud de rezo.

—Sirius, soy yo, soy Peter... tu amigo. No..., tú no...

Black amagó un puntapié y Pettigrew retrocedió.

—Ya hay bastante suciedad en mi túnica sin que tú la
toques.

—¡Remus! —chilló Pettigrew volviéndose hacia Lupin,
retorciéndose ante él, implorante—. Tú no lo crees. ¿No te
habría contado Sirius que habían cambiado el plan?

—No si creía que el espía era yo, Peter —dijo Lupin—.
Supongo que por eso no me lo contaste, Sirius —dijo Lupin
despreocupadamente, mirándolo por encima de Pettigrew.

—Perdóname, Remus —dijo Black.

—No hay por qué, Canuto, viejo amigo —respondió Lupin, subiéndose las mangas—. Y a cambio, ¿querrás perdo-
nar que yo te creyera culpable?

—Por supuesto —respondió Black, y un asomo de sonrisa apareció en su demacrado rostro. También empezó a re-
mangarse—. ¿Lo matamos juntos?

—Creo que será lo mejor —dijo Lupin con tristeza.

—No lo harán, no serán capaces... —dijo Pettigrew. Y se
volvió hacia Ron, arrastrándose—. Ron, ¿no he sido un buen
amigo?, ¿una buena mascota? No dejes que me maten, Ron.
Estás de mi lado, ¿a que sí?

Pero Ron miraba a Pettigrew con repugnancia.

—¡Te dejé dormir en mi cama! —dijo.

—Buen muchacho... buen amo... —Pettigrew siguió
arrastrándose hacia Ron—. No lo consentirás... yo era tu
rata... fui una buena mascota...

—Si eras mejor como rata que como hombre, no tienes mucho de lo que alardear —dijo Black con voz ronca.

Ron, palideciendo aún más a causa del dolor, alejó su pierna rota de Pettigrew. Pettigrew giró sobre sus rodillas, se echó hacia delante y asió el borde de la túnica de Hermione.

—Dulce criatura... inteligente muchacha... no lo consentirás... ayúdame...

Hermione tiró de la túnica para soltarla de la presa de Pettigrew y retrocedió horrorizada.

Pettigrew temblaba sin control y volvió lentamente la cabeza hacia Harry.

—Harry, Harry... qué parecido eres a tu padre... igual que él...

—¿CÓMO TE ATREVES A HABLARLE A HARRY? —bramó Black—. ¿CÓMO TE ATREVES A MIRARLO A LA CARA? ¿CÓMO TE ATREVES A MENCIONAR A JAMES DELANTE DE ÉL?

—Harry —susurró Pettigrew, arrastrándose hacia él con las manos extendidas—, Harry, James no habría consentido que me mataran... James habría comprendido, Harry... Habría sido clemente conmigo...

Tanto Black como Lupin se dirigieron hacia él con paso firme, lo cogieron por los hombros y lo tiraron de espaldas al suelo. Allí quedó, temblando de terror, mirándolos fijamente.

—Vendiste a Lily y a James a lord Voldemort —dijo Black, que también temblaba—. ¿Lo niegas?

Pettigrew rompió a llorar. Era lamentable verlo: parecía un niño grande y calvo que se encogía de miedo en el suelo.

—Sirius, Sirius, ¿qué otra cosa podía hacer? El Señor de las Tinieblas... no tienes ni idea... Tiene armas que no pueden imaginar... Estaba aterrado, Sirius. Yo nunca fui valiente como tú, como Remus y como James. Nunca quise que sucediera... El Que No Debe Nombrarse me obligó.

—¡NO MIENTAS! —bramó Black—. ¡LE HABÍAS ESTADO PASANDO INFORMACIÓN DURANTE UN AÑO ANTES DE LA MUERTE DE LILY Y DE JAMES! ¡ERAS SU ESPÍA!

—¡Estaba tomando el poder en todas partes! —dijo Pettigrew entrecortadamente—. ¿Qué se ganaba enfrentándose a él?

—¿Qué se ganaba enfrentándose al brujo más malvado de la Historia? —preguntó Black, furioso—. ¡Sólo vidas inocentes, Peter!

—¡No lo comprendes! —gimió Pettigrew—. Me habría matado, Sirius.

—¡ENTONCES DEBERÍAS HABER MUERTO! —bramó Black—. ¡MEJOR MORIR QUE TRAICIONAR A TUS AMIGOS! ¡TODOS HABRÍAMOS PREFERIDO LA MUERTE A TRAICIONARTE A TI!

Black y Lupin se mantenían uno al lado del otro, con las varitas levantadas.

—Tendrías que haberte dado cuenta —dijo Lupin en voz baja— de que si Voldemort no te mataba lo haríamos nosotros. Adiós, Peter.

Hermione se cubrió el rostro con las manos y se volvió hacia la pared.

—¡No! —gritó Harry. Se adelantó corriendo y se puso entre Pettigrew y las varitas—. ¡No pueden matarlo! —dijo sin aliento—. No pueden.

Tanto Black como Lupin se quedaron de piedra.

—Harry, esta alimaña es la causa de que no tengas padres —gruñó Black—. Este ser repugnante te habría visto morir a ti también sin mover ni un dedo. Ya lo has oído. Su propia piel maloliente significaba más para él que toda tu familia.

—Lo sé —jadeó Harry—. Lo llevaremos al castillo. Lo entregaremos a los dementores. Puede ir a Azkaban. Pero no lo maten.

—¡Harry! —exclamó Pettigrew entrecortadamente, y rodeó las rodillas de Harry con los brazos—. Tú... gracias. Es más de lo que merezco. Gracias.

—Suéltame —dijo Harry, apartando las manos de Pettigrew con asco—. No lo hago por ti. Lo hago porque creo que mi padre no habría deseado que sus mejores amigos se convirtieran en asesinos por culpa tuya.

Nadie se movió ni dijo nada, salvo Pettigrew, que jadeaba con la mano crispada en el pecho. Black y Lupin se miraron. Y bajaron las varitas a la vez.

—Tú eres la única persona que tiene derecho a decidir, Harry —dijo Black—. Pero piensa, piensa en lo que hizo.

—Que vaya a Azkaban —repitió Harry—. Si alguien merece ese lugar, es él.

Pettigrew seguía jadeante detrás de él.

—De acuerdo —dijo Lupin—. Hazte a un lado, Harry.
—Harry dudó—. Voy a atarlo —añadió Lupin—. Nada más,
te lo juro.

Harry se quitó de en medio. Esta vez fue de la varita de
Lupin de la que salieron disparadas las cuerdas, y al cabo
de un instante Pettigrew se retorcía en el suelo, atado y
amordazado.

—Pero si te transformas, Peter —gruñó Black, apuntando a Pettigrew con su varita—, te mataremos. ¿Estás de
acuerdo, Harry?

Harry bajó la vista para observar la lastimosa figura, y
asintió de forma que lo viera Pettigrew.

—De acuerdo —dijo de repente Lupin, como cerrando
un trato—. Ron, no sé arreglar huesos como la señora Pomfrey, pero creo que lo mejor será que te entablillemos la pierna hasta que te podamos dejar en la enfermería.

Se acercó a Ron aprisa, se inclinó, le golpeó en la pierna
con la varita y murmuró:

—¡Férula!

Unas vendas rodearon la pierna de Ron y se la ataron a
una tablilla. Lupin lo ayudó a ponerse en pie. Ron se apoyó
con cuidado en la pierna y no hizo ni un gesto de dolor.

—Mejor —dijo—. Gracias.

—¿Y qué hacemos con el profesor Snape? —preguntó
Hermione, en voz baja, mirando a Snape postrado en el
suelo.

—No le pasa nada grave —explicó Lupin, inclinándose y
tomándole el pulso—. Sólo se pasaron un poco. Sigue sin conocimiento. Eh... tal vez sea mejor dejarlo así hasta que hayamos vuelto al castillo. Podemos llevarlo tal como está.
—Luego murmuró—: Mobilicorpus.

El cuerpo inconsciente de Snape se incorporó como si ti-
raran de él unas cuerdas invisibles atadas a las muñecas, el
cuello y las rodillas. La cabeza le colgaba como a una mario-
neta grotesca. Estaba levantado unos centímetros del suelo
y los pies le colgaban. Lupin cogió la capa invisible y se la
guardó en el bolsillo.

—Dos de nosotros deberían encadenarse a esto —dijo
Black, dándole a Pettigrew un puntapié—, sólo para estar
seguros.

—Yo lo haré —se ofreció Lupin.

—Y yo —dijo Ron, con furia y cojeando.

Black hizo aparecer unas esposas macizas. Pettigrew volvió a encontrarse de pie, con el brazo izquierdo encadenado al derecho de Lupin y el derecho al izquierdo de Ron. El rostro de Ron expresaba decisión. Se había tomado la verdadera identidad de *Scabbers* como un insulto. *Crookshanks* saltó ágilmente de la cama y se puso el primero, con la cola alegremente levantada.

# 20

# El Beso del dementor

Harry no había formado nunca parte de un grupo tan extraño. *Crookshanks* bajaba las escaleras en cabeza de la comitiva. Lupin, Pettigrew y Ron lo seguían, como si participaran en una carrera. Detrás iba el profesor Snape, flotando de manera fantasmal, tocando cada peldaño con los dedos de los pies y sostenido en el aire por su propia varita, con la que Sirius le apuntaba. Harry y Hermione cerraban la marcha.

Fue difícil volver a entrar en el túnel. Lupin, Pettigrew y Ron tuvieron que ladearse para conseguirlo.

Lupin seguía apuntando a Pettigrew con su varita. Harry los veía avanzar de lado, poco a poco, en hilera. *Crookshanks* seguía en cabeza. Harry iba inmediatamente detrás de Sirius, que continuaba dirigiendo a Snape con la varita. Éste, de vez en cuando, se golpeaba la cabeza en el techo, y Harry tuvo la impresión de que Sirius no hacía nada por evitarlo.

—¿Sabes lo que significa entregar a Pettigrew? —le dijo Sirius a Harry bruscamente, mientras avanzaban por el túnel.

—Que tú quedarás libre —respondió Harry.

—Sí... —dijo Sirius—. No sé si te lo ha dicho alguien, pero yo también soy tu padrino.

—Sí, ya lo sabía —respondió Harry.

—Bueno, tus padres me nombraron tutor tuyo —dijo Sirius solemnemente—, por si les sucedía algo a ellos... —Harry esperó. ¿Quería decir Sirius lo que él se imaginaba?— Por supuesto —prosiguió Black—, comprendo que prefieras seguir con tus tíos. Pero... medítalo. Cuando mi nombre quede limpio... si quisieras cambiar de casa...

A Harry se le encogió el estómago.

—¿Qué? ¿Vivir contigo? —preguntó, golpeándose accidentalmente la cabeza contra una piedra que sobresalía del techo—. ¿Abandonar a los Dursley?

—Claro, ya me imaginaba que no querrías —dijo inmediatamente Sirius—. Lo comprendo. Sólo pensaba que...

—Pero ¿qué dices? —exclamó Harry, con voz tan chirriante como la de Sirius—. ¡Por supuesto que quiero abandonar a los Dursley! ¿Tienes casa? ¿Cuándo me puedo mudar?

Sirius se volvió hacia él. La cabeza de Snape rascó el techo, pero a Sirius no le importó.

—¿Quieres? ¿Lo dices en serio?

—¡Sí, muy en serio!

En el rostro demacrado de Sirius se dibujó la primera sonrisa auténtica que Harry había visto en él. La diferencia era asombrosa, como si una persona diez años más joven se perfilase bajo la máscara del consumido. Durante un momento se pudo reconocer en él al hombre que sonreía en la boda de los padres de Harry.

No volvieron a hablar hasta que llegaron al final del túnel. *Crookshanks* salió el primero, disparado. Evidentemente había apretado con la zarpa el nudo del tronco, porque Lupin, Pettigrew y Ron salieron sin que se produjera ningún rumor de ramas enfurecidas.

Sirius hizo salir a Snape por el agujero y luego se detuvo para ceder el paso a Harry y a Hermione. No quedó nadie dentro. Los terrenos estaban muy oscuros. La única luz venía de las ventanas distantes del castillo. Sin decir una palabra, emprendieron el camino. Pettigrew seguía jadeando y gimiendo de vez en cuando. A Harry le zumbaba la cabeza. Iba a dejar a los Dursley, iría a vivir con Sirius Black, el mejor amigo de sus padres... Estaba aturdido. ¡Cuando dijera a los Dursley que se iba a vivir con el presidiario que habían visto en la tele...!

—Un paso en falso, Peter, y... —dijo Lupin delante de ellos, amenazador, apuntando con la varita al pecho de Pettigrew.

Atravesaron los terrenos del colegio en silencio, con pesadez. Las luces del castillo se dilataban poco a poco. Snape seguía inconsciente, fantasmalmente transportado por Sirius, la barbilla rebotándole en el pecho. Y entonces...

Una nube se desplazó. De repente, aparecieron en el suelo unas sombras oscuras. La luz de la luna caía sobre el grupo.

Snape tropezó con Lupin, Pettigrew y Ron, que se habían detenido de repente. Sirius se quedó inmóvil. Con un brazo indicó a Harry y a Hermione que no avanzaran.

Harry vio la silueta de Lupin. Se puso rígido y empezó a temblar.

—¡Dios mío! —dijo Hermione con voz entrecortada—. ¡No se ha tomado la poción esta noche! ¡Es peligroso!

—Corran —gritó Sirius—. ¡Corran! ¡Ya!

Pero Harry no podía correr. Ron estaba encadenado a Pettigrew y a Lupin. Saltó hacia delante, pero Sirius lo agarró por el pecho y lo echó hacia atrás.

—Déjenmelo a mí. ¡CORRAN!

Oyeron un terrible gruñido. La cabeza de Lupin se alargaba, igual que su cuerpo. Los hombros le sobresalían. El pelo le brotaba en el rostro y las manos, que se retorcían hasta convertirse en garras. A *Crookshanks* se le volvió a erizar el pelo. Retrocedió.

Mientras el licántropo retrocedía, abriendo y cerrando las fauces, Sirius desapareció del lado de Harry. Se había transformado. El perro grande como un oso saltó hacia delante. Cuando el licántropo se liberó de las esposas que lo sujetaban, el perro lo atrapó por el cuello y lo arrastró hacia atrás, alejándolo de Ron y de Pettigrew. Estaban enzarzados, mandíbula con mandíbula, rasgándose el uno al otro con las zarpas.

Harry se quedó como hipnotizado. Estaba demasiado atento a la batalla para darse cuenta de nada más. Fue el grito de Hermione lo que lo alertó.

Pettigrew había saltado para coger la varita caída de Lupin. Ron, inestable a causa de la pierna vendada, se desplomó en el suelo. Se oyó un estallido, se vio un relámpago y Ron quedó inmóvil en tierra. Otro estallido: *Crookshanks* saltó por el aire y volvió a caer al suelo.

—¡*Expeliarmo*! —exclamó Harry, apuntando a Pettigrew con su varita. La varita de Lupin salió volando y se perdió de vista—. ¡Quédate donde estás! —gritó Harry mientras corría.

Demasiado tarde. Pettigrew también se había transformado. Harry vio su cola pelona azotar el antebrazo de Ron a través de las esposas, y lo oyó huir a toda prisa por la hierba. Oyeron un aullido y un gruñido sordo. Al volverse, Harry vio al hombre lobo adentrándose en el bosque a la carrera.

—Sirius, ha escapado. ¡Pettigrew se ha transformado! —gritó Harry.

Sirius sangraba. Tenía heridas en el hocico y en la espalda, pero al oír las palabras de Harry volvió a salir velozmente y al cabo de un instante el rumor de sus patas se perdió.

Harry y Hermione se acercaron aprisa a Ron.

—¿Qué le ha hecho? —preguntó Hermione.

Ron tenía los ojos entornados, la boca abierta. Estaba vivo. Oían su respiración. Pero no parecía reconocerlos.

—No sé.

Harry miró desesperado a su alrededor. Black y Lupin habían desaparecido... No había nadie cerca salvo Snape, que seguía flotando en el aire, inconsciente.

—Será mejor que los llevemos al castillo y se lo digamos a alguien —dijo Harry, apartándose el pelo de los ojos y tratando de pensar—. Vamos...

Oyeron un aullido que venía de la oscuridad: un perro dolorido.

—Sirius —murmuró Harry, mirando hacia la negrura.

Tuvo un momento de indecisión, pero no podían hacer nada por Ron en aquel momento, y a juzgar por sus gemidos, Black se hallaba en apuros.

Harry echó a correr, seguido por Hermione. El aullido parecía proceder de los alrededores del lago. Corrieron en aquella dirección y Harry notó un frío intenso sin darse cuenta de lo que podía suponer.

El aullido se detuvo. Al llegar al lago vieron por qué: Sirius había vuelto a transformarse en hombre. Estaba en cuclillas, con las manos en la cabeza.

—¡Noooo! —gemía—. ¡Noooooo, por favor!

Y entonces los vio Harry. Eran los dementores. Al menos cien, y se acercaban a ellos como una masa negra. Se dio la vuelta. Aquel frío ya conocido penetró en su interior y la niebla empezó a oscurecerle la visión. Por cada lado surgían de la oscuridad más y más dementores. Los estaban rodeando...

—¡Hermione, piensa en algo alegre! —gritó Harry, levantando la varita y parpadeando con rapidez para aclararse la visión, sacudiendo la cabeza para alejar el débil grito que había empezado a oír por dentro...

«Voy a vivir con mi padrino. Voy a dejar a los Dursley.»

Se obligó a no pensar más que en Sirius y comenzó a repetir a gritos:

—¡Expecto patronum! ¡Expecto patronum!

Black se estremeció. Rodó por el suelo y se quedó inmóvil, pálido como la muerte.

«Todo saldrá bien. Me iré a vivir con él.»

—*¡Expecto patronum!* ¡Ayúdame, Hermione! *¡Expecto patronum!*

—*¡Expecto...!* —susurró Hermione—. *¡Expecto... expecto!*

Pero no era capaz. Los dementores se aproximaban y ya estaban a tres metros escasos de ellos. Formaban una sólida barrera en torno a Harry y Hermione, y seguían acercándose...

—*¡EXPECTO PATRONUM!* —gritó Harry, intentando rechazar los gritos de sus oídos—. *¡EXPECTO PATRONUM!*

Un delgado hilo de plata salió de su varita y bailoteó delante de él, como si fuera niebla. En ese instante, Harry notó que Hermione se desmayaba a su lado. Estaba solo, completamente solo...

—*¡Expecto...!* ¡Expecto patronum!*

Harry sintió que sus rodillas golpeaban la hierba fría. La niebla le nublaba los ojos. Haciendo un enorme esfuerzo, intentó recordar. Sirius era inocente, inocente... «Todo saldrá bien. Voy a vivir con él.»

—*¡Expecto patronum!* —dijo entrecortadamente.

A la débil luz de su informe patronus, vio detenerse un dementor muy cerca de él. No podía atravesar la niebla plateada que Harry había hecho aparecer, pero sacaba por debajo de la capa una mano viscosa y pútrida. Hizo un ademán como para apartar al patronus.

—¡No... no! —exclamó Harry entrecortadamente—. Es inocente. *¡Expecto patronum!*

Sentía sus miradas y oía su ruidosa respiración como un viento demoníaco. El dementor más cercano parecía haberse fijado en él. Levantó sus dos manos putrefactas y se bajó la capucha.

En el lugar de los ojos había una membrana escamosa y gris que se extendía por las cuencas. Pero tenía boca: un agujero informe que aspiraba el aire con un estertor de muerte.

Un terror de muerte se apoderó de Harry, impidiéndole moverse y hablar. Su patronus tembló y desapareció. La niebla blanca lo cegaba. Tenía que luchar... Expecto patronum... No podía ver..., a lo lejos oyó un grito conocido..., expecto patronum... Palpó en la niebla en busca de Sirius y encontró su brazo. No se lo llevarían...

Pero, de repente, un par de manos fuertes y frías rodearon el cuello de Harry. Lo obligaron a levantar el rostro. Sintió su aliento..., iban a eliminarlo primero a él... Sintió su aliento corrupto..., su madre le gritaba en los oídos..., sería lo último que oyera en la vida.

Y entonces, a través de la niebla que lo ahogaba, le pareció ver una luz plateada que adquiría brillo. Se sintió caer de bruces en la hierba.

Boca abajo, demasiado débil para moverse, sintiéndose mal y temblando, Harry abrió los ojos. Una luz cegadora iluminaba la hierba... Habían cesado los gritos, el frío se iba...

Algo hacía retroceder a los dementores... algo que daba vueltas en torno a él, a Sirius y a Hermione. Los estertores dejaban de oírse. Se iban. Volvía a hacer calor.

Haciendo acopio de todas sus fuerzas, Harry levantó la cabeza unos centímetros y vio entre la luz a un animal que galopaba por el lago. Con la visión empañada por el sudor, Harry trató de distinguir de qué se trataba. Era brillante como un unicornio. Haciendo un esfuerzo por conservar el sentido, Harry lo vio detenerse al llegar a la otra orilla. Durante un instante vio también, junto al brillo, a alguien que daba la bienvenida al animal y levantaba la mano para acariciarlo. Alguien que le resultaba familiar. Pero no podía ser...

Harry no lo entendía. No podía pensar en nada. Sus últimas fuerzas lo abandonaron y al desmayarse dio con la cabeza en el suelo.

# 21

## El secreto de Hermione

—Asombroso. Verdaderamente asombroso. Fue un milagro que quedaran todos con vida. No he oído nunca nada parecido. Menos mal que se encontraba usted allí, Snape...

—Gracias, señor ministro.

—Orden de Merlín, de segunda clase, diría yo. ¡Primera, si estuviese en mi mano!

—Muchísimas gracias, señor ministro.

—Tiene ahí una herida bastante fea. Supongo que fue Black.

—En realidad fueron Potter, Weasley y Granger, señor ministro.

—¡No!

—Black los había encantado. Me di cuenta enseguida. A juzgar por su comportamiento, debió de ser un hechizo para confundir. Me parece que creían que existía una posibilidad de que fuera inocente. No eran responsables de lo que hacían. Por otro lado, su intromisión pudo haber permitido que Black escapara... Obviamente, creyeron que podían atrapar a Black ellos solos. Han salido impunes en tantas ocasiones anteriores que me temo que se les ha subido a la cabeza... Y naturalmente, el director ha consentido siempre que Potter goce de una libertad excesiva.

—Bien, Snape. ¿Sabe? Todos hacemos un poco la vista gorda en lo que se refiere a Potter.

—Ya. Pero ¿es bueno para él que se le conceda un trato tan especial? Personalmente, intento tratarlo como a cualquier otro. Y cualquier otro sería expulsado, al menos temporalmente, por exponer a sus amigos a un peligro semejante. Fíjese, señor ministro: contra todas las normas del colegio... después de todas las precauciones que se han tomado para protegerlo... Fuera de los límites permitidos, en plena noche, en compañía de un licántropo y un asesino... y tengo indicios de que también ha visitado Hogsmeade, pese a la prohibición.

—Bien, bien..., ya veremos, Snape. El muchacho ha sido travieso, sin duda.

Harry escuchaba acostado, con los ojos cerrados. Estaba completamente aturdido. Las palabras que oía parecían viajar muy despacio hasta su cerebro, de forma que le costaba un gran esfuerzo entenderlas. Sentía los miembros como si fueran de plomo. Sus párpados eran demasiado pesados para levantarlos. Quería quedarse allí acostado, en aquella cómoda cama, para siempre...

—Lo que más me sorprende es el comportamiento de los dementores... ¿Realmente no sospecha qué pudo ser lo que los hizo retroceder, Snape?

—No, señor ministro. Cuando llegué, volvían a sus posiciones, en las entradas.

—Extraordinario. Y sin embargo, Black, Harry y la chica...

—Todos estaban inconscientes cuando llegué allí. Até y amordacé a Black, hice aparecer por arte de magia unas camillas y los traje a todos al castillo.

Hubo una pausa. El cerebro de Harry parecía funcionar un poco más aprisa, y al hacerlo, una sensación punzante se acentuaba en su estómago.

Abrió los ojos.

Todo estaba borroso. Alguien le había quitado las gafas. Se hallaba en la oscura enfermería. Al final de la sala podía vislumbrar a la señora Pomfrey inclinada sobre una cama y dándole la espalda. Bajo el brazo de la señora Pomfrey, distinguió el pelo rojo de Ron.

Harry volvió la cabeza hacia el otro lado. En la cama de la derecha se hallaba Hermione. La luz de la luna caía sobre su cama. También tenía los ojos abiertos. Parecía petrificada, y al ver que Harry estaba despierto, se llevó un dedo a los labios. Luego señaló la puerta de la enfermería. Estaba entreabierta y las voces de Cornelius Fudge y de Snape entraban por ella desde el corredor.

La señora Pomfrey llegó entonces caminando enérgicamente por la oscura sala hasta la cama de Harry. Se volvió para mirarla. Llevaba el trozo de chocolate más grande que había visto en su vida. Parecía un pedrusco.

—¡Ah, estás despierto! —dijo con voz animada. Dejó el chocolate en la mesilla de Harry y empezó a trocearlo con un pequeño martillo.

—¿Cómo está Ron? —preguntaron al mismo tiempo Hermione y Harry.

—Sobrevivirá —dijo la señora Pomfrey con seriedad—. En cuanto a ustedes dos, permanecerán aquí hasta que yo esté bien segura de que están... ¿Qué haces, Potter?

Harry se había incorporado, se ponía las gafas y cogió su varita.

—Tengo que ver al director —explicó.

—Potter —dijo con dulzura la señora Pomfrey—, todo se ha solucionado. Han cogido a Black. Lo han encerrado arriba. Los dementores le darán el Beso en cualquier momento.

—¿QUÉ?

Harry saltó de la cama. Hermione hizo lo mismo. Pero su grito se había oído en el pasillo de fuera. Un segundo después, entraron en la enfermería Cornelius Fudge y Snape.

—¿Qué es esto, Harry? —preguntó Fudge, con aspecto agitado—. Tendrías que estar en la cama... ¿Ha tomado chocolate? —le preguntó nervioso a la señora Pomfrey.

—Escuche, señor ministro —dijo Harry—. ¡Sirius Black es inocente! ¡Peter Pettigrew fingió su propia muerte! ¡Lo hemos visto esta noche! No puede permitir que los dementores le hagan eso a Sirius, es...

Pero Fudge movía la cabeza en sentido negativo, sonriendo ligeramente.

—Harry, Harry, estás confuso. Has vivido una terrible experiencia. Vuelve a acostarte. Está todo bajo control.

—¡NADA DE ESO! —gritó Harry—. ¡HAN ATRAPADO AL QUE NO ES!

—Señor ministro, por favor, escuche —rogó Hermione. Se había acercado a Harry y miraba a Fudge implorante—. Yo también lo vi. Era la rata de Ron. Es un animago. Pettigrew, quiero decir. Y...

—¿Lo ve, señor ministro? —preguntó Snape—. Los dos tienen confundidas las ideas. Black ha hecho un buen trabajo con ellos...

—¡NO ESTAMOS CONFUNDIDOS! —gritó Harry.

—¡Señor ministro! ¡Profesor! —dijo enfadada la señora Pomfrey—. He de insistir en que se vayan. ¡Potter es un paciente y no hay que fatigarlo!

—¡No estoy fatigado, estoy intentando explicarles lo ocurrido! —dijo Harry furioso—. Si me escuchan...

Pero la señora Pomfrey le introdujo de repente un trozo grande de chocolate en la boca. Harry se atragantó y la mujer aprovechó la oportunidad para obligarlo a volver a la cama.

—Ahora, por favor, señor ministro... Estos niños necesitan cuidados. Les ruego que salgan.

Volvió a abrirse la puerta. Era Dumbledore. Harry tragó con dificultad el trozo de chocolate y volvió a levantarse.

—Profesor Dumbledore, Sirius Black...

—¡Por Dios santo! ¿Es esto una enfermería o qué? Señor director, he de insistir en que...

—Te pido mil perdones, Poppy, pero necesito cambiar unas palabras con el señor Potter y la señorita Granger. He estado hablando con Sirius Black.

—Supongo que le ha contado el mismo cuento de hadas que metió en la cabeza de Potter —espetó Snape—. ¿Algo sobre una rata y sobre que Pettigrew está vivo?

—Eso es efectivamente lo que dice Black —dijo Dumbledore, examinando detenidamente a Snape por sus gafas de media luna.

—¿Y acaso mi testimonio no cuenta para nada? —gruñó Snape—. Peter Pettigrew no estaba en la Casa de los Gritos ni vi señal alguna de él por allí.

—¡Eso es porque usted estaba inconsciente, profesor! —dijo con seriedad Hermione—. No llegó con tiempo para oír...

—¡Señorita Granger! ¡CIERRE LA BOCA!

—Vamos, Snape —dijo Fudge—. La muchacha está trastornada, hay que ser comprensivos.

—Me gustaría hablar con Harry y con Hermione a solas —dijo Dumbledore bruscamente—. Cornelius, Severus, Poppy. Se lo ruego, déjennos.

—Señor director —farfulló la señora Pomfrey—. Necesitan tratamiento, necesitan descanso.

—Esto no puede esperar —dijo Dumbledore—. Insisto.

La señora Pomfrey frunció la boca, se fue con paso firme a su despacho, que estaba al final de la sala, y dio un portazo al cerrar. Fudge consultó la gran saboneta de oro que le colgaba del chaleco.

—Los dementores deberían de haber llegado ya. Iré a recibirlos. Dumbledore, nos veremos arriba.

Fue hacia la puerta y la mantuvo abierta para que pasara Snape. Pero Snape no se movió.

—No creerá una palabra de lo que dice Black, ¿verdad? —susurró con los ojos fijos en Dumbledore.

—Quiero hablar a solas con Harry y con Hermione —repitió Dumbledore.

Snape avanzó un paso hacia Dumbledore.

—Sirius Black demostró ser capaz de matar cuando tenía dieciséis años —dijo Snape en voz baja—. No lo habrá olvidado. No habrá olvidado que intentó matarme.

—Mi memoria sigue siendo tan buena como siempre, Severus —respondió Dumbledore con tranquilidad.

Snape giró sobre los talones y salió con paso militar por la puerta que Fudge mantenía abierta. La puerta se cerró tras ellos y Dumbledore se volvió hacia Harry y Hermione. Los dos empezaron a hablar al mismo tiempo.

—Señor profesor, Black dice la verdad: nosotros vimos a Pettigrew.

—Escapó cuando el profesor Lupin se convirtió en hombre lobo.

—Es una rata.

—La pata delantera de Pettigrew... quiero decir, el dedo: él mismo se lo cortó.

—Pettigrew atacó a Ron. No fue Sirius.

Pero Dumbledore levantó una mano para detener la avalancha de explicaciones.

—Ahora tienen que escuchar ustedes y les ruego que no me interrumpan, porque tenemos muy poco tiempo —dijo con tranquilidad—. Black no tiene ninguna prueba de lo que dice, salvo su palabra. Y la palabra de dos brujos de trece años no convencerá a nadie. Una calle llena de testigos juró haber visto a Sirius matando a Pettigrew. Yo mismo di testimonio al Ministerio de que Sirius era el guardián secreto de los Potter.

—El profesor Lupin también puede testificarlo —dijo Harry, incapaz de mantenerse callado.

—El profesor Lupin se encuentra en estos momentos en la espesura del bosque, incapaz de contarle nada a nadie. Cuando vuelva a ser humano, ya será demasiado tarde. Sirius estará más que muerto. Y además, la gente confía tan poco en los licántropos que su declaración tendrá muy poco peso. Y el hecho de que él y Sirius sean viejos amigos...

—Pero...

—Escúchame, Harry. Es demasiado tarde, ¿lo entiendes? Tienes que comprender que la versión del profesor Snape es mucho más convincente que la de ustedes.

—Él odia a Sirius —dijo Hermione con desesperación—. Por una broma tonta que le gastó.

—Sirius no ha obrado como un inocente. La agresión contra la señora gorda..., entrar con un cuchillo en la torre de Gryffindor... Si no encontramos a Pettigrew, vivo o muerto, no tendremos ninguna posibilidad de cambiar la sentencia.

—Pero usted nos cree.

—Sí, yo sí —respondió en voz baja—. Pero no puedo convencer a los demás ni desautorizar al ministro de Magia.

Harry miró fijamente el rostro serio de Dumbledore y sintió como si se hundiera el suelo bajo sus pies. Siempre había tenido la idea de que Dumbledore lo podía arreglar todo. Creía que podía sacar del sombrero una solución asombrosa. Pero no: su última esperanza se había esfumado.

—Lo que necesitamos es ganar tiempo —dijo Dumbledore despacio. Sus ojos azul claro pasaban de Harry a Hermione.

—Pero... —empezó Hermione, poniendo los ojos muy redondos—. ¡AH!

—Ahora préstenme atención —dijo Dumbledore, hablando muy bajo y muy claro—. Sirius está encerrado en el despacho del profesor Flitwick, en el séptimo piso. Torre oeste, ventana número trece por la derecha. Si todo va bien, esta noche podrán salvar más de una vida inocente. Pero recuérdenlo los dos: no los pueden ver. Señorita Granger, ya conoces las normas. Sabes lo que está en juego. No deben verlos.

Harry no entendía nada. Dumbledore se alejó y al llegar a la puerta se volvió.

—Les voy a cerrar con llave. Son —consultó su reloj— las doce menos cinco. Señorita Granger, tres vueltas deberían bastar. Buena suerte.

—¿Buena suerte? —repitió Harry, cuando la puerta se hubo cerrado tras Dumbledore—. ¿Tres vueltas? ¿Qué quiere decir? ¿Qué es lo que tenemos que hacer?

Pero Hermione rebuscaba en el cuello de su túnica y sacó una cadena de oro muy larga y fina.

—Ven aquí, Harry —dijo perentoriamente—. ¡Rápido! —Harry, perplejo, se acercó a ella. Hermione estiró la cadena por fuera de la túnica y Harry pudo ver un pequeño reloj de arena que pendía de ella—. Así. —Puso la cadena también alrededor del cuello de Harry—. ¿Preparado? —dijo jadeante.

—¿Qué hacemos? —preguntó Harry sin comprender.

Hermione dio tres vueltas al reloj de arena.

La sala oscura desapareció. Harry tuvo la sensación de que volaba muy rápidamente hacia atrás. A su alrededor veía pasar manchas de formas y colores borrosos. Notaba palpitaciones en los oídos. Quiso gritar, pero no podía oír su propia voz.

Sintió el suelo firme bajo sus pies y todo volvió a aclararse.

Se hallaba de pie, al lado de Hermione, en el vacío vestíbulo, y un chorro de luz dorada bañaba el suelo pavimentado penetrando por las puertas principales, que estaban abiertas. Miró a Hermione con la cadena clavándosele en el cuello.

—Hermione, ¿qué...?

—¡Ahí dentro! —Hermione cogió a Harry del brazo y lo arrastró por el vestíbulo hasta la puerta del armario de la limpieza. Lo abrió, empujó a Harry entre los cubos y los cepillos, entró ella tras él y cerró la puerta.

—¿Qué..., cómo...? Hermione, ¿qué ha pasado?

—Hemos retrocedido en el tiempo —susurró Hermione, quitándole a Harry, a oscuras, la cadena del cuello—. Tres horas.

Harry se palpó la pierna y se dio un fuerte pellizco. Le dolió mucho, lo que en principio descartaba la posibilidad de que estuviera soñando.

—Pero...

—¡Chist! ¡Escucha! ¡Alguien viene! ¡Creo que somos nosotros! —Hermione había pegado el oído a la puerta del armario—. Pasos por el vestíbulo... Sí, creo que somos nosotros yendo hacia la cabaña de Hagrid.

—¿Quieres decir que estamos aquí en este armario y que también estamos ahí fuera?

—Sí —respondió Hermione, con el oído aún pegado a la puerta del armario—. Estoy segura de que somos nosotros. No parecen más de tres personas. Y... vamos despacio porque vamos ocultos por la capa invisible. —Dejó de hablar, pero siguió escuchando—. Acabamos de bajar la escalera principal...

Hermione se sentó en un cubo puesto boca abajo. Harry estaba impaciente y quería que Hermione le respondiera a algunas preguntas.

—¿De dónde has sacado ese reloj de arena?

—Se llama *giratiempo* —explicó Hermione—. Me lo dio la profesora McGonagall el día que volvimos de vacaciones. Lo he utilizado durante el curso para poder asistir a todas las clases. La profesora McGonagall me hizo jurar que no se lo contaría a nadie. Tuvo que escribir un montón de cartas al Ministerio de Magia para que me dejaran tener uno. Les dijo que era una estudiante modelo y que no lo utilizaría nunca para otro fin. Le doy vuelta para volver a disponer de la hora de clase. Gracias a él he podido asistir a varias clases que tenían lugar al mismo tiempo, ¿te das cuenta? Pero, Harry, me temo que no entiendo qué es lo que quiere Dumbledore que hagamos. ¿Por qué nos ha dicho que retrocedamos tres horas? ¿En qué va a ayudar eso a Sirius?

Harry la miró en la oscuridad.

—Quizás ocurriera algo que podemos cambiar ahora —dijo pensativo—. ¿Qué puede ser? Hace tres horas nos dirigíamos a la cabaña de Hagrid...

—Ya estamos tres horas antes, nos dirigimos a la cabaña —explicó Hermione—. Acabamos de oírnos salir.

Harry frunció el entrecejo. Estaba forzando el cerebro.

—Dumbledore dijo simplemente... dijo simplemente que podíamos salvar más de una vida inocente... —Y entonces se le ocurrió—: ¡Hermione, vamos a salvar a *Buckbeak*!

—Pero... ¿en qué ayudará eso a Sirius?

—Dumbledore nos dijo dónde está la ventana del despacho de Flitwick, donde tienen encerrado a Sirius con llave. Tenemos que volar con *Buckbeak* hasta la ventana y rescatar a Sirius. Sirius puede escapar montado en *Buckbeak*. ¡Pueden escapar juntos!

Hermione parecía aterrorizada.

—¡Si conseguimos hacerlo sin que nos vean será un milagro!

—Bueno, tenemos que intentarlo, ¿no crees? —dijo Harry. Se levantó y pegó el oído a la puerta—. No parece que haya nadie. Vamos...

Harry empujó y abrió la puerta del armario. El vestíbulo estaba desierto. Tan en silencio y tan rápido como pudieron, salieron del armario y bajaron corriendo los escalones. Las sombras se alargaban. Las copas de los árboles del bosque prohibido volvían a brillar con un fulgor dorado.

—¡Si alguien se asomara a la ventana..! —chilló Hermione, mirando hacia atrás, hacia el castillo.

—Huiremos —dijo Harry con determinación—. Nos internaremos en el bosque. Tendremos que ocultarnos detrás de un árbol o algo así, y estar atentos.

—¡De acuerdo, pero iremos por detrás de los invernaderos! —dijo Hermione, sin aliento—. ¡Tenemos que apartarnos de la puerta principal de la cabaña de Hagrid o de lo contrario nos veremos a nosotros mismos! Ya debemos de estar llegando a la cabaña.

Pensando todavía en las intenciones de Hermione, Harry echó a correr delante de ella. Atravesaron los huertos hasta los invernaderos, se detuvieron un momento detrás de éstos y reanudaron el camino a toda velocidad, rodeando el sauce boxeador y yendo a ocultarse en el bosque...

A salvo en la oscuridad de los árboles, Harry se dio la vuelta. Unos segundos más tarde, llegó Hermione jadeando.

—Bueno —dijo con voz entrecortada—, tenemos que ir a la cabaña sin que se note. Que no nos vean, Harry.

Anduvieron en silencio entre los árboles, por la orilla del bosque. Al vislumbrar la fachada de la cabaña de Hagrid, oyeron que alguien llamaba a la puerta. Se escondieron tras un grueso roble y miraron por ambos lados. Hagrid apareció en la puerta tembloroso y pálido, mirando a todas partes para ver quién había llamado. Y Harry oyó su propia voz que decía:

—Somos nosotros. Llevamos la capa invisible. Si nos dejas pasar, nos la quitaremos.

—No deberían haber venido —susurró Hagrid.

Se hizo a un lado y cerró rápidamente la puerta.

—Esto es lo más raro en que me he metido en mi vida —dijo Harry con entusiasmo.

—Vamos a adelantarnos un poco —susurró Hermione—. ¡Tenemos que acercarnos más a *Buckbeak*!

Avanzaron sigilosamente hasta que vieron al nervioso hipogrifo atado a la valla que circundaba la plantación de calabazas de Hagrid.

—¿Ahora? —susurró Harry.

—¡No! —dijo Hermione—. Si nos lo llevamos ahora, los hombres de la comisión creerán que Hagrid lo ha liberado. ¡Tenemos que esperar hasta que lo vean atado!

—Eso supone unos sesenta segundos —dijo Harry. Les empezaba a parecer irrealizable.

En ese momento oyeron romperse una pieza de porcelana.

—Ya se le ha caído a Hagrid la jarra de leche —dijo Hermione—. Dentro de un momento encontraré a *Scabbers*.

Efectivamente, minutos después oyeron el chillido de sorpresa de Hermione.

—Hermione —dijo Harry de repente—, ¿y si entráramos en la cabaña y nos apoderáramos de Pettigrew?

—¡No! —exclamó Hermione con temor—. ¿No lo entiendes? ¡Estamos rompiendo una de las leyes más importantes de la brujería! ¡Nadie puede cambiar lo ocurrido, nadie! Ya has oído a Dumbledore... Si nos ven...

—Sólo nos verían Hagrid y nosotros mismos.

—Harry, ¿qué crees que pasaría si te vieras a ti mismo entrando en la cabaña de Hagrid? —dijo Hermione.

—Creería... creería que me había vuelto loco —dijo Harry—. O que había magia oscura por medio.

—Exactamente. No lo comprenderías. Incluso puede que te atacaras a ti mismo. La profesora McGonagall me dijo que han sucedido cosas terribles cuando los brujos se han inmiscuido con el tiempo. ¡Muchos terminaron matando por error su propio yo, pasado o futuro!

—Vale —dijo Harry—, sólo era una idea. Yo pensaba nada más que...

Pero Hermione le dio un codazo y señaló hacia el castillo. Harry movió la cabeza unos centímetros para tener una visión más clara de la puerta central. Dumbledore, Fudge, el anciano de la comisión y Macnair, el verdugo, bajaban los escalones.

—¡Estamos a punto de salir! —dijo Hermione en voz baja.

Efectivamente, un momento después se abrió la puerta trasera de la cabaña de Hagrid y Harry se vio a sí mismo con Ron y con Hermione saliendo por ella con Hagrid. Sin duda era la situación más rara en que se había visto, permanecer detrás del árbol y verse a sí mismo en el huerto de las calabazas.

—No temas, *Buckbeak* —dijo Hagrid—. No temas. —Se volvió hacia los tres amigos—. Vamos, márchense.

—Hagrid, no podemos... Les diremos lo que de verdad sucedió.

—No pueden matarlo...

—¡Márchense! Ya es bastante horrible y sólo faltaría que además se metieran en un lío.

Harry vio a Hermione echando la capa invisible sobre los tres en el huerto de calabazas.

—Márchense, rápido. No escuchen.

Llamaron a la puerta principal de la cabaña de Hagrid. El grupo de la ejecución había llegado. Hagrid dio media vuelta y se metió en la cabaña, dejando entreabierta la puerta de atrás. Harry vio que la hierba se aplastaba a trechos alrededor de la cabaña y oyó alejarse tres pares de pies. Él, Ron y Hermione se habían marchado, pero el Harry y la Hermione que se ocultaban entre los árboles podían ahora escuchar por la puerta trasera lo que sucedía dentro de la cabaña.

—¿Dónde está la bestia? —preguntó la voz fría de Macnair.

—Fu... fuera —contestó Hagrid.

Harry escondió la cabeza cuando Macnair apareció en la ventana de Hagrid para mirar a *Buckbeak*. Luego oyó a Fudge.

—Tenemos que leer la sentencia, Hagrid. Lo haré rápido. Y luego tú y Macnair tendrán que firmar. Macnair, tú también debes escuchar. Es el procedimiento.

El rostro de Macnair desapareció de la ventana. Tendría que ser en ese momento o nunca.

—Espera aquí —susurró Harry a Hermione—. Yo lo haré.

Mientras Fudge volvía a hablar, Harry salió disparado de detrás del árbol, saltó la valla del huerto de calabazas y se acercó a *Buckbeak*.

—«La Comisión para las Criaturas Peligrosas ha decidido que el hipogrifo *Buckbeak*, en adelante el condenado, sea ejecutado el día seis de junio a la puesta del sol...»

Guardándose de parpadear, Harry volvió a mirar fijamente los feroces ojos naranja de *Buckbeak* e inclinó la cabeza. *Buckbeak* dobló las escamosas rodillas y volvió a enderezarse. Harry soltó la cuerda que ataba a *Buckbeak* a la valla.

—«... sentenciado a muerte por decapitación, que será llevada a cabo por el verdugo nombrado por la Comisión, Walden Macnair...»

—Vamos, *Buckbeak* —murmuró Harry—, ven, vamos a salvarte. Sin hacer ruido, sin hacer ruido...

—«... por los abajo firmantes.» Firma aquí, Hagrid.

Harry tiró de la cuerda con todas sus fuerzas, pero *Buckbeak* había clavado en el suelo las patas delanteras.

—Bueno, acabemos ya —dijo la voz atiplada del anciano de la Comisión en el interior de la cabaña de Hagrid—. Hagrid, tal vez fuera mejor que te quedaras aquí dentro.

—No, quiero estar con él... No quiero que esté solo.

Se oyeron pasos dentro de la cabaña.

—Muévete, *Buckbeak* —susurró Harry.

Harry tiró de la cuerda con más fuerza. El hipogrifo echó a andar agitando un poco las alas con talante irritado. Aún se hallaban a tres metros del bosque y se les podía ver perfectamente desde la puerta trasera de la cabaña de Hagrid.

—Un momento, Macnair, por favor —dijo la voz de Dumbledore—. Usted también tiene que firmar. —Los pasos se detuvieron. *Buckbeak* dio un picotazo al aire y anduvo algo más aprisa.

La cara pálida de Hermione asomaba por detrás de un árbol.

—¡Harry, date prisa! —dijo.

Harry aún oía la voz de Dumbledore en la cabaña. Dio otro tirón a la cuerda. *Buckbeak* se puso a trotar a regañadientes. Llegaron a los árboles...

—¡Rápido, rápido! —gritó Hermione, saliendo como una flecha de detrás del árbol, asiendo también la cuerda y tirando con Harry para que *Buckbeak* avanzara más aprisa. Harry miró por encima del hombro. Ya estaban fuera del alcance de las miradas. Desde allí no veían el huerto de Hagrid.

—¡Para! —le dijo a Hermione—. Podrían oírnos.

La puerta trasera de la cabaña de Hagrid se había abierto de golpe. Harry, Hermione y *Buckbeak* se quedaron inmóviles. Incluso el hipogrifo parecía escuchar con atención.

Silencio. Luego...

—¿Dónde está? —dijo la voz atiplada del anciano de la comisión—. ¿Dónde está la bestia?

—¡Estaba atada aquí! —dijo con furia el verdugo—. Yo la vi. ¡Exactamente aquí!

—¡Qué extraordinario! —dijo Dumbledore. Había en su voz un dejo de desenfado.

—¡*Buckbeak*! —exclamó Hagrid con voz ronca.

Se oyó un sonido silbante y a continuación el golpe de un hacha. El verdugo, furioso, la había lanzado contra la valla. Luego se oyó el aullido y en esta ocasión pudieron oír también las palabras de Hagrid entre sollozos:

—¡Se ha ido!, ¡se ha ido! Alabado sea, ¡ha escapado! Debe de haberse soltado solo. *Buckbeak*, qué listo eres.

*Buckbeak* empezó a tirar de la cuerda, deseoso de volver con Hagrid. Harry y Hermione la sujetaron con más fuerza, hundiendo los talones en tierra.

—¡Lo han soltado! —gruñía el verdugo—. Deberíamos rastrear los terrenos y el bosque.

—Macnair, si alguien ha cogido realmente a *Buckbeak*, ¿crees que se lo habrá llevado a pie? —le preguntó Dumbledore, que seguía hablando con desenfado—. Rastrea el cielo, si quieres... Hagrid, no me iría mal un té. O una buena copa de brandy.

—Por... por supuesto, profesor —dijo Hagrid, al que la alegría parecía haber dejado flojo—. Entre, entre...

Harry y Hermione escuchaban con atención: oyeron pasos, la leve maldición del verdugo, el golpe de la puerta y de nuevo el silencio.

—¿Y ahora qué? —susurró Harry, mirando a su alrededor.

—Tendremos que quedarnos aquí escondidos —dijo Hermione con miedo—. Tenemos que esperar a que vuelvan al castillo. Luego aguardaremos a que pase el peligro y nos acercaremos a la ventana de Sirius volando con *Buckbeak*. No volverá por allí hasta dentro de dos horas... Esto va a resultar difícil...

Miró por encima del hombro, a la espesura del bosque. El sol se ponía en aquel momento.

—Habrá que moverse —dijo Harry, pensando—. Tenemos que ir donde podamos ver el sauce boxeador o no nos enteraremos de lo que ocurre.

—De acuerdo —dijo Hermione, sujetando la cuerda de *Buckbeak* aún más firme—. Pero hemos de seguir ocultos, Harry, recuérdalo.

Se movieron por el borde del bosque, mientras caía la noche, hasta ocultarse tras un grupo de árboles entre los cuales podían distinguir el sauce.

—¡Ahí está Ron! —dijo Harry de repente.

Una figura oscura corría por el césped y el aire silencioso de la noche les transmitió el eco de su grito.

—Aléjate de él..., aléjate... *Scabbers*, ven aquí...

Y entonces vieron a otras dos figuras que salían de la nada. Harry se vio a sí mismo y a Hermione siguiendo a Ron. Luego vio a Ron lanzándose en picado.

—¡Te he atrapado! Vete, gato asqueroso.

—¡Ahí está Sirius! —dijo Harry. El perrazo había surgido de las raíces del sauce. Lo vieron derribar a Harry y sujetar a Ron—. Desde aquí parece incluso más horrible, ¿verdad? —añadió mientras el perro arrastraba a Ron hasta meterlo entre las raíces—. ¡Eh, mira! El árbol acaba de pegarme. Y también a ti. ¡Qué situación más rara!

El sauce boxeador crujía y largaba puñetazos con sus ramas más bajas. Podían verse a sí mismos corriendo de un lado para otro en su intento de alcanzar el tronco. Y de repente el árbol se quedó quieto.

—*Crookshanks* ya ha apretado el nudo —explicó Hermione.

—Allá vamos... —murmuró Harry—. Ya hemos entrado.

En cuanto desaparecieron, el árbol volvió a agitarse. Unos segundos después, oyeron pasos cercanos. Dumbledore, Macnair, Fudge y el anciano de la Comisión se dirigían al castillo.

—¡En cuanto bajamos por el pasadizo! —dijo Hermione—. ¡Ojalá Dumbledore hubiera venido con nosotros...!

—Macnair y Fudge habrían venido también —dijo Harry con tristeza—. Te apuesto lo que quieras a que Fudge habría ordenado a Macnair que matara a Sirius allí mismo.

Vieron a los cuatro hombres subir por la escalera de entrada del castillo y perderse de vista. Durante unos minutos el lugar quedó vacío. Luego...

—¡Aquí viene Lupin! —dijo Harry al ver a otra persona que bajaba la escalera y se dirigía corriendo hacia el sauce. Harry miró al cielo. Las nubes ocultaban la luna.

Vieron que Lupin cogía del suelo una rama rota y apretaba con ella el nudo del tronco. El árbol dejó de dar golpes y también Lupin desapareció por el hueco que había entre las raíces.

—¡Ojalá hubiera cogido la capa! —dijo Harry—. Está ahí... —Se volvió a Hermione—. Si saliera ahora corriendo y me la llevara, no la podría coger Snape.

—¡Harry, no nos deben ver!

—¿Cómo puedes soportarlo? —le preguntó a Hermione con irritación—. ¿Estar aquí y ver lo que sucede sin hacer nada? —Dudó—. ¡Voy a coger la capa!

—¡Harry, no!

Hermione sujetó a Harry a tiempo por la parte trasera de la túnica. En ese momento oyeron cantar a alguien. Era Hagrid, que se dirigía hacia el castillo, cantando a voz en grito y oscilando ligeramente al caminar. Llevaba una botella grande en la mano.

—¿Lo ves? —susurró Hermione—. ¿Ves lo que habría ocurrido? ¡Tenemos que estar donde nadie nos pueda ver! ¡No, *Buckbeak*!

El hipogrifo hacía intentos desesperados por ir hacia Hagrid. Harry aferró también la cuerda para sujetar a *Buckbeak*. Observaron a Hagrid, que iba haciendo eses hacia el castillo. Desapareció. *Buckbeak* cejó en sus intentos de escapar. Abatió la cabeza con tristeza.

Apenas dos minutos después las puertas del castillo volvieron a abrirse y Snape apareció corriendo hacia el sauce, en pos de ellos.

Harry cerró fuertemente los puños al ver que Snape se detenía cerca del árbol, mirando a su alrededor. Cogió la capa y la sostuvo en alto.

—Aparta de ella tus asquerosas manos —murmuró Harry entre dientes.

—¡Chist!

Snape cogió la rama que había usado Lupin para inmovilizar el árbol, apretó el nudo con ella y, cubriéndose con la capa, se perdió de vista.

—Ya está —dijo Hermione en voz baja—. Ahora ya estamos todos dentro. Y ahora sólo tenemos que esperar a que volvamos a salir...

Cogió el extremo de la cuerda de *Buckbeak* y lo amarró firmemente al árbol más cercano. Luego se sentó en el suelo seco, rodeándose las rodillas con los brazos.

—Harry, hay algo que no comprendo... ¿Por qué no atraparon a Sirius los dementores? Recuerdo que se aproximaban a él antes de que yo me desmayara.

Harry se sentó también. Explicó lo que había visto. Cómo, en el momento en que el dementor más cercano acercaba la boca a Sirius, algo grande y plateado llegó galopando por el lago y ahuyentó a los dementores.

Cuando terminó Harry de explicarlo, Hermione tenía la boca abierta.

—Pero ¿qué era?

—Sólo hay una cosa que puede hacer retroceder a los dementores —dijo Harry—. Un verdadero patronus, un patronus poderoso.

—Pero ¿quién lo hizo aparecer?

Harry no dijo nada. Volvió a pensar en la persona que había visto en la otra orilla del lago. Imaginaba quién podía ser... Pero ¿cómo era posible?

—¿No viste qué aspecto tenía? —preguntó Hermione con impaciencia—. ¿Era uno de los profesores?

—No.

—Pero tuvo que ser un brujo muy poderoso para alejar a todos los dementores... Si el patronus brillaba tanto, ¿no lo iluminó? ¿No pudiste ver...?

—Sí que lo vi —dijo Harry pensativo—. Aunque tal vez lo imaginase. No pensaba con claridad. Me desmayé inmediatamente después...

—¿Quién te pareció que era?

—Me pareció —Harry tragó saliva, consciente de lo raro que iba a sonar aquello—, me pareció mi padre.

Miró a Hermione y vio que estaba con la boca abierta. La muchacha lo miraba con una mezcla de inquietud y pena.

—Harry, tu padre está..., bueno..., está muerto —dijo en voz baja.

—Lo sé —dijo Harry rápidamente.

—¿Crees que era su fantasma?

—No lo sé. No... Parecía sólido.

—Pero entonces...

—Quizá tuviera alucinaciones —dijo Harry—. Pero a juzgar por lo que vi, se parecía a él. Tengo fotos suyas... —Hermione seguía mirándolo como preocupada por su salud mental—. Sé que parece una locura —añadió Harry con determinación. Se volvió para echar un vistazo a *Buckbeak*, que metía el pico en la tierra, buscando lombrices. Pero no miraba realmente al hipogrifo.

Pensaba en su padre y en sus tres amigos de toda la vida. Lunático, Colagusano, Canuto y Cornamenta... ¿No habrían estado aquella noche los cuatro en los terrenos del castillo? Colagusano había vuelto a aparecer aquella noche, cuando todo el mundo pensaba que estaba muerto. ¿Era imposible que su padre hubiera hecho lo mismo? ¿Había visto visiones en el lago? La figura había estado demasiado lejos para distinguirla bien, y sin embargo, antes de perder el sentido, había estado seguro de lo que veía.

Las hojas de los árboles susurraban movidas por la brisa. La luna aparecía y desaparecía tras las nubes. Hermione se sentó de cara al sauce, esperando.

Y entonces, después de una hora...

—¡Ya salen! —exclamó Hermione. Se pusieron en pie. *Buckbeak* levantó la cabeza. Vieron a Lupin, Ron y Pettigrew saliendo con dificultad del agujero de las raíces. Luego salió Hermione. Luego Snape, inconsciente, flotando. A continuación iban Harry y Black. Todos echaron a andar hacia el castillo. El corazón de Harry comenzaba a latir muy fuerte. Levantó la vista al cielo. De un momento a otro pasaría la nube y la luna quedaría al descubierto...

—Harry —musitó Hermione, como si adivinara lo que pensaba él—, tenemos que quedarnos aquí. No nos deben ver. No podemos hacer nada.

—¿Y vamos a consentir que Pettigrew vuelva a escaparse? —dijo Harry en voz baja.

—¿Y cómo esperas encontrar una rata en la oscuridad? —lo atajó Hermione—. No podemos hacer nada. Si hemos regresado es sólo para ayudar a Sirius. ¡No debes hacer nada más!

—Está bien.

La luna salió de detrás de la nube. Vieron las pequeñas siluetas detenerse en medio del césped. Luego las vieron moverse.

—¡Mira a Lupin! —susurró Hermione—. Se está transformando.

—¡Hermione! —dijo Harry de repente—. ¡Tenemos que hacer algo!

—No podemos. Te lo estoy diciendo todo el tiempo.

—¡No hablo de intervenir! ¡Es que Lupin se va a adentrar en el bosque y vendrá hacia aquí!

Hermione ahogó un grito.

—¡Rápido! —gimió, apresurándose a desatar a *Buckbeak*—. ¡Rápido! ¿Dónde vamos? ¿Dónde nos ocultamos? ¡Los dementores llegarán de un momento a otro!

—¡Volvamos a la cabaña de Hagrid! —dijo Harry—. Ahora está vacía. ¡Vamos!

Corrieron todo lo más aprisa que pudieron. *Buckbeak* iba detrás de ellos a medio galope. Oyeron aullar al hombre lobo a sus espaldas.

Vieron la cabaña. Harry resbaló al llegar a la puerta. La abrió de un tirón y dejó pasar a Hermione y a *Buckbeak*, que entraron como un rayo. Harry entró detrás de ellos y echó el cerrojo. *Fang*, el perro jabalinero, ladró muy fuerte.

—¡Silencio, Fang, somos nosotros! —dijo Hermione, avanzando rápidamente hacia él y acariciándole las orejas para que callara—. ¡Nos hemos salvado por poco! —dijo a Harry.

—Sí...

Harry miró por la ventana. Desde allí era mucho más difícil ver lo que ocurría. *Buckbeak* parecía muy contento de volver a casa de Hagrid. Se echó delante del fuego, plegó las alas con satisfacción y se dispuso a echar un buen sueñecito.

—Será mejor que salga —dijo Harry pensativo—. Desde aquí no veo lo que ocurre. No sabremos cuándo llega el momento. —Hermione levantó los ojos para mirarlo. Tenía expresión de recelo—. No voy a intervenir —añadió Harry de inmediato—. Pero si no vemos lo que ocurre, ¿cómo sabremos cuál es el momento de rescatar a Sirius?

—Bueno, de acuerdo. Aguardaré aquí con *Buckbeak*... Pero ten cuidado, Harry. Ahí fuera hay un licántropo y multitud de dementores.

Harry salió y bordeó la cabaña. Oyó gritos distantes. Aquello quería decir que los dementores se acercaban a Sirius... El otro Harry y la otra Hermione irían hacia él en cualquier momento...

Miró hacia el lago, con el corazón redoblando como un tambor. Quienquiera que hubiese enviado al patronus, haría aparición enseguida.

Durante una fracción de segundo se quedó ante la puerta de la cabaña de Hagrid sin saber qué hacer. «No deben verte.» Pero no quería que lo vieran, quería ver él. Tenía que enterarse...

Ya estaban allí los dementores. Surgían de la oscuridad, llegaban de todas partes. Se deslizaban por las orillas del lago. Se alejaban de Harry hacia la orilla opuesta... No tendría que acercarse a ellos.

Echó a correr. No pensaba más que en su padre... Si era él, si era él realmente, tenía que saberlo, tenía que averiguarlo.

Cada vez estaba más cerca del lago, pero no se veía a nadie. En la orilla opuesta veía leves destellos de plata: eran sus propios intentos de conseguir un patronus.

Había un arbusto en la misma orilla del agua. Harry se agachó detrás de él y miró por entre las hojas. En la otra orilla los destellos de plata se extinguieron de repente. Sintió emoción y terror: faltaba muy poco.

—¡Vamos! —murmuró, mirando a su alrededor—. ¿Dónde estás? Vamos, papá.

Pero nadie acudió. Harry levantó la cabeza para mirar el círculo de los dementores del otro lado del lago. Uno de ellos se bajaba la capucha. Era el momento de que apareciera el salvador. Pero no veía a nadie.

Y entonces lo comprendió. No había visto a su padre, se había visto a sí mismo.

Harry salió de detrás del arbusto y sacó la varita.

—¡EXPECTO PATRONUM! —exclamó.

Y de la punta de su varita surgió, no una nube informe, sino un animal plateado, deslumbrante y cegador. Frunció el entrecejo tratando de distinguir lo que era. Parecía un caballo. Galopaba en silencio, alejándose de él por la superficie negra del lago. Lo vio bajar la cabeza y cargar contra los dementores... En ese momento galopaba en torno a las formas negras que estaban tendidas en el suelo, y los dementores retrocedían, se dispersaban y huían en la oscuridad. Y se fueron.

El patronus dio media vuelta. Volvía hacia Harry a medio galope, cruzando la calma superficie del agua. No era un caballo. Tampoco un unicornio. Era un ciervo. Brillaba tanto como la luna... Regresaba hacia él.

Se detuvo en la orilla. Sus pezuñas no dejaban huellas en la orilla. Miraba a Harry con sus ojos grandes y plateados. Lentamente reclinó la cornamenta. Y Harry comprendió:

—Cornamenta —susurró.

Pero se desvaneció cuando alargó hacia él las temblorosas yemas de sus dedos.

Harry se quedó así, con la mano extendida. Luego, con un vuelco del corazón, oyó tras él un ruido de cascos. Se dio la vuelta y vio a Hermione, que se acercaba a toda prisa, tirando de *Buckbeak*.

—¿Qué has hecho? —dijo enfadada—. Dijiste que no intervendrías.

—Sólo he salvado nuestra vida... Ven aquí, detrás de este arbusto: te lo explicaré.

Hermione escuchó con la boca abierta el relato de lo ocurrido.

—¿Te ha visto alguien?

—Sí. ¿No me has oído? ¡Me vi a mí mismo, pero creí que era mi padre!

—No puedo creerlo... ¡Hiciste aparecer un patronus capaz de ahuyentar a todos los dementores! ¡Eso es magia avanzadísima!

—Sabía que lo podía hacer —dijo Harry—, porque ya lo había hecho... ¿No es absurdo?

—No lo sé... ¡Harry, mira a Snape!

Observaron la otra orilla desde ambos lados del arbusto. Snape había recuperado el conocimiento. Estaba haciendo aparecer por arte de magia unas camillas y subía a ellas los cuerpos inconscientes de Harry, Hermione y Black. Una cuarta camilla, que sin duda llevaba a Ron, flotaba ya a su lado. Luego, apuntándolos con la varita, los llevó hacia el castillo.

—Bueno, ya es casi el momento —dijo Hermione, nerviosa, mirando el reloj—. Disponemos de unos 45 minutos antes de que Dumbledore cierre con llave la puerta de la enfermería. Tenemos que rescatar a Sirius y volver a la enfermería antes de que nadie note nuestra ausencia.

Aguardaron. Veían reflejarse en el lago el movimiento de las nubes. La brisa susurraba entre las hojas del arbusto que tenían al lado. Aburrido, *Buckbeak* había vuelto a buscar lombrices en la tierra.

—¿Crees que ya estará allí arriba? —preguntó Harry, consultando la hora. Levantó la mirada hacia el castillo y empezó a contar las ventanas de la derecha de la torre oeste.

—¡Mira! —susurró Hermione—. ¿Quién es? ¡Alguien vuelve a salir del castillo!

Harry miró en la oscuridad. El hombre se apresuraba por los terrenos del colegio hacia una de las entradas. Algo brillaba en su cinturón.

—¡Macnair! —dijo Harry—. ¡El verdugo! ¡Va a buscar a los dementores!

Hermione puso las manos en el lomo de *Buckbeak* y Harry la ayudó a montar. Luego apoyó el pie en una rama baja del arbusto y montó delante de ella. Pasó la cuerda por el cuello de *Buckbeak* y la ató también al otro lado, como unas riendas.

—¿Preparada? —susurró a Hermione—. Será mejor que te sujetes a mí.

Espoleó a *Buckbeak* con los talones.

*Buckbeak* emprendió el vuelo hacia el oscuro cielo. Harry le presionó los costados con las rodillas y notó que levantaba las alas. Hermione se sujetaba con fuerza a la cintura de Harry, que la oía murmurar:

—Ay, ay, qué poco me gusta esto, ay, ay, qué poco me gusta.

Planeaban silenciosamente hacia los pisos más altos del castillo. Harry tiró de la rienda de la izquierda y *Buckbeak* viró. Harry trataba de contar las ventanas que pasaban como relámpagos.

—¡Sooo! —dijo, tirando de las riendas todo lo que pudo.

*Buckbeak* redujo la velocidad y se detuvieron. Pasando por alto el hecho de que subían y bajaban casi un metro cada vez que *Buckbeak* batía las alas, podía decirse que estaban inmóviles.

—¡Ahí está! —dijo Harry, localizando a Sirius mientras ascendían junto a la ventana. Sacó la mano y en el momento en que *Buckbeak* bajaba las alas, golpeó en el cristal.

Black levantó la mirada. Harry vio que se quedaba boquiabierto. Saltó de la silla, fue aprisa hacia la ventana y trató de abrirla, pero estaba cerrada con llave.

—¡Échate hacia atrás! —le gritó Hermione, y sacó su varita, sin dejar de sujetarse con la mano izquierda a la túnica de Harry.

—¡*Alohomora!*

La ventana se abrió de golpe.

—¿Cómo... cómo... ? —preguntó Black casi sin voz, mirando al hipogrifo.

—Monta, no hay mucho tiempo —dijo Harry, abrazándose al cuello liso y brillante de *Buckbeak*, para impedir que se moviera—. Tienes que huir, los dementores están a punto de llegar. Macnair ha ido a buscarlos.

Black se sujetó al marco de la ventana y asomó la cabeza y los hombros. Fue una suerte que estuviera tan delgado. En unos segundos pasó una pierna por el lomo de *Buckbeak* y montó detrás de Hermione.

—¡Arriba, *Buckbeak*! —dijo Harry, sacudiendo las riendas—. Arriba, a la torre. ¡Vamos!

El hipogrifo batió las alas y volvió a emprender el vuelo. Navegaron a la altura del techo de la torre oeste. *Buckbeak* aterrizó tras las almenas con mucho alboroto, y Harry y Hermione se bajaron inmediatamente.

—Será mejor que escapes rápido, Sirius —dijo Harry jadeando—. No tardarán en llegar al despacho de Flitwick. Descubrirán tu huida.

*Buckbeak* dio una coz en el suelo, sacudiendo la afilada cabeza.

—¿Qué le ocurrió al otro chico? A Ron —preguntó Sirius.

—Se pondrá bien. Está todavía inconsciente, pero la señora Pomfrey dice que se curará. ¡Rápido, vete!

Pero Black seguía mirando a Harry.

—¿Cómo te lo puedo agradecer?

—¡VETE! —gritaron a un tiempo Harry y Hermione.

Black dio la vuelta a *Buckbeak*, orientándolo hacia el cielo abierto.

—¡Nos volveremos a ver! —dijo—. ¡Verdaderamente, Harry, te pareces a tu padre!

Presionó los flancos de *Buckbeak* con los talones. Harry y Hermione se echaron atrás cuando las enormes alas volvieron a batir. El hipogrifo emprendió el vuelo... Animal y jinete empequeñecieron conforme Harry los miraba... Luego, una nube pasó ante la luna... y se perdieron de vista.

# 22

# Más lechuzas mensajeras

—¡Harry! —Hermione le tiraba de la manga, mirando el reloj—. Tenemos diez minutos para regresar a la enfermería sin ser vistos. Antes de que Dumbledore cierre la puerta con llave.

—De acuerdo —dijo Harry, apartando los ojos del cielo—, ¡vamos!

Entraron por la puerta que tenían detrás y bajaron una estrecha escalera de caracol. Al llegar abajo oyeron voces. Se arrimaron a la pared y escucharon. Parecían Fudge y Snape. Caminaban aprisa por el corredor que comenzaba al pie de la escalera.

—... Sólo espero que Dumbledore no ponga impedimentos —decía Snape—. ¿Le darán el Beso inmediatamente?

—En cuanto llegue Macnair con los dementores. Todo este asunto de Black ha resultado muy desagradable. No tiene ni idea de las ganas que tengo de decir a *El Profeta* que por fin lo hemos atrapado. Supongo que querrán entrevistarlo, Snape... Y en cuanto el joven Harry vuelva a estar en sus cabales, también querrá contarle al periódico cómo usted lo salvó.

Harry apretó los dientes. Entrevió la sonrisa hipócrita de Snape cuando él y Fudge pasaron ante el lugar en que estaban escondidos. Sus pasos se perdieron. Harry y Hermione aguardaron unos instantes para asegurarse de que estaban lejos y echaron a correr en dirección opuesta. Bajaron una escalera, luego otra, continuaron por otro corredor y oyeron una carcajada delante de ellos.

—¡Peeves! —susurró Harry, asiendo a Hermione por la muñeca—. ¡Entremos aquí!

Corrieron a toda velocidad y entraron en un aula vacía que encontraron a la izquierda. Peeves iba por el pasillo dando saltos de contento, riéndose a mandíbula batiente.

—¡Es horrible! —susurró Hermione, con el oído pegado a la puerta—. Estoy segura de que se ha puesto así de alegre porque los dementores van a ejecutar a Sirius... —Miró el reloj—. Tres minutos, Harry.

Aguardaron a que la risa malvada de Peeves se perdiera en la distancia. Entonces salieron del aula y volvieron a correr.

—Hermione, ¿qué ocurrirá si no regresamos antes de que Dumbledore cierre la puerta? —jadeó Harry.

—No quiero ni pensarlo —dijo Hermione, volviendo a mirar el reloj—. ¡Un minuto! —Llegaron al pasillo en que se hallaba la enfermería—. Bueno, ya se oye a Dumbledore —dijo nerviosa Hermione—. ¡Vamos, Harry!

Siguieron por el corredor cautelosamente. La puerta se abrió. Vieron la espalda de Dumbledore.

—Les voy a cerrar con llave —le oyeron decir—. Son las doce menos cinco. Señorita Granger, tres vueltas deberían bastar. Buena suerte.

Dumbledore salió de espaldas de la enfermería, cerró la puerta y sacó la varita para cerrarla mágicamente. Asustados, Harry y Hermione se apresuraron. Dumbledore alzó la vista y una sonrisa apareció bajo el bigote largo y plateado.

—¿Bien? —preguntó en voz baja.

—¡Lo hemos logrado! —dijo Harry jadeante—. Sirius se ha ido montado en *Buckbeak*...

Dumbledore les dirigió una amplia sonrisa.

—Bien hecho. Creo... —Escuchó atentamente por si se oía algo dentro de la enfermería—. Sí, creo que ya no están ahí dentro. Entren. Les cerraré.

Entraron en la enfermería. Estaba vacía, salvo por lo que se refería a Ron, que permanecía en la cama. Después de oír la cerradura, se metieron en sus camas. Hermione volvió a esconder el giratiempo debajo de la túnica. Un instante después, la señora Pomfrey volvió de su oficina con paso enérgico.

—¿Ya se ha ido el director? ¿Se me permitirá ahora ocuparme de mis pacientes?

Estaba de muy mal humor. Harry y Hermione pensaron que era mejor aceptar el chocolate en silencio. La señora Pomfrey se quedó allí delante para asegurarse de que se lo comían. Pero Harry apenas se lo podía tragar. Hermione y él aguzaban el oído, con los nervios alterados. Y entonces, mientras tomaban el cuarto trozo del chocolate de la señora Pomfrey, oyeron un rugido furioso, procedente de algún distante lugar por encima de la enfermería.

—¿Qué ha sido eso? —dijo alarmada la señora Pomfrey.

Oyeron voces de enfado, cada vez más fuertes. La señora Pomfrey no perdía de vista la puerta.

—¡Hay que ver! ¡Despertarán a todo el mundo! ¿Qué creen que hacen?

Harry intentaba oír lo que decían. Se aproximaban.

—Debe de haber desaparecido, Severus. Tendríamos que haber dejado a alguien con él en el despacho. Cuando esto se sepa...

—¡NO HA DESAPARECIDO! —bramó Snape, muy cerca de ellos—. ¡UNO NO PUEDE APARECER NI DESAPARECER EN ESTE CASTILLO! ¡POTTER TIENE ALGO QUE VER CON ESTO!

—Sé razonable, Severus. Harry está encerrado.

¡PLAM!

La puerta de la enfermería se abrió de golpe. Fudge, Snape y Dumbledore entraron en la sala con paso enérgico. Sólo Dumbledore parecía tranquilo, incluso contento. Fudge estaba enfadado, pero Snape se hallaba fuera de sí.

—¡CONFIESA, POTTER! —vociferó—. ¿QUÉ ES LO QUE HAS HECHO?

—¡Profesor Snape! —chilló la señora Pomfrey—, ¡contrólese!

—Por favor, Snape, sé razonable —dijo Fudge—. Esta puerta estaba cerrada con llave. Acabamos de comprobarlo.

—¡LE AYUDARON A ESCAPAR, LO SÉ! —gritó Snape, señalando a Harry y a Hermione. Tenía la cara contorsionada. Escupía saliva.

—¡Tranquilícese, hombre! —gritó Fudge—. ¡Está diciendo tonterías!

—¡NO CONOCE A POTTER! —gritó Snape—. ¡LO HIZO ÉL, SÉ QUE LO HIZO ÉL!

—Ya basta, Severus —dijo Dumbledore con voz tranquila—. Piensa lo que dices. Esta puerta ha permanecido cerrada con llave desde que abandoné la enfermería, hace diez minutos. Señora Pomfrey, ¿han abandonado estos alumnos sus camas?

—¡Por supuesto que no! —dijo ofendida la señora Pomfrey—. ¡He estado con ellos desde que usted salió!

—Ahí lo tienes, Severus —dijo Dumbledore con tranquilidad—. A menos que crea que Harry y Hermione son capaces de encontrarse en dos lugares al mismo tiempo, me temo que no encuentro motivo para seguir molestándolos.

Snape se quedó allí, enfadado, apartando la vista de Fudge, que parecía totalmente sorprendido por su comportamiento, y dirigiéndola a Dumbledore, cuyos ojos brillaban tras las gafas. Snape dio media vuelta (la tela de su túnica produjo un susurro) y salió de la sala de la enfermería como un vendaval.

—Su colega parece perturbado —dijo Fudge, siguiéndolo con la vista—. Yo en su lugar, Dumbledore, tendría cuidado con él.

—No es nada serio —dijo Dumbledore con calma—, sólo que acaba de sufrir una gran decepción.

—¡No es el único! —repuso Fudge resoplando—. ¡*El Profeta* va a encontrarlo muy divertido! ¡Ya lo teníamos arrinconado y se nos ha escapado entre los dedos! ¡Sólo faltaría que se enterasen también de la huida del hipogrifo, y seré el hazmerreír. Bueno, tendré que irme y dar cuenta de todo al Ministerio...

—¿Y los dementores? —le preguntó Dumbledore—. Espero que se vayan del colegio.

—Sí, tendrán que irse —dijo Fudge, pasándose una mano por el cabello—. Nunca creí que intentaran darle el Beso a un niño inocente..., estaban totalmente fuera de control. Esta noche volverán a Azkaban. Tal vez deberíamos pensar en poner dragones en las entradas del colegio...

—Eso le encantaría a Hagrid —dijo Dumbledore, dirigiendo a Harry y a Hermione una rápida sonrisa. Cuando él y Fudge dejaron la enfermería, la señora Pomfrey corrió hacia la puerta y la volvió a cerrar con llave. Murmurando entre dientes, enfadada, volvió a su despacho.

Se oyó un leve gemido al otro lado de la enfermería. Ron se acababa de despertar. Lo vieron sentarse, rascarse la cabeza y mirar a su alrededor.

—¿Qué ha pasado? —preguntó—. ¿Harry? ¿Qué hacemos aquí? ¿Dónde está Sirius? ¿Dónde está Lupin? ¿Qué ocurre?

Harry y Hermione se miraron.

—Explícaselo tú —dijo Harry, cogiendo un poco más de chocolate.

Cuando Harry, Ron y Hermione dejaron la enfermería al día siguiente a mediodía, encontraron el castillo casi desierto. El calor abrasador y el final de los exámenes invitaban a todo el mundo a aprovechar al máximo la última visita a Hogsmeade. Sin embargo, ni a Ron ni a Hermione les apetecía ir, así que pasearon con Harry por los terrenos del colegio, sin parar de hablar de los extraordinarios acontecimientos de la noche anterior y preguntándose dónde estarían en aquel momento Sirius y *Buckbeak*. Cuando se sentaron cerca del lago, viendo cómo sacaba los tentáculos del agua el calamar gigante, Harry perdió el hilo de la conversación mirando hacia la orilla opuesta. La noche anterior, el ciervo había galopado hacia él desde allí.

Una sombra los cubrió. Al levantar la vista vieron a Hagrid, medio dormido, que se secaba la cara sudorosa con uno de sus enormes pañuelos y les sonreía.

—Ya sé que no debería alegrarme después de lo sucedido la pasada noche —dijo—. Me refiero a que Black se volviera a escapar y todo eso... Pero ¿a que no adivinan...?

—¿Qué? —dijeron, fingiendo curiosidad.

—*Buckbeak*. ¡Se escapó! ¡Está libre! ¡Lo estuve celebrando toda la noche!

—¡Eso es estupendo! —dijo Hermione, dirigiéndole una mirada severa a Ron, que parecía a punto de reírse.

—Sí, no lo atamos bien —explicó Hagrid, contemplando el campo satisfecho—. Esta mañana estaba preocupado, pensé que podía tropezarse por ahí con el profesor Lupin. Pero Lupin dice que anoche no comió nada.

—¿Cómo? —preguntó Harry.

—Caramba, ¿no lo has oído? —le preguntó Hagrid, borrando la sonrisa. Bajó la voz, aunque no había nadie cerca—. Snape se lo ha revelado esta mañana a todos los de Slytherin. Creía que a estas alturas ya lo sabría todo el mundo: el profesor Lupin es un hombre lobo. Y la noche pasada anduvo suelto por los terrenos del colegio. En estos momentos está haciendo las maletas, por supuesto.

—¿Que está haciendo las maletas? —preguntó Harry alarmado—. ¿Por qué?

—Porque se marcha —dijo Hagrid, sorprendido de que Harry lo preguntara—. Lo primero que hizo esta mañana fue presentar la dimisión. Dice que no puede arriesgarse a que vuelva a suceder.

Harry se levantó de un salto.

—Voy a verlo —dijo a Ron y a Hermione.

—Pero si ha dimitido...

—No creo que podamos hacer nada.

—No importa. De todas maneras, quiero verlo. Nos veremos aquí mismo más tarde.

La puerta del despacho de Lupin estaba abierta. Ya había empaquetado la mayor parte de sus cosas. Junto al depósito vacío del *grindylow*, la maleta vieja y desvencijada se hallaba abierta y casi llena. Lupin se inclinaba sobre algo que había en la mesa y sólo levantó la vista cuando Harry llamó a la puerta.

—Te he visto venir —dijo Lupin sonriendo. Señaló el pergamino sobre el que estaba inclinado. Era el mapa del merodeador.

—Acabo de estar con Hagrid —dijo Harry—. Me ha dicho que ha presentado usted la dimisión. No es cierto, ¿verdad?

—Me temo que sí —contestó Lupin. Comenzó a abrir los cajones de la mesa y a vaciar el contenido.

—¿Por qué? —preguntó Harry—. El Ministerio de Magia no lo creerá confabulado con Sirius, ¿verdad?

Lupin fue hacia la puerta y la cerró.

—No. El profesor Dumbledore se las ha arreglado para convencer a Fudge de que intenté salvarles la vida —suspiró—. Ha sido el colmo para Severus. Creo que ha sido muy duro para él perder la Orden de Merlín. Así que él... por casualidad... reveló esta mañana en el desayuno que soy un licántropo.

—¿Y se va sólo por eso? —preguntó Harry.

Lupin sonrió con ironía.

—Mañana a esta hora empezarán a llegar las lechuzas enviadas por los padres. No consentirán que un hombre lobo dé clase a sus hijos, Harry. Y después de lo de la última noche, creo que tienen razón. Pude haber mordido a cualquiera de ustedes... No debe repetirse.

—¡Es usted el mejor profesor de Defensa Contra las Artes Oscuras que hemos tenido nunca! —dijo Harry—. ¡No se vaya!

Lupin negó con la cabeza, pero no dijo nada. Siguió vaciando los cajones. Luego, mientras Harry buscaba un argumento para convencerlo, Lupin añadió:

—Por lo que el director me ha contado esta mañana, la noche pasada salvaste muchas vidas, Harry. Si estoy orgulloso de algo es de todo lo que has aprendido. Háblame de tu patronus.

—¿Cómo lo sabe? —preguntó Harry anonadado.

—¿Qué otra cosa podía haber puesto en fuga a los dementores?

Harry contó a Lupin lo que había ocurrido. Al terminar, Lupin volvía a sonreír:

—Sí, tu padre se transformaba siempre en ciervo —confirmó—. Lo adivinaste. Por eso lo llamábamos Cornamenta. —Lupin puso los últimos libros en la maleta, cerró los cajones y se volvió para mirar a Harry—. Toma, la traje la otra noche de la Casa de los Gritos —dijo, entregándole a Harry la capa invisible—: Y... —titubeó y a continuación le entregó también el mapa del merodeador—. Ya no soy profesor tuyo, así que no me siento culpable por devolverte esto. A mí ya no me sirve. Y me atrevo a creer que tú, Ron y Hermione le encontrarán utilidad.

Harry cogió el mapa y sonrió.

—Usted me dijo que Lunático, Colagusano, Canuto y Cornamenta me habrían tentado para que saliera del colegio..., que lo habrían encontrado divertido.

—Sí, lo habríamos hecho —confirmó Lupin, cerrando la maleta—. No dudo que a James le habría decepcionado que su hijo no hubiera encontrado ninguno de los pasadizos secretos para salir del castillo.

Alguien llamó a la puerta. Harry se guardó rápidamente en el bolsillo el mapa del merodeador y la capa invisible.

Era el profesor Dumbledore. No se sorprendió al ver a Harry.

—Tu coche está en la puerta, Remus —anunció.

—Gracias, director.

Lupin cogió su vieja maleta y el depósito vacío del *grindylow*.

—Bien. Adiós, Harry —dijo sonriendo—. Ha sido un verdadero placer ser profesor tuyo. Estoy seguro de que nos volveremos a encontrar en otra ocasión. Señor director, no hay necesidad de que me acompañe hasta la puerta. Puedo ir solo.

Harry tuvo la impresión de que Lupin quería marcharse lo más rápidamente posible.

—Adiós entonces, Remus —dijo Dumbledore escuetamente. Lupin apartó ligeramente el depósito del *grindylow* para estrecharle la mano a Dumbledore. Luego, con un último movimiento de cabeza dirigido a Harry y una rápida sonrisa, salió del despacho.

Harry se sentó en su silla vacía, mirando al suelo con tristeza. Oyó cerrarse la puerta y levantó la vista. Dumbledore seguía allí.

—¿Por qué estás tan triste, Harry? —le preguntó en voz baja—. Tendrías que sentirte muy orgulloso de ti mismo después de lo ocurrido anoche.

—No sirvió de nada —repuso Harry con amargura—. Pettigrew se escapó.

—¿Que no sirvió de nada? —dijo Dumbledore en voz baja—. Sirvió de mucho, Harry. Ayudaste a descubrir la verdad. Salvaste a un hombre inocente de un destino terrible.

«Terrible.» Harry recordó algo. «Más grande y más terrible que nunca.» ¡La predicción de la profesora Trelawney!

—Profesor Dumbledore: ayer, en mi examen de Adivinación, la profesora Trelawney se puso muy rara.

—¿De verdad? —preguntó Dumbledore—. ¿Quieres decir más rara de lo habitual?

—Sí... Habló con una voz profunda, poniendo los ojos en blanco. Y dijo que el vasallo de Voldemort partiría para reunirse con su amo antes de la medianoche. Dijo que el vasallo lo ayudaría a recuperar el poder. —Harry miró a Dumbledore—. Y luego volvió a la normalidad y no recordaba nada de lo que había dicho. ¿Sería una auténtica profecía?

Dumbledore parecía impresionado.

—Pienso que podría serlo —dijo pensativo—. ¿Quién lo habría pensado? Esto eleva a dos el total de sus profecías auténticas. Tendría que subirle el sueldo...

—Pero... —Harry lo miró aterrorizado: ¿cómo podía tomárselo Dumbledore con tanta calma?—, ¡pero yo impedí que Sirius y Lupin mataran a Pettigrew! Esto me convierte en culpable de un posible regreso de Voldemort.

—En absoluto —respondió Dumbledore tranquilamente—. ¿No te ha enseñado nada tu experiencia con el giratiempo, Harry? Las consecuencias de nuestras acciones son siempre tan complicadas, tan diversas, que predecir el futuro es realmente muy difícil. La profesora Trelawney, Dios la bendiga, es una prueba de ello. Hiciste algo muy noble al salvarle la vida a Pettigrew.

—¡Pero si ayuda a Voldemort a recuperar su poder...!

—Pettigrew te debe la vida. Has enviado a Voldemort un lugarteniente que está en deuda contigo. Cuando un mago le salva la vida a otro, se crea un vínculo entre ellos. Y si no me equivoco, no creo que Voldemort quiera que su vasallo esté en deuda con Harry Potter.

—No quiero tener ningún vínculo con Pettigrew —dijo Harry—. Traicionó a mis padres.

—Esto es lo más profundo e insondable de la magia, Harry. Pero confía en mí. Llegará el momento en que te alegres de haberle salvado la vida a Pettigrew.

Harry no podía imaginar cuándo sería. Dumbledore parecía saber lo que pensaba Harry.

—Traté mucho a tu padre, Harry, tanto en Hogwarts como más tarde —dijo dulcemente—. Él también habría salvado a Pettigrew, estoy seguro.

Harry lo miró. Dumbledore no se reiría. Se lo podía decir.

—Anoche... pensé que era mi padre el que había hecho aparecer mi patronus. Quiero decir... cuando me vi a mí mismo al otro lado del lago, pensé que lo veía a él.

—Un error fácil de cometer —dijo Dumbledore—. Supongo que estarás harto de oírlo, pero te pareces extraordinariamente a James. Menos en los ojos: tienes los de tu madre.

Harry sacudió la cabeza.

—Fue una idiotez pensar que era él —murmuró—. Quiero decir... ya sé que está muerto.

—¿Piensas que los muertos a los que hemos querido nos abandonan del todo? ¿No crees que los recordamos especialmente en los mayores apuros? Tu padre vive en ti, Harry, y se manifiesta más claramente cuando lo necesitas. ¿De qué otra forma podrías haber creado ese patronus tan especial? Cornamenta volvió a galopar anoche. —Harry tardó un rato en comprender lo que Dumbledore acababa de decirle—. Sirius me contó anoche cómo se convertían en animagos —añadió Dumbledore sonriendo—. Una hazaña extraordinaria... y aún más extraordinario fue que yo no me enterara. Y entonces recordé la muy insólita forma que adoptó tu patronus cuando embistió al señor Malfoy en el partido contra Ravenclaw. Así que anoche viste realmente a tu padre... Lo encontraste dentro de ti mismo.

Y Dumbledore abandonó el despacho dejando a Harry con sus confusos pensamientos.

Nadie en Hogwarts conocía la verdad de lo ocurrido la noche en que desaparecieron *Buckbeak*, Sirius y Pettigrew, salvo Harry, Ron, Hermione y el profesor Dumbledore. Al final del curso, Harry oyó muchas teorías acerca de lo que había sucedido, pero ninguna se acercaba a la verdad.

Malfoy estaba furioso por lo de *Buckbeak*. Estaba convencido de que Hagrid había hallado la manera de esconder el hipogrifo, y parecía ofendido porque el guardabosques hubiera sido más listo que su padre y él. Percy Weasley, mientras tanto, tenía mucho que decir sobre la huida de Sirius.

—¡Si logro entrar en el Ministerio, tendré muchas propuestas para hacer cumplir la ley mágica! —dijo a la única persona que lo escuchaba, su novia Penelope.

Aunque el tiempo era perfecto, aunque el ambiente era tan alegre, aunque sabía que había logrado casi lo imposible al liberar a Sirius, Harry nunca había estado tan triste al final de un curso.

Ciertamente, no era el único al que le apenaba la partida del profesor Lupin. Todo el grupo que acudía con Harry a la clase de Defensa Contra las Artes Oscuras lamentaba su dimisión.

—Me pregunto a quién nos pondrán el próximo curso —dijo Seamus Finnigan con melancolía.

—Tal vez a un vampiro —sugirió Dean Thomas con ilusión.

Lo que le pesaba a Harry no era sólo la partida de Lupin. No podía dejar de pensar en la predicción de la profesora Trelawney. Se preguntaba continuamente dónde estaría Pettigrew, si estaría escondido o si habría llegado ya junto a Voldemort. Pero lo que más lo deprimía era la perspectiva de volver con los Dursley. Durante media hora, una gloriosa media hora, había creído que viviría en adelante con Sirius, el mejor amigo de sus padres. Era lo mejor que podía imaginar, exceptuando la posibilidad de tener allí otra vez a su padre. Y aunque era una buena noticia no tener noticias de Sirius, porque significaba que no lo habían encontrado, Harry no podía dejar de entristecerse al pensar en el hogar que habría podido tener y en el hecho de que lo había perdido.

Los resultados de los exámenes salieron el último día del curso. Harry, Ron y Hermione habían aprobado todas las asignaturas. Harry estaba asombrado de que le hubieran aprobado Pociones. Sospechaba que Dumbledore había intervenido para impedir que Snape lo suspendiera injustamente. El comportamiento de Snape con Harry durante toda la última semana había sido alarmante. Harry nunca habría creído que la manía que le tenía Snape pudiera aumentar, pero así fue. A Snape se le movía un músculo en la comisura de la boca cada vez que veía a Harry, y se le crispaban los dedos como si deseara cerrarlos alrededor del cuello de Harry.

Percy obtuvo las más altas calificaciones en ÉXTASIS. Fred y George consiguieron varios TIMOS cada uno. Mientras tanto, la casa de Gryffindor, en gran medida gracias a su espectacular actuación en la copa de quidditch, había ganado la Copa de las Casas por tercer año consecutivo. Por eso la fiesta de final de curso tuvo lugar en medio de ornamentos rojos y dorados, y la mesa de Gryffindor fue la más ruidosa de todas, ya que todo el mundo lo estaba celebrando. Incluso Harry, comiendo, bebiendo, hablando y riendo con sus compañeros, consiguió olvidar que al día siguiente volvería a casa de los Dursley.

* * *

Cuando a la mañana siguiente el expreso de Hogwarts salió de la estación, Hermione dio a Ron y a Harry una sorprendente noticia:

—Esta mañana, antes del desayuno, he ido a ver a la profesora McGonagall. He decidido dejar los Estudios Muggles.

—¡Pero aprobaste el examen con el 320 por ciento de eficacia!

—Lo sé —suspiró Hermione—. Pero no puedo soportar otro año como éste. El giratiempo me estaba volviendo loca. Lo he devuelto. Sin los Estudios Muggles y sin Adivinación, volveré a tener un horario normal.

—Todavía no puedo creer que no nos dijeras nada —dijo Ron resentido—. Se supone que somos tus amigos.

—Prometí que no se lo contaría a nadie —dijo gravemente. Se volvió para observar a Harry, que veía cómo desaparecía Hogwarts detrás de una montaña. Pasarían dos meses enteros antes de volverlo a ver—. Alégrate, Harry —dijo Hermione con tristeza.

—Estoy bien —repuso Harry de inmediato—. Pensaba en las vacaciones.

—Sí, yo también he estado pensando en ellas —dijo Ron—. Harry, tienes que venir a pasar unos días con nosotros. Lo comentaré con mis padres y te llamaré. Ya sé cómo utilizar el felétono.

—El teléfono, Ron —lo corrigió Hermione—. La verdad, deberías coger Estudios Muggles el próximo curso...

Ron no le hizo caso.

—¡Este verano son los Mundiales de quidditch! ¿Qué dices a eso, Harry? Ven y quédate con nosotros. Iremos a verlos. Mi padre normalmente consigue entradas en el trabajo.

La proposición alegró mucho a Harry.

—Sí... Apuesto a que los Dursley estarán encantados de dejarme ir... Especialmente después de lo que le hice a tía Marge...

Mucho más contento, Harry jugó con Ron y Hermione varias manos de *snap explosivo*, y cuando llegó la bruja con el carrito del té, compró un montón de cosas de comer, aunque nada que contuviera chocolate.

Pero fue a media tarde cuando apareció lo que lo puso de verdad contento...

—Harry —dijo Hermione de repente, mirando por encima del hombro de él—, ¿qué es eso de ahí fuera?

Harry se volvió a mirar. Algo muy pequeño y gris aparecía y desaparecía al otro lado del cristal. Se levantó para ver mejor y distinguió una pequeña lechuza que llevaba una carta demasiado grande para ella. La lechuza era tan pequeña que iba por el aire dando tumbos a causa del viento que levantaba el tren. Harry bajó la ventanilla rápidamente, alargó el brazo y la cogió. Parecía una snitch cubierta de plumas. La introdujo en el vagón con mucho cuidado. La lechuza dejó caer la carta sobre el asiento de Harry y comenzó a zumbar por el compartimento, contenta de haber cumplido su misión. *Hedwig* dio un picotazo al aire con digna actitud de censura. *Crookshanks* se incorporó en el asiento, persiguiendo con sus grandes ojos amarillos a la lechuza. Al notarlo, Ron la cogió para protegerla.

Harry recogió la carta. Iba dirigida a él. La abrió y gritó:

—¡Es de Sirius!

—¿Qué? —exclamaron Ron y Hermione, emocionados—. ¡Léela en voz alta!

*Querido Harry:*

*Espero que recibas esta carta antes de llegar a casa de tus tíos. No sé si ellos están habituados al correo por lechuza.*

*Buckbeak y yo estamos escondidos. No te diré dónde por si ésta cae en malas manos. Tengo dudas acerca de la fiabilidad de la lechuza, pero es la mejor que pude hallar, y parecía deseosa de acometer esta misión.*

*Creo que los dementores siguen buscándome, pero no podrán encontrarme. Estoy pensando en dejarme ver por algún muggle a mucha distancia de Hogwarts, para que relajen la vigilancia en el castillo.*

*Hay algo que no llegué a contarte durante nuestro breve encuentro: fui yo quien te envió la Saeta de Fuego.*

—¡Ja! —exclamó Hermione, triunfante—. ¿Lo ven? ¡Les dije que era de él!

—Sí, pero él no la había encantado, ¿verdad? —observó Ron—. ¡Ay!

La pequeña lechuza, que daba grititos de alegría en su mano, le había picado en un dedo de manera al parecer afectuosa.

*Crookshanks llevó el envío a la oficina de correos. Utilicé tu nombre, pero les dije que cogieran el oro de la cámara de Gringotts número 711, la mía. Por favor, considéralo como el regalo que mereces que te haga tu padrino por cumplir trece años.*

*También me gustaría disculparme por el susto que creo que te di aquella noche del año pasado cuando abandonaste la casa de tu tío. Sólo quería verte antes de comenzar mi viaje hacia el norte. Pero creo que te alarmaste al verme.*

*Te envío en la carta algo que espero que te haga disfrutar más el próximo curso en Hogwarts.*

*Si alguna vez me necesitas, comunícamelo. Tu lechuza me encontrará.*

*Volveré a escribirte pronto.*

*Sirius*

Harry miró impaciente dentro del sobre. Había otro pergamino. Lo leyó rápidamente, y se sintió tan contento y reconfortado como si se hubiera tomado de un trago una botella de cerveza de mantequilla.

*Yo, Sirius Black, padrino de Harry Potter, autorizo por la presente a mi ahijado a visitar Hogsmeade los fines de semana.*

—Esto le bastará a Dumbledore —dijo Harry contento. Volvió a mirar la carta de Sirius—. ¡Un momento! ¡Hay una posdata...!

*He pensado que a tu amigo Ron tal vez le guste esta lechuza, ya que por mi culpa se ha quedado sin rata.*

Ron abrió los ojos de par en par. La pequeña lechuza seguía gimiendo de emoción.

—¿Quedármela? —preguntó dubitativo. La miró muy de cerca durante un momento, y luego, para sorpresa de Harry y Hermione, se la acercó a *Crookshanks* para que la olfatease.

—¿Qué te parece? —preguntó Ron al gato—. ¿Es una lechuza de verdad?

*Crookshanks* ronroneó.

—Es suficiente —dijo Ron contento—. Me la quedo.

Harry leyó y releyó la carta de Sirius durante todo el trayecto hasta la estación de King's Cross. Todavía la apretaba en la mano cuando él, Ron y Hermione atravesaron la barrera del andén nueve y tres cuartos. Harry localizó enseguida a tío Vernon. Estaba de pie, a buena distancia de los padres de Ron, mirándolo con recelo. Y cuando la señora Weasley abrazó a Harry, confirmó sus peores suposiciones sobre ellos.

—¡Te llamaré por los Mundiales! —gritó Ron a Harry, al despedirse de ellos. Luego volvió hacia tío Vernon el carrito en que llevaba el baúl y la jaula de *Hedwig*. Su tío lo saludó de la manera habitual.

—¿Qué es eso? —gruñó, mirando el sobre que Harry apretaba en la mano—. Si es otro impreso para que lo firme, ya tienes otra...

—No lo es —dijo Harry con alegría—. Es una carta de mi padrino.

—¿Padrino? —farfulló tío Vernon—. Tú no tienes padrino.

—Sí lo tengo —dijo Harry de inmediato—. Era el mejor amigo de mis padres. Está condenado por asesinato, pero se ha escapado de la prisión de los brujos y ahora se halla escondido. Sin embargo, le gusta mantener el contacto conmigo... Estar al corriente de mis cosas... Comprobar que soy feliz...

Y sonriendo ampliamente al ver la expresión de terror que se había dibujado en el rostro de tío Vernon, Harry se dirigió a la salida de la estación, con *Hedwig* dando picotazos delante de él, para pasar un verano que probablemente sería mucho mejor que el anterior.